著 久臥

Illust. 八美☆わん

「俺《おれ》、チート持《も》ちじゃないんですけど!」

この物語はフィクションであり、
実際の人物・団体・事件等とは、いっさい関係ありません。

CON

TENTS

「領土編」

Characters 01
登場人物紹介（領主編）
レオン
燃えるような赤髪が特徴的な
激つよ冒険者。
その正体は王弟。
運命のアルヴィを溺愛している。
アルヴィ
前世の記憶がある
ミュラー男爵家次男。
チートとは無縁で体は貧弱。
レオンの熱烈なアプローチに
困惑ぎみ。

デニ
なにかと苦労人。
リクハルド
アルヴィの友人。
可愛らしいが、
なにやら力が強く…？
ベルナデット
アルヴィの母。
優しいが、料理は壊滅的。
クリストフ
奴隷だったがアルヴィに買われ、
ミュラー家の使用人となる。

第一章　土魔法による畑モコモコ

俺には前世の記憶がある。厨二病《ちゅうにびょう》ではない。気付いた瞬間には、俺はオギャアと立派な産声《うぶごえ》をあげていた。ここはどこ⁉　私は誰⁉

生まれ変わったと理解するのに約三ヶ月。遅いと言わないでほしい。寝ておっぱいを吸って、寝ておっぱいを吸ってを繰り返していたら、あっという間に時が経《た》っていたのだ。さらに、ここが地球ではなく、まったく別の世界だと気付くのに二ヶ月ほどかかった。

父は金髪に緑色の瞳。母もブラウンの髪と瞳だったし、聞き覚えのない言葉を使っていたので外国のどっかなんだろうなと思っていた。それがまさかの異世界。

なぜ気付いたかというと〝魔法〟があったからだ。すごい。某魔法使いの少年が脳裏を過《よぎ》った。でも、あんなトラウマ必至の重苦しい背景はいらない。生まれながらにして色々と背負いすぎ。

もしかして、これって異世界転生なのでは？　チートなのでは？　と俺は浮かれに浮かれまくった。きゃっきゃとご機嫌だった。あまりに浮かれまくって熱を出し、両親らを慌てさせた。すまんと思っている。

しかし、俺は赤子。生後五ヶ月のベビー。言語スキルなんてものもなく、日々よくわからん言葉で話しかけられ義務的に笑い、適度に泣く。泣くとすっきりするので、定期的に泣いている。赤子なんてそんなもんさ。おぎゃー。

「あぶ！」

俺、一歳と少し。母乳は卒業し、ハイハイも卒業した。支えのない状態でよたよた歩けるまでに進化。言葉はなんとなく理解できるようになったが、会話まではむり。今日も元気にあぶあぶ言っている。

時折、父が「父上だよ～父上って呼んで～」みたいなことをデレデレ顔で要求してくるが、俺の第一声は〝母上〟と決めているのだ。すまんな、父よ。

それと最近になってわかったのだが、どうやら俺が生まれた家は男爵家らしい。頂点に王族がいて、上から公爵、侯爵、辺境伯、伯爵、子爵、男爵、準男爵の順になっている。なぜわかったのかというと、兄の授業をベビーベッドより聴講していたからに他ならない。

そう、俺には兄がいるのだ。年齢は十歳。美形な両親のいいとこ取りで、将来有望な美少年である。ちょっと癖のある濃いめの金髪に、父上譲りの緑色の瞳。ううむ、これは将来、絶対にモテますわ。

兄弟仲は至って普通。適度に遊んでくれるけど、適度に面倒臭がられている。母上や侍女《じじょ》達が忙しい時に子守りを押しつけられているからだと思う。赤子とはいえ弟同伴での授業なんて恥ずかしいよな。わかるよ、その気持ち。なので、俺は大人しく寝たふりをしつつ――たまに本気で爆睡し――こっそり知識を蓄《たくわ》えていった。

あとでわかったことだが、男爵とはいうもののミュラー家には領地がなかった。その代わりに、国から爵位手当が支給されている。領地持ちの男爵家もあるようだが、うちはない。ないったらない。伯爵家の六男だったご先祖様が、どこにも婿入りできず泣く泣く入隊した騎士団で、なかなかの功績をあげ男爵位を賜《たまわ》ったのだそうだ。でも、領地まではもらえなかったとのこと。

もちろん爵位手当だけで暮らすのは難しいため、父上は騎士としてエルバルド王国中央騎士団で働いている。中央騎士団第五部隊の副隊長だ。隊長じゃないんかい、とツッコんだ俺は悪くない。いや、副隊長でもすごいと思うよ。

そんなある日、俺が昼寝から目覚めるとひとりぼっちだった。あれ？　さっきまで母上がいたはずなんだけど。誰もいない室内を見回し、俺は目をキラリと光らせた。

「あばっ（チャンス）」

魔法だ、魔法を使うのだ。夜はいつも睡魔に負けてしまうし、日中は誰かしらが一緒。日中も半分以上は寝ている。魔法を使ってみたくてもなかなか使う隙がない。

まずは簡単な魔法から。兄上の家庭教師の先生曰《いわ》く、大事なのは想像力らしい。兄上は実際に大小様々な炎の熱に触れてイメージを固める練習をしていた。しかし、俺は前世の記憶がある。ゼロ歳にして博識。

まずは水からいってみよう。かっこよく炎を出したいところだが、うっかり家具に燃え移ろうものなら俺の異世界転生は一歳で終了。そんなのは嫌だ。

「あぶう（水）」

自分の指先を蛇口に見立てて、そこから水が出るイメージ。びちゃ、という効果音つきで指先から水が出た。量は小さなコップ半分くらい。

「うぶぶっ（出た）」

初魔法だ。ちょっとお尻の辺りが濡れたけど、そのうち乾くだろ。

やった、やった、と手足をバタバタさせて喜んでいると、残念なことに母上が戻ってきてしまった。もうちょっと練習したかったのに。

「あら、起きちゃったの。ご機嫌ね――――ん？」

母上は濡れたシーツに気付いたようで、「まぁまぁ」と言って俺を抱え上げる。

「さっき替えたばかりなのに。おしめがずれてたのかしら？」

「あぶぅ（違う）！」

「風邪《かぜ》を引かないように、お着替えしましょうね～」

「ぶぶっ（冤罪《えんざい》だ）！」

お漏《も》らしなんてしてない！　という俺の主張はもれなく無視され、たまたま顔を出した兄上に「うわっ、きたない」と不本意な一言をいただいた。てめぇも赤ん坊の頃はお漏らししてただろうが。

□　□　□

そんなわけで、俺氏三歳。舌っ足らずだが、話せるようになった。第一声はもちろん、「ははうえ」である。行動範囲も屋敷内限定ではあるが広がった。そこで発覚したことがひとつ。

美男美女な両親の息子なので、俺もイケメンだと思うだろ？　兄上もなかなかの美少年だ。これは期待がもてる。わくわくしながら鏡を覗《のぞ》いたそこには、黒髪黒目のとっても平凡な幼児が映っていました。思わず固まったよね。

もしかして、俺って父上が愛人に産ませた子だったりする？　兄上とは異母兄弟だった？　実は養子ということもあり得る。美形云々《うんぬん》どころではない。俺は鏡の前で、脳裏を過る様々な可能性に震えた。

しかし、そんな事実はなく。

母方の祖母が、黒い髪に黒い瞳のとっても平凡な容姿の女性だったことが発覚。まさかの隔世遺伝。よかった、男爵家に隠されたドロドロの愛憎劇なんてなかったんだ。浮気を疑って、「ちちうえ、ちらい！」と叫んでごめんね。父上はその時、膝から崩れ落ちていた。

そして、もうひとつ。

なんと、ステータスが見られるようになったのだ。そう、ゲームでよくあるステータス画面である。「ステータス画面オープン……んな簡単にいくわけ――で、でたー!?」という感じである。

転生特典か？　こればかりは俺にもよくわからない。

このステータス画面は俺以外に見えない仕様となっている。便利なことにステルス機能も搭載《とうさい》されているようだ。しかも、自分だけでなく他人のステータス画面も見ることができた。半径三メートル以内にいることが条件のようで、少しでも離れてしまうとステータス画面も消えてしまう。

現在はバリバリの幼児なので、抱っこしてもらう時に何人かのステータス画面を確認してみた。侍女の一人は現在、三股中である。しかも、相手はうちの庭師と料理人、父の部下である騎士だった。三人とも若い男ね。やめて、身近なところで魔のトライアングルを築かないで。なんなの。スリルを楽しんでるの？

さらに追加情報。件《くだん》の料理人はお隣の屋敷で働いている既婚者女性と不倫関係にあり、騎士は同僚男性とセフレ関係にあった。

タダレてる、タダレてるよぉ。俺は赤ちゃんの頃から世話になっている庭師の幸せを祈った。そんな情報をステータス画面に載せんな。他人の個人情報は、必要に迫られた時以外は見ないようにしようそうしよう。

プライバシーって大事だよね。

ちなみにこれが、俺の今のステータス。自分のを見るぶんにはなんの問題もない。

アルヴィクトール・エル・ミュラー　３歳
ミュラー男爵家次男
ＨＰ２０　ＭＰ３０
適性魔法　水１　火１　風１　土１　光１　闇１
称号　努力の人
スキル（空欄）

みみっちくね？　全属性に適性があるのはすごいけど、みみっちくね？　小学校低学年の通信簿でも、もうちょっとマシだったわ。おかしいな、チートはどこだってばよ。

しかも、称号の〝努力の人〟ってなに？　毎日、ちまちまと風を起こす練習をしてたから？　だって火は危ないし、水はお漏らしだと思われる。土は外に出ないと難しい。そうなると残ってるのは風しかないじゃん。そよ風かってレベルだったけど。

しかし、毎日頑張ってたわりにはＭＰが低い。これでも多いほうだったりするのかと思い、ちょっとすみませんねぇとチェックした兄上が、ＨＰ４５０、ＭＰ４０だった。ＨＰが高ぇ。ＭＰが低いのは納得。兄上、魔法は苦手だもんね。適性は火と風。どちらも表示数値は俺より遥かに高い。泣いた。

母上はＨＰが５００でＭＰが７８０。父上はＨＰが２２００でＭＰが３００。父上すげぇ。さすが現役の騎士なだけある。母上もＭＰが高いな。個人でバラツキはあるが、大人はだいたいＨＰが４００から１５００、ＭＰは１００から５００の間が平均値のようだ。身近にいる子供は兄上しかいないので平均はわからない。でも、俺がみみっちいことはわかる。

そんなわけで、継続は力なり。毎日、魔力がすっからかんになるまで使えば、保有量も自然と増えるんでしょ？　前世、漫画で読んだ。そんな感じで日々を過ごし、俺はあっという間に六歳になった。

三股をしていた侍女は男爵家を辞《や》め、嫁に行った。三人とは別の相手だ。料理人は不倫がバレて修羅場《しゅらば》になり、厨房をクビになった。騎士さんはセフレな同僚騎士と結婚した。もともとそっちが本命だったらしい。この国では同性婚もできると知った瞬間である。庭師のダンはフラれて泣いていた。どんまい。俺はお前の味方だよ。

そんな俺のステータスはこちら。

アルヴィクトール・エル・ミュラー　６歳
ミュラー男爵家次男
ＨＰ４０　ＭＰ４０
適性魔法　水１　火１　風１　土１　光１　闇１
称号　努力の人
スキル　補助１

相変わらずのみみっちさである。ＨＰＭＰがちょっとだけ増えた。あとは横ばい。それと、気付いたらスキルが発生していた。

洗濯する侍女さんが大変そうだったから、「お手伝いしてあげるー」と魔法で水をばちゃばちゃ出してあげたからだろうか。コップ一杯程度だったから、嵩増《かさま》しにさえならなかったが。もしくは、洗濯物が早く乾くようにと、微風を起こしていたからか。すぐに魔力が枯渇《こかつ》してダウンしたが。ううむ。

それから一年前に、兄上が王立学園に入学した。

この国の貴族は十四になる年に、王都の近くにある全寮制の学園に入学する義務がある。就学期間は四年間。

この世界の識字率《しきじりつ》は、俺が思っていたよりも高かった。平民はみんな、十歳になる年に領地にある学校に通う。四年で卒業し、そこから二、三年間はそれぞれ希望した職種の見習いとして働く。裕福な家の子や成績が優秀な子は卒業後、貴族が通う学園に特待生枠で入学することもできる。

兄上はやはり、父と同じ騎士志望らしい。兄上は脳《のう》筋《きん》だからそれがいいと思うよ。父上譲りの整った顔立ちは精悍《せいかん》さを増し、予想通りモテモテに。イケメンは滅べ。

さらに三年が経ち、俺は九歳になった。ステータスはこんな感じ。

アルヴィクトール・エル・ミュラー　９歳
ミュラー男爵家次男
ＨＰ６０　ＭＰ７０
適性魔法　水１　火１　風１　土２　光１　闇２
称号　努力の鉄人
スキル　補助２

おかしいな。相変わらずＨＰＭＰが低すぎる。弱っちくね？　俺氏、弱っちくね？　夢にまでみた転生チートはないんじゃないかと思いはじめてきた。気付くのが遅い。

しかも、闇魔法なんて使っていない――そもそも使い方がわからない――のに、なぜか成長していた。イケメン滅べと呪《のろ》っていたせいか。兄上をはじめ屋敷を訪れるイケメンは大抵、呪い済みだ。

そして、称号ね。〝努力の人〟は〝努力の鉄人〟に進化した。本気で意味がわからない。

鉄人てなんだ。料理なんてしねーよ。あと、補助スキルもアップした。庭師のダンが裏庭に作った畑を、「手伝ってあげるー」と土魔法で耕《たがや》してあげたせいか。土魔法は他の魔法よりも魔力持ちがいい気がする。レベルが違うせいかな。

そして、兄上は学園を卒業し、騎士見習いとなった。見習い期間は基本的に二年間で、二十歳になったら叙《じょ》勲《くん》され、一人前の騎士になれる。兄上のＨＰは１５００でＭＰは３００だった。おかしいな……あ、目から水が……。

日々は穏やかに過ぎ、俺もいつかお貴族様の学園に入学するのかと思っていた。そんなある日――。

王都から遠く離れた北方の地で、大規模な魔物暴走《スタンピード》が起こった。北方に広がる魔の森が原因らしい。それ以上、詳しいことはなにも教えてもらえなかった。

　中央騎士団第五部隊の隊長に昇格していた父上は、援軍を率《ひき》いて彼《か》の地に赴《おもむ》き、帰らぬ人となった。北の砦《とりで》に見習い騎士として配属されていた兄上は、片腕と片目を失って戻ってきた。

　もしも、俺に転生チートがあったなら、父上のピンチを救って、兄上の失われた腕と目を再生することができたのだろうか。

　でも、そんな物語のような力はなく。

　俺は失意に泣き崩れる母上を、小さな手で支えることしかできなかった。

□　□　□

「――ここが国王陛下から賜りました、ミュラー男爵家の領地となります」

　王家から派遣《はけん》された役人の無情な声が、なにもない荒れ地に響き渡る。遠くに民家が点在する他に、ちまちまと畑がある程度で文字通りなにもない。

　魔物暴走における父上の功績が評価され、ミュラー男爵家は領地を賜った。元は王家の直轄領《ちょっかつりょう》だったが、あまりにも土地が痩《や》せすぎて長年放置されていた場所とのこと。ちょっとくらいオブラートに包んでくれ。それを下賜《かし》されたわけだが、不良債権を押しつけられただけじゃね、と思わずにはいられない。

　近くには鉱山もなく、あるのは山と川と平地のみ。最初の三年は租税が免除されるが、三年経ったら国に租税を納める義務が発生する。領地持ち貴族の宿命だ。

「母上。とりあえず、屋敷に向かいましょう」

　俺は、同じように呆然《ぼうぜん》とする母上と、わずかばかりの使用人達を連れ、領主だかなんだかが住んでいたという屋敷へ向かった。兄上は怪我《けが》の具合が優《すぐ》れず、王都の薬院で療養中である。

　ここですね、と案内されたのは、とっても年代物のボロ屋敷だった。うわぁ、うわぁ……。二十年以上、誰も住んでいないらしい。取り壊すのも面倒で放置されていたようだ。泣いてもいいよね？　泣くよ？　泣き喚《わめ》くよ？

しかし、新しい屋敷を建てる予算もなく、俺達はしかたなくそこで暮らすことになった。使用人達と一緒に屋敷の掃除《そうじ》をしていると、領地のまとめ役だという老人がやって来た。

「昨年は特に不作で畑も痩せ細り、このままでは今年の冬を越せません」

「開口一番にそれ言う？」

人畜無害《じんちくむがい》そうなおじいちゃんは、本当に困り果てた顔で「申し訳ありません」と頭を下げた。それは見事なザビエルハゲだった。うん、そうだよね。おじいちゃんは悪くないよ。

俺は天板《てんいた》が抜けてチラッとどころか、もはや堂々と青空が覗いている天井を見上げながら叫んだ。もしも、神様がいるのなら、そいつに向かって。

「俺、チート持ちじゃないんですけど！」

□　□　□

嘆《なげ》いたところで腹は膨《ふく》れないように、三年後には〝租税〟を納めなければならない。

この国はバリバリの封建社会。領地持ちの貴族は、自領からの収益で暮らしている。王家も広大な直轄領があるため生活には困らない。日々、贅沢三昧《ぜいたくざんまい》である。勝手な想像だが。

だが、国を守る騎士や、王城で働く者達の給料。街道の整備や魔の森近くの砦の修復など、色んなところでお金がかかる。社会的インフラってやつだ。

じゃ、それを誰が払うんだ？　ってなるよね。わかりやすいのが税金である。こっちの世界でも、わりと色々なところから税金が徴収《ちょうしゅう》されている。

それは貴族も同じ。領地持ちの貴族は、租税として国に一定の金額を納めなければならない。領地をあげたんだからみんな協力してね、ということだ。なお、拒否権はない。まさか生まれ変わっても税金に苦しめられることになろうとは。

母上の実家は子爵家なので援助を求めることも考えたが、跡目《あとめ》争いが起こりゴタゴタしてるんだとか。下手すりゃそっちに巻き込まれかねないので、ヘルプコールはできない。辛い。

「よし、開墾《かいこん》しよう」

おじいちゃんもとい、ビクターの案内で領地を視察した結果、俺が出した結論は畑の開墾だった。領民はだいたい三百人くらい。世帯でいうと、六十あるかないか。男爵領なんてこんなもんだ。

住民に対して、畑の面積はとても狭かった。どうやって暮らしているのかと訊くと、若い衆が出稼ぎに行っているとのこと。そのままそっちに移住するケースも増えているようで、村は過疎《かそ》の一途《いっと》を辿っている。辛い。

ビクターからは、なに言ってんだこのガキは、というような目で見られたが構っているヒマはない。今は春のはじめあたりなので急ピッチで畑を広げていけば、冬までになんとか備蓄《びちく》を増やせるはず。今年の目標は、まず冬を越すことだ。

「開墾と言われましても、人手が――」

「俺が土魔法を使ってやる」

前世で俺は、大学の長期休暇を利用し、北海道の農家でバイトした経験がある。住み込みで給料もよかったから、友人と一緒に応募したのだ。結果、筋肉痛で死んだ。友人は一週間と経たずにとんずらした。俺は筋肉痛のため逃げ損なった。

その時に学んだのだが、畑を作るのって大変なの。木を伐採《ばっさい》して、根っこを引っこ抜いて、雑草を引っこ抜いて、石を拾って、の繰り返し。便利な機械がないこの世界ではすべて人力のため、かなりの日数がかかる。

そこで活躍するのが、俺のモコモコ土魔法。邪魔な木もチラホラと生えているが、大半は雑草が占《し》める。ところどころ地面が見える空地《あきち》の雑草ではなく、これでもかとひしめき合っている過密レベルね。これを開墾のために刈れと言われたら泣きたくもなるだろう。

地面に手をついて、モコモコしたい場所に魔力を流す。手をつかなくても魔力は流せるが、目測を大幅に誤ってしまうため手をついたほうが正確だ。あとは耕運機の要領で掻《か》き混ぜるだけ。

草はそのままズタズタにして混ぜ込んでしまえば、栄養にもなる。根っこ部分はまた生えてこないよう念入りに。小石は手間だが、ひとつひとつ表面に押し出す。これは領民達に拾ってもらうしかない。

ビクターの話だと、領民達はあまり魔法が得意ではないらしい。しかし、別にMPが低いわけではない。ぶっちゃけ俺よりも高い。推測になるが、おそらく想像力が関係しているのだろう。

想像力が足りないと消費MP――魔力も多くなる。魔力で足りない部分を補《おぎな》っているのだ。そのためすぐに疲れてしまうので、魔法は使わないとのこと。魔法がなくても普通に生活できてしまうことも大きい。

前世の記憶がある俺は、イメージし放題なお陰で、MP限定超低燃費のエコ型。省エネタイプの最新型家電だと思ってもらえればいい。ただし、魔力の総量は低いが。

というわけで今後の方針も決まり、畑をモコモコする日々が続いた。朝から晩までひたすらモコモコ。魔力がなくなったら、休憩。回復したらモコモコ。その繰り返し。地味な作業が苦手な人には向かない。

想像を超える速さで開墾できると知ったビクターは大喜び。領民達も大喜び。とっても意欲的に働いてくれるようになった。

次に着手したのが、土地の改良である。

堆肥《たいひ》には家畜の糞《ふん》と藁《わら》を発酵させたものを使っていたそうだ。でも、量が少ない。家畜も気の毒になるくらいガリガリなのだ。食うものを食わせずに糞だけだせといっても、むりな話である。

堆肥は痩せた土壌を改良するもので、主に種や苗を植える前に撒《ま》く。保水性や通気性を増す効果の他に栄養も含まれているため、作物を育てる上では欠かせないものだ。

その堆肥にも植物性と動物性があって、今まで領地で使っていたものは動物性の堆肥に分類される。植物性は籾殻《もみがら》や落ち葉なんかを発酵させたものがそれにあたる。

なので俺は土壌を改良するため、落ち葉を集め腐葉《ふよう》土《ど》を作ることにした。知識チートというわけでもなく、普通にどこの領地でも作られている。ミュラー男爵家の領地となった周辺では、家畜の糞と藁から作った堆肥が主流だったらしい。

落ち葉は腐るほどある。問題は時間がかかることだが、そこはしかたないと割り切った。何事も一朝一夕《いっちょういっせき》にはいかない。土魔法で穴を掘って、せっせと集めた落ち葉と少量の土を交互に投入する。落ち葉集めは子供達がお遊び感覚で手伝ってくれた。それを畑から近い複数箇所に設置。

雨が当たらないように、雨除け用の屋根を作るのも忘れてはいけない。屋根と言っても、幅の広い板状のものにつっかえ棒をくっつけた程度だが。発酵を促《うなが》すために、定期的に掻き混ぜて空気を入れてやるのも大事だ。臭いけど。

「……ここの腐葉土だけ完成するの早くないか？」

色が黒っぽく変化し、葉っぱの形がなくなったら完成だが、そうなるまでには環境にもよるがだいたい三ヶ月から半年はかかる。

しかし、ある一ヶ所の腐葉土だけが、たった一ヶ月で完成した。ダンも困惑しつつ、「間違いなく腐葉土になってますねぇ」と言っていた。俺はとりあえず、それをモコモコしたばかりの畑に混ぜ込んでみた。植えるのは病気や寒さ、雨なんかにも強いカブである。

この辺りでよく作られている野菜ってなに？　と、ビクターに訊《たず》ねたところ、「これですね」と出されたのが真っ白い球体型の野菜だった。名前はまだないのかよ！　と俺は思わず叫んでしまった。「白くて丸い野菜」というだけで話が通じてしまうので、正式名称は誰もわからない。そんな大雑把《おおざっぱ》でいいのか。

使用人や母上にも訊いてみたが、見たこともない野菜だと首を横に振られた。呼び名がないと不便なので、俺は〝カブ〟と命名した。うん、お前はカブだ。

「アルヴィクトール様、立派なカブが収穫できました！」

「……植えてから、まだ一節《いっせつ》も経ってないよな？」

一節というのは二ヶ月くらいの間隔だと思ってもらえればいい。一年は六節あって、地域にもよるが春夏秋冬もある。ミュラー男爵領はわりと温暖な南方の地域に属しているので、雪は降るものの冬はそれほど厳しくはない。

「今日でだいたい半節《はんせつ》ほどですね」

「一ヶ月じゃん」

「いっかげつですか？」

「こっちの話。普通はもっとかかるよな？」

「はい。どんなに早くても二節はかかります」

四ヶ月かかるところを一ヶ月？　そんな馬鹿な。畑のモコモコが終わらないが、ビクターに急《せ》かされ俺は別の畑へ向かった。するとそこには、バレーボールサイズのカブが山積みになっているではありませんか。

「お前、カブじゃなかったのか！」

思わず叫んだよね。いや、ビッグサイズなだけでカブはカブなんだけど。

試しに食べてみたら、めっちゃ甘くて美味《おい》しかった。半節で収穫したものとは思えない。ビクターも食べながら、「美味しいです……こんなに美味しいものを食べたのは、はじめてです……」と泣いていた。ごめん、違う意味で俺も泣きそう。

「でも、収穫できたのはこの畑だけなんだよな」

「はい。確認しましたが、ここだけでした」

他の畑に植えたカブは、まだ生育途中。親指ほどしか育っていない。違いは、腐葉土を混ぜたか混ぜてないか。そう、あの異常に早く完成した腐葉土である。どう考えても、あれ以外に原因が見当たらない。

俺はそれに〝腐葉土・特〟と名付けた。ネーミングセンスに対する苦情は受けつけない。大事なのはわかりやすさである。

できれば、この腐葉土・特を量産したい。落ち葉は適当に集めたものを使用したので、原因があるとすればそれを作った場所だろう。しかし、そこはなんの変哲もない畑の隅っこで、土質が違うわけでもない。

「もしかしたら、それは〝魔素溜《まそ》まり〟かもしれません」

「なにそれ」

畑をモコモコしている傍《そば》で、小枝や根っこを拾っていたダンが思い出したように言った。ダンはちょっと小柄な、朴訥《ぼくとつ》とした男性だ。十八歳の頃からうちで庭師として働いていて、今は二十八歳。辞めていった使用人も多い中で、領地までついて来てくれた一人だ。三股されていたことは黙っていようと心に決めている。

「魔素はご存じですよね？」

「魔力の根源になるもの」

「正解です。魔素は自然の中にも微量ですが存在し、たまに吹き溜まりみたいになっていることがあると言われています。普通は時が経つと消えてしまうんですが、たまたま消失する前にそこで腐葉土を作ったのではないでしょうか。魔素溜まりを利用すると、とてもいい腐葉土が作れると庭師の間でも一時期、話題になったほどです」

「そ、それで？」

「でも、どこに魔素溜まりがあるかなんて見分けられるはずもなく、できたらいいねー、で終わりました」

「量産なんてむりじゃん！」

「ですねぇ」

俺は畑をモコモコしながら叫んだ。しかし、諦《あきら》めるには惜《お》しい。腐葉土・特で作ったカブはめちゃくちゃ美味しいのだ。あれは売れる。なんとかして、魔素溜まりを見つけられないものかと、俺は畑をモコモコしながら考えた。

「アイコンでも立ってると、わかりやすいんだけど……」

試しに、「アイコン！」と叫んでも、アイコンは立たなかった。ステータス画面は出たのに。それでも、諦めきれずにあれこれ試していると、副産物としてスキルに〝鑑定〟が追加された。

色々と調べてたからか？　しかし、喜んだのもつかの間。うきうきしながら試しに普通の腐葉土で育てたカブを鑑定してみたところ、

◇カブリー　レベル2
まぁまぁ甘くて美味《うま》い。生で食べると腹を壊しやすいので注意。火を通すとさらに美味しくなる。最近、カブと呼ばれるようになった。ミュラー男爵領産。


と、出た。お前、カブリーって品種名だったのか。

あと、たまに腹が緩《ゆる》くなっていたのは、生で囓《かじ》ってたから？　だって小腹が空いた時にちょうどいいんだよ。

情報としてはそれなりだが、産地までわかるのはすごい。なんでわかるんだ。

腐葉土・特で作ったカブはこんな感じ。

◇カブリー　レベル3
とても甘くて美味い。生で食べるとお腹を壊しやすいので注意。火を通すとさらに美味しくなる。最近、カブと呼ばれるようになった。ミュラー男爵領産。


品種名は同じで、説明に若干の違いがあった。レベルも違う。これは腐葉土・特のお陰だろう。気になったので、それまで食べられていたカブも鑑定してみた。

俺がモコモコしてない、もともとあった畑で、腐葉土や肥料もなにもなく育てたものね。

◇カブリー　レベル1
クソマズい。マイナス評価したいくらいマズい。生で食べると高確率で腹を壊す。煮込んでもクソマズい。正直言って、その辺に生えてる野草のほうがマシ。最近、カブと呼ばれるようになった。ミュラー男爵領産。


説明欄がとっても辛辣《しんらつ》。もっとオブラートで包んであげて。この説明欄って、いったい誰が作ってんの。

ちなみに、人間をはじめとする生き物は鑑定できなかった。逆にステータス画面が開けるのは人間や生物限定なので、なんらかの線引き、もしくは区別があるのだと思う。

　そして、問題の腐葉土・特の鑑定がこちら。

◇腐葉土　レベル４
**　魔素溜まりで作られた高品質の腐葉土。畑に撒いて耕すと、とても美味しい野菜や穀物が育つ。多少、臭い。最近、腐葉土・特と呼ばれるようになった。主な材料・ファランの落ち葉、他。ミュラー男爵領産。**


　やっぱりダンの魔素溜まり説が正解だったらしい。

しかし、レベル4なのに、収穫したカブはレベル3。これはもともとの畑の土が痩せていたからだろう。腐葉土・特を撒く畑は固定したほうがよさそうだ。普通の腐葉土はレベル2だったので、腐葉土・特の素晴らしさが際立つ。


　そのため、俺は数打ちゃ当たる作戦を決行することにした。落ち葉はたくさんある。周りは見渡すかぎり山ばかりだ。俺は領民達にも手伝ってもらって、大量に穴を掘り腐葉土作りに励んだ。これは量があって困るものじゃない。その結果、色々とわかったことがある。

　魔素溜まりは、畑側の山に近い場所に多い。広さ的には大人一人が大の字で寝っ転がったくらいで、だいたい一節で消滅する。

　腐葉土・特は、魔素溜まりができたタイミングにもよるが、一回、上手くいけば同じ場所で二回ほど作れる。しかし、なんとなくで場所を選んでいるため量産は難しい。今のところ当たりを見つけたら大量の落ち葉を追加。可能な限り腐葉土・特を作るようにしているが、大量生産は難しい。将来的には安定供給を目指したいところだ。

　そんなわけで、開墾した畑にせっせと腐葉土を混ぜ、カブだけでなく他の野菜や穀物類も植える。天候も悪くはない。このまま順当に収穫までいけば、なんとか冬は越せるんじゃないだろうか。ビクターも泣いて喜んでくれた。

次に問題となったのが、屋敷の帳簿《ちょうぼ》管理である。ぶっちゃけ担当者がいない。今まで屋敷の管理を担《にな》っていた家令《かれい》は、祖父の代から勤めてくれている高齢のおじいちゃんだった。拝領した領地があまりにも遠方だったので長旅について来られず、娘夫婦と暮らすことに。泣く泣くのお別れとなった。

別に俺がやってもいいんだが、帳簿の作成にかんしては国家資格がいるんだよね。前世でいうところの税理士みたいなものだ。しかし、こんな辺鄙《へんぴ》な領地で人を募集したところでそう簡単に応募があるわけもなく。悩んだ末に俺は決断した。

「よし、奴隷《どれい》を買おう」

「そんなお金、どこにあるんですか？」

もはや俺の相方となりつつあるダンが、すかさずツッコんでくれる。

「領地を押しつけられ――んんっ。もらった時に支給された支度《したく》金がある。正直、できるだけ手はつけたくなかったが、帳簿が仕上がらないことにはどうしようもないからな」

もちろん、帳簿だけだったら資格持ちをレンタルもできる。しかし、これがなかなかに高額なのだ。遠方からの旅費に滞在費に賃金と、びっくりするくらいのお金が飛んでいく。王都に住んでいる場合はほどほどのお値段ですむのだが、長い目でみれば一回に使う金額は大きいが、資格持ちの奴隷を買ったほうがお得だ。

そう、この国――というか周辺諸国では、奴隷制度が存在する。

奴隷には、借金奴隷と犯罪奴隷の二種類があり、どちらも指定期間を働けば平民に戻れる。借金奴隷の理由は様々だ。商売に失敗して多額の負債《ふさい》を背負ってしまった者や、家が取り潰しにあい借金の形《かた》に売られてしまった者など多岐にわたる。前世だと自己破産できるけど、こっちはそんなものないからね。

犯罪奴隷はその名の通り、犯罪を犯《おか》した奴隷である。こっちはなかなか買い手はつかず、最終的に鉱山送りとなる。また罪状にもよるが、年限も終身刑レベルで加算される。

奴隷にも最低限の人権は認められているので、借金、犯罪奴隷にかかわらず虐待はアウト。とはいえ、待遇は場所にもよるがあまりいいとは言えない。また年齢制限もあり、十六歳以下の奴隷の売買は禁止。これはかなりの重罪となる。

「ダンは奴隷の相場ってわかる？」

「若いと高くて、歳をとっていると安いです」

「そりゃそうだ。王都の屋敷に奴隷っていたっけ？」

「俺の知る限りではいませんでした。貴族屋敷では下働きとして雇っているところもありますね。資格を持っていると、そのぶん高いらしいですよ」

「……必要な資格だけ持ってる奴を探そう」

「そんな都合のいい奴隷なんて売ってますかねぇ」

「探す前に諦めんな」

高額レンタルは避けたいのだ。俺は畑をモコモコしながら、美人なエルフのお姉さんがいたらいいなと思った。しかし、この世界にエルフはいない。獣人もいない。泣いた。エロフなお姉さんや、ロリッ子獣人なんて夢だったんだ……。

□　□　□

はい、やって来ました奴隷市。ミュラー男爵領を半日ほど東に進んだところにある、バルテン子爵領のマルハという街だ。街の発展度合いに涙が零《こぼ》れる。こっちは都会でうちは寂《さび》れた農村。格差社会の典型を見た。

そんな本日のお供は、庭師のダンと護衛のデニス・テスラー。

デニスは父上の元部下で、怪我の後遺症から中央騎士団を辞めざるをえなかったらしい。父に恩義があり、どんなことでもするから男爵家で働かせてほしいと、わざわざ遠方までやって来たのだ。

お給料もあんまり出せないよと言っても気持ちは変わらず、根負けする形での雇用となった。年齢は三十二。ブラウンの髪と瞳のちょっと渋めなお兄さんだ。

でも、笑った顔はとても柔らかくて、子供に好かれそうな雰囲気がある。

　馬車なんて立派なものはないので、移動方法は馬。俺はデニスと相乗りだ。王都の屋敷でも乗馬なんてしたこともなく内心、かなり緊張した。移動が楽になるので、いつか一人でも騎乗できるようになりたい。

「わぉ。めっちゃ盛況」

「貴族だけでなく、商家なんかも買いつけに来てますからねぇ」

「バルテン子爵はかなり羽振りがいいらしいな」

　王都には専門の奴隷商が店を構えているが、地方はそうもいかない。買い手が少ないのだ。

　そこで年に数度、それなりに裕福な貴族が自分の領地で奴隷市を開催するのである。これにはメリットとデメリットがあり、メリットは富裕層の集客と羽振りがとってもいいですよーというアピールができることだ。

　デメリットは奴隷市を開催したがいまいち客が集まらず、奴隷商が赤字になってしまうこと。こうなると、次回の開催はちょっと……と、渋られることになる。赤っ恥をかくことになるので、よほど集客に自信がないと奴隷市なんて開催はできない。

「お体のほうは大丈夫ですか？」

「尻が痛い」

　俺を気遣ってくれるデニスに正直に答える。尻が割れたんじゃないかってくらい痛い。もともと割れてるけど。するとダンが当然だと言わんばかりの顔で頷《うなず》いた。

「そりゃ、馬での移動ですから」

「そういうお前も、尻を押さえてるだろうが」

「擦《す》り切れそうです」

「俺もだよ。奴隷市は明日にして、今日は宿を探そう」

「安宿があるといいですねぇ」

　尻が無事なのはデニスだけだった。知り合いの商人によると、奴隷市の最中でも安宿ならわりと空きがあるらしい。奴隷を買うような貴族や商家の者は、みんな高級宿を選ぶのだそうだ。

　その情報は正しかったようで、宿はすぐに見つかった。一泊で銅貨十枚。大人一人五枚の計算になる。子供はタダでいいとのこと。ラッキー。

そんなわけで、翌日。俺達は早朝から奴隷市に向かった。さっさと購入して早く街を出たい。昼に出れば夕刻にはミュラー男爵領につくはずだ。宿代は節約するに限る。

奴隷市はテントがずらりと並び、中には店頭に売り物の奴隷達を並べているところまである。前世の記憶がある俺からすれば、胸クソな光景だ。しかし、すでにこういう社会システムが成り立っているので、しかたのないことだと受け入れるしかない。

「まずは、ラックがお薦《すす》めしてくれた奴隷商を訪ねてみるか」

ラックとはミュラー男爵家に出入りする若い行商人である。そのよしみで、わざわざ遠方まで来てくれたわけだが、「なんにもありませんね！」と言ったことだけは許さない。事実だけど、せめてもう少しオブラートに包んでくれ。

試しに腐葉土・特で作ったカブを食わせてみたところ大絶賛だったが、安定供給ができないと知ると、「美味いんですけど、旨《うま》みはないですね」と上手いことを言いやがった。食事のお礼にと奴隷市が開催される場所と日程、お薦めの奴隷商や安宿の情報を教えてくれたから許すけど。

「レングナー商会だったたな」

「あれじゃないですか？　ほら、看板も出てますよ」

ひと際大きなテントの出入り口に、レングナー商会と書かれた看板が下げられている。ダンの言う通りここで間違いなさそうだな。中に入ると、すかさず商人風の男が近付いて来る。

「いらっしゃいませ」

「ラック・リングという行商人の紹介で来た、アルヴィクトール・エル・ミュラーだ」

それなりに仕立てのいい服を着てきたので、貴族っぽく応じてみる。貴族だけど。「ちゃんと貴族に見えるような格好で行かないと、舐《な》められますよ」とラックに忠告されたからだ。

対応に出た店員は、四十代前半といったところか。

小太りで、人当たりのよさそうな顔をしている。

「リング様にはいつもお世話になっております。本日は、どのような奴隷をお求めでしょうか？」

「一級簿記資格を持っている者が欲しい」

「家令資格ということでしょうか？」

「いや。一級簿記資格さえあれば構わない」

家令資格となると、いくつかの国家資格が必要となる。そんなものを持っている奴隷なんて、高くて手が出るか。国に提出する帳簿は一級簿記資格さえあれば問題はない。

「他に条件はございますか？」

「必要ないが、犯罪奴隷は困る」

「かしこまりました。借金奴隷で該当する者は二名ございます。王都に問い合わせれば、もう数名ほどご紹介はできますが、いかがいたしましょう？」

「まずはその二人でいい。見せてくれ」

「はい」

その場合、紹介料がかかるんでしょ。俺は知っている。世の中、無料なんて美味い言葉はないのだ。


子供は料金いらないよ、と言っていた安宿のベッドは二つしかなかった。健気《けなげ》にも自分は床でいいというダンに頷けるわけもなく。俺はダンと一緒のベッドで寝た。デニスはでかすぎる。ダンのお腹は想像以上にぽよんぽよんで、メタボを疑った。ダイエットさせたほうがいいのかもしれない。

連れて来られたのは、二十代半ばと五十代前半の男性だった。若いほうは知的な印象で、よく見ればイケメンか？　という感じ。五十代前半のほうは普通のおっさん。前頭部がちょっとハゲている。

「どちらも一級簿記資格を持っております」

「奴隷歴は？」

「年配の者が王都の商会で十年ほど働いておりました。若いほうは二年ほど、貴族の屋敷に。どちらも過去の雇用主の公開は制限されておりますので、ご容赦ください」

「わかった」

基本的に以前、奴隷として働いていた場所の詳細は告知されることはない。購入者のプライバシーは守りましょうねってことだ。奴隷達も特殊な制約魔法によって、他言できないようにされている。平民になったらその制約魔法も効力を失うんだけどね。その代わり誓約書に署名しなければならないため、雇い主の情報を漏らしたら罰金刑となる。

渡された資料には、年配のほうの年限が七年。若いほうがあと二十八年とあった。こんなに若いのに二十八年もあるの？

年限っていうのは、借金の額によって取り決められた年数のことだ。それが明けない限り、奴隷から解放されることはない。

「雇用期間につきまして、年単位での購入が可能となりますが、どうなさいますか？」

「……四年で」

「かしこまりました」

一年や二年ならまだしも、十年二十年ともなればかなりの高額だ。なかなか買い手もつかない。それでは奴隷商も困る。そこで導入されたのが、年限の分割購入である。購入した期間が終われば、また奴隷商へと返さなければならない。短期間だけ人手が必要な時などに重宝《ちょうほう》される。

とりあえず、ステータスチェックは必須だよね。シヨタコンだったら問題だし。プライバシーは大事だけど、こちとら領地の未来がかかっているのだ。俺はまず年配男性のステータス画面を確認した。

うんうん、可もなく不可もなくといったところか。借金奴隷の理由は、行商の失敗。それが原因で一人で借金を背負い妻とは離婚したらしい。娘がいて、最近孫が生まれたそうだ。元気だといいね……。

釣りスキルがレベル4という以外は、特筆すべきところはなさそうだ。あと痔《じ》を患《わずら》っているとのこと。お大事にしてください。

俺は色々な涙を堪《こら》え、若い男のステータス画面を確認した。

クリストフ・キーファ　24歳
奴隷

HP1000　MP900
適性魔法　水4　火　風6　土　光　闇
称号（空欄）
スキル　剣技7　弓技2
備考　ゼルツアー伯爵家の次男。愛人の息子。父親が亡くなったことで正妻に離れを追われ、母親の病が原因で多額の借金を抱える（背後に正妻の手引きあり）。復讐《ふくしゅう》を誓う。一年間は貴族宅で愛人をしていた。奴隷三年目で、年限は二十八年。一級簿記資格等、複数の資格持ち。

重い重い重い。重いって。九歳の子供になんてもんを見せるんだ！

いや、奴隷になるくらいだから、それ相応の理由があるんだけどさぁ。あとなんで、ステータス画面さんは正妻の手引きだって知ってんの。これが推理小説だったら顰蹙《ひんしゅく》もんのネタバレだぞ。そして、思った以上にスペックが高い。これ、普通に護衛も務まるレベルだよね？

うん、これはもう、年配のおっさんにしよう。地獄案件を抱える余裕なんてウチにはないのだ。しかも相手は伯爵家。下手にバレて目をつけられたくない。

「この奴隷にする。いくらだ？」

俺は迷わずに年配の男性を指差した。若いほうがよくない？　というダンの視線は無視だ、無視。あんな重苦しい過去持ちはむりだ。おっさんは性格もよさそうだし、真面目《まじめ》に働いてくれるはず。

しかし、結論だけをいうと、俺は重苦しいほうを購入せざるを得なかった。

なぜかって？　それは、売買が成立しようとしたまさにその瞬間、奴隷となった父親を買い戻そうと娘夫婦が登場したのだ。「会いたかった、お父さん！」と叫び、感動の再会である。この奴隷は俺がもうすでに仮契約してるんですけど、って言える？　言えないよね？

店員も、お前この流れで買うのか的な目で見てたし、ダンとデニスは親子の再会に涙ぐんでいた。俺は別の意味で泣いた。

　とりあえず重い彼をキープして、他のテントを回った。しかし、目当ての資格持ちはなかなか見つからず、ようやく見つけたと思ったらまさかのギャンブル依存症。お薦めしない、というステータス画面さんの一文に泣いた。王都からのお取り寄せは、やっぱり追加料金がかかるらしい。

　俺は悩んだ。悩みに悩んで、レンタル代と重苦しい過去を天秤に掛けた。レンタル代、本当に高いんだよ……。

「クリストフと申します」

　美しい銀髪に青い瞳の青年は、丁寧に一礼する。ちょっと痩せ気味だけど、男女にモテそうな顔だ。背中まである髪は邪魔だろうから、あとでリボンをあげよう。銀縁の眼鏡《めがね》をかけて燕尾《えんび》服を着れば、有能な執事に見えそうだな。

　クリストフは複数の資格持ち・美形・若いの三拍子が揃っているため、かなりお高かった。あまりにもお高いので、四年を希望していたのに二年契約にせざるを得なかったほど。

「……うん。これからよろしく」

　こうして、ミュラー男爵領に新しい仲間が増えたのだった。

第二章　筋肉神《マッスル》の祝福

新しい領地にやって来て、半年が経った。季節は夏である。俺は相変わらず、腐葉土のチェックをして畑をモコモコしている。ステータスはこんな感じになった。

アルヴィクトール・エル・ミュラー　９歳
ミュラー男爵の弟
ＨＰ７０　ＭＰ８５
適性魔法　水１　火１　風１　土３　光１　闇２
称号　努力の鉄人
スキル　補助２　鑑定１　エコ１

すごい。短期間で土魔法が上がっている。ワンランクアップだー、じゃねぇよ！　朝から晩まで、魔力が続く限りモコモコしてたじゃん。もっと上がれよ！　上げてよ！

それからエコスキルがついた。これは俺が、最新式の省エネ家電も真っ青なくらいのエコ魔法を使っているからだろう。

微妙に気になるのは、他の者達と違って俺にだけ備考欄がないことだ。自分のことなんて自分がよくわかっているでしょ、ってこと？　でも、生まれた直後に捨てられミュラー男爵の養子となった、なんて書いてあったら震えるので、ないほうがいいこともある。

「あ、腐葉土・特じゃん。ラッキー」

現在は定期的におこなっている腐葉土の見回り中。鑑定してみたところ、間違いなく腐葉土・特ができていた。さっそく子供達を集めて、落ち葉の追加投入をしてもらおう。

子供達にはお駄賃《だちん》として、普通の腐葉土でそこそこ美味しく育った野菜を渡している。報酬は大事。慢性的に食料が足りていないので、みんな率先《そっせん》して参加してくれるのだ。嬉しいけど辛い。

「アルヴィ様！」

名前を呼ばれて振り返ると、ダンがぜぇぜぇ言いながら走って来るところだった。

「どうした？」

「となりの領地の、きゃ、きゃりーぬ？　ひしゃく？」

「キャルリーヌ子爵」

「そう、それです。そのなんとか子爵様がお見えになってます！」

「キャルリーヌ子爵な。でも、わざわざうちに？　なんで挨拶《あいさつ》に来ないんだって、イチャモンをつけに来たとか？」

「うーん、否定できませんね」

「そこは否定して」

俺は近くで遊んでいた子供達に、腐葉土・特を麻袋に入れて、代わりに新しい落ち葉を入れてくれるように頼んだ。それから畑の片隅に放置したままになっていた荷物をまとめ屋敷に向かう。

「しかし、キャルリーヌ子爵か」

「どんな方なんですか？」

「ラック曰く、腹黒狸《だぬき》。要注意人物」

近隣の情報は大事である。「未来への投資ってことで、教えてほしい」とお願いしたところ、「じゃ、美味しい話があったら真っ先に教えてくださいよ」と言って色々と話してくれた。お前のそのがめつい性格は好きだよ。

キャルリーヌ子爵領はミュラー男爵領より北西に位置し、領地も六倍と広い。爵位がひとつ違うだけで住む世界が違うと言われているくらいだ。農業はうちとドングリの背比べレベルだが、鉱山がある。

キャルリーヌ子爵領と言えば、良質な鉄の産地として有名だ。その資源をもとに商売をはじめ、子爵ながらにしてその暮らしぶりは伯爵家を凌《しの》ぐのではと噂《うわさ》されるほど。

ミュラー男爵領はこのキャルリーヌ子爵領と、奴隷市でお世話になったバルテン子爵領に挟まれているのだが、両家当主は犬猿の仲としても有名だった。しかも、先々代からという根深さである。

どっちか片方とだけ仲良くすると、ちょっと面倒なことになりそうなので気をつけなければならない。

「母上が俺を呼んで来いって言ったのか？」

ミュラー男爵家の当主は兄上だが、現在は王都で療養中のため母上が代理を務めていた。実質、領地を取り仕切っているのは俺だけど。母上は男爵夫人としての経験はあるが、領地経営のノウハウなんてないのだ。

「はい。あちらがアルヴィ様に紹介したいとかで、ご嫡男《ちゃくなん》をお連れになったようです」

「そういや、俺と同い年の息子がいるって言ってたな」

ラックの追加情報では、キャルリーヌ子爵の奥さんが現在妊娠中とのこと。腐葉土・特で作った野菜でも土産《みやげ》に持たせてみるか。賄賂《わいろ》は大事。果たして野菜が賄賂になるかどうか不明だが。

屋敷に戻ると、家令（仮）となった奴隷のクリストフが走り寄ってくる。奴隷に家令を任せちゃって大丈夫なのかと普通は思うだろうが、なんせウチには人がいない。ただし、家令資格を持っているわけではないので、あくまでも仮だけど。

ミュラー男爵領の現状を目の当たりにしたクリストフは、頭がいいだけに瞬時に理解したらしい。「奴隷商に売り直してもらっても？」と真顔で言った。俺も人畜無害そうなおっさんのほうがよかったわ。

そんなわけで、クリストフは家令（仮）として頑張ってくれている。

「急いで着替えてください」

「はいはい」

俺はクリストフによって衣類を引っぺがされ、滅多《めった》に袖を通すことのない正装に着替えさせられた。髪を整えれば完成である。手先が器用なダンがセットしてくれた。

にっこりと余所《よそ》行きの笑顔を貼りつけ、応接室へ急ぎ足で向かう。奇跡的に来客があるかもしれないからと、天井の穴を修繕《しゅうぜん》しておいてよかった。

「失礼いたします」

室内に足を踏み入れると、そこには母と見知らぬ壮年の男性、それに痩せ気味の少年がソファーに座っていた。

俺は品のある笑みを意識し、胸に片手を当てる。指を揃え、親指は直角。なんでもこれが貴族の正式な挨拶なんだとか。王族の前でのみ、膝をつき頭《こうべ》を垂れる。

「アルヴィクトール・エル・ミュラーと申します。お目にかかれて光栄です、キャルリーヌ子爵様」

目をほんのりと細め、歯茎《はぐき》を見せない程度に微笑《ほほえ》む。女性の場合は歯も見せてはいけない。これが品のある笑みなんだとさ。貴族って面倒臭いね。

「ふむ。優秀そうなご子息だ。私はヨハン・エル・キャルリーヌ。キスリング――君のお父上とは学友でな。このような形での挨拶になったことを残念に思う」

俺はツルツルにハゲあがったキャルリーヌ子爵の頭部に釘付《くぎづ》けだった。スキンヘッドを見たのはこれが初。みんななんとかハゲを隠そうと奮闘する中において、実に潔《いさぎよ》い髪型である。いや、単純にスキンヘッドスタイルを気に入っているという可能性もあるが。

彫りの深い顔立ちに、熊のようにがっしりとした体格。身長も高く、ソファーに座っているだけでも存在感がヤバい。顎《あご》にはジョリジョリしたい感じの髭《ひげ》が蓄えられていた。落ち着いたグレイの正装に、ビロードのスカーフを首に巻き、クソ高そうな宝石がついた指輪を嵌《は》めている。

これが腹黒狸か。貴族然とする姿からは商売上手なイメージは湧かない。しかし、没落寸前とまで言われたキャルリーヌ子爵家をたった一代で立て直した辣腕《らつわん》の持ち主である。ある意味、俺がお手本とすべき人物でもあった。

というか、父上の知り合いだったのか。

「息子のリクハルドだ。お前もご挨拶しなさい」

「……リクハルドです」

人見知りなのか、言葉少なげに自己紹介をする。視線もけっして合わせようとはしない。身長は俺のほうが微妙に高いだろう。目がパッチリしていて、なかなか可愛らしい顔立ちの少年だ。ふわふわの髪は明るいブラウンで、瞳の色は深い緑。年齢のわりに細い体つきが少し気にかかったが、食べても肉がつかない子供もいる。

その中で、なにより目を惹《ひ》きつけられたのが、右腕につけられた高価そうな〝魔導具《まどうぐ》〟だ。

正式名称は、魔導補助器具。その名の通り、魔法を行使する際などに補助的な役割を担う道具だ。効果は魔導具によって異なる。

広く使用されているのは魔力の増幅、補助効果があるものだ。腕輪タイプがほとんどで、昔は首飾りや指輪タイプもあったが、使い勝手が悪かったことから今はもう作られていない。骨董品《こっとう》として出回っている程度だ。

共通しているのは、表面に嵌め込まれた動力源となる〝魔導石〟である。電池のようなものと思ってもらえればいい。赤、橙《だいだい》、黄色、緑、青、藍、紫の順で効果や使用時間が高くなると言われている。それを聞いた時は、虹の配色かな？　と思ったものだ。

魔導石には天然物と人工物があり、その名の通り自然界で採取できるのが天然物、使い終わって空になった魔導石に特殊な機械を使って魔力を込めたものが人工物と区別される。人工物は今のところ、緑ランクまでが限界だと言われている。

もちろん、専用の機械さえあれば誰にでもできるというわけではなく、魔導石師の国家資格が必要となる。百年以上も前の話だが、人工魔導石が開発された当初、事故が多発し命を落とす者が続出。それで、資格が必須となった。

今でもたまに死亡報告があるそうだ。なにそれおっかない。人工魔導石を量産して俺チート的な夢は崩れ去った。

その魔道石だが、リクハルドが嵌めているものは緑色だった。人工物では最高ランクのもの。当然、とってもお高い。あの魔導具と魔導石があったら、俺もMPの残量なんて気にせず、ハイスピードで畑をモコモコできるのに。

「はじめまして」

挨拶は大事。握手しようとした瞬間、なぜかその手を思い切りはたき落とされてしまった。地味に痛い。

「ぼ、僕に触るな！」

「リクハルド！」

キャルリーヌ子爵の叱責《しっせき》が飛ぶ。男爵家程度の輩《やから》が気安く触るんじゃねぇ、って感じかとも思ったが、なぜか彼は見てわかるくらい体を震わせていた。極度の潔癖症？　対人恐怖症？　でも、このままだとまずいな。過呼吸を起こしそうになっている。

「──大丈夫よ、リクハルド」

誰よりも先に動いたのは、母上だった。リクハルドと同じ目線になるように屈《かが》み、安心させるように微笑む。しかし、けっしてその体に触れようとはしない。さすがは母上。プロの心理カウンセラーみたい。それにリクハルドも少し落ち着いたのか、震えは止まったようだ。

ここで、ステータス画面について、ひとつ進化があったことを報告しよう。今までは半径三メートル以内の人間に限っていたが、なんと距離が四メートルにまで伸びたのだ。

たかが一メートル、されど一メートル。これが後々、俺の運命を左右することに──なるわけねーよ！　相変わらず俺の成長は亀並みだ。

とはいえ、そんな頻繁に人様のステータス画面を覗くようなことはしていない。地獄はどこにでも存在するのだ。三股発覚事件はトラウマです。

どうしようかな、と俺は悩んだ。リクハルド少年の態度が妙に引っかかるのだ。俺は迷った。迷いに迷った末、内心で謝りつつ、リクハルドのステータス画面を見ることにした。

重い過去なんてありませんように。黒歴史的なものも表示しなくていいので、その辺りの配慮もよろしくお願いします。

はい、ステータス・オープン。

リクハルド・エル・キャルリーヌ　9歳
キャルリーヌ子爵家長男
HP220　MP150
適性魔法　水　火5　風2　土　光　闇
称号　筋肉神《マッスル》の祝福
スキル　筋力15
備考　生まれながらにして筋肉神の祝福を得る。ようやく歩きはじめた頃、力を暴走させ母親と乳母《うば》に重

傷を負わせた。それ以来、母親から引き離し、屈強な護衛によって育てられる。また、誰かを壊してしまうのではないか……お願い誰も僕に触らないで。魔導具で力を抑えているが、最近では緑ランクの魔導石でさえも制御が難しくなってきている。

やっぱり重いじゃん！

重いなら事前に重いって言って。閲覧注意のアイコンを派手に点滅させといて。あと筋肉神の祝福ってなに。そんな神様いんのかよ！

スキルの筋力が高ランクすぎて、どんなレベルなのかもわからんわ。ＨＰＭＰともに俺よりも高いし。解《げ》せぬ。盛大に解せぬ。

「申し訳ない。リクハルドも悪気はないのだ。ぜひ友人にと思い連れて来たのだが――」

キャルリーヌ子爵が釈明したその時、バキッ、と鈍《にぶ》い音が響いた。母から距離を取ろうと後退《あとずさ》ったリクハルドが、よろけた際にソファーの腕置き部分を摑《つか》み、そのままもぎ取ってしまったのだ。

キャルリーヌ子爵はギョッとした顔で、リクハルドの腕を取る。魔導具に嵌め込まれた魔導石はいつの間にかその色を失い、透明になっていた。

「そんな馬鹿な。三日前に交換したばかりではないか⁉」

その声にリクハルドが体を揺らす。キャルリーヌ子爵は慌てた様子で、壁際に待機していた己の従者を呼んだ。

「替えの魔導石はあるか？」

「申し訳ございません。替えはお屋敷に。その、緑ランクのものはそれが最後でしたので……」

愕然《がくぜん》とした様子のキャルリーヌ子爵は、「これから商談に向かわねばならんのだぞ⁉」と声を荒らげる。声量がすごい。

「魔導石を取りに戻っている時間はないか。しかし、この状態の息子を商談先に連れて行くには……申し訳ないが、ここに魔導石――いや、馬車と御者をお借りできないだろうか？」

貧乏男爵家には魔導石なんて高価なものはありません。それに気付いたようで、キャルリーヌ子爵も言葉を濁した。

でもね、うちには魔導石もないけど、馬車もないんだよ。領地に来た時は、道案内する役人さんが馬車を都合してくれたのである。あるのは荷車と、三頭の馬だけ。悲しい。

「それなら、ご子息を我が家でお預かりしますわ」

「いや。魔導石がない状態の息子は危険だ。途中までは同じ道を行くため、なんとかなるだろう」

「ですが、馬車の中でご子息になにかあったら大変ではありませんか。我が家の者に魔導石を取りに行かせます。その間、ご子息をお預かりするだけですわ」

子爵は葛藤《かっとう》するように唸《うな》ったあと、「申し訳ない」と自分の胸に手を置いた。

「用事を済ませたら、できるだけ早く戻って来よう。魔導石はそこで新しいものを調達するので、馬を走らせていただく必要はない。リクハルド、お前はなにも触らずにじっとしているんだ。いいな?」

「……はい、父上」

「では、息子をよろしく頼みます」

商談を済ませて戻るべく、キャルリーヌ子爵はものすごい形相《ぎょうそう》で退出していった。商談相手が少しだけ気の毒になってしまった。

さて、俺も畑仕事に戻りますか。

「母上。リクハルドと遊びに行ってきます」

「気をつけてね。お夕飯までには帰るのよ」

「はい」

お前も行くんだよ、と俺はリクハルドに笑いかけた。本当はキャルリーヌ子爵が戻って来るまでそっとしておいたほうがいいのかもしれないが、ようやく修繕を終えた屋敷に置いておきたくない。

「でも、父上には……」

「離れて歩けば問題ないだろ」

「りょ、領民に怪我をさせちゃったら」

「昼間はみんな仕事してるし、見かけること自体が希《まれ》だ。それに近付かなきゃいいだけだろ。ほら、行くぞ」

「僕に触るな！」

「はいはい」

俺が歩くと、恐る恐るといった様子で後ろをついて来る。根は素直な奴っぽいな。別に誘われたからって来る必要ないのに。そのまま屋敷を出てのどかな農道を歩いていると、背後から声がかかった。

「……君、僕が恐くないの？」

「うん」

「う、嘘だ。そんなわけない！」

「だって、別に恐い顔してるわけじゃないし」

「違う。さっきも見ただろ。僕は力の加減ができないから、制御の魔導具なしじゃ人前には出てはいけないって言われてるんだ」

「ふぅん」

まあ、妥当な対処法ではあるな。人の手には負えない祝福は、制御に特化した魔導具で抑えるっていうのが定石《じょうせき》だ。

ただし、それはあくまでも貴族の話。庶民は魔導具なんて高価なものを買えないから、大抵は国がその子供を引き取ることになる。そういう子供は将来、上手く力を制御できるようになれば金のガチョウに化けるからだ。ま、祝福持ちは滅多にいないらしいが。

「でも、言葉が通じない化け物じゃないし、無闇矢鱈《やたら》に暴力を振るってくるわけでもない。自分が危険な存在だという自覚もある。恐がる必要なくね？」

「………」

「ま、念のため距離は取ってもらえるとありがたいけど。そこ、段差があるから気をつけて」

農道もだいぶデコボコだよな。これ、土魔法で整地できないかなぁ。畑のモコモコは簡単なんだけど。今度、実験してみるか。

□□□

俺は先ほどまでいた畑に戻り、シャツにオーバーオールと麦わら帽子という農家スタイルに着替え、再びモコモコ作業に入った。少し離れた場所に立つリクハルドから、「え、遊ぶんじゃなかったの？　それとも遊んでるの？　え、え？」という困惑の声が聞こえてくるようだ。

「土魔法で畑を広げてんの」

「なんで？」

「収穫量を上げるため。このままじゃ、今年の冬が越せないんだよ」

報賞といいながら、なぜこんな痩せた土地を寄越《よこ》したんだ。土地ならどこでも喜ぶと思ったのか。俺の返答に、リクハルドがますます困惑する。

「それをどうして君がやってるの？」

「俺しかいないからだ」

母上をはじめとして使用人達も仕事があるし、それ以外にも屋敷の近くに専用の畑を作ってみんな交代で野菜を育てている。自給自足しているのだ。母上だって鍬《くわ》や鎌《かま》を持って、畑仕事に精を出しているんだぞ。なかなか楽しいわね、と頬についた土を拭《ぬぐ》う母上はマジ豊穣《ほうじょう》の女神。

「土魔法が得意な領民もいないし。っていうか、土魔法の適性ある奴が少なすぎ」

デニス曰く、魔法属性の適性については教会で誰でも調べられるそうだ。大抵は生まれてすぐ洗礼を受けに行った際に見てもらうんだとか。魔法適性は生まれつきのもので、称号やスキルと違って途中で発現することはない。

統計的にみると、火と水の適性を持つ者がもっとも多く、続いて、風、土、光と闇、の順になっている。だいたい一個から二個程度の適性を持っていて、三個以上で多いね、と言われる。

また、属性同士の相性もあり、火と水の適性を同時に持っている者は滅多にいない。火ならば風、水ならば土、という組み合わせが多い。光と闇も同じで、やはりどちらも、というパターンはなかなかに見ないのだとか。

俺が洗礼を受けた時に、全属性に適性があることがわかった途端、神父さんは驚きの声をあげたが、すぐに数値を見て「しょぼ」と呟《つぶや》いた。

全属性に適性がある子は、最初から数値が高めの傾向にあるそうだ。絶対に許さない。俺は当時、赤ちゃんだったがなぜかその言葉だけはよく覚えていた。

まぁ、それはどうでもいい。ウチの領民もやはり、火や水の適性持ちが多く、風や土は少なかった。試しに土魔法に適性がある奴に畑をモコモコさせたが、土を盛大に飛び散らせるだけで終わった。それを二度繰り返したところで魔力が底をつく。弱いぞ村人。

そもそも土魔法はこんな使い方をしないんですよ、とビクターに呆れられてしまった。じゃあ、どうやって使うんだと訊いたところ、即席の壁を作って相手の攻撃を防ぐような、いわゆる盾代わりみたいにして使うらしい。生活系への応用はいまいち普《ふ》及《きゅう》していないようだ。

「畑を耕せるよ」と言ったら、「すぐに魔力が底をつくので人力のほうが早いですね」と返ってきた。「穴も掘れるよ」と言ったら、「すぐに魔力が底をつくので人力のほうが早いですね」と返ってきた。

なので、マジで畑を短期間で拡張できるのが、俺しかいないのだ。悲しい。土魔法向上委員会でも発足させようかな……。

「いいか。畑を作るのは、とっても大変なんだ」

前世の農家バイトで、雇い主であるおっさんは夜になると、たまに酒瓶を片手に語っていた。畑を荒らす害獣が憎い！　台風は死ね！　もっと野菜を食え！

今ならその気持ちがよくわかる。

「特に畑のど真ん中に生えてる木。あれ邪魔！」

木は悪くない。ごめんね、本当に悪くないんだ。でも、邪魔。葉が生《お》い茂《しげ》ってくると日陰になって畑の一部分だけ日照不足になるので、めっちゃ引っこ抜きたい。

でもそうなると、木を切り倒し、切り株を掘り起こす必要がある。サイズにもよるが、大きなものになってくると根張りも強く、大人数人がかりの大仕事になる。

木をロープで縛り、地面をモコモコして引き倒してやろうかと思ったが、悲しいことに働き盛りの男達は出稼ぎに行ってしまい、領内に残っているのは老人と女性、幼い子供だけ。おじいちゃん達にそんなことは頼めない。みんな腰をやってしまう。

しかたないので、収穫が終わってから切り株だけを残して伐採する予定である。あとは俺の土魔法のレベルが上がることに期待。

「あれを引き抜けばいいの？」

「え、うん」

「わかった。やってみるね」

リクハルドはトコトコと歩いて木に近付いたかと思うと、成人男性の胴回りはあるかと思われる幹に両腕を回した。んんっ、と可愛らしいかけ声とは裏腹に、その足下からはボコッ、ボコォと不気味な音が響く。さらには、ブチブチチッとなにかが千切れるような音も。

「えいっ」

ドゴォ、とひと際大きな音が響いたかと思うと、地面から木が抜けた。リクハルドはそのまま引っこ抜いた木を肩に担いで、「これ、どこに置けばいい？」と無邪気に首を傾げる。俺は無言で畑の脇を指差した。そこに木を置いて、頬を紅潮させながら戻って来る。

「マジで？」

「なにが？」

「とんだチート野郎だな、おい」

「ちーと？」

「とんでもなくすげぇってことだよ！」

大人数人でも一日はかかると言うのに。筋肉神の祝福、マジですげぇ。ネーミングはあれだけど。なんだよマッスルって。

「えへっ。木を抜いたの、はじめてだった」

「もったいないな。庭師に喜ばれると思うぞ」

邪魔な木だけじゃなく、岩もいけんだろ。しかし、リクハルドはなぜか俯《うつむ》いて、「そんなのむりだよ」と呟いた。

「……父上には、危ないから力を使うなって言われてるんだ」

もったいなくね？　だって、邪魔な木を一瞬で引っこ抜けるのに。そりゃ、魔導具で制御しているとはいえ、誰かに怪我をさせる恐れがあるような力は危険かもしれないが。といっても、祝福についてはよく知らないんだよな。あとで母上に聞いてみよ。

「力加減の練習はしないのか？」

「やったことない。魔導具を外したら、すぐになんでも壊しちゃうから……。屋敷だって、もう何回も補修してる。これ以上は迷惑をかけられないよ」

「うーん。じゃあ、アレで練習してみれば？」

俺が指差したのは、となりの畑に生えているそこそこ立派な木だ。引っこ抜くのを面倒臭がって放置した結果、それなりの大きさに育ってしまったパターンである。そんな放置木は少なくない。開墾する時に面倒臭くてもちゃんと引っこ抜こうね。

「誰に迷惑をかけるわけでもないし、抜いてくれるなら大助かりだ」

「それで、力加減が身につくかな……」

「やってみないとわかんないだろ。人間、最初は誰だって上手くいかないもんなんだよ。みんな練習と失敗を重ねて成長するんだ」

俺だって、最初から畑をモコモコできたわけではない。あまりに魔力を込めすぎると土が飛び散ってしまうし、その拍子に飛び出た石で額を切ってギャン泣きしたこともある。

表面から十センチほど内側を、ひっくり返すような感覚でモコモコするのがベストだと気付くのに、三日もかかった。十センチが終わったら、今度は三十センチと深さを下げていく。次は六十センチまで。そこに腐葉土を撒いて、仕上げのモコモコ。

今でこそ流れ作業のようにできるが、この手順を編み出すまでは、あーでもない、こーでもないと試行錯誤の連続だった。

「そこで、この邪魔な木だ。この木を引っこ抜いて、力加減を練習するんだよ。バキバキになっても、薪《まき》にできるから問題ない。ウチの領内には、こういう邪魔な木がたくさんある。好きなだけ抜いていい。抜いてくださいお願いします」

うっかり本音が出てしまった。こういう木は中身がスカスカだったりして、木材としての利用価値は低いんだよな。ダンも「薪以外の使い道はなさそうですねぇ」と言っていた。薪は消耗品なので、たくさんあっても困らない。

「それで力を使い熟《こな》せるようになるかな……」

「まずは簡単な目標にしてみたら？」

「え？」

「魔導石の色を、ひとつ下げれるように頑張る、とか」

魔導石の金額は、人工物でもランクがひとつ上がるだけで値段が大きく変わってくる。庶民の間でちょっとした補助のために利用されているのは、最低ランクの赤がほとんど。その上の橙ともなると、なかなか手が出せない。

下位貴族がだいたい橙と、ちょっと背伸びして黄色。中位貴族で黄色と緑。それ以上は雲の上。最高ランクの紫なんて、希少さから国宝にまでなっている。ウチは赤ランクの魔導石でさえ買えないんですけどね……。

キャルリーヌ子爵家は羽振りもいいため緑ランクの魔導石を買えるのだろう。しかし、いくら儲《もう》けたとしても頻繁に緑ランクを多用していたら、財政を圧迫しかねない。

「完璧じゃなくてもいいの？」

「もちろん、それが理想だけどな。俺の年内の目標は、畑の開墾と腐葉土・特の研究だ」

腐葉土・特は量産できたらいいなー、というレベルだけど。百点取るぞ、じゃなくて、四十点取るぞ、赤点回避だ！　というほうが現実的だ。前世、数学が壊滅的に苦手だった俺の、試験前の目標である。先生はとても難しい顔で、それは六十点じゃ駄目なのか？と言っていたが。俺は高望みはしないのだ。

リクハルドはその指摘が目から鱗《うろこ》だったようで、ポカンとした表情を浮かべた。キャルリーヌ子爵は頭ごなしで叱《しか》りつけて、周囲に被害がでないことを優先してるっぽいしな。でも、悪い親ではないのだ。

ついさっきも、なんだこいつ毒親か？　ＤＶか？と疑い、念のためにステータス画面を確認してみた。

それがこちらである。

ヨハン・エル・キャルリーヌ　45歳
キャルリーヌ子爵
ＨＰ１４２０　ＭＰ６２０

適性魔法　水　火4　風2　土1　光　闇
称号（空欄）
スキル　商才7
備考　腹黒狸。傾いていたキャルリーヌ子爵家を一代で立て直す。子煩悩《こぼんのう》で愛妻家。どうして息子がここまで苦しまねばならないのだ。ああ、可愛いリクハルド。リドちゃん。不甲斐ないパパでごめんねぇぇぇええええ！　バルテン子爵とは犬猿の仲。

見なきゃよかった。あの強面《こわもて》スキンヘッドが、内心でこんなこと考えていたなんて知りたくなかった。申し訳程度の腹黒狸の文字が霞《かす》んで見える。

ってていうか、こうしてみると称号持ちってあんまりいないもんなんだな。称号持ちと出会ったのはリクハルドがはじめてである。

ま、俺も称号持ちですけどぉ。ちょっと意味がわからないですね、って微妙なレベルだが。称号については――祝福を除いて――生まれつきのものもあれば、途中で発生するものもあるので、俺が称号持ちだとは誰にも知られていない。

バレたとしても「努力の鉄人？」って、首を傾げられて終わるだろうが。俺だって首を傾げたい。

「とりあえず、お父上が帰って来るまで暇だし。やってみたら？　お礼に腐葉土・特で作ったカブをあげるよ」

「えっ。僕、野菜はあんまり好きじゃない」

「おっと。てめーは俺を怒らせた」

野菜は農民と俺の、血と涙と汗と試行錯誤の結晶なんだよ。絶対に腐葉土・特で作ったカブを食わせて美味いと言わせてやる。

「よし、次はあの木だ。思い切り力を込めて抜くんじゃなくて、どれくらいの力加減で抜けるとか、自分なりに考えてみるのもいいんじゃないか？」

「そ、そっか」

「まあ、気楽に行こうぜ。駄目なら駄目でも、うちの領民は助かるわけだから。お礼に腐葉土・特で育てた別の野菜もつけよう」

「ううん、や、野菜は……」

絶対に食わせてやる。俺はそう心に決めた。

□□□

キャルリーヌ子爵が戻って来たのは、夕暮れギリギリだった。さすがにもう遅いということで、屋敷で一泊してもらうことに。外灯もない夜道はそれだけで危険なのだ。どうせ誰も来ないだろうし、と客間を放置したままにしなくてよかった。

夕飯は腐葉土・特で育った野菜を使った料理と、畑を荒らす憎き害獣シシーのステーキである。

シシーはイノシシに似た動物だ。ギザギザした鋭い牙があるので、追突注意。たまに木の幹に牙がめり込んだまま身動きが取れず、絶命したシシーを見ることもある。それ、木じゃなくて人間だったらヤバくね？

大きさはそれほどではなく、中型犬より少し大きい程度。ただし、素早いし持久力もある。皮は固くて加工品には向かないが、肉はそこそこ美味しい。

「うわっ。この野菜すごく甘くて美味しい！」

「だから言っただろ」

俺が育てたわけではないが、畑をモコモコしたのは俺だし、腐葉土・特を作ったのも俺。つまり実質、俺が作ったようなもの。リクハルドは美味しそうに野菜料理を平らげていく。労働後の食事はまた格別だろう。

「この野菜はなに？」

「蒸したカブだな」

「こっちのは？」

「焼いたカブ」

「このスープに入ってる葉っぱは？」

「カブの葉」

カブが多いな。リクハルドは気にした様子もなく、「そうなんだ。カブって美味しいんだね」と言って、満面の笑みを浮かべている。

リクハルドはあれから、六本もの木を引っこ抜いてくれた。しかも、最後は大人が両腕を回しても届かないレベルの大木である。

さすがにこれには手こずったようで、幹に突進をかましたり、揺らしたりと自分なりに工夫をしながら、最終的には地面から引っこ抜いていた。なお、子供だけでなく大人まで集まって、リクハルドの応援がはじまった。俺が畑をモコモコしている時は、誰も応援なんてしてくれなかったのに。

でも、さすがにリクハルドは祝福持ちなので、近くには寄らないようにと事情を説明。応援するなら距離を取って邪魔にならないように、と厳命する。アイドルのマネージャーになった気分だ。

そんなリクハルドを驚愕の眼差しで見ているのが、キャルリーヌ子爵である。ポカンと口を開けたまま、フォークに刺さった肉の存在も忘れひたすら自分の息子を凝視している。

俺はそんな子爵に話しかけた。

「お口に合いませんでしたか?」

「いやっ。そ、そうではなく、リクハルドは普段、小食なのだが……」

そりゃ、動かずに部屋でじっとしていたらお腹も空かないよ。話を聞いてみると、キャルリーヌ子爵に連れられて外出する以外、なるべく物を壊さないように部屋に閉じ籠《こ》もっているそうだ。

あと、ネックなのは母親。遠目でしか見たことがないなんて相当だろ。ステータス画面の備考欄にあった、母親と乳母に重傷を負わせ、というくだりが原因なんだろうけど。

「父上。野菜がとても美味しいです」

「領内にある野菜を、すべて買い取らせてくれ。金額は相場の倍を払ってもいい」

このおっさん、相当テンパってるぞ。商談のチャンスですね。給仕をしていたクリストフの目がギラリと光った。きっと俺の目も同じように光っていたに違いない。しかし、ここで焦ってはいけない。前世、営業職を経験した俺にはよくわかる。細切《こまぎ》れにしか覚えてないけど。

「これは特別な腐葉土で作った野菜ですので、市場に出回るほどの収穫はないのです。それほどまでに気に入っていただけたのであれば、ぜひ土産にお持ち帰りください」

そう、売るべきは野菜ではなく〝恩〟だ。腐葉土・特が量産できるのであれば問題はないのだが、今のところ運任せとなっている。それでは、商品とするには弱い。

ならば、別の形で利用すべきである。腹黒狸という侮《あなど》れない側面はあるものの、父の旧友だというし、なにより子煩悩で愛妻家だ。味方につけておいて損はない。犬猿の仲といわれるバルテン子爵のこともあるので、あまり近付きすぎるのはよくないが。

「それはありがたい。最近、妻の食欲が落ちていてな。これならば栄養が取れそうだ」

「まぁ、それは大変ですわ。私でお力になれることであれば、遠慮なくおっしゃってください」

母上は光魔法に適性があり、その中でも治癒特化という珍しい能力の持ち主だった。とはいえ、大怪我を一瞬で治してしまうほどの力はない。擦《す》り傷の治癒や、精神を落ち着かせる沈静系の魔法を得意としていた。

光適性のレベルは4である。俺も適性はあるのに、レベルが低すぎてささくれひとつ治せない。

母上は王都で暮らしていた時、定期的にボランティアで教会に赴き、妊婦さんのケアにも携《たずさ》わっていた。悪阻《つわり》の酷い妊婦さんにとって、沈静魔法を得意とする母上は神にも似た存在だったらしい。

また、出産の際に痛みでパニックになる女性に沈静魔法をかけて落ち着かせたり、その聖母の如《ごと》き微笑みで安心感を与えたりと、ボランティアじゃなくて教会の産院に就職してくださいとお願いされるほど重宝された。男爵領に引っ越すことになった時などは、神父さんや修道女達がむせび泣いていたくらいだ。

「それはありがたい。ぜひ、頼りにさせていただこう」

こうして、キャルリーヌ子爵はリクハルドを連れ、にっこにこで帰って行った。俺も恩が売れたし、畑の邪魔な木はなくなったしで、にっこにこだ。

□　□　□

「どうにか、腐葉土・特の量産はできないのでしょうか？」

真顔でそう言ったのは、家令（仮）に就任した奴隷のクリストフである。畑をモコモコしながら、今節の収入状況を聞いていた俺は、地面に座ったままクリストフを見上げる。

「できたら、とっくにやってる」

今のところは数打ちゃ当たるの運頼みである。複数ヶ所に穴を掘り、定期的に腐葉土の状態をチェック。腐葉土・特ができた！　よし、急いで追加の落ち葉を持ってこい！　それで可能な限り作り貯め。完成までには半節——一ヶ月程度はかかるから、量としては微妙。

「でも、不思議なんだよな」

「なにがでしょう？」

「キャルリーヌ子爵も腐葉土・特に目をつけたみたいで、自分とこでも作ってみたんだってさ。でも、発酵速度は普通の腐葉土と同じで、半節で完成したものはなかった」

「技術が盗まれてるじゃないですか⁉」

「盗まれるほどの技術はねぇよ。腐葉土なんて、どこでも作ってるだろ」

「それはそうですが……」

「ウチは二十ヶ所作って、一、二ヶ所は当たる」

「少ないですね」

「俺も最初はそう思ってた」

キャルリーヌ子爵が作ったのは二百ヶ所。倍どころの話ではない。しかし、ひとつとして腐葉土・特ができることはなかった。むろん、場所の問題もあるだろう。しかし、一ヶ所もかすらないというのはおかしい。魔素溜まりってそんなに少ないもんなの？　うちの領地が多いだけ？

「たまたまか、それとも別に理由があるのか。他の領地でも実験できたらいいんだが」

今年の冬は乗り切れるが、問題は三年後の租税だ。むろん、三年間コツコツと貯蓄に励めばなんとかなりそうだが、租税は毎年、決められた額を納めなければならない。

「来年からは、単価の高い穀物類を中心に育てるように言ってある。それを他の領地に卸《おろ》せるようになれば、収入も増えるだろ」

大麦や小麦系ね。パンの材料となるため、大きな領地であれば必ずといっていいほど買い手がつく。しかし、育てるのに場所と時間がかかるので、現状の畑の広さでは収穫量は見込めない。今のうちに畑をモコモコして、来年の大量作付けを目指すのだ。

「クリストフにも苦労をかけることになると思うが、よろしく頼む」

「私は奴隷の身ですので、そのような言葉は不必要です」

「でも、そう言われたら嬉しくない？」

「…………」

まんざらでもない顔してるじゃん。できれば、復讐心を捨ててくれたらいいんだけど、こればっかりはなぁ。

復讐からはなにも生まれない、なんて殊勝《しゅしょう》なことを言うつもりはない。どちらかと言えば俺は、よろしい、ならば戦争だと言う人間なのだ。大切な人を理不尽に奪われたら、加害者がのうのうと生きていることが許せない。だからクリストフの気持ちもわかってしまう。

「難しい話だな」

「なにかおっしゃいましたか？」

「なんでもありませーん」

畑のモコモコ作業に集中するか、と思った時。遠くから土煙が見えた。じょじょに近付いて来るそれは、大木を引き摺《ず》るリクハルドである。

「見て、アルヴィ！」

「うん」

「今までで一番、大きな木！」

「どこの？」

「ビクターさんの家の庭。日当たりがよくなったって喜ばれた！」

「それで、なんでわざわざ引き摺って来たんだ？」

「アルヴィに見せたかった！」

獲《と》った獲物を見せに来る狩猟犬かな？　興奮気味に笑みを浮かべるリクハルドは可愛いが、引き摺ってるのが大木なんだよなぁ。横に立っているクリストフも顔を引き攣《つ》らせている。とりあえず、褒《ほ》めておこう。

「……懐かれましたね」

「やっぱり？」

あれからリクハルドは、なぜか三日と置かずにミュラー男爵領にやって来るようになった。キャルリーヌ子爵に会いに行きたいとお願いしたらしい。表向きは頑固親父、内心は過保護なパパは駄目とは言えなかった。

キャルリーヌ子爵領はバルテン子爵領よりも近いので、馬車のような移動手段さえあれば日帰りもできる。

「力の使い方にも慣れたか？」

「うん。木を抜く時のコツはわかったよ」

「邪魔な木をほとんど抜いたもんな」

クリストフから聞いたところによると、祝福系は本当に大変だった。どう大変なのかというと、祝福持ちの半数が成人できずに亡くなってしまうのだそうだ。重い。控えめに言って地獄。

それ本当に祝福？　呪いの間違いじゃなくて？　そんな物騒《ぶっそう》な祝福はいらない。俺は努力の鉄人でよかった。

「それで、アルヴィにお願いがあるんだ」

「なんだ？　さすがに、広場にある領内一番の巨木を引っこ抜く許可は出せないぞ」

「違うよ。この木で薪を作りたいんだ。ビクターさんも、好きに使ってくれていいって言ってた」

「わざわざ作んなくても、薪ならたくさんあるぞ。そっちを持っていけばいいだろ」

リクハルドが引っこ抜いた木は、すべて薪になった。乾かして内部の水分を抜くという工程はあるが、もともと軽い木だったので乾燥も早い。今年の冬は薪に困らないだろうと、ビクターも嬉しそうだった。

「僕が作ったものがいいんだ。その……お腹に赤ちゃんがいる女の人は、温かくしたほうがいいって聞いて……」

恥ずかしそうにモジモジするリクハルドに、俺はなるほど、と頷いた。キャルリーヌ子爵夫人は妊娠中で出産は来年の春と聞く。もっとも、愛妻家のキャルリーヌ子爵が大量に備蓄しているとは思うが。

「でも、僕が作った薪なんて、迷惑かな……」

「誰が作ろうが、薪は薪だ」

「アルヴィ様」

クリストフが咎《とが》めるように名前を呼ぶ。初対面から数日間はとっても従順だったのに、最近はあれこれとうるさいんだよなぁ。「誰のせいでそうなったと思っているんですか」と溜息《ためいき》交じりに言われるから、指摘しないが。

「なんで薪なんだ？」

「母上に自分で作ったものを贈りたくて。薪なら僕でもできると思うから」

リクハルドが照れたように笑う。俺のとなりでクリストフがさっそくもらい泣きしていた。お前、けっこう涙脆《もろ》いよな。

「受け取ってもらえないかもしれないけど……」

「そんなことないだろ」

「ううん。僕は母上に嫌われてるから。きっと弟か妹が生まれても、会わせてもらえないと思う。僕が昔、母上達に酷いことをしちゃったから……」

嫌われてるねぇ。確かに、生後数ヶ月の赤子によって重傷を負わされた母親が、その子供を恐れたとしても不思議はない。

母親なんだからそれくらい許せばいいのに、と批判するのはお門違いだ。俺はキャルリーヌ子爵夫人に会ったことがないから、なんとも言えないが。ちなみにクリストフはボロ泣きだ。ハンカチで口元を覆い、背を向けたまま嗚咽《おえつ》を堪えている。

「それ、屋敷まで持ってこいよ」

「え？」

「薪割りはダンが得意だ。コツを教えてもらおう」

「うん！」

畑のモコモコはちょっと休憩。そのまま大木を引き摺るリクハルドと一緒に屋敷に戻ったら、目元を真っ赤にしたクリストフを見た母上に、「クリストフを泣かせたら駄目よ」とやんわり怒られた。遺憾の意。

□□□

「……あの、アルヴィ。どうして、そんなところにいるの？」

手斧《ておの》を持ったリクハルドが不思議そうに首を傾げる。

俺とダンの二人は、リクハルドからだいぶ離れた建物の陰にいた。クリストフは仕事があるからと、屋敷に戻った。

「念のためだ！」

俺は大声で叫んだ。ここは屋敷の裏手にあるダンの作業場だ。大きな丸太が置かれ、それを土台にしていつも薪を割っている。

今回はさすがにリクハルドが引き摺って来た原木を玉切りするのは素人《しろうと》では危ないということで、すでに丸太になっている別の木で薪割りを練習してもらうことになった。

原木のほうはあとでダンが、割りやすいサイズに玉切りしておいてくれるそうだ。リクハルドは手がまだ小さいので、大人が片手でも扱える手斧を使うことになった。

「リクハルド様。真ん中です、真ん中に一度、食い込ませる感じに当ててください！」

「わかった」

「優しくですよ、優しく。コンッ、で充分ですから！」

「うん」

緊張した面持ちで頷いたリクハルドは、両手で構えた手斧を「えいっ」という可愛らしい掛け声とともに振り下ろす。

ドガッ、と大きな音が響いたかと思うと、丸太が真っ二つに割れた――そう、土台となっていた丸太が。

「知ってた」

土台の丸太に載せた大きめの薪も、真っ二つに割れている。しかし、その衝撃で空高く舞い上がり、片方が俺達が隠れる屋敷の壁に激突した。ダンが悲鳴を漏らす。ほら、やっぱり隠れて正解だった。

「あ、あれ？」

「しかも、手斧が地面にめり込んでんじゃん」

それに気付いたらしいリクハルドは、慌てたように手斧を引っこ抜こうとした。しかし、思いのほか深く刺さっていたようで、「んんっ」と苦しそうな声があがる。

「あ、ヤバいかも」

リクハルドによって引っこ抜かれた手斧は、それはそれは見事な放物線を描いて、少し離れた場所にあった作業小屋の屋根に突き刺さった。

「ああっ。雨漏りを直したばかりなのに！」

「どんまい」

しかし、木を引っこ抜くよりも、こっちのほうが力加減の練習になるのではないだろうか。領内にあった邪魔な木は、その大半が引っこ抜かれてしまった。リクハルドは最近、畑の近くの山を見上げている。やめて、そっちは引っこ抜かないで。

まだ手つかずの原木はたくさんあるし、薪も割ってもらえれば助かる。その中で、綺麗に割ったものを選び、母親へのプレゼントにすればいい。

「どうする？　このまま練習したいなら、ダンを置いてくけど」

「ひぇええぇ」

「……僕、諦めたくない」

「そっか」

誰が作っても、薪は薪だ。それは、魔導石だって同じこと。

俺は一度、リクハルドに頼んで魔導石に触らせてもらったことがある。むろん、鑑定するためだ。ミュラー男爵家の財力では緑ランクの魔導石なんて、夢のまた夢。このチャンスを逃すわけにはいかない。

◇魔導石（人工物）　レベル4
人の手によって魔力が込められた魔導石。緑ランク。

制作者・ルイーゼ・エル・キャルリーヌ。

母上に確認してみたところ、キャルリーヌ子爵の奥さんはルイーゼという名前だった。さらには結婚する前、魔導石師として働いていたのだとか。貴族の子女でも家が貧しかったら働きに出ることはある。

しかし、子爵夫人になった今、わざわざ魔導石を作るとは思えない。キャルリーヌ子爵領の財政を見れば、夫人自らが働く必要もなかった。

なぜ、息子に顔を見せないのかはわからない。そこは個人の事情もあるのだろう。キャルリーヌ子爵がなにも言わないので、俺もこの事実を伝えるつもりはないが。

「よし、ダン。リドを頼んだぞ」

「よろしくね、ダン！」

「ひぇえええ」

こうして、ダンはリクハルドの師匠となったのだった。押しつけたわけではない。

□□□

「アルヴィ様。掃除用具を持たれて、どこに行かれるつもりなのでしょうか？」

訝《いぶか》しげな表情を浮かべるクリストフに、モップや雑巾《ぞうきん》、バケツを装備した俺は答える。

「掃除」

「それはそうでしょう」

「三階の端にある物置部屋。掃除がてら売れそうな物を探そうかなって。状態がいいものは運び出して、ラックに買い取ってもらう。それ以外は邪魔だし、壊して薪代わりかな。手が空いたら運ぶの手伝って」

「かしこまりました」

畑の開墾も一段落し、今日のモコモコは休み。明日は行商人のラックが立ち寄る日なので、今のうちに売れそうな物を選別しておきたいのだ。

鑑定スキルがあるお陰で、価値があるかどうかもすぐに判別できる。屋敷にある物は自由にしていいと、案内してくれた役人も言っていた。幻の名画とか残ってないもんか。

問題の部屋は、三階の南側にあった。日当たりのいい部屋なので、綺麗に片付けて兄上の部屋にしよう。

俺は窓を開けるとハンカチをマスク代わりに巻いて、ホコリというホコリを徹底的に掃除した。ボロボロのカーテンは外して、廊下にポイ。あとでダンに、なにかに使えないかどうか見せてみよう。

さて、ここからは鑑定スキルさんの出番である。俺は室内に残された家具を片っ端から鑑定していった。

◇壊れた椅子《いす》　レベル判定不能
壊れた椅子。元はそれなりに高価なものだった。内部に虫の卵が産みつけられているので、早めに処分したほうがいい。

◇壊れたテーブル　レベル判定不能
壊れたテーブル。元はそれなりに高価なものだった。内部に虫の卵が産みつけられているので、早めに処分したほうがいい。

◇壊れた振り子時計　レベル判定不能
壊れた振り子時計。元はそれなりに高価なものだった。内部に虫の卵が産みつけられているので、早めに処分したほうがいい。

◇壊れた本棚　レベル判定不能
壊れた本棚。元はそれなりに高価なものだった。内部に虫の卵が産みつけられているので、早めに処分したほうがいい。

泣いていいかな。なんでそんなに虫の卵が産みつけられてんの。むりだ。暖炉にくべる気にもなれない。

さっさと焼却処分しよ……。教えてくれてありがとう、鑑定スキルさん。念のため屋敷内で再利用されているる家具類も鑑定しておこう。来年の春先に悲劇が起こってからでは遅いのだ。

「つーか、ほんとマジでなんもないな」

ちょっとくらいあったっていいじゃん。夢を見させてよ。諦めきれない俺は、本棚に備えつけられていた引き出しを開けた。虫が飛び出てきたらどうしようと、ちょっぴりビビりながら。

しかし、空、空、空っぽの連チャン。そりゃ、普通は引っ越す時に金目の物は持ってくか。忘れでもしない限り、わざわざ置いてったりしないよな。

「指輪の一個くらい……ん？」

この引き出しだけ底が浅いような気がする。試しに押したりずらしたりしていると、カコンと底が外れその下にあった隠しスペースが出てきた。それに俺は興奮する。そうそう、こういうのを待ってたんだよ。中に入っていたのは、腕輪タイプの魔導具と一冊の日記帳だった。

「魔導石はなしか。とりあえず、鑑定っと。売れるものでありますよーに」

◇魔導具　レベル10
腕輪タイプ。禁術によって作成された、肉体を一時的に成長させる特殊な魔導具。魔導石が嵌め込まれている間のみ有効。魔力消費はない。副作用もないが、体が一瞬で成長するため服は脱いだほうがいい。制作者・アイロック・エル・ローゼ。

お待ちください。

禁術ってなに？　それに、肉体を成長させるってどういうこと？　服を脱いだほうがいいという地味なアドバイスは本当に必要なのか。他にもっと書くことがあるだろう。

一応、副作用はないらしいが……。でも、禁術っていうくらいだしなぁ。腕に嵌めたら取れなくなったりしない？　しないよね？　なんかちょっと、これは別の意味で売るに売れない品物だ。

　続いて日記も鑑定してみる。

◇アイロック・エル・ローゼの日記　レベル3
アイロック・エル・ローゼ（享年十六）によって書かれた日記。内容がとっても重い。控えめに言って地獄。それ相応の覚悟を持って読むように。


　危ねぇ！　うっかり読むとこだったわ！　鑑定スキルさんが地獄というレベルなのだから、それはもうとんでもない地獄なのだろう。

　しかも、享年十六ってとこが、もうすでに重い。黒歴史系かなとか思っててごめんなさい。そんな可愛いレベルじゃなかった。これは見なかったことにしておこう。捨てるのも忍びないから、俺の部屋の本棚にでも置いとくか。あとで教会に持って行って、供養してもらおう。こっちの世界に供養という概念があるかどうかは不明だが。

「問題はこの魔導具だよな」

　見た目は普通の魔導具だ。銅製でシンプルなデザインとなっている。正直に言って使ってみたい。未来の自分って見てみたくない？　成長したところで、たぶん平凡な成人男性なんだろうけど。

「しかも、ちょうどよく魔導石が」

　キャルリーヌ子爵が野菜のお礼にと、いくつかの魔導石をくれたのだ。お礼のほうが豪華すぎる。たぶん迷惑料も入っているのだろう。

　魔導石は換金もできるが、クリストフや母上と話し合って、へそくりとして保管することにした。俺はその時、母上からなにかあった時のために持っていなさいと、赤と橙ランクの魔導石を一個ずつもらったのである。

　そんなわけで、この魔導具を使おうと思えば、使えるのである。禁術という部分がとっても気になるが。

さらに制作者が、鑑定スキルさんに地獄と言わしめたアイロック少年だ。十六歳では魔導具制作の国家資格は取得できないので、バリバリ自己流ですね。違法です。

「……あとで試してみるか」

鑑定スキルさんを信じるなら、副作用はないっぽいし。害があるようなものなら、ちゃんと記載してくれるはず。カブの時だって、生で食べると腹を下す的な注釈があったくらいだ。

一度、試してみて使えそうにないとなったら、廃棄してしまえばいい。知らんぷりして売るのは危険だ。それにどうせ、こんなものを馬鹿正直に国に報告したら、面倒なことになるに決まってる。

俺は魔導具と日記を自分の部屋に持って帰り、厳重に保管した。そして、再び物置部屋の鑑定と掃除を開始する。しかし、売れそうな物はなにもなく。壊れた家具はすべて虫の卵に汚染されていたので、庭先でのキャンプファイヤーが開催されたのだった。

ちなみに、他の部屋の家具は虫の侵略を受けていなかった。セーフ。

□□□

時が過ぎるのはあっという間で、早くも一ヶ月がたった。季節は夏から秋に移り変わろうとしている。王都で療養中の兄上から手紙が来た。冬になる前には帰れそうだ、と。母上はその手紙を読んで泣いていた。本当は王都に——兄上の傍にいたかったに違いない。

俺がもっと大人だったら、領地のことは任せてほしいと言えたのに。精神年齢が大人でも、こればかりはどうすることもできなかった。

リクハルドは相変わらず三日置きにやって来ては、薪割りに奮闘している。ダンは作業小屋の屋根の修繕を諦めた。力加減については、「魔導石の持ちが少しずつよくなってる気がする」と、リクハルドは言っていた。

その証拠に、薪割りは日に日に上達し、先日ようやく土台の丸太を割らずに薪だけを割ることに成功した。

継続は力なり。ステータス画面を確認したかったけど、それはほら、プライバシーの問題もあるから。

ちなみに、これがプライバシーもへったくれもない俺の現在のステータス。

アルヴィクトール・エル・ミュラー　10歳
ミュラー男爵の弟
HP75　MP90
適性魔法　水1　火1　風1　土3　光1　闇2
称号　努力の鉄人
スキル　補助2　鑑定1　エコ3

HPとMPがちょっとだけ増えた。本当にちょっとだけ。魔法はそのままで、エコスキルもちょっとだけ伸びた。鉄人は鉄人のまま。でも、超人になっていたら恐いので、鉄人は鉄人のままでいいと思う。


それから誕生日がきて十歳になった。母上やダン、クリストフやリクハルドも加わってお祝いしてくれたが、そこに父上と兄上の姿はない。わかっていたけど、けっこう辛いもんだな。そんな風にしんみりしつつ、俺の日常はゆっくりと流れていった。

リクハルドの魔導石もこの調子でいけば、ひとつ下のランクに落とせるのではないかとキャルリーヌ子爵に言われたようだ。頰を紅潮させて嬉しそうに語るリクハルドには、初対面の時のような危うさは一切感じられない。

でも、人はそういう時にこそ、気が緩むものなのだ。

昼食を取るために、俺はいつものように畑のモコモコを終え、屋敷に戻った。俺の土魔法も領地に来て、だいぶ進化したように思う。朝から晩までモコモコしていたら、嫌でも伸びるというものだ。

リクハルドは今日もダン監修のもと、薪割りに励んでいた。屋敷が近付くにつれ、カコン、カコン、と小気味よい音が響く。

一緒に昼食を取ろうと、俺はリクハルドのところに足を運んだ。

「リド、昼食にしよう！」

少し離れた場所から声をかける。それに気付いたリクハルドが手斧を丸太の上に置いて、嬉しそうに駆け寄ってくる。

薪割りが終わると魔導具に魔導石を嵌め込む。リクハルドの魔導具は祝福専用で、自分では外せないようになっている。そのため、木を引っこ抜く時や薪割りをする時は魔導石を外していた。ダンにはリクハルドが魔導石を嵌め込むところを確認するように、と厳命してある。ヒューマンエラー対策だ。

ダンはちゃんと確認した。魔導石を嵌め込むと、魔導陣と呼ばれる特殊な紋様が浮かびあがる。でも、それが不自然に途切れたことには気付けなかった。リクハルドの魔導具に嵌め込まれた石は、その途中で内包する魔力を使い切り色を失った。

リクハルドは無邪気な笑みを浮かべ、俺の腕を摑んだ。その瞬間、骨が軋《きし》むような激痛が走る。驚いたリクハルドは、手を引いた——俺の腕を摑んだまま。その結果、小さな体は宙を舞って、屋敷の壁に叩きつけられた。

そこから、俺の意識はない。

目が覚めた時、視界に映ったのは泣き腫《は》らした顔のダンだった。母上じゃないんかい。

「ううっ。アルヴィ様はひと晩も眠ってらしたんですよぉ」

「普通だろ」

「すみませんっ、俺の責任です！」

「ダンは悪くないよ」

俺はダンに、リクハルドが魔導石を嵌めるまで、絶対に近付くなと厳命していた。距離がある状態で、ちゃんとスイッチが入りましたよ、という印である魔導陣も動いていたのだ。途中で魔力がなくなるなんて、誰も思っていなかった。

こういうことを想定していなかった俺のミスでもある。それにリクハルドも俺に気を取られたせいで、魔導石が切れたことに気付けなかった。普段であれば違和感くらいはあっただろう。偶然に偶然が重なってしまった結果だった。

医師による診断は全身打撲。

母上が光魔法を使ってくれたお陰で、痛みはだいぶ緩和《かんわ》されているようだ。リクハルドに掴まれた右手首は、どす黒いアザになって腫れ上がっていた。ダンが湿布《しっぷ》を交換し、包帯を巻き直してくれる。利《き》き腕なのが地味に辛い。

「アルヴィ様は最近、あまりお風邪を召されなくなったので、こうやって看病するのも久し振りですねぇ」

「いつまでも子供じゃない」

「まだまだ子供ですよ」

ダンの手が俺の髪を整えるように撫でる。熱が出るのは辛かったが、母上が息が楽になるようにと光魔法を使ってくれるのを見るのが好きだったし、いつもより父上の帰宅が早くなるのも嬉しかった。兄上が授業を抜け出しては様子を見にくる度《たび》に、ダンに追い返されて――。

駄目だな。心が弱っている時は、つい昔を思い出してしまう。深呼吸をして、意識を切り替える。

「母上は？」

「下でキャルリーヌ子爵様と話し合っています。子爵様は朝早くにお見えになりました」

「じゃあ、リドは？」

「昨日からずっと、南側のお部屋に閉じ籠もられたままです」

キャルリーヌ子爵領に連れ戻されたわけではなかったらしい。感情が高ぶっているため、むりに移動させるのは危険だと判断したのかもしれない。俺はダンに向かって両手を差し出した。

「抱っこ」

「赤ちゃん返りですか？」

「んなわけねーだろ」

だったら、母上にお願いするわ。母上一択だわ。俺は寝台からダンを見上げた。

「リドのとこに行きたい」

するとダンはなんとも言えない顔をして、「わかりました」と頷いた。意外とすんなり許可が出たなと思ったら、母上から言い含められていたらしい。

「アルヴィ様がリクハルド様に会いたいと言ったら、言う通りにするように、と」

「ははっ。さすが母上、わかってる」

「昔からアルヴィ様は、言い出したら聞きませんからねぇ」

「そこまで頑固じゃない」

「はいはい」

　さすがに抱っこはアレなので、俺はダンにおんぶされてリクハルドが引き籠もっている部屋へ連れて行ってもらった。そこは先日、俺が掃除したばかりの南側の部屋だった。

「ダン」

「なんですか？」

「めっちゃ痛い」

「当たり前じゃないですか。光魔法で緩和されてるとはいえ、普通なら安静にしてなきゃいけないほどの怪我なんですよ」

　正直言って、全身が痛い。千切れそう。でも、きっと今じゃないと駄目なのだ。今でなければ、リクハルドは心を閉ざしてしまう――そんな気がする。俺は痛みを堪え、部屋の前で下ろしてもらった。

「リド、入るぞ」

　返事はないが、俺は構わずにドアを開ける。部屋のすみっこには、膝を抱えて丸くなっている少年がいた。家具は先日すべて運び出してしまったので、本当になにもない。カーテンすら取り外された室内は、肌寒さを感じた。

「リド」

　小さな体がビクッと揺れる。俺はゆっくりと歩いて、そのとなりに座った。痛みが顔に出ないように必死で耐える。俺、これが終わったら、母上に褒めてもらうんだ……。

　リクハルドの体がカタカタと震えて、堪えきれない嗚咽が漏れる。

「い、いやだっ。もう、こんな力、いらない。祝福なんていらないっ……！」

祝福を受けた子供達の大半が、そう思ったに違いない。過ぎた力は人を不幸にする。自分も、そして、周りをも。

「全身打撲だって。すごくね？」

「そんなわけ、ないだろ！」

俺は努めて明るい声を出した。

「これがはじめて会った時のリドだったら、もっと酷い怪我を負ってたはずだ。俺がこんな程度ですんだのは、リドが毎日、頑張ってたからだ」

ぶっちゃけ、初対面時のリクハルドだったら俺は重傷か、もしくは死んでいたと思う。リクハルドが気にするからそこまでは言わないけど。

「……でも。でも、僕がいなかったら、アルヴィは怪我をしなかった」

「そうなったら、俺は友達ができなかった」

ぼっちとは言わないで。領地にも同年代の子達はいるけど、みんな別の領地で下宿しながら学校に通っているのだ。

「俺はリドと友達でいたい」

「……駄目だよ。父上が許してくれない」

「リドは？　リドは嫌か？」

ここで嫌だと言われたら、俺はへこむ。リクハルドと友達でいたいと思うのは、本心だ。

畑をモコモコしているとなりで、リクハルドが休憩している時もあれば、無心に薪を割る姿を俺が眺めている時もあった。他愛ない会話に笑い合うこともあれば、黙ったまま傍にいることも。いつしかそれが、当たり前の日常になっていた。

俺はリクハルドがいなくなっても、今まで通りに暮らしていくのだろう。でも、それは寂しい。

「う、うー」

泣き声がひと際、大きくなった。

「ともだちでいたい、けど、こわいっ」

恐い、とリクハルドは訴える。また、友達を傷つけるんじゃないか、と。

それに俺は、大丈夫だとは言えなかった。俺はあくまでも前世の記憶があるだけで、普通の子供だ。

申し訳ないと思いつつ、俺はリクハルドのステータス画面を見ることにした。なにかヒントが見つかるかもしれないし。

リクハルド・エル・キャルリーヌ　10歳
キャルリーヌ子爵家長男
HP320　MP180
適性魔法　水　火5　風2　土　光　闇
称号　筋肉神の祝福
スキル　筋力17　制御4
備考　生まれながらにして筋肉神の祝福を得る。母親並びに乳母に重傷を負わせ、屈強な護衛騎士に育てられる。祝福専用の魔導具がなくてもちょっとだけ制御できるようになってきている。はじめての友達を怪我させてしまい傷心中。アルヴィ大好き。

シリアスなところお待ちください。色々とツッコミどころがあるよね。

なんでHPが大幅にアップしてんの？　MPも地味に伸びてるし。筋力スキルも上がってる。これは薪割り等の効果だろう。短期間で伸びすぎ。俺の努力はなんだったのか。

しかし、注目すべきはそこではない。スキル欄だ。そこには〝制御〟の文字があった。これは自分の能力をコントロールするスキルなのではないだろうか。まだレベルは低いが、筋力スキルと同等まで上がれば魔導具なしでも制御可能になるかもしれない。

あと、アルヴィ大好きってなんなの。俺も大好きだよ。可愛いなちくしょう。

ここでスキルについて説明しよう。スキルは好き勝手に習得できるものではない。向き不向きがあって、俊足のスキルが欲しいと思って、毎日走り込みをしても、才能がなければ開花しない。逆に才能があると、気付かないうちにスキルが発生していた、なんてこともある。

スキルの所有数は個人差があるものの、平均的に二個から四個ほどと言われている。最高保有記録は何個なのだろうか。ちょっと気になる。

　取得したスキルは、魔法適性と同じように教会で調べることができる。なお、教会でも俺のステータス画面にある備考欄のようなものは閲覧できない。

　リクハルドに制御スキルが発生したのは、ある意味とても幸運なことだった。

「アルヴィはぼくがこわくないの」

「恐くないって言ったら嘘になるけど……」

　俺は正直な胸の内を告げた。正義のヒーローみたいに、ぜんぜん恐くないよって言えたらよかったのに。

「でも、リドと友達じゃなくなるほうが、嫌なんだよなぁ」

　手を伸ばして、リクハルドの頭を撫でる。子供特有のふわふわの髪は手触りがよく、筋肉神なんて冗談みたいな神様の祝福なんてなかったらよかったのに、と思った。そしたら、こんなに苦しそうに泣くこともなかった。傷付くことだって。

「ぼ、ぼくも。……ぼくも、ともだちでいたい」

　手を真っ白になるくらい握り締めたリクハルドは、いきなり顔をあげた。その顔は痛々しいくらい涙でボロボロで、瞼《まぶた》も見事なまでに腫れ上がっている。ずっと泣き通しだったに違いない。

「僕、お願いしてくる」

　部屋を出て行くリクハルドを追いかけようとして、俺はその体勢のまま固まった。動こうとすると、めっちゃ痛い。全身打撲の診断は本物のようだ。

　俺は泣いた。でも、リクハルドが心配なので、泣きながらよろよろと立ち上がり這々《ほうほう》の体《てい》で部屋を出る。戸口の近くに立っていたダンを見た時は、救世主かと思ったよね。

　ダンに背負われて、俺は一階の応接室に向かった。階段を下りる際の振動でさえ地味に痛い。もっとゆっくり歩いて。半ベソをかきながら向かった先には、母上とキャルリーヌ子爵、そしてクリストフがいた。

「アルヴィと友達でいさせてください！」

　リクハルドはそう叫び、勢いよく頭を下げた。父親であるキャルリーヌ子爵ではなく、母上に向かって。

「ベルナデット様。お願いします！」

ソファーに座っていた母上は、少し驚いたように目を瞠《みは》ったあと、ふわりと笑った。

「ふふっ。それを決めるのは、私ではなく息子だわ。アルヴィクトールはあの人に似てとても頑固なの。母親である私がなにを言ったところで、自分の信念を貫き通してしまうでしょう。アルヴィクトール、あなたはどうしたい？」

母上の視線がダンに背負われた俺に向けられる。そんなの、答えは決まってる。

「リクハルドは僕の友人です」

しかし、それに異を唱える者がいた。クリストフである。

「失礼を承知の上で発言させていただきます。私は反対です。次も軽傷で済むという保証はありません。またこのようなことが起こったら、どうなさるおつもりですか？」

「クリストフ。口を慎《つつし》め」

「……失礼いたしました」

クリストフは一礼し、口を閉じた。しかし、ダンに背負われたままだと、いまいち格好がつかないな。やれやれと内心で溜息をついて、俺はキャルリーヌ子爵を見た。

「今回のことは、不幸な事故です。リクハルドも僕に対し、故意に暴力を振るったわけではありません」

「そう言ってもらえるとありがたいが……」

キャルリーヌ子爵は難しげな顔で、己の息子を見た。リクハルドの成長を喜びつつも、当主として厳しく当たらねばならぬという葛藤に苛《さいな》まれているのだろう。

「今回は本当に申し訳なかった。これは私の甘さが招いたことでもある。その上で、君がリクハルドの友達でいたいと言ってくれたことを、心から感謝する」

キャルリーヌ子爵は母上と細かい話をしたあと、リクハルドを連れて帰った。俺はそれをダンに背負われながら見送る。そして、傍らに立つクリストフを見上げた。

「憎まれ役になってくれてありがとな」

「そのようなつもりはございません」

あの時、わずかに緩んだ空気を誰かが引き締める必要があった。それは、俺や母上、キャルリーヌ子爵ではできない。ダンもむり。ダンはそんなキャラじゃない。クリストフは鼻白んだような顔で、俺を一瞥《いちべつ》する。

「アルヴィ様。世の中、お人好しではやっていけませんよ」

「知ってるよ」

俺が思っているよりも、この世界はシビアなのだろう。油断すれば、あっという間に平穏な生活は奪われてしまう。ある日、突然もたらされた父の訃報《ふほう》のように。

知ってるよ、と俺はもう一度、心の中で呟いたのだった。

□□□

夜半のことである。昼間にぐっすりと眠った俺はなかなか寝つけなかった。

なにより、身動きすると走る激痛に、うとうととしても強制的に起こされてしまうのである。痛み止めが欲しい。切実に欲しい。光魔法は使いすぎると治癒力が落ちてしまうので、多用はできないのだ。

しかたなく寝台から起き上がって廊下に出る。喉《のど》が渇いたが、水差しがいつの間にか空っぽになっていた。痛みはあるが昼間ほどではないので、階段の上り下り程度なら大丈夫だろう。

なんとか厨房に辿り着いて、喉を潤す。怪我した時だけでいいから、一階の部屋に簡易ベッドを置いてほしい。わりと切実に。

階段をなんとか上り、壁を支えによろよろと歩いていると、同じ階にある母上の部屋から灯りが漏れていることに気付いた。迷った末に、小さくノックしてドアを開ける。寝間着に着替えた母上は、窓辺の揺り椅子に座って外を眺めていた。俺の姿に気付くと小さく笑みを零し、手招きする。

「眠れないの？」

「……はい。母上もですか？」

「そうね。痛みは大丈夫？」

「昼間よりはだいぶよくなりました」

揺り椅子から下りた母は、寝台の縁に座った。誘われるように俺もそのとなりに腰を下ろす。ほっそりとした手が頭に触れ、俺の髪を優しく撫でた。長い間、揺り椅子に座っていたのだろう。母上の手はひんやりとして冷たかった。

「昼間はむりを言って、申し訳ありませんでした」

「どうして？」

「……母上は、俺がリドと友達でいることに反対しないのですか？」

普通の親なら、二度と近付かないでほしいと思うだろう。特に母上は夫を亡くし、長男まで失うところだった。これ以上、家族を危険な目に遭わせたくないと願うのは当然のことである。

瞼を伏せた母上は、小さく息を吐いた。

「教会にはね、祝福を持った子達がいたわ」

「母上が慈善活動で通っていた教会ですか？」

「ええ」

貴族の女性は、慈善活動を美徳とする風潮がある。ノブレス・オブリージュというやつだ。孤児院への慰問や寄付、教会での無償奉仕、借金奴隷の積極的な雇用もそのひとつである。母上は結婚する前から教会での奉仕を続けていたそうだ。

俺の肩を抱き寄せた母は、囁《ささや》くような声で言った。

「あなたが思っているよりも、神様の祝福というものは残酷なものなのよ。リクハルドはまだいいほう。魔導具で抑え込めるもの」

抑え込めない子供がどんな目に遭うのか、俺はそれをクリストフから聞いていた。

祝福は神様からの贈り物だ。だから、周囲に害を及ぼすからといって、本人を殺《あや》めることは禁じられている。

その代わり危険と見なされた場合、教会の権限で頑丈な石牢に閉じ込められるのだ。成長する過程で、制御系のスキルが発生すればいいが、それが適わなければ外に出ることはない。石牢で静かに日々を過ごし、ただ己の終わりを待ち続ける。

それに強い祝福は時として本人の意思を無視するように暴走し、魔力の枯渇を招く。それが続き、若くして衰弱死する者も少なくはなかった。

「アルヴィクトール。用心深くありなさい。もし、あなたになにかあったら、誰もが不幸になる。リクハルドは一生、己の力を呪い続けるでしょう。そして、私はけっして、あの子を許せはしない」

「はい」

母の言葉は、俺の心に重く響いた。……というか、友達になるだけなのに、なんでこんなに重いの。地獄なの。そんな覚悟を十歳になったばかりの子供に背負わせないでほしい。

その後、俺は母上に頭を撫でられながら、いつの間にか眠ってしまった。この歳で母親に添い寝をしてもらうという、少し恥ずかしい経験をした。

□　□　□

打撲が治れば、またいつものモコモコ作業だ。冬になる前にできるだけ畑を広げておきたい。寒さの中でのモコモコ作業だけは勘弁である。キャルリーヌ子爵領は降雪量が多いので、さすがにリクハルドも冬場の行き来はむりかな、と思いながら俺は友人の来訪を待っていた。

でも、三日経っても、六日経っても、十日が過ぎても。畑のモコモコ作業があらかた終わっても、リクハルドは姿を見せなかった。

代わりに、一通の手紙が届いた。それは代筆のようで、丁寧な文字で綴《つづ》られてあった。

『アルヴィクトール様

会いに行けないことをお許しください。あなたが僕と友達でいたいと言ってくれたことを、とても嬉しく思います。でも、やはり僕は自分の力が恐ろしいのです。またあなたを、大切な誰かを傷つけてしまうのではないかと、恐ろしくてたまらないのです。だから僕は、キャルリーヌ子爵領で練習を続けようと思います。魔導石の色が橙になるまで制御できるようになったら、会いに行きたいと思います。あなたを傷つけるのではなく、守れるくらい強くなって。

リクハルド・エル・キャルリーヌ』

「……なんだよ。格好つけやがって」

俺はのんびりと待ち続けよう。いつか友が笑顔で会いに来る日を――。

幕間　リクハルド・エル・キャルリーヌ

カーン、カーン、と岩盤にツルハシを叩きつける音があちらこちらから聞こえる。薄暗い坑道で、頼りになるのは人工の灯りのみ。

リクハルドは大きく腕を振りあげ、ツルハシを目の前の岩盤に振り下ろした。加減を間違うとツルハシのほうが壊れてしまうため、微調整がとても大事になってくる。

力を弱めることもできるが、それでは練習にはならない。ツルハシの耐久性ギリギリを見極めて、岩盤を削《けず》っていく。

ある程度の量になったら、それを手押し車に乗せてトロッコが設置されている場所に向かう。力加減を間違うこともあるので、取っ手はぐにゃりと歪《ゆが》んでいた。取れなければいいや、と割り切る。

普通はスコップで移し替えるのだが、リクハルドは手押し車を直接持ち上げて、ひょいとひっくり返した。大量の鉄鉱石を含んだ岩の塊《かたまり》が、トロッコを山盛りにする。

「――お、坊《ぼっ》ちゃん。ちょうどよかった、こっちもトロッコに入れてもらっていいですか？」

「うん」

鉱夫が手押し車から離れたのを確認し、リクハルドは同じようにそれを持ち上げ中身をトロッコに空けた。

「はー、いつ見てもすげぇな」と感嘆の声が聞こえる。

「そろそろ昼なんで、上で休憩しませんか？」

「え、もうそんなに経ったんだ」

地下深くに掘られた坑道では、時間の経過がわかりづらい。無心になって掘っているせいで、気付けば夕方なんてことも珍しくはなかった。

「……お腹、空いた」

「魔導石は忘れずにつけてくださいよ」

「はーい」

昼だと言われた途端、腹がぐぅと鳴った。腰のベルトにつけたポシェットから魔導石を取り出し、魔導具に嵌める。魔導陣が浮かびあがり、体の内側から押さえ込まれるような不快な感覚が広がった。この瞬間は、何度経験しても慣れない。最後に魔導石の色を確認し、リクハルドは歩き出した。

キャルリーヌ子爵領にある鉄鉱山。地中深くに鉄が埋蔵《まいぞう》されているため、地表を削り取るように掘り進んでいく露天掘りではなく、坑道での採掘が主となっている。

崩落《ほうらく》や地下水を警戒しつつ掘られた坑道は巨大な迷路のようで、いつも通っている道以外には入っていけないと、リクハルドは何度も注意を受けていた。

地上が近くなると、同じように昼食を取る鉱夫達の姿がちらほらと増えてくる。その大半がけっしてリクハルドには近付かず、怯《おび》えを少しだけ滲《にじ》ませたような顔で遠巻きにしていた。

それはしかたない。初対面の際は、こんな子供が、と侮《あなど》りの色を見せていた彼らだったが、リクハルドが初日に五本ものツルハシを折り、ひと抱えはあるかという岩を軽々と持ち上げる姿を見せつけられ、さすがに認識を改めたらしい。近付いてくる者もいなくなってしまった。

リクハルドの父であるキャルリーヌ子爵から鉄鉱山を任されている責任者の男性が、それでも子息に失礼があってはいけないと、なにかと声をかけてくる程度だ。

でも、鉱夫達の畏怖《いふ》や恐怖の視線は、考えていたほどショックじゃなかったな、とリクハルドは思う。以前は誰かに見られることとさえ嫌だったのに。今はむしろ、そんなことに気を取られている暇はないと思えるようになった。

早く。早く、祝福を制御できるようになって、友達に会いに行かねばならないのだ。

最初は地上でツルハシの使い方を学び、実際に何度も岩を砕いて力加減を確認した。坑道に入る許可を得られるまで半節もかかってしまった。

それからは、家庭教師の授業が入っている日以外は、ただひたすら岩盤を掘り続ける日々が続いた。ずっと屋敷に閉じ籠もっていた以前の生活とは大違いだ。

「これくらいで間に合いますか？」

「ええと……パンをもうひとつください」

坑道の出入り口から離れた場所に、食堂代わりの小屋が建てられてあった。食事は体が資本である鉱夫達にとって、とても重要なものだ。一日三食、しっかり食べられる環境は採掘量にも直結する。

トレイを渡されたリクハルドは、それを持って少し離れたところに置かれた丸太の端に座った。自分が近くにいては、みんなゆっくりと昼食を取れないだろう。

はじめは屋敷の料理長が特製のお弁当を作ってくれたが、リクハルドは鉱夫達と同じものにしてほしいと父にお願いした。自分だけが違うものを食べるのは、なにか違う気がしたのだ。

今日は黒パンと蒸した野菜、それに味付けされた鶏肉を焼いたものである。さすがに他の鉱夫達よりは少なめだが、以前はこの半分も食べられなかった。黒パンは屋敷で食べる柔らかいものではなく、よく咀嚼《そしゃく》しないと飲み込めないくらい硬い。腹持ちがよく、三食のうち二回は黒パンが出るらしい。

トレイを膝に載せて、真っ先に焼いた鶏肉を食べる。体を動かしたあとは食事が美味しくて、リクハルドは満面の笑みで食べ進める。綺麗に洗った手で黒パンを千切り、最初はそのまま。次は肉のソースをつけて。素朴な味だが仄《ほの》かに甘みがあって、リクハルドはこのパンが好きだった。

「──となり、いいか？」

ぶっきらぼうな口調に顔を上げれば、なんとなく見覚えのある鉱夫が立っていた。二十代後半くらいで、いつも坑道に潜《もぐ》っているにもかかわらずその肌は適度に日に焼けている。

リクハルドはここにいては迷惑だろうと、トレイを持って立ち上がろうとした。それを鉱夫が焦ったように止める。

「退《ど》かなくてもいい。となりに座るだけだ」

「え、ええと……どうぞ」

丸太に座り直したリクハルドから、手を伸ばせば触れそうなほどの距離にその鉱夫は座った。妙な緊張感にドキドキしながら、リクハルドは急かされるように蒸し野菜を口に運んだ。美味しいはずなのに、緊張しているせいかいまいち味がわからない。

「坊ちゃんはなんで、ここに来たんだ？」

話しかけられていることに気付き、リクハルドは顔をあげた。

「その、力加減を身につける練習、です」

「あー、そうじゃなくて……今まで、こんなとこに来たこともなかっただろ。それが、なんで急に練習したいなんて思ったのか、不思議になったんだよ」

なんのためか、と問われリクハルドの脳裏に浮かんだのは、はじめての友人——その笑顔だった。

「もう一度、友達に会いに行くためです」

「いや、会いに行けばいいだろ。それとも、遠方なのか？」

その問いに、リクハルドは唇を噛《か》んだ。

「……僕の祝福のせいで、怪我をさせてしまったんです。嫌われて当然なのに、その子は僕と友達でいたいって言ってくれて」

あの時。特別、力を込めたわけではなかった。いつものようにアルヴィの手を摑んだだけ。その顔が苦痛に歪んで、悲鳴が聞こえた。びっくりして手を引いた——彼の手首を摑んだまま。

小さな体は驚くほど簡単に宙を舞って、壁に激突して落下するまでの間が、とてもゆっくりに見えた。意識を失って動かない友人は、まるで人形みたいで。そのまま二度と目を開けないのではないかと、恐くてしかたなかった。

「だから僕は、今のままじゃいけないって思ったんです」

友達だと言ってくれた、あの子のために。その優しさに甘えるのではなく、今の自分を変えなければならないと。

「寂しいけど……もっとたくさん練習して、祝福を制御できるようになったら会いに行くって決めました」

それがいつになるかはわからない。教会で調べたら、いつの間にか制御スキルが発生していた。幼い頃からリクハルドを担当してくれていた神父は、我がことのように喜んでくれた。父も帰りの馬車で泣き通しだった。

制御スキルがあるとないとでは、人生が大きく変わる。祝福を持った子供は、その内容にもよるが基本的には学校や学園には入学できない。専用の魔導具をつけても暴走の懸念《けねん》があるからだ。

しかし、制御スキルがあれば暴走のリスクが大きく下がる。もちろん厳しい審査はあるが、学園に入学することはできないと言われていたリクハルドにとって、未来が開けた瞬間だった。

学園に入学したいと思ったことはなかったが、今は違う。アルヴィと一緒に、学園に入学したい。リクハルドに明確な目標が生まれた。

「だから、迷惑をかけるかもしれませんが――」

顔をあげた先で、なぜか鉱夫の男は片手で目頭《めがしら》を押さえていた。心なしか肩が小刻みに震えている。

「くっ、こんな小せぇのに……！」

気付けば、いつの間にか周囲に近付いて聞き耳を立てていたらしい鉱夫達が、似たような格好で「初恋だろ」「純愛だ……」「泣ける」「本当にあの子爵の息子か？」と、口々に呟く。それが一度に聞こえたものだから、リクハルドは自分がなんと言われているのかわからなかった。

「よし、頑張れ！　お兄さんは応援する！」

「おっさんの間違いだろ」

「馬鹿野郎、俺はまだ二十代だ！」

急に騒がしくなった周囲に、リクハルドは困惑しつつも口元を緩めた。

自分は破壊するだけの化け物で。

母にも嫌われ、ずっと屋敷に閉じ籠もっていなければならないのだと、そう思い続けてきた。

でも、リクハルドはミュラー男爵領で、自分の力が恐いだけのものではないことを知った。誰かの役に立てることも。鉄鉱山を練習の場に選んだのも、少しでも領地のためになることをしたいと思ったからだ。

「ありがとう。僕、頑張ります」

手のひらに力を込めてそう告げれば、なにかがくしゃりと潰れたような感触があった。手を見ればいつの間にか、原型を留めないくらい折れ曲がったフォークがあった。

同じ丸太に座っていて、今まさにリクハルドの肩を励ますように叩こうとしていた鉱夫の男は、硬直したように手を止める。

しかし、「男に二言はねぇ！」と叫び、リクハルドの肩をがっちりとした手で摑んだ。わっ、と他の鉱夫達が歓声をあげる。

その光景を、この先ずっと忘れないだろうな、とリクハルドは思った。

第三章　ただ、会ってみたかったんだ

「アルヴィクトール様。山のほうで土砂崩れがあったので、一緒に見に行ってもらえませんか？」

　ことの発端は、秋の大雨だった。天気予報なんてこの世界にはない。あの山に雲がかかったら、明日は雨かもしれない、という程度である。

　雨風は三日三晩続き、せっかく春に向けて作付けした畑をぐちゃぐちゃにした。俺はクリストフと、「畑の様子を見て来るだけだから！」「行かせるわけないでしょう！」というやりとりを何度かやった。チート能力よりも天候がわかるような能力が欲しい。

　そんなわけで、俺は朝から畑の修繕に飛び回っていた。そこに訪ねて来たのが、領地のまとめ役を担っているビクターである。

「土砂崩れか。面倒だな」

「はい。山道の一部がそれによって、通行できなくなってしまいました」

「そのままだと困るか。人を雇って復旧……俺のモコモコで直せると思う？」

「危ないので、やめてください。実はその土砂崩れがあった山肌に、奇妙な洞窟《どうくつ》が発見されまして。そちらも含め、アルヴィクトール様に確認していただきたいのです」

「ふぅん」

　山道の修復工事をする場合は、領主の仕事になるからこっちに話を持ってくるのも当然ではある。最終的に俺が対応するにしても、まずは母上を通せよ。屋敷に行く途中で、畑を修繕してる俺を見つけた？　効率を取るか手順を取るか微妙なところ。

　そんなわけで、俺は護衛のデニスと、工事となった場合の予算の算出のため家令（仮）のクリストフを連れ、ビクターと数名の領民の案内の元、問題の土砂崩れの現場へ向かった。

　季節は夏も終わり、秋となった。平地を吹き抜ける風も、だいぶ肌寒い。

「ところで、最近はリクハルド様をお見かけしませんが、喧嘩でもなさったんですか？」

「してねぇよ」

「早く謝ったほうがいいですよ」

「なんで、俺がやらかした側なんだ」

リクハルドはあれからキャルリーヌ子爵にお願いして、領内にある鉄鉱山で力の練習をすることにしたそうだ。

薪割りよりもそちらのほうが力を使うし、リクハルドの祝福は鉱山ではとても重宝されるだろう。鉱夫さん達の心胆《しんたん》を寒からしめることになるとは思うが。ツルハシを使う時は、周囲に誰も人がいないことを確認するようにと手紙にしたためておいた。

領民達と他愛もない会話をしながら、山道をひたすら登る。

山道といっても舗装されているわけではない。辛《かろ》うじて道とわかる程度のものが、山肌に沿って続いているだけだ。お陰で、突き出した木の根っ子に何度か足を取られそうになる。その度に、デニスに助けられるわけだが、むしろ背負ってもらったほうが早いんじゃね？

「この山道は、誰がなんのために使ってるんだ？」

「主に狩猟ですね。シシーの巣がいくつかありますので、適度に間引いておかないと畑の被害が増えるんですよ」

「よし、山道の復旧工事を最優先にする」

憎きシシーめ。俺は復讐にメラメラと燃えた。王家の直轄領だった時代から、ちょこちょこと害獣被害はあった。

しかし、それは収穫に大きく響くものではなかった。そりゃそうだ。以前の野菜はどれもマズい。鑑定スキルさんがマズいマズいと連呼するレベル。シシーだって、あんなマズい野菜を食っていられるかと思ったに違いない。山に食べ物がない時だけ、しかたなく畑を荒らしていたようだ。

しかし、俺の登場によって畑の規模は広がり、野菜の味も劇的に改善された。やつらはそれに気付いてしまったのだ。連日のシシー被害に俺は激怒した。よろしい、ならば戦争だ。

畑の周囲には柵《さく》を巡らせ、土魔法で落とし穴を掘った。掘りまくった。畑のモコモコで鍛えられた俺の土魔法は、あっという間に落とし穴を掘れるまでに成長した。たまにダンが落ちている時もあるが、概《おおむ》ねこれらの対策はシシー被害を防ぐのに効果をあげている。

「あとは季節ごとに、山菜採りや渓流釣りに行く者達もいますねぇ」

「ふぅん」

いいなぁ。俺も畑のモコモコじゃなくて、のんびり渓流釣りしたい。スローライフがしたい。そんなことを思いながら山道を登り、時折、デニスに背負ってもらいながら俺は土砂崩れの現場に着いた。

「おー。わりと崩れてるな」

地滑りのように木々が薙《な》ぎ倒され、広範囲にわたって土砂に埋まっている。山道も途中から押し流される形で削り取られていた。

「法面《のりめん》を作る技術がほしい」

「のりめんですか？」

「こっちの話。日数はかかるが、人力で土砂を取り除くしかないか」

幸い、削り取られているのは一部のみ。原状回復はそう難しいことではないだろう。もちろん、秋の収穫もあるし、すぐに着手はできないから当分は入山禁止だ。俺も手伝いたいけど、うっかり足を滑らせて滑落《かつらく》しちゃう危険性もあるしなぁ。

「で、問題の洞窟はどこだ？」

「あそこですね」

ビクターが指差したのは、土砂崩れがあった壁面だった。山道があった場所よりやや下辺りに、大きな縦穴が見える。

「アルヴィ様はここでお待ちください。私が見て参ります」

デニスはそう言うと、近くにあった大木にロープを縛りつけ、斜面をするすると下りていく。そのまま斜面を横ばいに歩き、問題の洞窟がある場所に辿り着いた。デニスは周囲の安全を確認し、洞窟の内部を覗き込んだ。そして、こちらに向かって片手を振る。

「クリストフ、ちょっと来てくれ！」

「はい」

指名を受けたクリストフは、デニスと同じようにロープを伝って亀裂の傍まで向かった。それをビクター達がハラハラしながら見守る。

デニスに比べるとクリストフは文官風の見た目もあって、運動が得意そうには見えない。しかし、剣技スキルが高めなので、この程度は楽勝だろう。文武両道ってやつだ。羨ましい。

二人は中を覗き込みながら、二言、三言話をして、こちらへと戻って来た。ロープは下りるよりも登るほうが大変そう。

「どうだった？」

「内部は大きな空洞となっておりまして、建物の一部と思われるものが見えました。どうやら〝古代遺跡〟のようです」

「ええっ！」

俺は山々に響くような叫び声をあげた。

古代遺跡とはなんぞや。簡単に説明すれば、ゲームに登場するダンジョンみたいなものだ。


遥か昔――だいたい千五百年ほど前――世界には古代文明があった。かなりの栄華を誇っていたが、その文明はたったひと晩で滅んでしまった。理由はわかっていない。ありとあらゆるものが消失してしまったからだ。

古代遺跡はその時代に造られたといわれている。大抵は地下に埋まっているが、森の奥深くに存在する遺跡もある。

現在、エルバルド王国に存在する古代遺跡は、全部で二十四ヶ所。意外と多い。しかし、未発掘の遺跡はその倍はあるのではないかというのが研究者達の見解だ。

家庭教師の先生から古代遺跡の話を聞いた時に、それってダンジョンじゃね？　と、俺は思った。古代遺跡の内部には魔物が湧くのだ。遺跡に漂《ただよ》う独自の魔素が影響しているらしいが、詳しい原理はまだわかっていない。

ただ、魔物は魔素がない空間では生きられないため、遺跡の外に出て来ることはなかった。実際に魔物を捕らえ、遺跡から生きたまま運び出してみたところ、個体差にもよるがだいたい一日も経たないうちに息絶えたそうだ。その間に体内にある魔素が尽きたのだと推測される。

しかし、何事にも例外はつきもの。唯一、遺跡の外部に魔素が漏れ出ているのが、件の魔の森だった。地上にはいないはずの魔物が、我が物顔でのしのし歩いている。それは魔物暴走とも深くかかわっているのだが、今はいい。

古代遺跡はとても魅力的だ。未盗掘ならばお宝がわんさかと眠っている。さらに魔物素材は冒険者ギルドを通して高値で取引されていた。それを目当てに冒険者が集まり、古代遺跡を有する領地はまさにバブル期。きっと俺の瞳はドルマークになっているに違いない。

「やったあ！　これで貧乏生活ともおさらば——クリストフ？」

なんか、クリストフさんの様子がおかしい。普通なら俺と手を取りあって喜び合うところなのに、となってても難しい顔で思案げに俺を見下ろしている。となりに立つデニスも、苦笑気味だ。

「古代遺跡経営について、アルヴィ様はどこまでご存じでしょうか？」

「どこまで、とは？」

「簡単に説明させていただきますと、まず古代遺跡を発見した場合は、速やかに国に届け出なければなりません。その後、国の専門機関による主導のもと、遺跡調査がおこなわれます。発見された遺跡が未盗掘かどうか、階層の確認、魔物の傾向などの調査が主ですね。遺跡の規模にもよりますが、最低でも二、三年は見積もる必要があります」

「え、一節くらいで終わんないの？」

「なんの設備も整ってない状況で、そう簡単に進められるものではありません」

「設備？」

「はい。詳しい説明は省きますが、探索するにあたって冒険者を補助するような設備の設置が必要となります。それと同時に領地の開発や整備もおこなわなければなりません。もちろん国からの助成金は下ります。

ですが、なにもない場所に街を置くのであれば、それだけではまったく足りません。半分以上が男爵家からの持ち出しになります」

「持ち出すものがなにもないんだが」

「その場合は、借金になりますね」

借金。俺だけでなく、クリストフの説明を聞いていたビクター達も、生唾をごくりと呑み込んだ。もしかして、自分達はとんでもないものを見つけてしまったのではないか、と。

「見なかったことにして、埋め直し――」

「できません」

だよね、知ってた。古代遺跡を発見したにもかかわらず、国に届けなかった場合は投獄されてしまうのだ。責任者である領主が。これは王族でも関係ない。それくらいの大罪なのだ。

「借金がお嫌ならば、出資者を見つけるしかありません」

「出資者かぁ」

「もしくは、爵位返上をしたうえで領地を手放すことですね」

「俺が必死にモコモコした畑を明け渡せと？」

「問題はそこですか」

「大問題だよ！」

俺が毎日、朝から晩までモコモコした血と涙と汗の結晶なのだ。それを、どこぞの裕福な貴族なんかに渡してたまるか。断固拒否だ。

「とりあえず、母上に報告だ」

「かしこまりました」

借金は嫌だし、爵位と領地を手放すのも嫌だ。となると、出資者を募《つの》ることになるが……。

そもそも古代遺跡についての専門的な知識が乏《とぼ》しいんだよな。しかし、三年後の租税だけでも頭が痛いというのに、ここにきてまさかの古代遺跡かよ。ちょっと事態が飛躍しすぎじゃないですかね、神様？

□　□　□

夕食後、俺は談話室で母上と向き合った。

「母上、お願いがあります。バルテン子爵領の遺跡街を見学に行かせてください」

「それは、昼間の報告の件かしら？」

「はい。どのように領地を開発すればいいのか、お手本となる場所を見てみたいのです」

そう、おとなりのバルテン子爵領には古代遺跡があるのだ。

それは〝フィアラスの遺跡街〟と呼ばれていた。以前、奴隷市で立ち寄ったマルハより南下した場所にあり、領主街としても栄えている。

発見は十年ちょっと前と、さほど昔でもない。クリストフ情報によれば、街の開発を手がけたのは現当主とのこと。彼は、もともと社交界でも有名な人物で、顔の広さには定評があった。それを生かし、出資者を集めたのである。

また、バルテン子爵領は特殊で、街の中心に古代遺跡があった。移動のしやすさから、冒険者にも人気の場所となっている。誰だって、長い道のりをえっちらおっちらと歩きたくはないよな。疲れ切った帰りは特に。

「馬で移動だけでも半日以上はかかるので、五、六日ほど留守にすることになります」

「わかりました」

そう言うと、母上は身につけていたネックレスを外した。赤い宝石が嵌め込まれた可愛らしいデザインのそれは、若かりし頃に父上から贈られたものだと聞いている。宝飾品の大半を処分したが、母上はそのネックレスだけは手放さなかった。

「これを換金すれば、路銀の足しにはなるでしょう」

「駄目です。お金は、キャルリーヌ子爵からいただいた魔導石を換金すれば――」

「それだけでは足りないわ。バルテン子爵領でも、遺跡街は特別。物価は王都と同じくらいよ」

マジで？　王都レベルってやべぇな。奴隷市が行われていた街はまだマシなほうだったのか。空地で野宿しちゃ駄目かな……。

「あなたが必要だと言うのであれば、それはとても大事なことなのでしょう。母として、私にできることをさせてほしいの」

そんなことを言われたら、受け取る以外の選択肢なんてないじゃないか。ぐっと奥歯を噛み締め、俺は母上を見た。

「母上の気持ちを、けっして無駄にはしません」

そして、俺はその二日後、バルテン子爵領に護衛のデニスを連れて旅立ったのだった。


そこで、己の運命と出会うとも知らずに――。

□ □ □

遺跡街の安宿のベッドで、護衛のデニスは玉のような脂汗を浮かべ唸っていた。

「も、申し訳ありません。この程度の怪我、うっ、ううっ」

「むりをするな」

俺は溜息を押し殺し、なんでこんなことになったんだろうな、と遠い目になった。

馬に揺られてフィアラスに辿り着き、安宿を見つけたまでは順調だった。値段の割りに小綺麗で、従業員の感じも悪くない。一階は食堂で、食事は宿代とは別だった。

部屋に向かうため階段を上ろうとした時のこと。お部屋まで案内しますね、と言って階段を上っていた宿の奥さんが、足を滑らせたのである。それを、とっさにデニスが支えたのだが――デニスの腰に稲妻のような激痛が走った。いわゆるぎっくり腰である。

宿の店主である旦那さんは、大慌てで薬院から医師を連れて来てくれたのだが、診断は三日間の絶対安静。とっても臭い湿布を処方し、先生は帰って行った。店主はデニスにものすごく感謝して、宿泊費を半額にしてくれた。

明日になれば、多少は動けるようになるとデニスは主張していたが、朝からこの有様である。ベッドから起き上がることさえままならない。

「歩くこともできない状況じゃ、護衛なんてむりだ」

「し、しかし……」

「浮いた宿代で冒険者を護衛に雇う。それでいいだろ？」

「いけません。そんなどこの馬の骨とも知らぬ相手を護衛になどと！」

「いや、冒険者ギルドでは護衛の募集依頼も受け付けてるからね？　行商人だって普通に利用してるだろ」

「冒険者など野蛮《やばん》な、ううっ、う、うううっ」

「だから動くなって」

まさか初日でデニスが行動不能に陥《おちい》るとは。これはちょっと想定外だ。経費削減のためにダンを連れて来なかったのが悔やまれる。あいつに護衛はむりだけど、大人がいるといないとでは雲泥の差だ。

「こっちはなんとかする。デニスはここで安静にしてろ」

命令だからな、と言って俺は宿を出た。しかし、身なりのいい子供が護衛も連れずに出歩いていたら誘拐案件だ。

そんなわけで、俺は宿の裏手に回り腕輪タイプの魔導具を取り出した。そう、屋敷の部屋で見つけた、禁術によって作られた魔導具である。念のために持ってきて正解だった。ついでに兄上の服もこっそり借りてきた。俺が大きくなったら着られるだろうからと、捨てずに取って置いたのだ。

裏には馬小屋があり、近くには汚れを落とせるように井戸もある。うちの馬もここに預けてあった。

誰もいないことを確認し、俺はささっと着替える。そして、魔導具を腕に嵌め、魔導石をセットした。その瞬間、魔導陣があらわれる。クルクルと回って、消えた――。

「い、いだだだだだっ⁉」

強烈な筋肉痛が俺を襲う。待って、待って、聞いてない、こんなに痛いなんて聞いてないんですけど。骨がミシミシッと軋む音がするぅ。鑑定スキルさんはち

ゃんと表記して。省《はぶ》かないで。これは立派な副作用じゃないの⁉

体感では十秒程度だっただろう。痛みが嘘のように引いて、俺はよろよろと立ち上がった。酷い目に遭ったた。あ、なんか目線が高い。ぶかぶかだった服もぴったりになっている。これ、兄上が十五、六の時の服だったんだけどな……。

「一番の問題は顔だ」

大人になったら、顔付きが子供の頃とかなり変わったというパターンも多い。イケメン、イケメンになっていてくれ、と俺は近くの窓ガラスを見た。

そこに映っていたのは、薄い顔の青年だった。知ってた。よく言えば塩顔。一重であっさりとした顔立ちのことね。マスクしたらなんとなくイケメンに見えるかも、という程度だ。前世の自分を見ている気分になる。色んな意味で親近感が湧くわぁ。

気を取り直し、俺は改めて自分の姿を確認した。身長は普通。ダンより高めで、クリストフよりちょっと低いくらい。体重も普通の括《くく》りに入るだろう。

さて、問題はステータスである。俺はステータス・オープン、と念じた。

アルヴィクトール・エル・ミュラー　20歳（10歳）
ミュラー男爵の弟
HP75　MP90
適性魔法　水1　火1　風1　土3　光1　闇2
称号　努力の鉄人
スキル　補助2　鑑定1　エコ3

待って、ぜんぜん成長してない。……もしかして、この魔導具って外見のみを成長させる効果しかないのか？　じゃなきゃ、色々とおかしい。今までだって、亀の歩みではあるがちゃんと成長していたのだ。まったく成長なしなんて、泣く。地面をローリングして号泣するレベル。

「成長は十年分か」

髪型は短いままだった。そう考えるとやはりこの魔導具は、見た目のみを成長させるものとみて間違いはないだろう。

セットした魔導石は橙ランク。装着者の魔力は使用しないと鑑定にあったので、俺のエコスキルは反映されないだろう。リクハルドから聞いた情報だが、魔力がなくなりそうになると、色がだいぶ薄くなるらしい。街中でいきなり縮んだら事案である。魔導石の色はこまめにチェックしたほうがよさそうだ。

「ふむ。これなら一人でも問題なさそうだ。遺跡街もそうだな」

とはいえ案内役は欲しい。遺跡街もそうだが、できれば遺跡の内部も見ておきたいのだ。クリストフが言っていた、冒険者を補助するための設備というのが気になる。

バルテン子爵への面会については、母上が当主代理として手紙をしたためてくれた。それは街に入った時に、すでに領主館の受付に提出済みである。とはいえ、すぐに面会は適わないだろう。下手をすれば領地に不在という可能性もあった。こっちは面会できたらラッキー程度に考えておこう。

「まずは冒険者ギルドに行くか」

場所は宿の店主に聞いたので、俺はそこに向かうことにした。しかし、手足が伸びたぶん、ちょっと歩きづらいな。

□　□　□

俺は周囲を眺めながら歩く。建物は中世ヨーロッパを思わせるような、レンガ造りが多い印象だ。場所にもよるだろうが、三階建てか四階建てばかりが目につく。城壁都市なので、限られた場所を有効に使うためだろう。

フィアラス遺跡街は、街の中心部に古代遺跡があるという珍しい構造もそうだが、なによりも有名なのは未だに踏破《とうは》者が出ていないことだ。

古代遺跡は階層が深ければ深いほど、強力な魔物が湧くと言われている。それによってランク分けされており、上から一等級、二等級、三等級、四等級の四種類がある。四等級は階層も十階から二十階と浅く、魔物も弱いため初心者向け。

三等級で二十階から四十階。二等級が四十階から六十階。一等級はそれ以上。二等級まではだいたい踏破されているが、ごく希に隠し階段が発見されて、等級が上がったりすることもあるらしい。

二等級で踏破者が出ていない遺跡は、ここだけ。最初の踏破者は国から多額の賞金がもらえるため、街には腕に覚えのある冒険者が集まっているという話だ。

「ここか」

足を止めた先には、レンガ造りの三階建ての建物があった。それを下から見上げ、俺は首を捻《ひね》る。

周囲に比べ、建物のデザインが可愛らしいのである。それだけでなく、一階にある扉の左右には色とりどりの花が植えられた花壇が設置してあり、上段の壁に取りつけられたランプも女の子が好きそうな形だ。

酒場みたいな場所をイメージしていたんだけど、なんか違うな。本当にここって冒険者ギルド？　と首を傾げたくなるような光景である。

「邪魔だ」

慌てて横に避《よ》けると、ものすごい強面集団が中に入っていった。いかにも冒険者という出で立ちだが、建物がメルヘンチックなせいで違和感がすごい。とはいえ、ここが冒険者ギルドで間違いはないようだ。

よし、と気合いを入れて、俺は人生初となる冒険者ギルドに足を踏み入れた。

内装が可愛らしいのに、頑丈そうな武器や防具を揃えた冒険者がゴロゴロいるせいで違和感がすごい。寿司だと思って食べたら、実は見た目そっくりに作られた和菓子だったみたいな感じだ。脳内がバグりそう。

室内はワンフロアで、いくつかの受付が設置されていた。奥のほうにはテーブルと椅子が置いてあり、そこでたむろっている冒険者もチラホラ見られる。今は昼時なので人は少なめだ。

壁には掲示板が置かれ、いくつかの依頼らしきものが貼り出されている。冒険者ギルドっぽい、と興奮したけど、すぐにテンションが下がった。掲示板の枠を造花で飾り立てる必要はあるのだろうか。

「依頼者用の受付はこちらですよ～」

俺に向かってひらひらと手を振ったのは、五十代くらいの普通のおっさんだった。ねぇ、となりの可愛い感じのお姉さんにチェンジしてもらっちゃ駄目？　そっちは冒険者用？　そっかー。

「本日はどのようなご依頼で？」

「二日ほど、街を案内してくれる冒険者を雇いたい。できれば、遺跡の内部も」

「はぁ、案内ですか」

受付のおっさんは眼鏡を上げ下げして、困惑の色を露《あら》わにした。

「もちろん、街の案内や護衛等の依頼はお受けしていますが、フィアラス遺跡街を訪れる冒険者の方々は高ランクが多くてですね、ええ。依頼を出しても、引き受けてくれるパーティーはあまり……」

「それなりの依頼料を払っても難しいだろうか？」

「依頼料にはランクにもよりますが、上限がございます。お客様のようなご依頼ですと、高額設定は難しいかと」

いや、そんな金ないけどさ。マジか。これは盲点だった。ここで駄目なら、バルテン子爵との面会に賭けるしかないか。申し訳ないのですが、誰か街を案内してくれる方を紹介していただけませんか、って。でも、さすがに〝アルヴィ〟の外見で遺跡の内部見学はむりだよな。

「もしくは、個人での交渉でしょうか」

「交渉？」

「はい。ギルドを通さない個人依頼も可能です。もちろん、条件等はございますが。しかし、トラブル等が起こっても、当方は一切関知いたしません」

個人での交渉か。よっぽど信頼のできる相手じゃないと、依頼はしたくない。前金を払って、そのまま持ち逃げなんてこともあり得そう。法的効力のある契約書を交わすという手もあるが、この格好じゃむりなんだよなぁ。

「条件というのは？」

「まず魔物素材関係の依頼は禁止されております。魔物素材はすべて、ギルドでの買い取りが鉄則です」

これは魔物素材の買い取りに税金が掛けられているからだろう。個人依頼の場合だと、その辺りが不透明になってしまう。

「遺物につきましても、禁止事項が設けられております。これはお客様の場合、関係はありませんので説明は省かせていただきますね。個人依頼で多いのは、遺跡とは別の、馬車や積み荷の護衛等でしょうか。商人の方がよく利用されています」

なるほどね。野盗がよく出没する道なんかは、高上がりでも護衛を雇ったほうがいい。それにいつも雇っている冒険者パーティーがいる場合は、掲示板に依頼を出さなくてもその場で交渉できる。

「おい、兄ちゃん。個人依頼してぇのか？」

不意に投げかけられた野太い声に振り返ると、ろくでもない人間の代表みたいな風体の冒険者がニヤニヤしながら立っていた。

「ひと晩、相手してくれんなら引き受けてやってもいいぜ」

すごい、テンプレのような台詞《せりふ》だ。ナンパ？　これってナンパ？　それとも、単にお上《のぼ》りさんだと思ってからかわれてる感じ？　俺、どっからどう見ても男なんだけど——と思ったが、この国は普通に同性同士でも結婚できるんだった。

俺は困惑した。下手にあしらって恨《うら》まれても面倒臭い。受付のおっさんを見るが、おっさんは我関せず。こんなのいつものことですし、みたいな涼しい顔をしている。

「それに、よく見たらなかなか可愛い顔してるじゃねぇか」

「は？」

どっからどう見ても、ザ・平凡じゃん。俺は心の底から困惑した。たまたまこの冒険者の好みの顔だったとか？　俺は受付のおっさんを見た。

「俺の顔、どう思います？」

「どうと言われましても……」

「切実な問題なんです」

この冒険者の美醜感覚が死んでいる可能性もあるので、その辺りをはっきりさせておきたい。俺はモテる顔ですか？

「ええと、この辺りではあまり見ない、薄い……珍しい顔立ちといいますか。人によっては、好まれる方もいらっしゃるのではないでしょうか、ええ」

「つまり？」

「普通ですね」

「最初からそう言ってください」

やっぱり、普通なんじゃねぇか。ちょっと期待しちゃったじゃん。この冒険者は美醜感覚がちょっと独特なのかもしれない。

「せっかくですが、お断りします」

「はぁ？　俺様がわざわざ声かけてや――」

突然、俺に絡《から》んでいた冒険者が視界から消えた。その直後、壁になにかが激突するような音が響く。激突というか、壁にめり込んでないか？

「ここは冒険者ギルドだぞ。溜まってんなら娼館《しょうかん》に行け」

そこに立っていたのは、炎のような髪色の男だった。彫りの深い端整な顔立ちに、平均よりも高い身長。胸当てに手の甲から肘までを覆う籠手《こて》。下は革製のロングブーツに鉄製の膝当てという軽装だが、肩幅はがっしりとしていて、いかにも冒険者という出で立ちをしている。短く刈り上げられた髪は、セットされているわけでもないのにそれだけで様になっていた。

年齢は二十代後半くらいだろうか。十人いれば十人が満場一致でイケメンだと太鼓判を押すようなレベルの美形だ。粗野《そや》な雰囲気を漂わせているが、ワイルドで魅力的という女性のほうが大多数を占めるだろう。

その赤銅色《しゃくどういろ》の瞳が俺を映した瞬間、猛獣に睨《にら》まれたかのように背筋が粟立《あわだ》った。

「個人依頼なら、俺が受けてやろうか？」

なんでそんな流れになんの。というか、こいつは誰だ。俺が困惑していると、焦ったような声をあげたのは受付のおっさんだった。

「とんでもない。オードラン様がお受けになるような依頼ではございません！」

「おい」

てめぇ、ふざけんなよ。さっきの冒険者が俺に絡んできた時は、関係ありませんって顔してたくせに。態度がまったく違うじゃねぇか。

「オードラン様は、ソロの一級冒険者です」

こっそり教えてくれたのは、となりの受付に座っていたお姉さんである。「この度は、受付職員が失礼な態度を取ってしまい、申し訳ありません」と小声で謝ってくれる。そして、となりのおっさんを絶対零度の目で睨みつけていた。ひぇ。

というか、一級ってマジで？　冒険者は、一級から七級まであって、最初は誰もが七級からのスタートとなる。ランクアップには等級試験があって、それをクリアしないといけないらしい。確か、一級ランクへの昇格試験は、二等級遺跡の踏破だったはず。ソロってことは、単独踏破したのか。

「遺跡から出たばかりで、また潜る気にはなんねぇんだよ」

「で、ですが……」

「個人依頼にギルドは口を挟まねぇ方針だよな？」

容赦のない睨みに、さすがの受付のおっさんも押し黙った。もっと頑張れよ。

「ええと、依頼を受けていただけるのはありがたいのですが……」

「じゃ、交渉成立ってことでよろしくな」

「意味がわかりません」

ふざけんじゃねぇぞ、このイケメン。しかし、これを逃せば、さっきの冒険者みたいなのしかいないのも事実。本当に暇潰しで依頼を受けただけの可能性もあるしなぁ。

ここは申し訳ないが、安全な人物かどうかステータス画面をチェックさせていただこう。

ステータス・オープン！

レオン・オードラン　28歳
（本名レナード・エル・ノイエンドルフ）
ノイエンドルフ国王の末弟

HP3800　MP3100
適性魔法　水　火18　風　土　光　闇
称号　火蜥蜴《サラマンダー》の祝福
スキル　剣技10　制御18
備考　五人兄弟の末子。上に兄が三人と姉が一人いる。冒険者となって国内外を渡り歩きながら、有事の際は騎士団を率いて鎮圧に赴くこともある。あまりにも強い祝福のせいで、幼い頃から石牢で暮らす。鉄格子越しの青い空を見上げ、外の世界に憧れた。パーティーは組まずに、ソロで活動する。一級冒険者。己の〝運命〟を探している。

チェンジで。

□　□　□

地獄ってそこいらに落ちてるもんなの？

そりゃ、人様のステータスを勝手に見るほうが悪いんだけど。精霊と呼ばれる火蜥蜴も、神様に分類される。神様っていっぱいいるんだなと思ったが、よく考えたら前世だって八百万《やおよろず》の神様がいたのだから、きっとそういうものなのだろう。

「で、どこに行きたいんだ？」

俺を先導するように歩くのは、一級冒険者であるレオン・オードランである。

しかたなかったんだ。受付のおっさんが言うように、ガイド依頼なんて受けてくれる酔狂《すいきょう》な冒険者はいない。王弟という部分はものすごく気になるが、見なかったことにすればいい。どうせ二日間の付き合いだと割り切ることにした。

「まずは、遺跡関係の建物を見て回りたいです」

「というと？」

「魔導具の専門店や、武器屋、鍛冶屋、冒険者向けの宿、あとは――」

「わかった。俺が立ち寄りそうな場所に行けばいいんだな？」

「はい。それとできれば、遺跡の内部も見学したいのですが難しいでしょうか？」

「浅い階層までならいいぞ」

「それで充分です」

「じゃ、行くか。アル」

「はい」

依頼に当たって、俺は自分のことを〝アル〟と名乗った。別に本名でなくてもいいらしい。貴族がお忍びで、なんてこともたまにあるそうだ。そもそも依頼自体が前払いシステムなので、払うモノを払ってくれるなら問題ないというスタンスみたいだな。

依頼が達成されなかった場合は、手数料を引いた額を払い戻しもできる。冒険者ギルドを通しての依頼はそのあたりの補償もきっちりしているが、個人依頼は泣き寝入りになることのほうが多いので、あまり推奨されていない。

なお、冒険者も偽名での登録は可能だ。魔力型の登録をするため本名でなくても問題はない。魔力型とは指紋みたいなものだ。一人として同じ型はないので、個人の判別に利用されている。

問題を起こして冒険者ギルドを追放された輩が、別名で登録し直して、ということは不可能に近い。

「ところで、敬語じゃなくていいぞ」

「オードランさんは年上ですので……」

「堅苦しいのは好きじゃねぇんだよ。それに、家名で呼ばれんのも。レオンでいいぜ」

よくねぇんだよ。どこに王弟殿下を呼び捨てにする貴族がいるんだ。さっきの受付のおっさんは、バリバリ家名で呼んでましたけど。

しかし、ここで頑なに拒否するのもおかしいだろう。レオンの機嫌を損ねて、やっぱり依頼はなし、なんてことになったら困る。

「……わかった」

「じゃ、まずは鍛冶屋《かじ》に行くか。武器を研《と》ぎに出したまんまなんだわ」

レオンが向かった先は、いかにもといった感じの年季の入った鍛冶屋だった。よかった。冒険者ギルドのように、メルヘンチックだったらどうしようかと思った。

「この辺りには、五、六軒くらい鍛冶屋が集まってる。遺跡から出た冒険者が、真っ先に来る場所だな」

「ギルドじゃなくて？」

「道順的なものもあるが、武器の手入れには時間がかかる。先に預けて、その次にギルドって流れが多いな」

「なるほど」

「おやっさん、俺のできてるか？」

薄暗い店内。すぐ手前に受付があって、奥のほうには火の入った大きな竈《かまど》が見えた。その周囲には鉄の塊や、ハンマー、水が入った桶《おけ》など、様々な道具が並んでいる。換気してもなお店内にこびりつくような鉄独特の臭いに、顔を顰《しか》めそうになった。

「ここは鍛冶専門の店だ。武器屋や防具屋と併設されてるとこもある」

「店によって違うんだな」

なにかにぶつかったような音がして、奥から年配の男性が出てきた。小柄だが、半袖のシャツから覗く二の腕は丸太のように太い。革製の黒いエプロンをつけ、ぎょろりとした目でこちらを睨みつける。

「ここは立地がいいぶん、土地がクソ高ぇんだよ。なんの伝手《つて》もねぇ個人の店はこれでギリギリだ」

「だそうだ」

とっても現実的な理由からだった。そりゃ、遺跡の目と鼻の先だったら、土地価格も跳ね上がるよな。初期費用が潤沢《じゅんたく》にあるなら話は別だが、そうじゃなければ経営はなかなか厳しそうだ。

「おい、あんたのコレか？」

おやっさんはレオンに向かって小指を立ててみせる。悲しいかな、それだけでどんな意味なのか理解してしまった。

「口説いてるとこだ」

「いいねぇ！　武器なら研ぎ終わってるよ。裏で切れ味を試してきな」

「ありがとよ」

いちいち否定すんのも面倒臭いから、もうそれでいいや。というか、こいつは本当に王族なのか？　ステータス画面さん、誰かと間違ってない？

「悪いが、少し時間もらっていいか？」

「ああ。ついでに見学しても？」

「どうぞ」

ふっ、と笑ってレオンは鍛冶屋の奥へと向かう。イケメンってこういう時に絵になるよな。闇魔法のレベルが上がりそう。それを見ていたおやっさんが、囃《はや》し立てるように口笛を吹く。

「兄ちゃん、あいつはヤベぇぞ」

「そういうつもりは微塵《みじん》もないので大丈夫です」

「おっと、こっちは脈なしか」

最初からねぇよ。

同性間の恋愛については偏見はないし、好きになったら性別なんて関係ないとは思う。でも、よく考えてほしい。男も女もよりどりみどりなイケメンが、こんなモブの平凡に興味を持つだろうか。

単なる好奇心か、それとも暇潰しか。親切の可能性もあるが、俺に絡んできた冒険者を容赦なく蹴り飛ばした奴だぞ。そんな心があるとは思えない。かといって、他の理由が思いつかないのも事実。とりあえず、警戒だけはしておこうかな。身元がバレることだけは絶対に避けたい。

俺もレオンを追って奥へと向かった。そこは四方を壁に囲まれた空地になっていて、中央に試し切りの巻藁が数本、並んでいた。レオンの手にはすでに抜き身の剣が握られてある。

ショートソードというには刀身が長く、大剣というには細身だ。また、片刃剣であり軽く反りが入っている。日本刀というよりは、前世の中近東付近で使われていたシャムシールという剣に似ているかもしれない。

しかし、気になるのはその刀身の色だ。漆黒の闇を閉じ込めたような黒。いったいどんな鉄を使っているのか。不意にレオンの腕にあった魔導具に、魔導陣が浮かんだ。

刀身が一瞬で真っ赤に染まる。

気付いた時には、巻藁が真っ二つに割れ激しく燃え上がった。

火属性魔法によって刀身を熱し、巻藁を焼き切ったのだろう。しかし、それがあまりにも高温だったため、巻藁が燃えた。レオンの魔法の腕もさることながら、あの片刃剣はなんなんだ？　普通なら、高熱に耐えきれずに溶けるぞ。

「どうだ？」

振り返ったレオンは、得意げに俺を見た。その仕草が少し子供っぽくて、微笑ましさを感じる。

「さすがは一級冒険者」

「それだけかよ」

「その剣？　刀？　触ってみてもいい？」

「チッ。こっちに興味を持つのかよ。重いから気をつけろよ」

少しばかり面白くないといった顔のレオンから片刃剣を受け取った。よしよし、さっそく鑑定だ。

◇呪われし片刃剣　レベル6
刀身は黒銀鉄製。かつて君主を守れなかった騎士の無念が宿った片刃剣。所有者の魔力を吸い取り糧《かて》とする。古代遺跡の遺物。所有者、レナード・エル・ノイエンドルフ。製作者・※※※※・※※※。


呪われてんのかーい。しかも、なんで製作者が伏字なの。匿名希望《とくめい》も可能なシステムだったりすんの。というか、魔力ってMPのことだから、それを吸い取られてたらやばくね？　そこで俺はレオンのステータスを思い出した。ちょっとやそっとじゃなくなんねーわ。回復速度も桁《けた》違いなんだろうな。

それでも、イケメンでチート野郎かよ、という気持ちになれないのは、きっと備考欄にあった壮絶な過去のせいだろう。石牢……駄目だ、考えただけで目から水があふれてくる。

「返す」

「なんだ、もういいのか？」

「熱いんだよ」

先ほどの名残《なご》りから柄部分でさえ、けっこうな熱が籠もったままなのだ。あとね、呪いの剣を持っていたい人間はそんなにいない。

「これって遺物？」

「ああ。二等級遺跡を踏破した時に、最深階で見つけた」

一等級や二等級の遺跡だと、わりと呪いのなんちゃら系が転がっているらしいので、珍しいというほどのものではないのかもしれない。でも、呪われた剣でさえこのレベルなのに、俺が現在使用している魔導具はもっと高い。

禁術ってそんなにヤバいもんなの？　今更ながら震えが止まらないんだが。これ、一度つけたら外れないとか、そんなオプションはついてないよね？

「じゃ、次に行くか」

「頼む」

片刃剣を腰に差したレオンは、俺を促すように歩き出す。さりげなく腰に手を回さないで欲しい。工房を出る際に、おやっさんが俺に向かって親指を立てて見せた。勘弁してくれ。

□□□

それから、俺は防具屋や、魔導具店など、冒険者が立ち寄りそうな場所を中心に案内してもらった。

魔導具店や魔導石店は数は少ないものの、その品揃えは素晴らしく、あれがあれば畑のモコモコが捗《はかど》るだろうなと何度思ったことか。

魔導石店では、はじめて青と藍ランクの魔導石を見たし、レオンはなんでもない顔で青ランクをいくつか買っていた。一級冒険者ともなれば、天然モノでも値段を見ずに買えてしまうのだろう。

レオンによると、それらの専門店は遺跡街の南側に集まっているらしい。そのほうが確かに効率的だ。冒険者を対象とした宿泊施設は、西側に集まっていて、その周囲には飲食店が軒《のき》を連ねる。

領民の生活圏は東側に集約され、冒険者とは棲み分けがされていた。北側には領主館などの中枢部が集まっている。最初からしっかりと計画性を持って開発した結果だろう。

うちの領地も発見した古代遺跡の近くに、一から街を作ったほうが早いのかもな。土地は無駄にあるし。どうせなら、フィアラスの遺跡街や王都みたいに下水設備も設置したい。お金かかるけど。その辺りはクリストフと相談だ。

「――疲れたか？」

「え？」

レオンがひょいと顔を覗き込んでくる。近い。近いんだよ。俺は一歩、後ろに下がった。

「そろそろ休憩するか。この辺りにいい店があるんだよ」

レオンは俺の背中をポンと叩いた。少しばかり人混みに酔ったせいで、疲労を覚えていたことがバレていたらしい。

安い店だといいなぁ、と思っていた時だった。

すぐ傍の通りから悲鳴があがる。

何事かとそちらを見れば、我先にと逃げる人々の姿が目に入った。その中心にいるのは、フードを被った少年。九、十歳くらいだろうか。地面に座り込んだまま体を震わせていた。その瞳に宿るのは、怯え。

少年を中心に、地面がピシッ、ピシッ、と鳴って霜《しも》柱《ばしら》のようなものが立ち上がる。ひんやり、というには冷え切った空気が周囲に漂った。

「逃げろ、祝福持ちの暴走だ！」

気付いた時には、走り出していた――少年に向かって。肌を突き刺すような冷気に眉根を寄せるが、それでも足は止まらない。俺に気付いた少年が驚いたように目を瞠った瞬間、その目尻から零れた涙が瞬時に凍り、地面に落ちて砕けた。

「もう大丈夫だ」

腕を広げて包み込むように抱き締める。そして、背中をポンポン、とあやすように叩いた。安心させるように、何度も。吐く息が真っ白で、喉が痛い。

少年の手首を見れば魔導具があった。しかし、そこに嵌められている魔導石が粉々に砕け散っている。頼むから、そんなに強い祝福であってくれるなよ、と願いつつ俺はかじかむ手で小袋から魔導石を取り出す。虎の子の緑ランクだ。

それをなんとか魔導具に嵌め込むと、魔導陣が浮かんだ。頼む、頼む、と祈っていると、少しずつ冷気が引いていく。腕の中の少年を見ると、なにが起こったのかわからないといった顔で俺を見上げていた。安心させるために笑いかけたいのに、表情筋が上手く動いてくれない。俺はちゃんと母上のように微笑めただろうか。

少し離れた場所で、こちらに駆け寄ってくる教会関係者らしき者達の姿があった。特徴的な緑色のローブを着ているので間違いはない。

「アル！」

強い力で抱え上げられたかと思うと、レオンの腕が俺を包み込む。燃えるような熱さを心地よく感じながら、俺は片手でその腕を軽く叩いた。

言いたいことを理解したのだろう。レオンは舌打ちすると、そのまま走り出し脇道に入る。通りから見えない位置に移動し、俺を地面に下ろした。

「回復ポーションだ。飲め」

受け取ろうとしたが、腕が動かなかった。もう一度、舌打ちしたレオンがそれを一気に呷《あお》ったかと思うと、俺を抱え口移しで回復ポーションを流し込む。熱いくらいの唇と舌が気持ちいい。

甘みのあるそれをなんとか飲み込めば、少し経ってから指先に感覚が戻ってきた。体がガタガタと震え、自分の体を抱え込むように丸まる。レオンは地面に座り込み、膝の上に俺を抱き上げた。

あ、温かい……。真冬のカイロくらい温かい。もっと熱が欲しくて、俺はレオンに身を寄せた。それをきついくらいの力で抱き寄せられる。

「ふざけんなよ。死にてぇのか、てめぇは」

「……ご、めん」

体に上手く力が入らず、レオンにもたれかかる。よかった。こんな死にそうな姿を、あの子に見せたくなかった。

「ほっときゃ、力尽きて気絶する。それくらいわかんだろ」

「……友達に祝福持ちがいるんだ」

部屋の隅で、自分の力が恐いと泣いていた少年。俺は、その小さな体を抱き締めてやることができなかった。

大丈夫だと頭ではわかっていたけれど、傷を負った体はそうじゃなくて。震えていることに気付かれないように、リクハルドの頭を撫でるだけで精一杯だった。本当は、大丈夫だよ、恐くないよと言って抱き締めてあげたかったのに。

「だから、あの子の目を見たら余計に、抱き締めてやんなきゃって思ったんだよ」

俺を抱えていた腕に力が籠もった。火蜥蜴の祝福持ちであるレオンも、なにか思うところがあったのかもしれない。

「同情で、あのガキを人殺しにするつもりか」

「あー、ごめん。それは、レオンに期待した」

俺はそう簡単には死なないし、死ぬつもりもない。俺一人だったら、さすがに思い留まっていた。さっきは俺が動けなくなっても、レオンがなんとかしてくれるんじゃないかと思ったのだ。

「会ったばかりの奴を信用すんな」

「でも、助けてくれただろ」

見捨てられても自業自得なのに、レオンはちゃんと俺を助けてくれた。しかも、自前の回復ポーションまで使って。

「……今日はこれで終《しま》いだ。宿に帰れ」

「ええっ。もうちょっとくらい――」

「宿まで送ってやろうか？」

「けっこうです」

宿バレだけは避けたい。回復ポーション代を払おうとしたが、レオンは受け取ってくれなかった。怒っているような雰囲気になにも言えず、俺は自分の軽率な行動を反省したのだった。

というか、デニスにも回復ポーションを飲ませればよかったんじゃね？

□　□　□

デニスにも回復ポーションを、と思ったのだが、どうやらそれはあまりよろしくはないようだ。

光魔法もそうだが、自己治癒能力を異常なほどに高めることで傷を治すため、その反動として治癒力が大きく下がってしまうのだ。もちろん、時間を置けば回復するが、命にかかわるほどの大怪我でもなければ、自然に治るのを待ったほうがいいとのこと。

冒険者の場合も、いざという時の保険として回復ポーションを携帯する者が多く、小さな怪我では使用しないらしい。つまりギックリ腰程度で回復ポーションを飲む者はいない。あと値段が地味に高い。ここでも立ちはだかる資金の壁。

もう一日安静にしていればいいのだから、と俺はデニスにはそのまま宿で待っていてもらうことにした。デニスには本当に申し訳ないが、遺跡の内部を見ておきたいのだ。

そんなわけで、翌日。俺は魔導具を装着し痛みにのたうち回ったあと、冒険者ギルド前でレオンと落ち合った。昨日のことをまだ怒っているだろうかと恐る恐る様子を窺《うかが》えば、大きな手に頭をぐしゃぐしゃと撫でられ、「気にしてねぇよ」と笑われた。イケメンめ。

「今日は遺跡に行くか？」

「頼む。あ、その前に換金所に行きたい」

「わかった」

冒険者ギルドの近くにある換金所で、母上からもらったネックレスを金に換える。宿代も半額になったし、なんとかなるんじゃないかと思っていたのだが、緑ランクの魔導石をタダで手放してしまったのが痛かった。泣きたい。

「遺跡に入る上での注意事項は？」

「俺から離れるな」

「とてもよくわかった」

フィアラスの古代遺跡は、すり鉢状に掘られた地面の底にあった。なんでも、採石場だったところから遺跡が発掘されたのだそうだ。街の中心部にぽっかりと空いた空間は、巨大な隕石《いんせき》の衝突によってできたクレーターにも見える。

　地上に見えているのはごく一部で、入り口付近は古代ギリシャの建造物を彷彿《ほうふつ》とさせる独特の造りだった。遺跡に向かって整備された階段を下りる。上り下りだけでも足腰が鍛えられるな。

「遺跡には誰でも入れるのか？」

「いや。原則、ギルドに登録した冒険者に限定されてる」

「なんで？」

「冒険者ってのは国家資格みたいなものはないが、登録者全員に、三日間の講習を受ける義務がある。遺跡の保全と、死なないための注意事項をみっちりと教え込まれるんだ。なにも知らない素人が興味本位で入ったら、高確率で死体となって出て来るからな。そんな無駄死にを防ぐためと、あとは色んな利権の問題」

　最後は説明が面倒になったのか、適当に誤魔化《ごまか》しやがったな。何事も統括《とうかつ》組織があったほうが便利だし、冒険者の権利を守るという点でも重要だ。いずれはミュラー男爵領にも冒険者ギルドの支部を置くことになるが、その場合は王都にある本部に申請する必要があるのだそうだ。

「俺は一般人だけどいいんだ？」

「依頼という形を取ったうえで、冒険者の同行があれば問題ない。ただし四級以上の、という条件つきで、潜れる階層にも制限がかかる。遺跡関係の研究者がよく利用してるよ」

「なるほどねぇ」

　階段を下りきった先には、巨大な門があった。開かれたままとなっているが、この門自体が特殊な構造になっていて、内部の魔素を完全にシャットアウトしているらしい。クリストフが言っていた。とてもお金がかかるんだってさ……。

　その両脇には、門番さんが立っている。もしかして、ここで冒険者かどうかの確認すんのかな、と思っていたらレオンは顔パスだった。片手を上げただけで、どうぞどうぞ状態である。おい、ちゃんと仕事しろよ。

　門を潜《くぐ》ると、そこはレンガ造りの内壁に囲まれたガランとした場所だった。天井が高いせいで声がよく響く。

「ここは通路だ。魔物もいないから、そんなに緊張しなくてもいいぞ」

「通路？」

「もともと浅い階層ほど魔素は薄いが、念のためにそれを打ち消す魔導器を通路の壁に設置してある。魔物には毛嫌いされる空間みたいなものだ。どんな冒険者でも、遺跡に入った瞬間に襲われたらたまったもんじゃねぇだろ」

魔導器とはなんぞや。簡単に説明すると、人が身につけて補助などの役割に使うのが〝魔導具〟。身につけずに魔導石を動力として動くのが〝魔導器〟と区別される。

冒険者ギルドでの冒険者登録でも、専用の魔導器が使われている。その情報は王都の冒険者ギルド本部にある魔導器に集約されているそうだ。

「遺跡ははじめてか？」

「ああ」

「じゃ、びっくりするぞ」

そういや、遺跡の内部ってどうなっているんだろう。ジャングルみたいに樹木が生い茂っていたりとか、室内なのに空があったりとか？　ちょっとワクワクしてきたかも。

そして、通路を抜けた先には――壁と天井以外なにもなかった。

「は？」

思わず俺は呆然とする。見渡す限り広々とした空間。地面は土がむき出しになっているところもあれば、加工された石板で舗装されているところもある。その隙間から申し訳程度に草が生えていた。

「なにこれ……」

「驚いただろ」

「逆の意味でな」

「新人は大概、一度はここで夢を壊される」

通過儀礼みたいなもんか？　しかし、本当になにもねぇな。遠くのほうに下へと続く入り口らしきものが見えるくらいだ。

「さっきも言ったように浅い階は魔素が薄いから、魔物が極端に少ないんだ。初心者でも普通は十階層までスルーする」

「四等級の人気のなさがよくわかった」

うちの領地で発見された遺跡が四等級だったらどうしよう。せめて三等級、三等級以上であってくれ。発見されている二十四遺跡の内訳は、四等級が七基、三等級が八基、二等級が六基、一等級が三基となっている。

「ここからは階段で下に――ん？」

俺は足下でブヨブヨと蠢《うごめ》くものに気付いた。それは半透明の、ドロッとした塊だった。大きさはバスケットボールくらいはあるだろうか。しかし、綺麗な球体ではなく、ゲル状のものを落下させたような感じになっている。

「そいつは一番弱い魔物だな。どの階層にもいるが、強さは一定という不思議なやつだ」

「ふぅん」

初魔物が粘液系か。スライムみたいなもんかな？

でも、俺の知ってるスライムはもっと可愛い。こんな粘液じゃない。とりあえず、ステータスでもチェックしとくか。生き物に鑑定は使えないし。

スイム
HP20　MP10
属性　水1　火　風　土　光　闇
称号（空欄）
スキル　軟体1
備考　※※※の眷属《けんぞく》。高温多湿を好むがどんな空間でも生存できる。倒すとスイムの体液が手に入る。体液には少しだけ痺《しび》れ効果があるが、死亡するとその効果は失われる。中央にある丸い核が弱点。踏み潰すといける。

高温多湿を好むんだー、じゃなくて。なんで伏せ字になってんの。R指定だったりする？　ちょっと恐いんですけど。眷属ってなに？　なんの眷属なの？　でも、ＨＰとＭＰの低さには親近感を覚える。踏み潰すといけるって雑だな。

　魔物のステータス画面を見るのは初だが、人間だと適性魔法の部分が属性になっていた。違いはそのくらいか。

「これも倒せば売れるのか？」

「クソ安いが、量があれば新人の小遣い程度にはなる。スイムのゲロは薬師の必需品だしな。掲示板でも依頼がよく出てる」

「待て。ゲロってなんだ、ゲロって」

「あー、悪い。いつもそう呼んでたから、つい。もっと卑猥《ひわい》な呼び名もあるぞ」

「やめて」

　見た目がそれっぽいけどさ、もうちょっと普通の呼び名にしてあげようよ。ゲロはない。ゲロは。

「この辺りにいる魔物はスイムくらいだな。五階層あたりで、小動物タイプの魔物がチラホラとでてくる」

「そこも、やっぱりなにもないのか？」

「ボロボロの柱や塀、低木が追加されるくらいだな。じゃ、そろそろ下に行くか」

　そう言って、レオンが向かったのは階段ではなく、通路を出てすぐ脇にある円柱状の石だった。高さは成人男性の腰辺りだろうか。

「移動用ポートだ。五階ごとに設置されているから、いちいち階段を使って移動する必要がない」

「これも魔導器か？」

「ああ。ただし、使えるのは遺跡の内部だけだ」

「なんで？　話を聞く限りじゃ、すごく便利そうなのに」

「これはもともと遺跡で発見された遺物で、それを写して量産したものだ。そのせいか、地上で使おうとしても、まったく稼働しない。あれこれ改良を加えても同じだったらしい。魔導器タイプの遺物には、遺跡内部でしか使えないものもある」

「じゃ、なんで五階層ごとなんだ？　深層は特に、一階ずつ置いたほうが攻略も楽だろ」

「一定の距離が空いている必要がある。じゃないと稼働しないそうだ」

便利な魔導器だが、色々と条件があるようだ。とりあえず、せっかくだから鑑定しとこうかな。

◇移動用ポート　レベル5
オリジナルから作られた複製品。遺跡の内部を移動するために造られた専用の魔導器。一定の距離を空ける必要がある。重さに関係なく一度に十五人まで移動可能。多いとブザーが鳴る。動力に魔導石を使用。製作者・王立魔導器研究所所員多数。


エレベーターか。そういえば、クリストフが移動用ポートの購入が複数必要だとかなんとか言ってた気がする。これも買わないと駄目なんだろうな……。健康のためにみんな階段を使おうよ。

「でも、これって魔物に壊されたりしないのか？」

「通路にも使われていた魔素を分散させる魔導器が内蔵されてる。ポートがある辺りは安全地帯だ」

「ふむふむ。もう一個、質問。どうやって設置するんだ？」

「事前に購入しておけば、最初の調査の際に調査団が探索のついでにやってくれるが、階層が深くなると冒険者への依頼になる」

「調査団はポートを使わないのか？」

「自前のを持ってきて、撤収の際に回収してく」

ということは、調査団が撤収するまでの間に移動用ポートを購入しておく必要がありそうだな。あと、それを使用するための魔導石も。国からの助成金っていくらくらい下りるんだろ。

「地上に戻る際にも、このポートを使うのか？」

「ああ。だから、大抵の冒険者はポートのある階か、その上下を狩り場にすることが多い。ま、攻略組は違うがな。他に質問はないか？」

レオンがニヤニヤしながら訊いてくる。どうしてそんな質問ばかりするんだ、と言ってこないのはありがたいが。

「下に向かう冒険者と、上に向かう冒険者で問題が起きたりしないのか？」

「基本的に下に向かうほうが優先というルールがある。移動も一瞬ですむから、そこまで待たされることもない」

エレベーターがいつまで経っても来ない、という問題はないってことか。あれって急いでる時に限って遅いんだよな。

「他には？」

「ない」と告げると、「じゃ、十階まで行くぞ」という言葉が返ってきた。

レオンが石柱に手を翳《かざ》すと、ブゥンと音が響いて魔導陣があらわれた。魔導具で見るやつよりも、かなり大きい。一瞬で視界が変わり、先ほどよりも低木や壊れた柱などが点在する光景が広がった。

「右側に翳すと、下。左に翳すと上に行く」

「壁には何階層かも描いてあるんだな」

「どこまで来たかわかんなくなるんだよ。いちいち数えんのも面倒だろ」

「それもそうか」

「ここが五階な」と言って、レオンはまた石柱に手を翳した。一度に目的の階層に移動することはできないが、バラバラの場所にある階段を使うよりは遥かに楽である。これは移動用ポートを設置しないと、冒険者からクレームがくるな。

「ここが十階だ」

「おおっ」

だいぶ朽ちているが、原形を保った壁や柱、天井近くまで伸びた木など、一階とはまったく違う光景が広がっていた。建物の外装同様、内部も古代エジプトやギリシャあたりの建築方式に近いのかな。地面も石板で舗装され、だいぶ崩れてはいるが水路には綺麗な水も流れている。

「フィアラスの遺跡は、こっから下に降りる階段が複数になる」

「階段って一ヶ所じゃないのか？」

「ああ。ひとつしかない階層もあれば、十ヶ所以上の階層もある」

「十ヶ所⁉」

「古代遺跡の設計者は、相当意地の悪い人間だったんじゃないか？　それか、最深部によほど大切なモノがあるか」

「それを守るために複雑な設計にしたって？」

「王家に伝わる古い話だ。どこかの一等級遺跡の最深部には、聖王の遺骸《いがい》が安置されているらしい」

一等級遺跡なんて、一級冒険者パーティーが複数集まってやっと踏破できるレベルじゃん。現在、国内で踏破された一等級遺跡はたった一基だけだと言われている。

「地図がないと大変だな」

「冒険者ギルドで売ってるぞ」

「売ってんのかよ」

「個人で地図を作っての売買は禁止されてる。粗悪品が出回ると面倒なんだよ。ギルドの依頼を受けた一級冒険者パーティーが作成している。かなりの値段はするが、効率と安全を買うようなもんだ」

「レオンは？」

「それじゃ、面白くねぇだろ？」

ニヤッと笑ってみせる。カッコイイだなんて思わない。思わないったら思わない。

俺は周囲を見回して、恐る恐るポートの外に出た。まだこの辺りは安全だろう。他の冒険者の姿はなかった。もっと下の階層に潜ってるっぽいな。

「ところで、ここって光源はどうなってるんだ？」

普通に明るいが、ライトは見当たらない。するとレオンは近くの茂みを軽く蹴った。そこから小さな光がパッと散るように飛んでいく。

「光虫《こうちゅう》。こいつらのお陰で、明かりには困らない。一日中、昼みたいなもんだ」

「一階層にもいた？」

「天井や壁にくっついてんだよ」

ステータスを見てみたかったけど、けっこう素早いので虫取り網でもないとむりだな。でも、明かりを設置しなくてもすむのは助かる。

「これも魔物なのか？」

「専門家に訊いてくれ」

虫？　魔物？　時間があればフィアラスにある古書

店に寄って、遺跡関係の書物を探してみようかな。購入するかは残金と要相談。

「あんまり離れんなよ」

「わかってる。あっちの部屋っぽくなってるとこを見てみたい」

「はいはい」

するとその途中でウサギっぽい外見の魔物が飛び出してきた。額に鋭い角があり、後ろ足が異様に長い。大きさはシシーと同じくらいか。こちらを敵認定したようで、猛然と突っ込んでくる。

「この辺りによくいる魔物だな」

「めっちゃ冷静。どうすんの!?」

「よっ」

レオンが片刃剣をひと振りしただけで、ウサギ型の魔物は「ギャン」と鳴いて絶命した。体を斬ったのに血は流れない。

魔素を糧にして生きている魔物の体内構造は、地上の動物とは違うようだ。

「瞬殺……」

「当然だな」

「そういえば、倒した魔物ってどうやって持って帰るんだ？」

肉とか皮がドロップする楽ちん仕様ではないらしい。魔物は絶命したまま地面に横たわっている。すると、レオンが腰のベルトから古びた革袋を取り外した。

「これも遺跡限定で使える魔導器だ。地上だと取り出すことはできるが、収納することができない。ま、見てろ。〝収納〟」

すると、足下にあった魔物の死体が淡い光になったかと思うと、革袋に吸い込まれた。おおっ、ダンジョンぽい。

「あとは冒険者ギルドで、買い取りの際に取り出す。ただ、いまいち使い勝手が悪くてな。取り出す時に収納されてるものが全部出ちまうんだよ」

「指定して取り出せないのか」

「ああ。冒険者の必需品みたいなもんだ。便利だから複数持ってる奴もいるぞ」

「少し見せてもらっても？」

「アルはなんにでも興味津々だな」

「別にいいだろ」

「可愛い」

こいつ、目が腐ってんのかな。俺は気にせず、革袋を鑑定した。

◇不思議な革袋　レベル7
オリジナル。魔導器の一種。使用するためには魔導石を嵌め込む必要がある。魔導石を取り外した状態では、収納も取り出すこともできない。中に入れたものは劣化しない。オリジナルは特殊で、遺跡外でも使用可能。エルバルド王国の国宝。製作者・※※※・※※。


王家からなに持って来ちゃってんの。ちょっと借りるぜ的な感覚で国宝持ってこないで。

俺はなにも見なかった。国宝なんて知らない。これは冒険者が愛用しているただの不思議な革袋。それでいいじゃないか。あとネーミングが単純だな。

「ところで、レオンはいつもそんな軽装で遺跡に潜ってるのか？」

「ん？」

レオンの格好は昨日と同じだった。いや、そうは見えないだけで、胸当てやロングブーツも防御力がめっちゃ高い国宝の可能性もあるんだよな……ガクブル。

「低階層ならこんなもんで充分だ。深層に潜る時は、それなりの格好をしてる。……見たいか？」

「いいえ、結構です」

どうせ、高性能な防具を使ってるんだろ。ちなみに、古代遺跡でいくら魔物を倒しても、レベルアップはしない。防具や武器を強化して、さらに深層にトライする方式だ。

魔物素材を売って性能のいい防具や武器を買う。その繰り返し。防具や武器に金を注ぎ込みすぎて、借金奴隷に落とされることもあるらしい。

「俺はソロだから、案内できるのは十五階までだ。どうする？」

「パーティーだともっと潜れるんだ？」

「護衛しながら戦うことになるから、ソロではその辺りが限界なんだよ」

「なるほど。この階層との違いは？」

「魔物と植物の種類が多少、増える程度だな。とはいえ、ここみたいにのんびりはできない。俺の傍から離れないことが絶対条件だ」

　せっかくだから行ってみるのも悪くない。遺跡内部の見学なんて、この先、機会が巡ってくるとも思えないし。行きたい、と返事しようとした時だった。

　ボタッ、と天井から水滴が降ってきた。

　それはあっという間に、ボタボタタタッと量を増して降ってくる。頭、というかほぼ全身を覆うねっちょりとした粘液の感触に背筋が粟だった。叫びたくても口を開けたら入ってきそうだから、それもできない。

「ちょっと待ってろ」

　レオンの声は冷静だった。ブチン、となにかが潰れる音がして、粘液が重力に従い床に流れていく。俺は両手で顔部分についたそれを取り払った。

「死ぬかと思った！」

「スイム程度で死ぬか。飲み込んでも無害だし、胃液で溶けるぞ。天井から落ちたみたいだな。こいつら地味にわかりづらいんだよ」

「べちょべちょする……。これ、革袋で吸い取れない？」

「ここまで服に染み込んでると、むりだな」

　嘘だろ。きっと俺の目は死んでいるに違いない。着替えたところで、髪についた粘液が取れるかといえば微妙。アルヴィに戻ったとしても、そのまま宿に帰ったらデニスがなにがあったのかとパニックになる。

　公衆浴場ってどっかにあったっけ。もしくは、この秋空の下、井戸水を頭から被るか。

「フィアラスに公衆浴場ってある？」

「何ヶ所かあるが、さすがにその格好じゃ断られるぞ。泊まってる宿に風呂はないのか？」

「あったらそっちに行くわ」

「しかたねぇな。俺のとこの風呂を貸してやる」

「神よ」

選択肢が宿の裏手にある井戸しかなかったので、その申し出はありがたかった。イケメン滅びろとか呪ってごめんね。

遺跡見学は中断し、俺はレオンがねぐらにしている宿へ向かった。いわゆる、カモがネギどころか鍋まで背負った状態で――。

□□□

レオンがねぐらとしているのは高級宿だった。マジか。遺跡の内部よりも、絶対に足を踏み入れないだろうと思っていた高級宿。さすがは一級冒険者といったところか。

バスルームも立派で、バスタブも完備されている。

前世では当然だったけど、こっちは基本的にシャワーが主流で、湯船に浸かるという習慣はそこまで浸透していない。お湯を沸かすための魔導器がそこそこお高いのだ。薪だと手間がかかるし。

冬場になると、シャワーの回数も減り、殺菌効果のある薬草を浸したお湯で体を拭いてお終い。さすがに髪は洗うけど、服を着たまま頭だけ洗うのが一般的だ。平民や下級貴族はそんな感じ。

そんなわけで、俺は久し振りの風呂を堪能した。高級宿最高。服が乾くまでこれを着ておけ、と渡されたのは手触りのいいバスローブだった。

スイムの体液で下着までぐちょぐちょだったので、当然ノーパンである。さすがにレオンのを貸してとは言いづらい。服はバスルームで簡単に洗濯し、室内に干しておいた。

そんなわけで、大満足で風呂を上がった俺は、流れるような動作でベッドに押し倒された。

「は？」

「お前はもう少し、危機感を学んだほうがいいぞ」

呆れ気味の声。でも、俺を見下ろす目は欲望に染まっていて――あれ？　もしかして、本気で口説いていた感じ？

「わかって着いて来た、ってわけじゃなさそうだな」

「当たり前だろ！」

「だからといって、みすみす逃がすつもりはねぇけど」

ですよねー。しかし、レオンは確かにいい男だが、そういう関係はごめんなさいだ。なにより、精神年齢は同じくらいだったとしても、実際の肉体年齢は十歳だから。

「悪いことは言わない、考え直そう！」

「体からはじまる関係も悪くないと思うぜ？」

「いや、愛も重要だと思います！」

俺は全力で叫んだ。ただ、ここで困ったことがひとつ。押し倒された状態なわけだが、まったく嫌じゃないんだよな。これが冒険者ギルドで壁にめり込んでいた冒険者だったら、嫌悪感で死んでいた。

たった二日でレオンに心を許しすぎじゃね？　俺、チョロすぎじゃね？

「も、もうちょっと互いを知ってからでも……」

「あとでな。お前との会話も悪くないが、今はちょっと黙ってろ」


甘ったるい声で囁かれたかと思うと、熱いくらいの唇で口を塞がれた。昨日も思ったけど、火蜥蜴の祝福を受けているせいで、もとから体温が高いのかもしれない。

舌先で唇をなぞり、角度を変えて何度も口付ける。それが気持ちよくて、うっかり緩んでしまった隙間に舌先が入り込んでくる。そういえば、キスするのはこれで二回目だ。あれは救助的な感じだったのでノーカンだと思っていたが、さすがに今回は否定できない。さよなら、俺のファーストキス。

「んあっ」

呼吸の合間に舌を絡め取られ、すりあわせるように愛撫《あいぶ》される。もっと、もっと、とでも言うように口付けは深くなって、もはやどちらの唾液かわからないものが口の端から伝い落ちた。

太腿《ふともも》に硬いモノが押しつけられ、本格的にヤバい。でも、嫌悪感もないし、なにより気持ちいいからこのままワンナイトラブしちゃうのも——いやいや、早まるな。白旗を振るのはまだ早い、と思った時である。

（あれ？　声が出ない）
正確には舌が痺れて声が出せないのだが、それはどうでもいい。体も重く、腕や手が動かせないわけではないが感覚が鈍《にぶ》い。
（ステータス・オープン）

レオン・オードラン　28歳
（本名レナード・エル・ノイエンドルフ）
ノイエンドルフ国王の末弟
HP3800　MP3100
適性魔法　水　火18　風　土　光　闇
称号　火蜥蜴の祝福
スキル　剣技10　制御18
備考　五人兄弟の末子。上に兄が三人と姉が一人いる。冒険者となって国内外を渡り歩きながら、有事の際は騎士団を率いて鎮圧に赴くこともある。あまりにも強い祝福のせいで、幼い頃から石牢で暮らす。鉄格子越しの青い空を見上げ、外の世界に憧れた。パーティーは組まずに、ソロで活動する。一級冒険者。己の〝運命〟を見つけた。

違う。レオンじゃなくて、俺は自分のステータス画面が見たいの。舌を吸われるように愛撫されるの気持ちいい。集中できないからあとにして。

アルヴィクトール・エル・ミュラー　20歳（10歳）
※状態異常。スイムの体液による麻痺《まひ》
ミュラー男爵の弟
HP60／75　MP90
適性魔法　水1　火1　風1　土3　光1　闇2
称号　努力の鉄人
スキル　補助2　鑑定1　エコ3

待って。ちょっと待って。HPが地味に減ってる。

麻痺ってなに？　……あれか。スイムの体液を頭から引っ被ったからか！　え、大丈夫なの？　俺、このまま体力が尽きて死んじゃったりしない？　ディープキスしてる暇なんてないんですけど⁉

俺は必死にレオンの背中を叩いた――つもりだった。しかし、背中を撫でるだけに終わる。誘ってんのか、的な感じでレオンがより密着してきた。

違う、違う、状態異常になってんの！　あ、またHPが減った⁉

「理性が飛ぶくらい気持ちよくしてやる――ん？」

体を少しだけ離したレオンは、それはそれはクソエロい顔で俺を見下ろした。

俺はゼェゼェと息をつきながら、パクパクと唇を動かす。死ぬ。マジで死ぬ。これにはさすがにレオンもおかしいと思ったのだろう。上体を起こして、俺の頬に触れる。

「むりに喋《しゃべ》んな。具合が悪いのか？」

こくっ。

「熱はないな。毒でもなさそうだし……もしかして、麻痺か？」

こくっ。

「遺跡じゃ俺が目を光らせてたんだが、って、まさかスイムか⁉」

こくっ。

正解に辿り着いたレオンは、信じられないとばかりに目を見開き盛大な溜息をついた。

「アレで状態異常を食らうなんて、聞いたことねぇぞ。弱すぎだろ……」

うるせぇよ。自分でもそう思ってるわ。俺のステータス画面を見たら卒倒もんだからな。弱すぎて。レオンは完全にかわいそうなものを見るような眼差しになった。

「見た感じ、遅効性の麻痺ってとこだが、さすがにスイムの体液で死んだ話は聞かねぇ。呼吸ができてれば問題はないと思うが……。少し経てば回復するだろ」

本当だな？　うっかり死んだりしないよな？　スイムの体液による、はじめての死亡例になったりしないよな⁉　俺は涙目でレオンを見上げた。

「はいはい、大丈夫だから寝とけ。そのほうが回復も早まる。さすがに、これ以上はなにもしねぇよ」

レオンが地味に紳士で助かった。いや、親切を装って俺を宿に連れ込んだことは許さないが。まあ、ののこと着いて来てしまった俺にも非はある。

まさかこんなザ・平凡の代表である俺が、イケメンにそういう目で見られているとは思わないだろ。そこまで自意識過剰じゃない。

「据《す》え膳《ぜん》を食えねぇなんて、どんな拷問《ごうもん》だよ」

溜息をついたレオンが、再び俺に覆い被さってくる。地味に重い。しばらくして、レオンがぽつりと呟いた。

「……もしも」

なんだね。

「俺が祝福持ちだったら、どうする？」

知ってますけど。

レオンは俺の肩口に顔を埋めているため、どんな表情を浮かべているのかまではわからない。アルにあまり心を許されても困る。レオンとは今日限りの関係なのだ。でも、やはり俺は甘いのだろう。特に祝福持ちに対しては。

俺は痺れる腕を持ち上げて、レオンの頭を抱えるように抱き締めた。そして、手触りのいい髪を梳《す》くように撫でる。微《かす》かに顔を上げる気配があったので、そのままデコチューしてやった。昔、母上にそうしてもらったように。

というか、ほんとこいつは温かいよな。冬場はいいけど、夏場は大変かもしれない。俺、暑いの苦手だし。いや、こいつとはフィアラスでさよならなんだけど――そんなことをつらつらと考えていたら、俺はいつの間にか眠りに落ちていた。

□□□

「知らない天井だ……」

他意はない。一度、言ってみたかっただけなんだ。

俺は体を起こして周囲を見回す。

あれからどれだけ経ったのかは不明だが、室内にレオンの姿はなかった。窓から見える外はまだ明るいため、夜ではないだろう。よかった。無断外泊したら、デニスが心労のあまり胃に穴を空けていたかもしれない。

痺れはすっかりなくなっていた。念のためステータス画面を確認してみると、状態異常表記は消えていた。眠ったお陰でＨＰも回復していた。

「……帰るか」

レオンにお礼を言っておきたいが、たぶん顔を合わせたら帰してもらえない気がする。自意識過剰ではなく。本能が見つかる前に逃げろと警告しているのだ。

着替えるためにベッドから出ようとした俺は、自分が全裸であることに気付いた。意識を失う前にバスローブを着てたよな？　もしかして据え膳を食われちゃった……ら、もっと身体にダメージがあるはず。

シーツを身につけてバスルームを確認するが、そこにもない。クローゼットも空。いや、レオンの荷物っぽいのはあるけど。

「あの野郎、隠しやがったな！」

ベトベトになった服は洗って、室内に干していた。それがなくなっているうえにバスローブまで剝《は》ぎ取られているということは、俺が勝手に帰らないための措《そ》置《ち》としか考えられない。そりゃ、服がなけりゃ外には出られないよね。

「シーツだけじゃ、さすがに駄目だよな。下手すりゃ警邏《けいら》を呼ばれて——ん？」

レオンの荷物のとなりにあるのは、俺の携帯ポーチではないか。腰につけるタイプのそれには、魔導石の他にアルヴィが着ていた服も入っていた。だって、宿の裏手に隠しておけるような場所もなかったし。子供服なので折りたためばなんとか入ったのだ。

「勝った」

俺はレオンが帰ってこないことを祈り、魔導具を外した。戻る時に痛みは発生しない。縮むだけだからだろうか。アルヴィに戻ったあと、子供服を着てポーチを腰につける。

恐る恐るドアを開ければ、廊下は無人だった。そのまま階段を下りて、なにくわぬ顔で受付の脇を通り過ぎる。一瞬、従業員がこちらを見たが、宿泊している子供だと思ったのだろう。特に呼び止められることもなかった。

そのまま外に出て、周囲を見回す。幸いにも冒険者ギルドに行く途中で通った道だった。ここからなら安宿も近かったはず。誘拐犯にだけは目をつけられませんように、と祈りながら俺は走り出した。

大通りからけっして脇道には入らずに、遠回りでも人通りがある道を進む。見覚えのある宿を見つけ、俺は安堵《あんど》の息をついた。時刻的には夕方ちょっと前くらいか。遺跡に潜っていた冒険者達もそろそろ戻って来る頃合いだろう。

俺はそのまま受付にいた店主に挨拶して、階段を上る。

「ただいま、デニス」

「お帰りなさいませ、アルヴィ様」

ホッとするように肩を落としたデニスは、腰の具合もだいぶよくなったのかベッドの縁に腰掛けているところだった。

「もう大丈夫なのか？」

「はい。湿布が効きました。明日には護衛に戻れそうです。それから、バルテン子爵からお手紙が届きましたよ」

渡された一通の手紙には、都合がよければ明日、お目にかかりたいという趣旨《しゅし》の文が書かれてあった。指定された時間に領主館に赴けばいいらしい。バルテン子爵への面会は諦めかけていたから、とても嬉しい。

「明日は領主館に向かうことになった」

「かしこまりました。ところで、今日はどの辺りを見て回られたのですか？」

「遺跡の周り。やっぱり、区画整備する時は色々と考えて配置したほうがよさそうだ。あと、下水道設備も必須だな。場所の選定も大事だが、最初に基礎工事をしっかりしておきたい」

「はぁ」

こういう話はクリストフが適任だよな。俺はデニスにむりはせず、ベッドで横になっているように告げ、室内にあった椅子を窓辺へと移動させる。そこに座って、三階の高さから通りを行き交う人々をぼんやりと眺めた。

日差しがあるのでだいぶ暖かいが、頬を撫でる風は冷たい。それでも窓を閉める気にはなれず、俺は窓枠に腕を乗せ顔を伏せた。

なぜか、心にぽっかりと穴が空いたような、そんな気持ちだ。脳裏を炎のような髪が過る。

「王弟殿下ねぇ」

俺の小さな呟きは、通りの喧騒《けんそう》に掻き消されデニスの耳に届くことはなかっただろう。一度、会ってみたいと思っていた人物だったが、まさかこんな形で出会うことになるとは、と苦笑する。

去年の終わりに起こった魔物暴走によって、北方守護の要《かなめ》でもある北の砦は壊滅的な被害を受けた。

そのため北の砦は放棄。後退し、騎士団を立て直す必要があった。殿《しんがり》に抜擢《ばってき》されたのが、援軍として彼の地に赴いた中央騎士団第五、第六部隊である。父は隊長として第五部隊を率いていた。

第五、第六部隊の活躍で騎士団は態勢を整えることができた。しかし、その代償として、第五、第六部隊は壊滅。生存者は一人もいなかった。第五部隊に所属していたデニスは、現地に赴いてすぐに怪我を負ったことで離脱を余儀《よぎ》なくされた。故《ゆえ》に助かった。

魔物暴走では投入された部隊の六割から八割が犠牲になると言われている。それを防ぐために建てられたのが、北の砦だった。

近隣の領民に被害は皆無。騎士団の損害も四割程度で済んだ。それは騎士団の質もさることながら、指揮官の手腕がよかったからだろう。

北の砦を守るのは、北方騎士団である。しかし、北方騎士団長は重傷を負い、指揮権は別の人物に移された。それは――、
レナード・エル・ノイエンドルフ。

父に、殿を命じた指揮官である。

□□□

フィアラスの領主館は遺跡から見て北側にあった。領内における政治の中枢が集まっていることもあり、通りを行き交う人々も小綺麗な格好をしている。冒険者ギルドがある通りとは大違いだ。俺は指定の時間よりも少し早めに領主館を訪れた。

こっちの世界での時間の認識は前世よりもだいぶ緩い。一日を十二で割って、二時間ごとに区別している。早朝の六時と八時、それから十二時と四時、夕方の六時に時刻を知らせる鐘がなる。日時計のようなものはあるにはあるが、あまり普及はしていない。ゼンマイ式が大半で、魔導器タイプの時計は贅沢品である。

待ち合わせは午後二時。領主館の受付に手紙を提示し名前を告げると、執事風の老紳士がこちらへとやって来た。

「お待ちしておりました。ご案内いたします」

案内されたのは、三階にある応接室だった。一階の部屋でいいじゃん、と貧弱な俺は階段を上りながら思う。ミュラー男爵領の屋敷だって、俺はできれば一階で寝起きしたかった。なんで三階が領主家族の部屋って決まってるんだ。

階段を上りながら、さりげなく周囲を観察する。さすがに領主館だけあって、内装も立派だ。侮られないように羽振りがいいんです、ってところをアピールする意味もあるだろう。貴族は見栄も大事なのだ。殺風景な内装では侮られてしまう。玄関ホールを入ってすぐの吹き抜けの大階段もすごかった。

「失礼いたします。ミュラー様をお連れいたしました」

室内にはガラス製のテーブルと革張りのソファーが中央に鎮座し、壁際にある作りつけの本棚には様々な蔵書がずらりと並ぶ。年代物の古時計に、華やかな色使いの絵画等々、お金をかけてますねという内装だ。天井から下がる豪奢《ごうしゃ》なシャンデリアが淡く光っているところを見ると、照明器具系統の魔導器なのかもしれない。

バルテン子爵はソファーに座り、書類に目を通しているところだった。年齢はキャルリーヌ子爵と同じ四十五歳だと聞いている。

色素の薄めな金色の髪は緩く結ばれ、切れ長の目は美しい青を湛《たた》えていた。彫りの深い顔立ちは、しかし、どこか甘さを含んでおり、花に集《つど》う蜜蜂《みつばち》のように人々が話しかけたくなるのもわかる気がする。上唇の中央から左右に伸ばされた口髭がなければ、もう少し若く見えるに違いない。

さすがは社交界の花と呼ばれるだけあるな、と俺はその華やかな容姿に感嘆した。服装は落ち着いた色合いのズボンに揃いのベストといった出で立ちだが、光沢のあるフリルシャツを着ている男性なんてはじめて見たぞ。それが嫌みなく似合っているところが凄い。

その瞳が俺を見た瞬間、大きく見開かれた。そんなにおかしな格好はしてないよな、とこっそり自分の服装を確認する。一張羅《いっちょうら》はかさばるので持って来られなかったが、さすがに失礼のない格好をしているはずだ。虫食い穴なんてないよね？

「返事が遅くなってしまい、申し訳なかった。王都から戻って来たばかりでね。私はエリオット・エル・バルテン。君の父上とは学友だったが、どちらかといえば母上とのほうが縁深いだろう」

「はじめてお目にかかります。アルヴィクトール・エル・ミュラーと申します。お忙しいところ、時間を割《さ》いていただきありがとうございました。母と縁が深いというのは――」

「ベルナデットとは幼馴染《おさななじ》みなんだよ。母親同士が仲良くてね。聞いていなかったのかい？」

「はい」

「ベルナデットらしいと言えば、らしいね」

母上、そういう情報をちゃんと教えて。先入観はないほうがいいでしょ、じゃないから。バルテン子爵は過去を懐かしむように目を細めた。

「君はロザリア様にとてもよく似ている」

「よく言われます」

俺が生まれる前に亡くなったという母方の祖母ロザリア・エル・クスターは、なんか色々とすごかったらしい。おばあ様の話が聞きたい、と父上にお願いしたところ、真顔で震え出したくらいだ。いったいなにがあったんだ。

　王都の屋敷にいた時に肖像画を見せてもらったが、髪や瞳の色だけでなく、目や鼻の形などもびっくりするくらい俺とそっくりだった。父上と母上の遺伝子はどこに行ってしまったのか。

「クスター子爵家は、色々と立て込んでいるようだね」

「詳しいことまではわかりませんが、母からそう聞いております」

「それについては、君よりも私のほうが知っているだろう」

　母上の実家であるクスター子爵家では、まだ跡目争いのゴタゴタが続いているようだ。たまに届く手紙に目を通し、母上はいつも溜息をついている。

　母方の親戚連中は我が強いらしい。俺は会ったことないからわかんないけど。以前、俺も挨拶に行かなくていいのかと訊ねた時、父上は真面目な顔で、「アルヴィは絶対に駄目だ。大変なことになる」と言っていた。理由は訊いても教えてくれなかったんだよな。

「嘆かわしいことだ。本来ならば、真っ先にミュラー家の窮状《きゅうじょう》に手を差し伸べなければならない時だというのに」

　まったくだよ。でも、貴族にとって跡目争いは日常茶飯事《さはんじ》のようなもの。跡目争いで揉めた話は多い。庶民のほうがとっても平和だ。

　ソファーに座った俺の背後に、護衛のデニスが立つ。バルテン子爵には護衛はいないようだ。その代わり、執事さんが傍で待機する。初対面だとなかなかの好感触だが、ネックは犬猿の仲と言われるキャルリーヌ子爵との関係である。俺がリクハルドと友好を育んでいることは、どこまで伝わっているのだろうか。

　申し訳ないと思いつつ、今後のことも考えステータス画面をチェックさせてもらうことにした。一回だけ、チラッと一回見るだけだから。

エリオット・エル・バルテン　45歳
バルテン子爵
HP1000　MP1210
適性魔法　水7　火　風4　土　光　闇
称号（空欄）
スキル　社交8
備考　若かりし頃は社交界の花と呼ばれ、男女ともから絶大な人気を誇った。遺跡の整備や街の開発では、幅広い人脈を生かし出資者を集める。合理的な考えを好む。政略結婚である夫との間に養子が一人。初恋（相手はキャルリーヌ子爵）を拗《こじ》らせている。キャルリーヌ子爵とは犬猿の仲。

ごめん。ほんとにごめん。ステータス画面さんは、もう少し配慮して。初恋の詳細なんていらなかったでしょ。こっちが気まずいわ。この事実は誰にも他言せず、墓場まで持って行こうと決めた。

「それで、私になにを訊きたいんだね？」

「はい。我がミュラー男爵領で古代遺跡が発見されたことは、母からの手紙でもご存じかと思います。同じような経験をなさった子爵様に、いくつか助言をいただければと思って参りました。子爵様は出資者を募ったと聞いておりますが、それはなぜでしょうか？　国からの助成金と子爵家からの持ち出しだけでも充分だったと思うのですが」

「遺跡を整備するだけならば、確かに充分だっただろう——ああ、私のことはエリオットと呼んでほしい。フィアラスの遺跡は早い段階で二等級だと判明してね。ならばいっそのこと、遺跡を囲むようにして街を造ってしまおうと思ったんだよ。移動の手間も省けるし、冬場は雪に困ることもない」

「では、フィアラスは十年ほどでここまで発展したと？」

「そうだね。とはいえ、採石場で働く石切夫達のために小さな街はあったよ。そこを基盤に造りあげた」

「出資者を募られたと聞いております」

「この規模のものを整備しようとすると、国の助成金と子爵家の資産だけでは足りなかったからね」

国からの助成金はあくまでも遺跡の整備を目的としたものなので、街の開発については領地の問題というスタンスだ。その辺りの線引きはシビアである。

なにより、遺跡を発見したことによる経済効果が大きいという点もある。国としては、一貴族に力を持たれても困るのだ。江戸時代の将軍家と諸大名の関係みたいな感じといえばわかりやすいだろうか。

初期費用をある程度資産から持ち出させることで、適度に財力を削いでおくのだ。うちは持ち出す資産がないんですけど。

「ミュラー男爵領はどうするつもりなんだね？」

「まだ調査も入っていない状況ですので、そこまでは決めておりません。エリオット様のお話を参考にできればと思っています」

その辺りは曖昧《あいまい》に濁す。なんでもかんでも正直に話すのはよくない。ステータス画面を勝手に見ちゃった俺が言うのもあれだけど。

すると、バルテン子爵はなにを思ったのか、執事さんを呼んで二言三言ほど耳打ちする。執事さんは一礼するようにして、部屋を出て行ってしまった。それと入れ替わるようにして、使用人が紅茶のセットを載せたワゴンを押して入室する。

「さて、他にも訊きたいことがあれば、いくつでも質問してくれて構わないよ。答えられる範囲でよければ、ね」

マジで？　二日間、街を見て回って色々と気になることがあったんだよね。

□　□　□

俺の質問に、バルテン子爵はとても丁寧に答えてくれた。

そこでわかったのだが、街を一から造るのはとっても大変だということだ。もちろんわかっていたが、具体的にどう大変なのかまでは想像が追いついていなかった。

予算に応じてある程度の社会基盤《インフラ》を整備し、あとから必要に応じて付け足していくって感じがベストなんだけど、文字通りなんもない更地だからね。

だからといって、予算をケチったり適当に区画整備をしてしまったりすると、あとからの付け足しが大変なことになる。実際、それで頭を悩ませている領地もあるくらいだ。代々の領主が大雑把で、適当に継ぎ接《つは》ぎしていったら、ものすごく暮らしづらい街になっちゃった的な。以前、クリストフが悪例として教えてくれた。俺はその混沌《カオス》っぷりに震えた。

これは冬場の間に、いくつかのプランを考えていたほうがよさそうだ。古代遺跡の等級が判明してから考えていたのでは遅すぎる。

「質問はもういいのかね？」

「はい。とても参考になりました。お時間を取っていただき、心から感謝いたします」

もうお腹いっぱいだよ。紅茶も喉が渇いていたせいで、三杯もお代わりしちゃった。あ、でも、ちょっとお願いしたいことがあったんだ。

「最後にもうひとつだけ。質問ではなくお願いになるのですが、僕の実験に協力していただきたいのです」

「具体的には？」

「はい。我が領地では腐葉土を作っているのですが、その中で――」

俺は腐葉土・特について要点をかいつまんで説明した。クリストフが知ったら、我が領地の機密が！　と騒ぎそうだけど、機密でもなんでもないからね。無作為に穴を掘って落ち葉を突っ込んでるだけだから。

その腐葉土・特だが、最近になって、俺はとある傾向に気付いた。腐葉土・特が発生するのは畑の山側――つまり、発見された古代遺跡がある方角に集中しているのだ。

「遺跡の近くに魔素溜まりが発生するのではないか、というのが僕の見解です。しかし、偶然という可能性も否定できません。この話を聞いたキャルリーヌ子爵様が腐葉土作りをおこなったそうなのですが、腐葉土・特ができたという報告はありませんでした」

バルテン子爵はキャルリーヌ子爵の名前に、ピクッと頬を動かした。でも、すでにミュラー男爵領にキャルリーヌ子爵が訪れたことくらい知ってるでしょ。リクハルドだって何度も行き来してたし。ステータス画面チェックを経たいま、キャルリーヌ子爵を毛嫌いしているわけではないこともわかっている。

「それは興味深いね」

「ただ、フィアラスでは腐葉土を作る場所が限られてしまいますが……」

「いや。ぜひ協力させてもらおう。腐葉土自体はあって困るものでもない。比較するためにフィアラスだけでなく、マルハでも実験させようか」

「ありがとうございます。詳しい資料は領地に戻り次第――」

その時、なんの前触れもなく応接室の扉が乱暴に開けられた。

「協力しろ、エリオット！」

特徴的な真っ赤な髪。間違いなくレオンさんですね、はい。でも、どういうこと？　バルテン子爵を呼び捨てにしてるって、いったいどんなご関係？

俺は驚いて硬直してしまったが、いきなり知らない大人が乱入してきたら当然のリアクションだろう。いつの間にかデニスが、俺を庇《かば》うように移動していた。

「――レオン殿。今は来客中ですよ」

頭が痛いとばかりに、バルテン子爵は額を押さえる。

レオンの目が俺に向けられ、わずかに細められた。

気付かれないという自信はあるけど、生きた心地がしない。それにプラス、依頼料は事前に支払っていたけど、なにも言わずにバックレたという罪悪感が……いや、こいつは俺の衣類を隠したという前科があるので、そんなに罪悪感はなかったわ。

「驚かせてすまないね。彼は一級冒険者で、昔から親交のある相手なんだよ」

「そうでしたか。はじめてお目にかかります。アルヴィクトール・エル・ミュラーと申します」

ミュラーという家名に、レオンはわずかに目を見開いた。

家名を名乗れるのは、直系だけに限られる。当主の息子や娘は貴族の称号である〝エル〟を名乗れるが、孫はその限りではない。もちろん、次期当主となる長男、もしくは長女の血筋は問題ない。しかし、当主になれなかった兄弟達は、自身は貴族だが、生まれてくる子供は貴族ではない、となってしまうのだ。

これは貴族を増やさないための措置とされる。国としても、領地や爵位に対する手当等を思えば、貴族の人数を一定に保っておく必要がある。だからこそ、跡目争いなんてものが勃発《ぼっぱつ》するのだが。

そのため〝ミュラー〟と名乗った俺が、誰の息子なのか気付いたのだろう。

「エリオット様。貴重な時間を割いていただき、ありがとうございました」

俺は不自然にならない程度に話を切りあげて立ち上がった。思った以上に長居しちゃったし。おかしくないよー、おかしくないからねー、とアピールしながら一礼し、デニスを連れて部屋を辞《じ》す。

すれ違い際に、レオンの視線が俺に向けられたことに気付いたが、それはアルに似ていたからなのか、それともミュラーの家名に対するものだったのかまでは判断がつかない。バルテン子爵にもレオンにも、呼び止められることはなかった。

領主館を出た俺は、そのまままっすぐ宿へ向かった。これで遺跡街フィアラスを訪れた目的は達成した。なんだかんだあったが、得るものは多かったと言えよう。

俺は部屋に入ったにもかかわらず、直立不動のデニスに声をかけた。

「デニス、大丈夫か？」

「えっ。はっ、はいっ」

「腰の話だ。ずっと立ったままだっただろう？」

むりするな、と言って俺はデニスをベッドに座らせる。その顔色は思っていたよりも悪い。だよなぁ、と内心で溜息をつく。

俺はデニスがミュラー男爵領にやって来た時のことを思い出した。父の元部下だったとしても、善人だという保証はない。

申し訳ないと思いつつステータス画面を確認させてもらったのだ。悪意がある場合は、ステータス画面さんが警告してくれるだろうし。

デニス・テスラー　32歳
エルバルド王国中央騎士団第五部隊所属（元）
HP2100　MP700
適性魔法　水　火　風5　土2　光　闇
称号（空欄）
スキル　剣技4　防御6
備考　背中に負った後遺症のため、両腕の可動域が狭くなっている。第六部隊のフリッツ・バレーヌと婚姻関係にあったが、先の魔物暴走により死別。できるなら、自分もともに死にたかった。ミュラー男爵家の窮状を知り、恩を返したいと馳せ参じる。

泣くよね。俺はそのままデニスを母上に任せ、自室に駆け込みベッドに突っ伏して泣いた。号泣した。疑ってごめん。雇う以外の選択肢ある？

デニスはきっと、王弟レナードの顔を知っていたのだろう。レオンが入って来た際に、一瞬、体を硬くするような気配があった。なにも言わなかったのは、俺への配慮ってところか。騎士団時代に顔を合わせていても不思議はない。

「今日はゆっくり休んで、明日になったらミュラー男爵領に帰ろう」

「……はい。今回はなにもお力になれず、本当に申し訳ありませんでした」

「そんなことない。いてくれるだけでも助かった」

だからどうか、自分も死ねばよかったなんて、そんな悲しいことを思わないでほしい。

幕間　バルテン子爵

「来客中だったんですがね」

棘《とげ》を含ませたような口調で告げれば、ふてぶてしい態度で「俺との面会時間をすっ飛ばすほうが悪い」と返答があった。確かに、予定をキャンセルしたのはバルテン子爵――エリオットのほうである。急ぎの予定以外は断るように、と執事に命じていた。

　幼馴染みであるベルナデットの息子は思っていたよりも遥かに優秀で、大人びた雰囲気を纏《まと》っていた。大人でも、もう少し話をしてみたいと思わせるような人物はなかなかいない。それも、十歳の子供に対してそう感じたのは、はじめてのことだった。

「それで、レナード様はどのようなご用事だったのでしょうか？」

「ああ。そのことだが、解決した」

「…………は？」

「人を捜してもらおうと思ったんだが、もう見つけた」

　エリオットは察しのよいほうである。人を捜してもらおうと思って自分を訪ねて来たが、もう見つけた――該当者は二名。まさかうちの老執事ではないだろう、と探るように相手を見詰める。

「護衛の男性ですか？」

「んなのいたか？」

「……お捜しになっていた理由を伺っても？」

「運命を見つけた」

　簡潔に告げられた言葉に目を瞠る。


　運命。

　物語に多用されがちな言葉だが、〝彼〟が告げるのは別だ。その言葉の重みに、息をすることを忘れそうになる。王家に伝わる、古い言い伝え。

　〝火蜥蜴の祝福を持つ者には、運命がいる〟

数ある祝福の中でも、火蜥蜴の祝福は王族――それも直系に近い者にしかあらわれない。

長い歴史の中で、火蜥蜴の祝福を持つ者は何人も生まれていた。しかし、誰一人として運命を見つけたという記録は残っていない。そもそも火蜥蜴の祝福を持つ者は若くして命を落とす者が大半だった。

現国王の末弟であるレナードは、特に強い祝福を持って生まれてきたと言われている。産声の代わりに炎を吐き、寝室を半焼させた。出産の際に、母親が制御の魔導具――それも最上級の紫ランクが嵌め込まれた――をつけていたにもかかわらず、である。死人がでなかったのは幸いだった。

母子はへその緒で繋がっているため、祝福を持つ赤子の出産には魔導具を用いるのが一般的だ。普通は産んだあとで発覚することのほうが多いが、王族は妊娠がわかると教会で祝福の有無を確認する。火蜥蜴の祝福持ちと発覚した場合は、その時点で制御の魔導具を装着する。それほど難しい祝福なのだ。

王弟レナードの存在は秘匿《ひとく》された。死をもって存在が公表されることが誕生前から決まっていた。王族をはじめとする関係者の誰もが、成人することは難しいだろうと考えた。

しかし、レナードは生き延びた。何度も死にかけながら、それでも〝運命〟というたったひとつの存在を心の支えに。冒険者になって各地を飛び回るのも、その運命の人物を捜すためだと聞いている。

「お待ちください。アルヴィクトールはまだ十歳ですよ」

「年齢なんぞ関係あるか。既婚者でもなきゃ問題ねぇだろ。あいつ、婚約者いんの？」

これはもう駄目だ、とエリオットは頭を抱えた。完全なる手遅れだ。レナードは完全にアルヴィクトールを己の〝運命〟だと確信している。

「兄君達へのご報告は」

「これからだ」

「陛下は喜ぶでしょうが――」

「二番目の兄は、頭を抱えるだろうな」

「当たり前ですよ」

エリオットとレナードの付き合いは、もう十年にもなる。レナードが祝福を克服したのが十八歳の時。当時はまだ王太子の身分にあった友人から、末弟に社交の場でのマナーを教えてほしいと頼まれたのがきっかけである。

それまでのレナードは、日々を王族が管理する一等級遺跡で過ごしていた。遺跡ならばいくら力を使っても、誰にも迷惑をかけないからという理由で。そこで己の力を制御するすべを学んでいたのだ。

何度か魔物に殺されかけた、と本人はなんでもないことのように笑っていた。そんな話を日常的に聞いていたこともあり、エリオットとしてもレナードの境遇には同情する気持ちが大きい。運命が見つかったことを、手放しで喜びたい。喜びたいのだが――。

「アルヴィクトールはキスリングの息子です」

「知ってる」

去年の終わりに起こった魔物暴走。そこで負傷した北方騎士団長の代わりに指揮権を揮《ふる》ったのが、たまたま魔の森の調査に訪れていたレナードだった。

もし、あの場にレナードがいなかったら、損害は騎士団だけではすまなかっただろう。北の砦を放棄して、騎士団を立て直すという素早い判断が功を奏したと言える。

キスリングは援軍を率いて彼の地に赴き、レナードから殿を命じられた。

キスリングのことだ。死ぬとわかっていても「拝命いたしました」と、笑顔で応じたことだろう。そういう男なのだ。だからこそ、その訃報に触れた者達は、誰もが彼の死を心から悼《いた》んだ。

「次男は剣の腕がからっきしだが頭がよく、ミュラー男爵家初の文官になるかもしれないと嬉しそうに語っていた」

「ええ。キスリングの子煩悩振りは有名でしたからね。あなたも聞かされた口でしたか」

「休憩の合間にな」

キスリングはレナードの剣の師でもあった。まだ祝福を克服できていなかったレナードに剣技を教え、冒険者になったあとも交流は続いていたと聞く。レナードは己の師に対し、どのような気持ちで死地に赴くように命じたのか。

「あれが俺を憎むのであれば、それもしかたない」

「……どうなさるつもりで？」

「その時は死んでやるのも悪くねぇな」

「殿下」

「冗談だ」

もっとも、あの聡明そうな少年は、そのようなことは願わないだろう。問題は己の〝運命〟を見つけて浮かれ切ったこの男が、当人の意思を無視して強引に関係を進めてしまうことだ。また、王弟という立場が、それを容易《たやす》く後押ししてしまうこともある。

「アルヴィクトールの意思を無視するようであれば、けっして許しませんよ」

「ずいぶんと肩入れしているようだな」

無意識なのだろうが、肌を刺すような殺気にレナードの嫉妬深さを垣間見る。しかし、エリオットは毅然《きぜん》とした態度で応じた。

「アルヴィクトールの母親は私の幼馴染みです。キスリングも学友であれば、心配するのは当然のことでしょう」

「チッ」

「舌打ちは無礼ですよ」

「今は冒険者のレオンだ」

「でしたら、子爵である私に対してもっと敬意を払ってもらいたいものですね」

「払ってんだろ」

「どこがですか？」

「お前が今後も、あいつとかかわることを見逃してやる」

充分だろ、とレナードは冗談とも本気ともつかない顔で笑う。これはもう駄目だ。重症だ。エリオットはますます頭を抱えたくなった。

「今日が初対面ですよね？」

「あの格好では、な」

「どういう意味でしょう？」

「さあ？　いずれ吐かせる」

「アルヴィクトールは十歳です。十歳ですよ」

「わかってるさ」

鼻歌でも歌いそうなほどの上機嫌に、本当にわかっているのかと問い詰めたくなる。自分がしっかりせねば、とエリオットは決意を新たにした。そこでふと、気になっていたことを思い出す。

「レナード様はこれから王都に向かうおつもりですか？」

「そのつもりだ」

「でしたら、調べていただきたいことがあります」

「なんだ？」

「ミュラー男爵家は報賞として領地を賜りましたが、王家の直轄地だったとはいえ、あそこはあまりにも痩せた土地。キスリングの功績を思えば、いささか異を唱えたくなります」

「……どういうことだ」

「と申しますと？」

「ミュラー男爵家への報賞には、俺が持っている中でも豊かな領地を割譲するようにと言っておいたはずだ」

一転して、レナードの表情が険《けわ》しさを増す。レナードは情に厚い男だ。魔物暴走を食い止めたことに対する報賞も辞退し、遺族や怪我人への見舞金にしてほしいと嘆願したほど。

だからこそ、エリオットはミュラー男爵家への待遇がおかしいと感じていた。やはり、なにかあったのだな、と嘆息する。

「……いくつか、心当たりはある」

「方々で敵を作るからです」

「気が変わった。すぐに王都に向かう」

「ああ、それと、ミュラー男爵領で古代遺跡が発見されたそうです」

「遺跡だと？」

「ええ。今更、領地の配置換えをするよりは、出資者となって開発に助力なさってはどうでしょう？」

「……なるほどな」

合点がいった、と言わんばかりの表情でレナードは苦笑した。なにか心当たりがあったようだ。おそらく彼の頭では、恐ろしいくらいの早さで今後の計画が練り上げられていることだろう。

彼の境遇を不憫《ふびん》に思った兄王は、祝福を克服したことをきっかけに、それぞれの分野に通じる一流の教師をつけた。その中には、エリオットだけでなく、ヨハン・エル・キャルリーヌの名もある。

どの教師もレナードに対し、優秀の太鼓判を捺《お》した。何事にも貪欲で、教えた以上のことを吸収する。正直、国王とレナードの歳が今ほど離れておらず、また、祝福を持たずに生まれていたら王太子争いが勃発していた可能性すらある。はたして、そんな相手に目をつけられて逃げ延びられる者はいるだろうか。

「ただし、しっかりと根回しをおこなってください。いくらなんでも、王弟殿下がいきなりミュラー男爵家に出資したら怪しまれますよ」

「わかっている。二度とヘマはしない」

「婚約の申し出にしても、慎重を期してくださいね。口さがない者達は、王族が己の権力に物を言わせていたいけな少年を無理矢理囲った、と噂するでしょう。それ相応の理由がなければなりません」

「……わかってる」

王家に伝わる火蜥蜴の祝福の話は、あまり知られていない。何代か前に、甘い汁を吸いたいがばかりに、自分が、運命なのではないか、もしくは息子や娘が、と主張する者達が大挙して押しかけてきたらしい。それ故に〝運命〟を理由にしたアルヴィクトールとの婚姻は難しいだろう。

「こっちも報告がある。フィアラスの遺跡だが、五十六階を捜索するよりも、その上に戻って隠し部屋がないかどうか虱《しらみ》潰しに探したほうがいいかもな」

現在、フィアラスの古代遺跡では、五十六階まで攻略が進んでいる。しかし、その下へと続く階段が見つからない。最深部には目印となる石碑と、強力な魔物が出現すると言われている。魔物の強さから二等級だろうと推測されているが、残りの階層の有無によっては一等級への昇格もあり得た。

「わかりました。その旨を夫に伝えておきましょう」

エリオットの夫は現在、冒険者ギルドの責任者として働いている。利害ありきの政略結婚だったが、思っていたよりも遥かに良好な関係を築けていた。

「旦那にもよろしく言っておいてくれ。……ああ、それとギルドの内装に手を加えるのもほどほどにな。掲示板を造花で飾るのは悪いとは言わないが、野郎どもとの絵面《えづら》がヤバい」

「……伝えておきましょう」

可愛らしいものや綺麗なものを好む夫は、冒険者ギルドのむさ苦しさを緩和するという理由で、内装を小綺麗なもので飾り立てることを好んでいた。相手の趣味に口を出すつもりはないが、定期的に冒険者達からなんとかしてくれという嘆願書が届くのも事実。つい先日は、一階フロアのカーテンがすべてピンクの花柄になっていた。

今度は、依頼が貼り出される掲示板が造花で飾られていたのかと、エリオットは遠い目になった。

「じゃあな」

応接室を出て行こうとしたレナードは、思い出したように足を止めエリオットを振り返った。

「額にキスされたら、脈ありとみてもいいか？」

「それは少し自意識過剰かと」

□□□

レナードが去ったあと、エリオットは執事を呼んだ。

「キャルリーヌ子爵に連絡を取れ。レオンのことで大至急と言えば、すぐに返事があるだろう」

「かしこまりました」

手紙は危険だ。レナードに〝運命〟があらわれたことは、内密にする必要があった。レナードの存在を快《こころよ》く思わない者達に目をつけられてしまったら厄介だ。強力な後見人を見つけるまでは、内密に動いたほうがいい。

それになにより、アルヴィクトールは大人びた少年だが、まだたったの十歳。レナードはわかっていると言っていたが、ようやく見つけた〝運命〟を前に暴走する可能性もあった。それを止められる人物となると、限られてくる。

「ああ、それと資産表の確認をしたい」

「と、申しますと？」

「ミュラー男爵家に出資する。かなりの額になるだろう。そのつもりでいるように」

「かしこまりました」

ベルナデットからの手紙には、息子の力になってほしいという内容が書かれてあった。滅多なことでは人を頼ろうとはしない幼馴染みからの、はじめての願いと言えよう。それ故に、可能な限りは力になってやりたい。

遺跡の開発に出資する大義名分は充分に揃っている。レナードの悔しがる顔を思い浮かべ、エリオットは溜《りゅう》飲《いん》を下げたのだった。

第四章　シシーとの攻防と薬草採取

　俺はビクターをはじめとする、数名の領民の前に立っていた。男手はみんな出稼ぎにでているので、集まったのは見渡す限りおじいちゃんばかりである。

「山側と畑の間に、水路を設置しようと思う」

「なぜでしょう？」

「シシー対策だ」

　あいつらはとうとうやりやがったのだ。俺がフィアラスの遺跡街に行って不在の間に、腐葉土・特を撒いた畑を荒らしたのである。あとちょっとで美味しいカブが収穫できたのに。俺は怒り狂った。

「柵を設置しても奴らは集団で薙ぎ倒すし、単体でも土を掘って侵入してくる。そこで、だ。規模はかなりのものになるが、山側に水路を引くことにした。深さはそんなになくていい。むしろ、深いと危ないからな。俺が」

「シシーは泳げますよ？」

「ああ。だから、畑側を盛り土で高くしてそこに頑丈な柵を設置する」

　日本の城でよく見られるお堀のミニチュア版である。時間はかかる。かかるが、来年を思えば今から対策を講じることが大事だ。遺跡？　そんなもん、あとだあと！

　もちろん、水路と簡単に言うが、これはなかなか大変だ。溝を掘っても水が染み込んでしまうため、それらの対処も重要である。都市部になると石板を加工したものを使っているがうちにはそんな高等なものはない。それを買う金もない。

「水路は俺が土魔法で掘る。ビクター達には、側壁と底を石で補強してもらいたい。石は畑の開墾で出たやつがたくさんある」

　なにかに使えないかなー、と数ヶ所に集めて置いていたのだ。水路はそこまで本格的なものでなくてもいい。別に飲料水として使うわけでもないので泥が混じっていてもかまわないし、ついでに農業用水として使えたらいいなという程度である。

領地内にはそれなりに大きな川が流れているので、水はそこから引いてくればいい。ゆくゆくは溜め池も造りたい。川魚を放流しておけば、いざという時の非常食にもなる。

「もちろん、賃金は出す」

お給料は大事。とっても大事。モチベーションにもかかわる。ただ、あんまり出せないけどね。するとビクターが代表するように口を開いた。

「賃金は必要ありません。冬場は暇を持て余している者ばかりです。石だけでなく木材も使って補強してはどうでしょう。幸い、リクハルド様に抜いていただいた木がたくさん残っております」

「俺は無償奉仕を強制したくはないんだが」

「アルヴィクトール様には感謝しているのです。昨年の不作もあり、今年の冬はとても厳しいものになるはずでした。特に年寄りを抱える家庭は、覚悟していたと思います。悲しい話ですが、子を教会に預ける親もいたことでしょう」

いきなり重い話はやめて。実はそんなに切羽詰まってたの？　そういや、ここに来た当初は、みんなもっと荒《すさ》んだ顔をしていたような……。俺も心が荒んでいたので、気にもしなかったが。

「お役人様にいくら嘆願しても自分達でなんとかしろの一点張りで、取りあってもらえませんでした。もちろん、自分達でどうにかすべきだったのでしょうが、私らは諦めるという癖がついていたのです。知恵を絞ったところでどうにもならない、と。ですが、ミュラー御一家が来てから領地は変わりました。私らはいつの間にか、冬を憂《うれ》うことなく笑って暮らせるようになった。とても感謝しているのです」

「ビクター……」

「水路の整備程度、お任せください。私らは地道な作業の大切さを、アルヴィクトール様に教えていただいたのです。それに、アルヴィクトール様だけではありません。ベルナデット様は各家々を回って、病を患《わずら》っている者達の話を優しく聞いてくださり、時には光魔法で痛みの緩和まで行ってくださいます。自分にはこれくらいしかできないから、と」

母上、マジ女神。そういえば、領地の人達と色々お話ししているのよ、とニコニコしながら言っていたな。

「いずれアルヴィクトール様が成人なさって、ベルナデット様から爵位と領地を受け継ぐ日が今から楽しみです」

「え？」

「は？」

「俺、次男だけど」

母上が領主代理を務めているのは、兄上が療養中だったからである。その辺り説明してなかったっけ。俺はビクター達に父上が魔物暴走の鎮圧に赴き戦死したこと、兄もまたその戦いで大怪我を負って騎士団を辞めざるを得なかったことを話した。

結果、ビクター達は泣いた。

こんな痩せた土地を報賞に押しつけられるなんてあんまりだと泣き叫んだ。事実だけど、自分達の領地を悪く言うのは止めなさい。あんまりだ、あんまりだ、と慟哭《どうこく》したあと、ビクター達は決意したように立ち上がった。

「お任せください、アルヴィクトール様。あなた様を悩ませるシシーは、領民総出で一匹残らず駆逐《くちく》してみせます！」

「やめて」

気持ちは嬉しいが、自然の生態系が狂っちゃうから駆逐しないで。俺は荒れ狂う領民達を宥《なだ》め、さっそく水路造りに着手した。

畑をモコモコするのとは勝手が違う。大事なのはイメージだ。俺が脳裏に思い浮かべたのは、雪国でよく目にする除雪機である。押すタイプじゃなくて、雪を遠くに飛ばすタイプね。

除雪機の要領で掘った土を山側に飛ばす。石も草も全部飛ばす。実はコレ、事前に練習してました。最初は四方八方に飛び散ったが、何度も練習してコツを摑めばあっという間だった。作業を見守っていたビクター達から歓声があがる。

ふふっ。それになにより、今日の俺はひと味違うのだ。なんと、腕輪タイプの魔導具をゲットしたのである。禁術で作ったやつじゃないよ。鑑定したらちゃんと普通の魔導具だった。

俺は自分の左腕にキラリと光る魔導具を見て、ニヤッと笑う。これは、フィアラスを出る前に挨拶だけでも、と立ち寄った領主館で、バルテン子爵から、自分が使っていたものでよかったらと譲り受けたものだ。

魔導具にはいくつか種類があり、リクハルドがつけていたのは祝福を抑えることに特化した特殊なもの。一般には流通しておらず、教会の許可がないと買えない仕様となっている。

その他には魔力の操作を補助してくれるもの、魔法の威力を強化してくれるもの等がある。だいたいはこの二つのタイプが多い。

俺がもらったのは強化タイプ。魔法の威力をあげてくれるのだ。これがなかなかにすごい。未だかつてない勢いで、土が雪のように飛んでいく。使っている魔導石はキャルリーヌ子爵からもらった、赤ランクである。ただ、悲しいことにエコスキルは魔導石には反映しないため、普通に減る。もったいない気もするが、シシー被害への対策のほうが急務なのだ。

なお、魔導具に魔力を込めると魔導陣が浮かび上がるが、少しすると消える。消えてもちゃんと発動している感覚はあるので、スイッチが入りましたよ、正常に動いてますよ、という確認みたいなものなのかもしれない。魔力をストップすると、自動停止。また込めると、魔導陣が浮かび上がるという仕様だ。ちょっと原理が気になる。解体してみたいなぁ。

しかし、普通の魔導具を使ってみてわかるのだが、成長の魔導具。あれはちょっとおかしい。禁術で作られたからなんだろうけど、使用者の魔力を使わずに魔導石だけで発動しているのだ。原理的に、魔導具というよりは魔導器に近い気がする。身につけて使用するタイプなので、鑑定スキルさんでも魔導具に分類されてるけど。

「アルヴィクトール様。水路ですが、深さはそのままでもかまいませんので、幅をもう少し広げてもらうことは可能ですか?」

「できるけど、なんで?」

「補強の都合で、完成時の幅がこの半分程度になりそうなんです。シシー対策としては充分ですが、もう少し幅がないと、木の枝や落ち葉で堰《せ》き止められてしまう恐れがあります」

「わかった。……これくらいでどう？」

「充分です。それから北側付近の水捌《は》けが悪いので、排水用の溝を掘り、水路に繋げたいのですがよろしいですか？」

「わかった。その辺りは好きにしてくれていい」

「それから長雨の増水対策として、川と接する部分に頑丈な水門を設置したいとの要望が――」

「なんか本格的になってきてない？」

ねぇ、いつの間に領地の地図なんて作ってんの？

そんな感じで、シシー対策の水路工事がはじまったわけだが、畑の改良もプラスされているような気がしてならない。別にいいんだけどね。

□ □ □

畑のモコモコとは違って、水路は何度もモコモコする必要がないので楽だ。石積みでの補強は領民達がやってくれる。

俺も魔力を回復している間になにか手伝おうと思ったが、石運びはすぐに体力が尽きた。木材の加工も不可能。アルヴィ様はあちらで休んでいてください、とビクター達に気を遣われてしまう始末。まぁ、適材適所ってやつだ。

「というわけで、水路工事はお休みして、今日は森に薬草を採りに行きたいと思います」

お供は、護衛のデニスと庭師のダン、それと道案内を買って出てくれた元猟師のマルコおじいちゃんだ。

マルコおじいちゃんは、御年《おんとし》八十歳のご高齢なのでとっても心配である。でも、ビクター曰く、山や森のことを知り尽くしているうえに、捕まえたシシーは数知れず。最後の情報で俺は即採用を決めた。

「薬草ですか？」

「冬場はラックが領地に来られないんだよ」

平地はそうでもないが、さすがに山間部は雪で埋もれてしまう。そのため、足止めや遭難のリスクが増す冬は、行商自体を休みにするか、雪が少ない南部を回るという行商人は多い。

うちの領地には医師もいなければ薬師もいない。そのため、他の領地に買いに行くか、行商人を頼るか、自生している薬草を探すかの三択に限られる。

自生している薬草を探したほうがコストはかからないが、素人なのでうっかり毒草を摘んでしまうパターンもないとは言い切れない。そのため、しっかりとした知識でもない限り、店や行商人から購入するのが一般的だ。

「そろそろ兄上も帰ってくるし、雪が本格的に降りはじめる前に、古傷に効く薬草や解熱効果のある薬草を備蓄しておきたい」

そんな話をビクターにしたところ、それなら森の奥に生えているかもしれません、と言い案内役としてマルコおじいちゃんを紹介してくれたのだ。猟師の間でも森は迷いやすいと不人気で、案内できるのはマルコおじいちゃんだけらしい。

「でも、アルヴィ様はどれが薬草かなんてわかるんですか？」

ダンの心配も当然である。しかし、俺には鑑定スキルさんという最高の味方がいる。なので俺は胸を張って断言した。

「薬草図鑑を読んだ！」

「わしが知ってるんで、大丈夫です」

マルコおじいちゃんは余計なこと言わないで。助かるけどさぁ。そんなわけで、薬草採取にレッツゴー。

ビクターが言っていた森は、遺跡が発見された山とは反対側にあった。遠目からも木々が鬱蒼《うっそう》と生い茂り、時折、真っ黒くて大きな鳥が奇妙な鳴き声をあげながら飛び去っていく。晴天にもかかわらず、そこだけ暗雲が立ち込めているような。もうちょっと楽しそうな森はないの？　大型の獰猛《どうもう》な獣とコンニチハしないよね？

時折、マルコおじいちゃんは立ち止まり、周囲を確認しながら進んでいく。きっと独自の目印的なものがあるのだろう。

森とはいっても平坦な道とは違い、デコボコする地面や不用意に突き出ている木の根に足を取られ、俺はあっさり白旗を上げた。デニスに背負ってもらいながら、なんとか目的の場所に辿り着いた。やっぱり、行商人から買ったほうが楽だわ……。

「痛みに効く薬草は、この辺りに自生しています」

薬草の群生地はそこだけ樹木がなく、日当たりのよい空地のような場所にあった。近くに沢が流れているのか、水音が聞こえる。

たいていの樹木は葉を落とし寒々しい姿をさらしているが、この辺りは落葉樹が少ないようで、どの樹木も鬱蒼とした葉を茂らせていた。パッと見た感じだと、モミや杉の木っぽい感じだろうか。杉……花粉……うっ、頭じゃなくて目が痒《かゆ》い。

「手のひら程度の大きさで、周囲がギザギザしたものがそれです。あと熱冷ましにも使われる薬草も生えてますよ。丸っこい形で茎が細いのが特徴です。たまに似たような毒草もあるので、気をつけてくださいね」


これ、俺って必要だった？　いらなくね？　デニスに背負ってもらっている時点で、お荷物じゃね？　マルコおじいちゃんとダン、もしくはデニスの二人で充分だったような……。

しかし、これからが鑑定スキルさんの本領発揮である。俺は気を取り直し、近くにあった植物を鑑定した。

◇プアル　レベル1
なんの効力もない多年草の雑草。どこにでも生えている。酸味があって、食べようと思えば食べられる。スープに入れると嵩増しになるので、領民がしかたなく採取している。


うん……。今は野菜がいっぱいあるから、みんなそっちを食べてね。他の野菜と違って産出地表記がないのは、自然に生えたものだからだろう。

俺は涙を堪えながら、そのとなりに生えていた腰ほどの高さの植物を鑑定してみた。

◇クルル　レベル6
アイロック・エル・ローゼによって古代遺跡から持ち出され、品種改良された種。魔素がなくても繁殖できるが、繁殖力自体は弱い。乾燥させてすり潰すと神経毒系に効く解毒薬になる。この付近にしか自生していないので、見つけたら採取しておいたほうがいい。希少種につき取りすぎ注意。

おっと危ねぇ。まさか、禁術で作られた例の魔導具の製作者の名前を、こんな場所でも目にすることになるとは。

アイロック少年はなにやってんの。マジでなにやってんの。改良はまだわかる。王都にはそういうことを研究している機関もある。でも、なんでそれをここに植えた。そして、鑑定スキルさんはなんでそんなことまで知ってんの。

「アルヴィ様、どうしたんですか？」
「……なんでもない」

ダンの問いに首を横に振る。よし、見なかったことにしよう。そうしよう。ステータス画面さんも大概だけど、鑑定スキルさんもチートだよね。

そういえば、レオンに古代遺跡を案内してもらっている時にさりげなく聞いたのだが、どうも俺の鑑定スキルはおかしいみたいだ。いや、なんとなく普通じゃなくね？　とは思っていた。

鑑定スキル持ちは珍しいが、冒険者ギルドの職員に一人か二人はいる。しかし、初期レベルで鑑定できるのは名前だけ。ある程度のレベルにならないと、図鑑に載っているような情報はわからないのだそうだ。

高レベルはかなり珍しいようで、エルバルド王国でも数えるほどしかいないとのこと。俺の場合、レベル1なのに面白おかしく解説してくれるんだが。もちろん、高レベルであっても製作者や採取された具体的な産地なんてディープなことはわからない。今のところ確認されている最高レベルは6まで。

　そもそもステータス画面からしておかしかった。普通ならば、称号や魔法適性、スキル等は教会に行かないと確認できない。それらを計測する専用の魔導器があるのだそうだ。

　そんな魔導器でも、ＨＰとＭＰ、備考欄のような情報はわからなかった。特に備考欄は誰かに見られたら大問題だよ。

　ステータス画面が俺特有の能力だとはわかっていたが、まさか鑑定スキルまで俺仕様だったとは思ってもみなかった。これ、レベルが上がったらどうなるんだろう。なにも変わらないか、それとも世界の深淵《しんえん》を覗いてしまうのか。震える。

　でも、鑑定スキルのレベルは上げたいので、目につく植物を片っ端から鑑定していく。

◇ピィアの実　レベル2
ピィアの木に生る果実。甘くて美味しい。そろそろ食べ頃だが、腹痛を緩和する効果があるため乾燥して保存するのもいい。ただしカビが生えやすいので要注意。

◇ニモの葉　レベル2
ニモという多年草の葉。すり潰したものを患部に塗《と》布《ふ》すると痛みを緩和する効果がある。飲んでも効果はあるが苦い。スープに入れると苦みが緩和され意外と美味しいが、熱を通すと薬効がなくなるので要注意。根は引き抜かず、葉だけ採取するように。

◇イブルの茎　レベル2
イブルという一年草の茎。茎の部分に解熱作用がある。葉には微毒があるので要注意だが、便秘に効く。根は匂いがよくお香代わりにもなる。気分が盛り上がる程度の媚薬《びやく》効果があるため、ローションに加えて使用されることもある。

解説はとってもありがたいよ。ありがたいんだけどさぁ。ニモの葉は余ったらスープに入れよう。イブルは根っこをそのままにして、茎から上だけを採取した。子供になんてもん見せるんだ。

心の中で鑑定スキルさんにツッコミを入れつつ、俺は必要なぶんだけ薬草を摘んでいく。それを種類別に布で包み、ダンが背負っているカゴに入れた。

「こんなとこでいいだろ」

「アルヴィクトール様は採取がお上手ですねぇ。すべて薬草ですよ」

「図鑑で勉強したからな！」

鑑定スキルさんという図鑑で。ついでに見つけた食用のキノコもいくつか収穫して、森をあとにする。春になると山菜が採れるというので、その時にまた連れてきてもらう約束をした。

「いやぁ、わしは今年の冬を越せないもんだと覚悟しておりましたので、来年の約束ができるのは嬉しいですねぇ」と、マルコおじいちゃんは穏やかに笑った。

やめて、さりげなく俺の心を抉《えぐ》らないで。美味しいものをたくさん食べて長生きして。

「起きてください、アルヴィ様。屋敷の前に人集《だか》りができてますよ」

「ん？」

疲れたから歩きたくない、もうむり、と駄々をこねてデニスに背負ってもらっていた俺は、ダンに言われて背中から顔をあげる。ちょっと寝てた。行商人のラックでも来てんのかな、と思って目を細めた瞬間、俺は慌ててデニスの背から飛び降りた。そして、全速力で走り出す。

「兄上！」

人集りの中心にいた青年が、俺の声に反応してこちらを振り返った。学園を卒業すると同時に騎士団に入ってしまった兄とは、二年近く会っていない。

癖のある濃い金色の髪と、父上譲りの美しい緑色の瞳。整った顔立ちからは幼さが抜け、記憶にあるよりもだいぶ大人びて——でも、ずいぶんと痩せてしまった。必死で走って、転びそうになったところを受け止められる。

「大きくなったな、アルヴィ」

いつもなら、そのまま両腕で抱き上げてくれたのに。背中に回された腕は片方だけ。顔にも失った右目を隠すように黒い眼帯がつけられていた。

それでも、それでも。

生きていた。生きていてくれた。一命は取り留めたと聞いてはいたけれど、いつ容態が急変して訃報が届くのではないかと、不安でしかたなかった。薬院は入院患者があまりにも多く、家族であっても親や配偶者以外の見舞いは断られていたから、顔も見にいけなかった。

「お帰りなさい、兄上」

帰ってきて早々に申し訳ないんだが、俺は兄上がとっても心配なのだ。申し訳ない、本当に申し訳ないと罪悪感に苛まれつつ、心の中でステータス・オープンと念じる。

ディートリヒ・エル・ミュラー　19歳
ミュラー男爵
HP1400／1800　MP650
適性魔法　水　火5　風4　土　光　闇
称号（空欄）
スキル　剣技7　俊足2
備考　負傷中。北方騎士団に騎士見習いとして配属される。魔の森で起こった魔物暴走に巻き込まれ、右目と右腕を失う大怪我を負った。同時期に北の砦に配属された騎士見習いは、ディートリヒ以外全員死亡。意識が戻った直後に中央騎士団第五、第六部隊壊滅の報を知る。精神的に病んでいるので、早急なケアが必要。頑張れ。

やっぱり。

□　□　□

「ううむ」

俺は自室のベッドに寝転がりながら唸っていた。腹痛ではない。

兄上が戻ってから十日が経った。その間、まだ傷が完全に治っていないこともあり、兄上は屋敷から一歩も出ずに過ごしている。大怪我を負った際に、光魔法と回復ポーションを併用したせいで治りが遅いのだ。それくらいしなければ命を繋げなかったのだろう。

しかし、肉体の傷は時が経てば治る。問題なのは心の傷だ。まさか北方騎士団に配属となった騎士見習いが、兄上を除いて全員亡くなっていたとは。

同時期に配属されたってことは、学園での同級生ってことだろうし、親しいかどうかは別にしてもみんな顔見知りだったわけだ。これはほんとに心が痛い。早急なケアといわれても、どうすればいいのか。なにが最善なのかがわからない。

「失礼いたします」

ノック音のあとで、クリストフが姿を見せた。その手には今期の帳簿がある。俺は起き上がって、ベッドの縁に腰掛ける。

「報告に参りました」

「どうぞー」

「近隣の領地では、予想していた以上に野菜の価格が高騰しているようです。備蓄の余剰分を出すべきかと」

「ふんふん。じゃ、バルテン子爵領を優先にして」

「キャルリーヌ子爵領はよろしいのですか？」

「人口はそこまで大差ないけど、バルテン子爵領は冬場にこそ冒険者が増える」

降雪量に左右されることなく、遺跡に潜れるからな。山奥に遺跡がある場合は、冬期限定で山道が閉鎖されるところもあるそうだ。そういう場所からフィアラスの遺跡街に流れてくる冒険者も多いと聞いている。

「消費率はバルテン子爵領のほうが高いはずだ。足下を見られて買い叩かれそうなら、売らないって突っぱねろ。むしろ、それを理由に値段を釣り上げてやれ」

「かしこまりました」

クリストフもこのくらいのことはわかっているだろうに、たまに俺を試すような物言いをするんだよな。

しかし、野菜の価格が高騰しているのはラッキーだ。普通の腐葉土で育てた野菜が思っていた以上に豊作で、いい感じのタイミングで売れたらいいなと思っていたのである。長期保存できる根菜類を中心に育てたのもよかった。

冬場に収穫を迎える野菜もあるので、笑いが止まらない。バルテン子爵領へ続く道が大雪のため通行止めになったら詰むけど、そんなレベルの大雪は滅多にないとのこと。

一方、キャルリーヌ子爵領は高地にあるため、雪が降りはじめたら完全に往来が途絶える。雪が降る前に野菜を届けてしまわなければならない。

「水路につきましては、水門の建設が金銭的にやや苦しいかと」

「そっちは野菜の余剰分から得た利益で補塡《ほてん》する」

水害対策は大事だから、駄目とは言いづらい。水路は俺が想定したものよりも、かなり大規模なものになってしまった。あれじゃ、シシーはどう足掻《あが》いても絶対に飛び越えられない。ミュラー男爵領の変わりようには、領民達よりもシシーのほうが愕然としたに違いない。

「報告は以上になります」

「ふむ。わりと上々だな」

キャルリーヌ子爵領はそもそも農地には不向きな土地で、バルテン子爵領は消費量が半端なく他の領地からの買い入れに頼っている。

うちも元々は痩せた土地だったけど、畑のモコモコとたっぷりの腐葉土で見違えるまでに変化した。栄養も重要だが、畑は定期的に耕してやるのも大事なのである。俺の土魔法って土木関係限定だが、実はかなり有用なんじゃね？

「どうした、クリストフ？」

報告が終わったにもかかわらず、クリストフは部屋から出て行こうとしなかった。

「……よろしいのですか？」

「なにが？」

「あなた様の努力は、すべて兄上様の功績となってしまうのですよ？」

　あー、それね。クリストフには、本来の領主は兄上だから、いずれそっちに報告してもらうようになる、と言ってある。そもそも十歳の子供に領地の収入と支出を報告するほうがおかしいのだ。その時、クリストフはわずかにだが、不満げな顔を覗かせた。

　ここまで頑張って畑を開墾し、腐葉土を作って野菜の質と収穫量をあげたにもかかわらず、そのすべてを兄に明け渡してしまうことに対し、思うところがあるのだろう。

「だからなに？」

「正当な評価がなされないことに対し、不満はないのかと訊ねているのです」

　それを直接、俺に訊いてくるあたり捻くれていらっしゃる。そもそも、クリストフと俺じゃ考え方が根底から違うんだよな。

「まず、俺は誰かに評価されたくて、領地の開発を行ったわけじゃない。冬を越すための備蓄と、租税を払うために必要だと判断したからだ。母上は男爵夫人ってだけで、領地の経営なんてしたことなかったし学んでもこなかった」

「もちろん、存じております」

「遺跡関係も同じだ。放置すると国から罰せられる。こっちも俺がやるしかなかったんだよ。他に適任者がいたら、丸投げしてる」

「……そうですね」

　クリストフは頷きつつも、よくわからないといった顔で俺を見る。では、なぜ十歳の子供が領地経営できてるんだ、と今更ながらに疑問に思ったのだろう。

　領地経営については、引っ越す前に家庭教師の先生が付け焼き刃ですが、と教えてくれたお陰でもある。あの知識がなかったら、さすがに俺もどうしていいかわからず途方に暮れていた。ありがとう先生。

「評価ってのは、結果に付随する。俺がやってきたことがたまたま成功したってだけで、失敗することもあり得た。そして、その失敗もまた、兄上の負債として見られる」

「失敗だけ押しつけられるとは考えないのですか？」

「ないね」

俺は自信を持って断言した。

「兄上は、一番近くで父上の背中を見て育ってきた人だ」

誰よりも父を尊敬し、父に憧れた。毎日、手のひらが擦り切れるくらい素振りをして、苦手な魔法も練習を重ねた。正直、俺なんかよりよっぽど努力してる。

騎士だってそうだ。なりたいと思っても、誰でもなれる職業ではない。学園に入学して騎士科を選択した者達の半数が途中で脱落し、さらに卒業後の入団試験でもふるいにかけられる。合格したかと思いきや、見習いからのスタートだ。俺だったら早々に挫折《ざせつ》してる。

「だから、俺はなんの不満もない」

「あなた様に仕事を押しつけたまま、ずっと部屋に籠もっていても、ですか？」

「クリストフ」

やんわりと窘《たしな》めるように名前を呼べば、「申し訳ございません」とすぐに謝罪があった。

兄上の事情はクリストフをはじめとする屋敷の者達にも伝えていたが、それでも、と思ってしまうのだろう。王都の屋敷から勤めていた者達は兄上のことを知っているので、心配のほうが大きいようだが。

「お前が奴隷だってことを知って、兄上の態度は変わったか？」

「……いいえ」

「それで充分だろ」

ただ、兄上は基本的に脳筋なので、クリストフには今以上に頑張ってもらうことになるけど。それは言わないであげよう。

とはいえ、兄上がこのままというのも問題だ。母上は少しずつお話ししましょうね、というスタンスでゆっくり心のケアをしていくようだ。俺もそれに賛成だが、だからといってなにもせずに待つだけというのも性に合わない。

「よし、ピクニックに行こう！」

「……かしこまりました」

ダンならここでいい感じにツッコんでくれるのに、クリストフはノリが悪い。ちなみにデニスは若干の天然が入っているので、「楽しそうですね」と言っただろう。

□□□

いつ雪が降ってもおかしくないこの季節に、ピクニックはわりと拷問である。なので、風を遮《さえぎ》りやすい樹木がいっぱいあって、目に優しい緑がいっぱいあるところをピックアップしてみた。先日、薬草を採りに行った時に、途中でたまたまいい感じの花畑を見つけたのだ。

この季節に花畑？　と訝しく思うかもしれないが、それは〝妖精の小庭〟と呼ばれている現象らしい。なんでも花好きの妖精達が魔法をかけて、森の中に小さな花畑を作っているのだとか。なにそれめっちゃメルヘン。

ただし、その妖精の姿を見た者はなく、不可思議な現象なのでそれっぽく命名したのではないか、とのこと。以上、マルコおじいちゃんの豆知識でした。

「兄上、こっちです！」

早く、早く、と急かすように手を引っ張る。それをダンとデニスが微笑ましげな表情で見守っていた。これがクリストフだったら、お前誰だよ？　という目で二度見されること間違いなしである。

「わかったから、慌てるな。転ぶぞ」

子供じゃないんだから転ばないよと思ったが、バリバリ子供だったわ。

「あれです。あの切り株が目印です」

本日はマルコおじいちゃんはいない。妖精の小庭は森に入ってわりとすぐの場所にあったし、目印となる切り株も覚えていたので案内を頼まなかった。

兄上はどこかぼんやりとした表情で、俺に手を引かれるがまま歩く。気分転換にピクニックに行きませんか、と誘ったところ、返答はどっちでもいいとのことだった。拒否されるよりもヤバい気がする。見た目はそこまでじゃないんだけど。ステータス画面さんが備考欄で忠告してくるレベルだということを忘れてはいけない。

特徴的な切り株を右に進むと妖精の小庭はある。急に消えることもあるらしいが、幸いにも花畑はそのままだった。

咲いているのは小さな野花ばかりで、目を釘付けにするような華やかさはない。でも、木の葉の隙間から差し込む日の光からなる光景は美しく、まるでそこだけが春の陽気にあふれ、本当に妖精が飛んでいそうな雰囲気を漂わせていた。

「……綺麗だな」

「本当は母上にも見せたかったのですが」

母上は領地のご婦人方と一緒に料理をするそうだ。

貴族の奥方は使用人が雇えないほど困窮しているわけでもなければ、食事作りは料理人任せである。

うちにも料理長はいるが、どうやら母上は領地に引っ越してから色んなことに挑戦してみたくなったようだ。

それにもしかしたら、兄弟二人っきりで話すいい機会だからと、遠慮してくれたのかもしれない。俺は日中は畑に水路と忙しいし、夕飯を食べて歯磨きしたらすぐに睡魔が襲ってくるような健康優良児だ。兄上と話を……ぐー、なのである。

「今日は母上が昼食を作ってくれたんです」

パンに野菜や燻製《くんせい》肉を挟んでいたので、たぶんサンドイッチだと思う。地方によって呼び名や具材が違うため、パンに食材を挟んだもの、といえばだいたい通じる。大雑把すぎだろ。

俺は地面から突き出ている木の根に腰掛け、ダンから蓋《ふた》つきのバスケットを受け取った。

「きっとすごく美味しい――」

わくわくしながら蓋を開けて、閉じた。なんかクリーチャーみたいなのがいたんですけど。たぶん付け合わせのプチトマトかな。それが輪になってケタケタ笑ってたんですけど。

幻覚でもキメちゃったのかと思って、もう一度、覗いてみたけどやっぱりクリーチャーだった。輪になって笑っていた。母上はいったいなにを創りだしてしまったのか。

「アルヴィ？」

「……なんでもありません。今はお腹いっぱいなので、帰ってから食べましょう」

鑑定スキルを使わなくてもわかる。これは絶対に食べてはいけないものだ。地中の奥底深くに封じ込めなきゃいけないやつだ。

ちょっとだけ、ちょっとだけ鑑定してみたい気もするが、深淵を覗く時、深淵もまたこちらを覗いているのである。お料理に参加している奥様方は無事だろうか。阿鼻叫喚《あびきょうかん》の地獄と化していないだろうか。

「ダン、これ封印しといて」

おっと、本音が出てしまった。それを見ていた兄上が、少しだけ笑みを零す。

「兄上？」

「いや。以前、父上から母上が作ったものは、しっかりと確認してから食べるように、と言われたことを思い出した」

父上は知っていたのか。そういや母上も、料理はしたことなかったけど、お菓子は作ったことあるのよ、と言っていた気がする。どんなクリーチャーが生まれたのだろうか。決死の覚悟で完食する父上の姿が目に浮かぶようだ。

俺は母上のことを愛しているが、だからといってクリーチャーを食べようとは思えない。あれは絶対にHPを減らしにかかってくる。囓ろうとしたら、こっちが囓られかねない。

「気を遣わせて悪かった」

冬とは思えないほど暖かな日差しが降り注ぐ中、しばらくして兄上がぽつりと呟いた。

「当主として、もっとしっかりすべきだとわかっているんだがな。領地の問題も、お前に押しつけっぱなしで……すまない」

「自分ができることをやっているだけです。いいですか、兄上。辛い時はむりせず休んでください。好きなことだけすればいいいし、一日中ぼーっとしてたっていいいんです。誰にも文句は言わせません」

「……ほんと、お前は昔からしっかりしてるよ」

「剣の腕はからっきしですがね」

兄上が腕を伸ばし、俺の頭をぐりぐりと撫でた。精神年齢的には俺のほうが上なんだけど、やっぱり兄上は兄上なんだよなぁ。

デニスとダンは気を遣ってくれたようで、少し離れた場所に移動する。引き攣った顔でバスケットを見ているけど、どうした？　別のなにかも生命を得ちゃった？

俺は立ったままの兄上の手を引いて、となりに座らせる。

「ゆっくりでいいんですよ、兄上」

サァッと暖かさを含んだ風が吹いて、木漏れ日が揺れる。穏やかな風景を眺めているのに、兄上はまるで北の砦に心を置いてきてしまったような顔で、それらをぼんやりと見詰める。兄上の右側に座った俺は、失われた右腕の代わりにぴったりとその体に寄り添った。

俺は領地でのこと、フィアラス遺跡街に行った時のこと——ただし、レオンとのことは省く——を話した。リクハルドという同い年の友達ができたことも。しばらく俺の話を聞いていた兄上は、「頑張ったんだな」と言って俺の頭を撫でてくれた。

でも、その表情はどこか痛みを堪えているようで。俺は話の続きには戻らずに、じっと兄上を見上げた。

やがて、兄上はぽつりぽつりと話し出す。

「……俺が誘ったんだ」

「え？」

「騎士見習いに合格した時に、希望の勤務地を訊かれる。むろん、希望が通らないことも多い。俺は友人だったあいつらに、北方騎士団に志願しようと言った。手柄を立てやすいし、出世も早いから、と。なにより父上も見習い期間を北の砦で過ごしたと聞いていたから、自分もという気持ちが大きかった」

たくさんの命が失われた中にあって、怒りも、絶望も、生き残ったことに対する安堵や罪悪感も、そのすべてを兄上は受け止めてしまったのだろう。なにより、もしも自分が北方騎士団への配属を持ちかけなければと、何度も後悔したに違いない。

「北の砦は魔の森に呑み込まれた。あいつらも……父上の遺体さえ、そのままだ。せめて、家族の元へと帰してやりたかった」

それはだいぶ前にデニスから聞いていた。犠牲となった騎士達の遺体は持ち帰れなかった、と。北の砦は完全に魔の森の一部となり、今はそれに替わる砦が別の場所に建設中らしい。奪還は不可能と上は判断したようだ。

「こんな体じゃなかったら、あいつらを、父上を取り戻しにいけるのにな」

「僕が行きます」

考えるよりも先に、俺はそう言った。兄上が少し驚いたように俺を見て、それから困ったように笑う。

「剣もまともに振れないのに、か？」

「はい」

もちろん、今すぐにはむりだ。遺体を取り戻しに行って、犠牲を出してしまったら本末転倒である。それをわかっているからこそ、国の上層部は北の砦の奪還を諦めたのだ。でも――。

「策を考えます」

「……アルヴィが言うと、本当に考えてしまいそうで恐いな」

「僕は有言実行の男です。だから兄上は、もっと弟を頼ってください」

忘れることができないのであれば背負って行くしかないのだろうが、それはあまりにも重い。だからせめて、少しくらい肩代わりできればいいと思う。

俺の手はとても小さいし、失われた右腕や右目の代わりにはなれないかもしれないけど、少しだけ、ほんの少しだけでも心が軽くなったらいい。

「じゃあ、頼らせてもらおうか」

「はい！」

「手始めに、母上から昼食の感想を訊かれた時の返答を考えてくれ」

「そ、それは……」

いきなり難問じゃね？

□□□

三年後の租税は、畑からの収入でなんとかなりそうな目処《めど》はついた。問題の古代遺跡も、調査団の結果を待たないとなんとも言えない。そこに、北の砦に残された者達の遺体を取り戻すというミッションが加わった。

難題ばかりだが、ひとつひとつできることからやっていこうと思う。地道に頑張った先に、未来があると信じて。

「兄上！」

ノックもせずに部屋のドアを開ければ、これから就寝しようとしていた兄上が驚いたような顔を向けた。

母上はゆっくりと見守りましょうと言っていたけど、俺はぐいぐい行こうぜにシフトしようと思う。

「ベッドに水を零してしまったので、今夜は一緒に寝てください！」

「……お前、もっとまともな理由はなかったのか？」

いいんだよ。これから毎晩、なんらかの理由をつけて押しかける気だから。

俺は持参した枕を兄上の枕のとなりに並べた。もうちょっとそっちに行ってくれ。兄上の目の下にはうっすらとクマができていたので、もしかしたらあまり眠れていないのかな、と思ったのである。自分以外の体温があると安心するって言うしな。

遠慮なく毛布に潜り込み、兄上の右側にぴったりとくっつく。あー、寒い寒い。

「まったく。しかたない奴だな」

苦笑しながら、それでも兄上は俺を抱え込むようにして横になった。そして、厚手の毛布を引き寄せすっぽりと俺を包み込む。

「お前は温かいな」

子供体温だし、眠いからね。

「……温かいなぁ」

その声は、少しだけ泣いているかのようだった。

第五章　古代遺跡調査団

　無事に何事もなく冬が過ぎ、春となった。何事もなく、というとちょっと語弊《ごへい》があるが。雪の重みで屋敷の屋根が抜けたことや、ボスシシーとの邂逅に母上作クリーチャー脱走事件と、それなりに色々とあった。

うん、ほんと色々あったわぁ……。

　春――そう、大事な大事な作付けの季節である。開墾した畑に大量の腐葉土。いよいよその本領を発揮する時がきた。

　それに、水路が完成したことも大きい。予想していたよりも大規模なものになってしまったが、お陰で劇的にシシー被害が減った。ついでに大きめの溜池も二ケ所ほど造ったので、渇水に悩まされる心配もない。

俺は勝利をもぎ取ったのである。

「アルヴィ。今日はシシーを獲ったぞ」

　肩に本日の獲物を担ぎながらやって来たのは、兄上だ。シシーの他にも、立派な角を持つシカのようなやつを担ぎ、やたら耳が大きくて長いウサギっぽいものを三羽ほど腰にぶら下げている。立派な領主じゃなくて、立派な猟師だね。

　俺の添い寝攻撃が功を奏したのか、それとも普通に時間が心を癒《い》やしてくれたのか、兄上は怪我が完治するなりマルコおじいちゃんに弟子入りして猟師になった。待って、当主は？　ねぇ、当主の仕事は？　アルヴィに任せる、じゃねぇんだよ。

　兄上は俺がシシーの肉が好物だと知ると、初日で五頭も獲ってきた。頻繁に獲ってこようとしたので、生態系の大切さを懇々切々《こんこんせつせつ》と説いた。獲りすぎも駄目なんだよ。

　兄上は罠《わな》も弓矢も使わずに、シシーを槍の投擲《とうてき》という大胆な方法で獲っていた。頭部を一撃である。デニスもできるのかと訊いたところ、「後遺症で、そこまで腕があがりません」という返答だった。腕が上がったらデニスもそれくらいできんの？　騎士団やべぇな。

　獲ってきた獲物を領民にお裾分けしたり、体力お化けなので雪かきを手伝ったりしていたら兄上はいつの間にか、普通に受け入れられていた。そして、冬場で学校が長期の休みに入り、領地に戻ってきた少年少女達の憧れと初恋を華麗に攫《さら》っていった。そうだね。見た目は美形だもんね。いいんだ。俺はおじいちゃんやおばあちゃん達にモテモテだから。

そんなわけで、俺は畑の作付けや、さらなる畑の開墾に奔走していた。そんな慌ただしくも代わり映えのない日々の中、王都より古代遺跡の調査団がやって来た。

「はじめまして。調査団代表の、王立古代遺跡研究所所長ルシオ・ヒスペルトと申します」

代表を名乗ったのは、髭面の人の良さそうな男性だった。身長も高く大柄で、もじゃもじゃの黒い髪ともじゃもじゃの髭の中から、真っ青な瞳が覗いている。研究員というくらいだから、もっと不健康そうなインテリを想像していたのだが、どうやら違ったらしい。年齢は四十二歳で、俺と同い年の娘がいるそうだ。

「研究員は、私を含めて四名。護衛の冒険者が五名の構成になります。それで、こちらが冒険者の代表のアウグスト・ロッソさんです」

「ロッソだ。よろしく頼む」

口数の少ない武人タイプって感じの偉丈夫だな。艶《つや》やかな黒髪をポニーテールにして、全身、黒系の防具で固めている。体格もがっしりとしていて、身長もかなり高い。切れ長の目に高めの鼻梁《びりょう》はイケメンなんだけど、強面すぎて女性にはちょっと敬遠されそうな印象がある。年齢は二十代半ばといったところか。冒険者としては若い部類に入るだろう。

「ロッソさんのパーティーは二級冒険者です」

冒険者ギルドの規定で、遺跡の調査に同行できるのは、二級からと決まっているそうだ。そして、所長さんはわざとらしい空咳《からぜき》をすると、少しばかり言いづらそうに口を開いた。

「それから……どうしても調査に参加したいと言って押しかけ——ゴホンッ。参加した、一級冒険者のレオン・オードランさんです」

燃えるような真っ赤な髪と、赤銅色の瞳。相変わらずの端整な顔立ちに、ふてぶてしい態度。その形のよい目が細められ、唇が弧を描いた。

「よっ」

チェンジで。

なぜだ。なぜ、こいつが調査団に加わっているのだ。

いや、一級冒険者だから不思議はないが、あんた王弟だよね？　王弟殿下だよね？　なにやってんの。

現在、屋敷の応接室にいるのは、所長さんとアウグスト、レオンの三人だけ。残りの者達は大人数だから外で待っている。母上は、領内の妊婦さんが産気付いたということで不在。元気な赤ちゃんが生まれるといいな。

どうやら、レナード殿下を知っていたらしい兄上とデニスが、盛大に顔を引き攣らせている。俺は知らんぷり。知らないったら知らない。こっち見んな。

「ええと、そのレナ……」

「一級冒険者のレオン・オードランさんです」

所長さんが兄上に対し、念押しするように言った。

あ、これは所長さんも知ってますわ。レオンが王弟殿下だって知っていて連れて来ちゃったパターンですわ。

アウグストは不審に思った様子はないが、まさかレオンが王弟殿下だとは思うまい。他の所員さんや冒険者さん達も知らない感じなのかな。

兄上は追及を諦めるように溜息をついた。

「……わかりました。屋敷の近くに民家を二軒、用意してあります。そこを宿泊所としてお使いください」

「ありがとうございます。あ、食事などはこちらで準備しますので、お気遣いなく」

「なにかご入り用の時は、屋敷の者に遠慮なく声をかけてください」

俺は兄上の少し後ろに立ち、余所行きの顔で話を聞いている。ミュラー男爵側は兄上と俺、デニスの三人。本当はクリストフも同席させたかったのだが、「気難しい方ですと面倒なことになりますので」と本人が辞退したのだ。たまにクリストフが奴隷だってこと忘れちゃうんだよなぁ。兄上も絶対に忘れていると思う。

「遺跡にはいつ頃、向かわれますか？」

「今日は荷解《ほど》きで終わると思いますので、明日の朝でしょうか。案内をお願いできますか？」

「もちろんです。ただ、山に入ることになりますので、防寒対策をしっかりとお願いします。遺跡がある付近の雪はだいぶ溶けましたが、それでも朝晩はかなり冷えますから」

「遺跡近くでテントを張っての野宿は――」

「野生動物もいるので、お薦めしません」

兄上と所長さんが会話する中、俺は必死に笑顔を保っていた。

見られてる、めっちゃ見られてるよ。俺は目を合わすまいと逸らしているのだが、もうね、ガン見ってレベルで見てくんの。おかしいな。バルテン子爵領で顔を合わせてはいるけど、ただそれだけだよね？　言葉を交わしたっけ？　名乗っただけだよね？

さすがに〝アル〟とバレたわけではないと思うので、ガン見される意味がまったくわからない。背中に冷や汗がダラダラと流れる。

「近くに山小屋のようなものがあれば、休憩所代わりに使わせていただきたいのですが」

「あの辺りに山小屋はありません。少し奥に入ると休憩用に使っている洞窟はありますが、断崖《だんがい》を登ることになります」

「え、休憩用なんですよね？」

兄上にとっては、という肝心の部分が削除されている。なんて場所に休憩所を作っているんだ。山小屋程度であれば、建ててしまったほうが早いだろう。山の天気は急変しやすいので、避難所として設置して置いてもいい。

「山の麓まで馬車で移動することはできますが、さすがにそこからは徒歩となります」

「……体が鍛えられそうですね」

辺鄙なところでごめんね。でも、ここ王家の直轄領だったんだよ。所長さんは考え込むようにもじゃもじゃ頭を掻き、もう一度、兄上を見た。

「先ほどの話ですが、やはり朝晩の食事は用意していただけますか？　代金はお支払いします」

「はい。準備させるように手配しておきます」

「この近くで、携帯食を売っているような店は……」

「となりのバルテン子爵領か、キャルリーヌ子爵領まで行かないとむりですね。干し肉ならたくさんありますが」

兄上達の会話を聞きつつ、俺は頭を巡らせた。レオンは護衛として雇われているので、朝と夕方に気をつければ顔を合わせる心配もない。俺は畑のモコモコがあるから、調査団にはノータッチである。

とりあえずは接触しないことだ。そのうちあっちも興味を失ってくれるだろう。

□□□

翌日、俺は調査団が山に向かった頃合いを見計らって、屋敷を出た。古代遺跡までは、兄上とデニスが案内するようだ。今日は初日ということで、夕方まで一緒にいるらしい。

そんなわけで、俺は日課となっている畑をモコモコしているわけだが――。


「なにをやってるんだ？」

なんで、てめぇがここにいるんだよ。俺は内心でレオンに悪態をついた。

「水田《すいでん》を作っています」

見よ、俺の進化したモコモコを。最初は場所を変えながら畑をモコモコしていたが、ちょっとずつ魔法が届く範囲を広げ、今ではあまり動くことなく畑一面を耕せるまでに進化したのだ。

となりの畑もイケるとは思うけど、ちゃんと目視しておかないと畦道《あぜみち》までモコっちゃうんだよ。距離感覚が難しい。

「水田？」

「ええと、水でタプタプになった畑みたいなものです」

俺の語彙《ごい》力よ。水田を作ろうと思ったきっかけは、行商人のラックである。

春先にやって来た奴は開口一番に、「水田を作ってみません？」と言ってきたのだ。なんでも、王都では最近、水田で栽培される根菜類が人気になっているらしい。ラックの見立てでは、そのブームは当分続くとのこと。

今年は育てる野菜の種類を増やそうと思っていたので、俺はその案に乗っかることにした。水田作るんだけど、そこで野菜を育ててみたいって人いるー？　と希望者を募って、開墾した畑とは別の場所に水田ゾーンなるものをモコモコしている最中なのである。

畑とは違い、けっこう奥深くまで耕す必要があるのでなかなか大変だ。エコスキルと魔導具を持ってしても、昼を待たずにＭＰが底をついてしまう。休憩、モコモコ、休憩の繰り返し。俺が草むらに寝っ転がっていたら、魔力を回復していると思ってくれ。

「全面をほどよく耕したら水を入れて、何度か耕します」

「なんで？」

「このままだと、水を入れても地中に染み込んでなくなってしまうんですよ。なので、水を入れた状態で掻き混ぜ泥状にします。そうすると、泥部分が栓になって水が抜けにくくなるんです」

以上がテレビで観た知識である。しかし、これがなかなか大変なのだ。俺の土魔法があるからこそ短期間で完成するのであって、普通に最初から作ろうと思うと数人がかりでも一節から二節はかかるからね。そう思うと、俺ってめっちゃ優秀。

「……これって、土魔法だよな？」

「なにか問題でも？」

「別に貶《けな》してるわけじゃねぇよ。発想がすごいなと思っただけだ」

土魔法って、他の属性と比べるとけっこう不遇なところがあるしね。でも、使いようによっては、とっても有用だと思うんだけどな。相手の足下に一瞬で這《は》い上がれない程度の落とし穴を掘れたら、それだけでもう勝ちじゃね？　あとは頭上から悠々と攻撃するだけでいい。

卑怯《ひきょう》と言わないでほしい。弱いなら弱いなりの戦い方というものがあるのだ。レオンくらいになると、それすらも通じないんだろうけどさ。

「ところで、ここじゃなくて、もっと王都に近くて経済的に豊かな領地に配置換えできるって言われたら、どうする？」

「唐突ですね」

「もしもの話な」

「お断りしますけど」

断固拒否する。ここの畑は俺が一年かけて開墾したのだ。朝から晩までモコモコしたのだ。雨の日も、嵐の日も――いや、雨の日は風邪引くからパスして、嵐の日は畑の様子を見に行こうとしてクリストフに怒られていたが。

古代遺跡という悩みの種はあるが、三等級以上であれば話は別だ。なんとか出資者を集め、バルテン子爵領みたいな好景気を実現してやるのである。

「それに領民のみなさんとの仲も良好ですから」

領民との関係は大事だ。権力で従えることもできるけど、それでみんな逃げちゃったら意味がない。下手すりゃ恨みを買ってサックリ、なんてことだってあり得る。心地よく働いてもらって、税収をあげて、ミュラー男爵家の懐もウッハウハというのが理想だよね。

「そうか」

「ところで、オードラン様は古代遺跡のほうに行かなくてもいいのですか？」

「レオン」

「護衛として依頼を受けたんですよね？」

「レオン」

「行かなくても」

「レオン」

「……レオン様」

「数日間は遺跡周囲の調査だから、護衛はあいつらだけで充分だ。遺跡内部に潜るようになれば、俺も同行する」

じゃあ、どうしてここにいるんですか、と訊いてはいけない。知らぬふりをしろ、と勘が告げている。

俺は溜息を堪えつつ、水田作りに集中することにした。全体的に満遍なく耕したので、そろそろ水を入れてもよさそうだな。水を入れたモコモコ作業って、魔導具をつけてもめっちゃ魔力を食うんだよな……。

「それ、どうした？」

「え？」

「その魔導具。前はつけてなかったよな？」

よく見てらっしゃる。確かに、バルテン子爵領の領主館で会った時はつけてなかったけど。隠し立てすることでもないので、俺は素直に告げた。

「バルテン子爵からいただきました」

「そうか。少し見せてもらってもいいか？」

「……なぜですか？」

「古い型だから、魔力伝導が鈍くなってるんじゃないかと思ってな。専門家じゃないが、少しはわかる。見てやるよ」

「ですが、ご迷惑をかけるわけには」

「すぐに済む」

なんか強引だな。渡した瞬間、ダッシュで逃げたりしない？　さすがにそれはないか。断る理由が見つからなかったので、俺はしかたなく魔導具を外してレオンに渡した。

「だいぶ年季が入ってるな。普通に使うぶんには問題はなさそう――あ」

メキョ、と鈍い音を立てて、魔導具が潰れた。……は？　はぁああああ？　お、俺の、俺の大事な魔導具が!?　って、そんな簡単に潰れるものなの？　握力いくつあんの？　ゴリラなの？

「悪い悪い。脆くなってたみたいだな。代わりにこれをやるよ」

そう言って、レオンは自分が嵌めていた魔導具を俺の左手首につけた。そして、潰れた魔導具を懐にしまう。待って。魔導石は回収させろ――ではなく。

「代わりとはいえ、このような高価なものをいただくわけにはいきません！」

「だが、魔導具がないと困るだろ？」

「ぐっ」

それは確かに困るけど、これ国宝じゃないよね？　王家の宝物庫から勝手にパクってきた国宝じゃないよね!?　内心で戦々恐々としている俺を尻目に、レオンは機嫌よさそうな顔で告げる。

「最新式だ。魔導石の消費もだいぶ抑えられているし、なによりさっきのやつより使いやすいと思うぞ」

「いや、そういう問題ではなく」

「となりで試してみろよ」

そっちは昨日から水を入れておいたところだった。

確かにあとで耕すつもりだったけど……。ほら、と後押しされ、俺はしかたなくそちらの水田に移動し、土魔法を使ってみた。……なにこれ。パワーとスピードがまったく違うんですけど。

え、え、すごい。ちょっと待って。例えるならば、最新のスマホに機種変した時とでも言うのだろうか。以前のもそこそこよかったけど、最新機種のスペックの前には霞《かす》んでしまう的な。もうあの頃には戻れないの。

「すごい、すごいです！」

「だろ？」

「はい！」

これ、全部の水田を耕し終えるのに最低でも十日はかかると思ってたけど、半分の日数でできちゃうんじゃね。しかも、魔導石の消費が抑えられるとか最高かよ。これ本当にもらっていいの？

「ええと、その、ありがとうございます。あ、この魔導石はお返ししますね」

「いらねぇ。オマケだと思ってもらっとけ」

オマケで青ランクの魔導石をくれる人間がどこにいる。ここにいますね、じゃねーよ。青ランクだよ？天然モノだよ？　正気なの？　さっきから内心でツッコミすぎて疲労感が半端ないわ。

でも、めっちゃ嬉しいので、今日の夕飯には腐葉土・特で作った野菜料理を出すように言っとくね。

「ほら、止まってるぞ」

「は、はい」

今までと同じような感覚で魔法を使っているのに、水田がものすごい勢いで耕されていく。泥系の魔物が蠢いているようにも見えるので、たまたま近くを通っていた領民がギョッとしている。

でも、国宝だったら大問題なので、念のために鑑定しておこう。参考までにバルテン子爵からもらった魔導具はレベル3だった。

◇魔導具　レベル5

腕輪タイプ。魔力を増幅、補助のダブル効果を持つ。王立魔導器研究所魔導具開発班が開発した、最新式モデル。なお、まだ市場には出回っていない。オプションで奴隷用魔導具にも使用される追跡機能が付加されている。製作者・王立魔導器研究所所員多数。

ねぇ、これってクーリング・オフの対象外？

□　□　□

調査団の到着から十日が経った。周辺の地表調査も終わり、ようやく内部の調査に入るらしい。まずは一階から。移動用ポートを五階ごとに設置して、ワンフロアの広さや出現する魔物の分類などを念入りに調べるそうだ。

本日は調査団一行を屋敷に招いての夕食会である。

「実は、誰かが遺跡内部に入っていた形跡があるんですよねぇ」

とんでもねぇ爆弾発言をしてくれたのは、所長のヒスペルトだった。

「盗掘されていたということでしょうか？」

兄上の質問に、ヒスペルトは首をちょっとだけ傾げてみせる。

「もっと本格的に調査をしてみないとはっきりしたことはわかりませんが、盗掘とは違うのではないかと思っています」

「そうですね。現在、五階層まで調査が進んでいますが、いくつかの遺物が発見されました。盗掘ですと、浅い階層ほどそういうものは残っておりません」

ヒスペルトの代わりに答えたのは、王立古代遺跡研究所の研究員、クラリッサ・エル・シャインだ。

ブラウンのふわふわとした髪に明るい緑色の瞳。小さな鼻に散ったそばかすが可愛らしい女性である。小柄で、黒縁の眼鏡をかけている。年齢は二十五歳。男爵家の三女で、学園時代より古代遺跡に魅せられ研究者の道に進んだのだそうだ。ちなみに独身とのこと。

「複数ヶ所に焚《た》き火跡があったので、誰かが内部に出入りを繰り返していたとみて間違いはないでしょう。単独か複数かまではわかりませんが」

どうやら盗掘ではないらしい。給仕をしていたクリストフが、安堵に胸を撫で下ろしていた。さっき誰よりも愕然とした顔をしてたもんな。兄上はお前じゃないよな的な目でこっちを見ないでほしい。自分で言うのもアレだけど、俺はたぶん一階層でも死ぬ。スイムの微毒で動けなくなるレベル。

「どれもかなり時間が経っていましたので、少なくとも十年――あるいは、もっと前かもしれません」

そう言って、ヒスペルトがクラリッサの発言を補足した。かなり昔というと、脳裏を過るのはアイロック少年である。

彼の生没年は不明だが、この屋敷はだいぶ前から誰も住んでいないと言っていた。もしかして、遺跡を見つけてこっそり忍び込んでた？　内部の植物を持ち出して品種改良しちゃってた？　禁術に手を出すくらいだから、あり得そうなんだよなぁ。

「遺跡とは知らずに、猟師か誰かが休憩所として使っていたんじゃないっすか？」

軽い感じで応じたのが、同じく研究員のジャック・ノルマンだった。年齢は二十歳。癖のある金髪に、ブラウンの瞳。タレ目気味の顔には愛嬌があり、年上のお姉様達にさぞやモテるだろう。身長もクリストフより少し高いくらいで、スタイルも悪くはない。

でも、このチャラ男は初対面でクリストフを口説きやがったのだ。クリストフからは絶対零度の眼差しを向けられていたが。ざまぁ。

「古代遺跡よ？　魔物がいたら、さすがにおかしいと気付くわよ。野生動物とは明らかに違うもの」

「先輩は甘いっすね。遺跡なんて、見たことも聞いたこともないって村人は大勢いますよ」

それはうちの領地がド田舎《いなか》だと言いたいのか。こいつは俺を見て、しっかりした坊ちゃんですねー、と半笑いで応じやがったので敵認定だ。「弟は平凡じゃん」

って呟いてたの、聞いてたんだからな。もしかして、兄上も守備範囲内だったりする？　暗がりには気をつけろよ。

「……だった」

ぼそぼそ、と喋ったのは、四人目の研究員、シモン・エル・オルソンだった。ブラウンの髪に、瞳は長い前髪に隠れ、顔の造形と合わせていまいちわからない。中肉中背で、ある意味俺が想像する研究者のイメージにもっとも近いだろう。

年齢は三十歳。伯爵家の次男で、オルソン家は代々古代遺跡の研究に携わってきた一族らしい。父親や兄も領地経営の傍ら遺跡について調べているし、姉も遺跡関係の職に就いているそうだ。

「なんですか？」

「……だった」

「〝調査しているみたいだった〟だそうっす」

シモンのとなりに座っていたジャックが代弁する。

調査？　と俺が首を捻っていると、それに答えてくれたのはレオンである。

「焚き火を拠点に、周囲を調査してたってことか。確かに目印代わりにもなるな」

「俺達、古代遺跡研究所の研究者がよくやる方法っすね。わかりやすく中心になるものを置いて、その周囲から調べはじめる」

そうなんだ。ふぅん、と感心していると、レオンが俺を見てクスッと笑った。だから、こっち見んな。欠席すればよかった。

「今の段階で言えることは、低階層でも魔物は湧きますので。屍《しかばね》遺跡ではないということくらいでしょうか」

よかったですね、とヒスペルトが研究員らの言葉をまとめるように告げた。

屍遺跡というのは、内部に漂っている魔素が枯渇し、魔物もなにも湧かない、文字通り屍となった遺跡だ。遺物はすべて奪い去られ、旨みもなにもない。発見した場合、国への報告義務はあるが、整備の必要はなしと助成金も下りない。エルバルド王国では二基ほど発見されている。

「いやぁ、しかしミュラー男爵領の野菜は美味しいですねぇ。いつもなら遺跡に没頭して寝食を忘れがちなんですが、夕方になると腹の音が鳴ってしまって。あははは」

「ありがとうございます」

母上が代表するように礼を告げる。他の研究員や冒険者達も真面目な顔で頷いていた。そうだろう、そうだろう。俺が開墾した畑で、俺が考案した腐葉土で、うちの領民達が作りました。あと半節くらいで春野菜が収穫できるので、もっと美味いものを食わせてやるよ。得意げにニヤニヤしてると、レオンがボソッと呟いた。

「可愛い」

おい。余計なこと言うな。聞こえてんだよ。幸いにも、レオンの呟きは兄上や母上の耳には入らなかったようだ。これ、本当に俺が〝アル〟だってバレてないよね？　なんでこんなに俺に絡んでくるの。

「そういえば、アルヴィクトールがオードラン様に魔導具をいただいたそうで。ありがとうございます」

母上の言葉に、レオンは「いえ、俺がアルヴィの魔導具を点検しようとして、壊してしまったものですから」と愛想良く応じる。お前、敬語使えたんだな。でも、さりげなく俺の愛称を呼ぶんじゃない。いつの間に仲良くなったんだ、という兄上の視線が突き刺さる。俺だって知らないよ。

レオンからもらった魔導具は、割り切って使うことにした。追跡機能があったところで、俺は基本的に領地から移動しないし。毎日、畑をモコモコするだけの代わり映えのない日々だ。居場所を知られたところで、なにも困ることなんてない。

そんな追跡機能なんて霞んでしまうくらい、この魔導具は高性能なのだ。魔法の威力も補強してくれるし、なによりＭＰの減りが格段に違う。もう笑いが止まらない。

そんなことを考えていると、いつの間にか食事が終わり食卓にはお酒が並んだ。これはキャルリーヌ子爵が送ってきたものだ。調査団の接待に使うといい、との手紙と一緒に。

調査団は年単位での逗留《とうりゅう》となるので、関係が良好なのに超したことはない。お酒を飲み交わすと親近感も湧くっていうしね。俺はキャルリーヌ子爵領とバルテン子爵領には足を向けては寝られない。

さて、俺はお子ちゃまなので、そろそろ就寝の時間だ。先に失礼しますねーと挨拶をして、部屋に戻る。最近はもう添い寝しなくても大丈夫だろうと、自分の部屋で寝るようにしているのだ。寒い日なんかは、兄上の寝台に潜り込むけど。

「しかし、アイロック少年はいったい何者なんだろうな……」

寝台に寝転がって、天井を見上げる。この屋敷で暮らしていたのであれば、領民の誰かが知っているかもしれない。でも、ここって王家の直轄領だったんだよね。そこで貴族が暮らしていたなんてあり得る？　王族やそれに連なる血筋ならわかるんだけど……ぐぅ。

□□□

ポカポカと温かい。

あれだ。前世で愛用していた電気毛布に似ている。ちょっとお高めのやつで、すごく手触りもよかった。冬場の電気代節約のために購入したのだが、なかなか起きられずに困った覚えがある。

俺はその温もりにすり寄って、ポカポカを堪能する。頭上で笑い声が聞こえたかと思うと、背中に回されていた腕に力が籠もって俺を引き寄せるように動いた。

あれ？　昨夜、兄上と一緒に寝たっけ？

俺は目の前の胸板に頭を擦りつけて、じょじょに覚醒する意識に従い瞼を開けた。こちらを見詰める赤銅色の瞳と視線が絡まって——。

「まだ寝てていいぞ、アルヴィ？」

「もう起きるので大丈夫です」

一気に覚醒した。

なぜ、あなたが一緒に寝ているんですかね、レオンさん。どうりで温かいわけだよ。うっかり兄上って呼ばなくてよかった。セラピーとはいえ、この歳にもなって兄と一緒に寝てるなんてバレたら恥ずかしすぎる。

「寝ぼけて部屋を間違ったみたいだ」

「気付いた段階で、出て行けばいいじゃないですか」

「お前がしがみついて離れなかったんだよ」

「思いっきり抱き寄せられてますが」

「そうか？」

「離してください！」

「抱き枕にちょうどいいんだ」

言い訳するレオンを追い出し、痛い頭を押さえつつ普段着に着替える。

どうやら、調査団の面々はあのまま屋敷に泊まったようだ。ちなみにこっちの世界では、飲酒は十八歳からとなっている。ワインのような果実酒や、安い麦酒が主流だ。

部屋の窓を開けて、空気の入れ換えを行う。今日は朝から晴天で、思わず身震いしたくなるくらいひんやりとした空気が室内に入ってくる。山のほうには少し霧《きり》が出ているようだ。

下を見れば、調査団の面々が遺跡へと向かう準備をしているところだった。みんな遅くまで酒を飲んでいただろうに、ご苦労なことである。あ、ジャックが植木のとこで吐いてる。ちゃんと埋めとけよ。

「……ん？」

俺がふと目を留めたのは、クラリッサである。大きなリュックを足下に置いた彼女は、玄関先に立つ兄上を見詰めていた。それはもう、熱心な眼差しで。

それと同時に、少し離れた馬小屋の傍にいた冒険者パーティーの代表であるアウグスト・ロッソもまた、兄上を見詰めていた。こっちは無表情なので、その真意まではわからない。

さらにさらに、先ほどまでリバースしていたはずのジャックまでもが、兄上をチラチラと見ているではないか。

「まさか兄上にモテ期が……！」

いや、兄上は年中、モテモテですけど。その兄上といえば、ヒスペルトと会話をしているレオンをどこか複雑そうな目で見詰めていた。

「？」

ちょっとモヤっとしたような……。しかし、この構図は見たことあるぞ。そう、あれは俺の幼少期に起こった、侍女による恐怖の三股事件――。

「おはようございます、アルヴィ様」

「ひぃ！」

振り返るとそこにはデニスが立っていた。びっくりさせないで。ダンじゃなくてよかった。本当によかった。

「どうなされましたか？」

「なんでもない。デニスは遺跡に行かないのか？」

「はい。今日は奥様が各家を回られますので、そちらのお供をしようかと」

「そっか」

「アルヴィ様のご予定は――」

そこでデニスが不自然に言葉を詰まらせた。不審に思ってとなりに立つデニスを見上げると、その目は兄上に向けられている。え、まさかデニスも？

「いや、デニスなら俺は応援するけど――」

「アルヴィ様」

「は、はいっ」

「ディートリヒ様のことで、お耳に入れておきたいことがあります」

「告白はまだちょっと早いんじゃ」

「王都で囁かれている噂について、なのですが」

「……噂？」

あ、なんか違う感じ？　デニスは迷うような素振りを見せたが、すぐに覚悟を決めたように口を開いた。

「魔物暴走の件で、騎士団を率いた王弟殿下にまつわる噂です。本来ならば、殿《しんがり》は北方騎士団の副団長とその部下に命じるのが筋でした。しかし、殿下は援軍を率いてやってきたミュラー隊長に命じた。おそらくはなにかしらの理由があったものと思われますが、副団長が公爵家の次男だったことから、口さがない者達が王弟殿下が公爵家に配慮したのではないか、と噂したのです」

「それを兄上も聞いていたと？」

「……薬院でもその噂が流れていたので、おそらくは」

ふぅん。もしそれが本当なら、父上は――第五、第六部隊は、引き受けなくてもいい殿を命じられたことになる。本当なら、な。

俺はあのレオンが、命のやり取りがなされている現場において、公爵家に配慮をするような男だとは思えない。

「ディートリヒ様がそのような噂を信じて、王弟殿下に恨みを募らせることはないとは思われますが……」

「いや、教えてくれてありがとう。でもな、デニス」

「はい？」

「ここに王弟殿下はいないよな？」

「は……はっ。そ、そうですね！」

なんで、お前は俺がレオンの正体を知っている前提で話してんだよ。内心でけっこうテンパってて気付いてなかったなこの野郎。

「わ、私はなにも言ってません。レオン殿が王弟殿下だなんて、ひと言も！」

言ってるじゃん。ネタバレしてるじゃん。俺は生暖かい眼差しをデニスに向けた。しかし、王都ではそんな噂が流れていたのか。成功を妬《ねた》む奴はどうしたって湧いてくる。相手にしないことが一番だが、その噂を真に受けて恨みを募らせる者もいるだろう。

兄上は大丈夫だと思うけど、念のために気をつけておくか。

「本当に違うんです！」

はいはい。

□　□　□

あれからさらに十日が経った。兄上はやはりレオンを気にしている様子で、姿を見つける度に目で追っていた。しかし、話しかけるわけでもなく、すぐに視線を外してしまう。そんな兄をこっそりと見詰めるのが、クラリッサ、ジャック、アウグストの三人である。

兄上にはさりげなく、調査団の中に顔見知りがいないか訊ねて見たが、一瞬、言葉に詰まってから、みんな初対面だと告げた。目がだいぶ泳いでいたが、それはレオンの正体にかんすることだろう。兄上はもう少しポーカーフェイスを学んだほうがいい。

となると、三人はやっぱりひと目惚れ的な感じか？　確かに兄上はイケメンだしな。最近は物憂げな雰囲気が漂っていて、つい支えてあげたくなってしまう者も多いだろう。

たまたま屋敷に野菜のお裾分けに来てくれた近所の奥様方も、兄上の笑みにやられ、胸を押さえながら蹲《うずくま》ってたもんな。耐性がないと破壊力がヤバいよね。

しかし、クラリッサとアウグストはいいとして、ジャックてめーは駄目だ。隙あらばクリストフを口説くのをやめてもらっていいですかね。クリストフはそれを、「最近は羽虫が多いですね」と鼻先で笑っていた。強い。

「なぁ、今日も畑？」

「……そうですが」

俺は兄上のことを考えるのを止め、となりを歩くレオンを胡乱《うろん》な眼差しで見上げた。なんでこいつがここにいるかというと、研究所の面々が調査結果の作成に追われているからだ。ある程度階層を進んだら、調査で判明したことを文章に書き起こし、写しを王都の研究所に送る必要がある。

なので、護衛を請け負っている冒険者達はその間、自由だ。武器の手入れをしたり、体を休めたり思い思いに過ごしている。

でも、なんでこっちに来るの？　宿舎でのんびりしてろよ。

「まだ畑を広げんのか」

「はい」

キャルリーヌ子爵領とバルテン子爵領からは、もっと野菜が欲しいという声があがっているのだ。そのため、また新しく農地を開墾し、出稼ぎに出ていた者達にも領地に留まってもらうことになった。新しい畑にもシシー避けを兼ねた水路を引きたいし、やることは多い。

「たまには休んだらどうだ？」

「僕も働き通しではありませんよ」

雨が酷い日は畑仕事もお休みだ。最近、ちょっと晴天続きで働き過ぎだなと思ったら、そこら辺で寝っ転がってぼんやりする時間も取っている。

「じゃ、デートしようぜ」

「は？」

「遺跡。入ってみたくないか？」

ニヤリ、とレオンは悪い笑みを浮かべた。現在、調査は十階層まで進んでいる。そこから先は、王都から追加の移動用ポートが届いたら再開だ。どの遺跡も十階層からダミーの階段や行き止まりが増え、調査も難航しはじめる。年単位での調査が必要になる所以《ゆえん》だ。

「だ、駄目です」

「黙ってりゃバレねぇって。な？」

「でも……」

本音を言えば入ってみたい。十階層までなら魔物もそんなに強くないし、なにより一級冒険者の護衛つき。誰かが出入りした痕跡はあるけど、未発掘の遺跡だ。遺物だってゴロゴロ転がっているだろう。もちろん持ち出しは駄目だが、鑑定することはできる。

「宝箱もあったぞ」

「ちょっとだけなら」

俺はあっさりと誘惑に屈した。しかし、俺は気付けなかった。以前と同様、カモがネギどころか鍋まで背負ったうえに、薬味まで準備した状態だということに――。

□　□　□

遺跡の内部は、フィアラスの遺跡に似た造りとなっていた。レオン曰く、地域によって建築スタイルも違ってくるらしい。北と南ではまったく異なっているそうだ。南は壁の模様が華やかだけど、北はシンプルなんだとか。そんな説明に頷きながら、俺は周囲を見回す。

ここは遺跡の十階層。未発見の遺跡だからか、荒廃《こうはい》した印象はあるものの、人によって荒らされたような形跡はない。レオンが言うように、剣や盾といった古代の遺物のようなものも普通に転がっていた。これは、いざオープンとなったら、冒険者がこぞって訪れるんだろうな。

未発掘の遺跡が見つかると、それをどこからともなく聞きつけた輩が違法としりつつ盗掘しにやってくるので、扉を頑丈なものと交換したり、通路にトラップを仕掛けたりしておくそうだ。

「……それ、どうするんだ？」

レオンは俺が持っている虫取り網を見て、訝しげに首を傾げた。一度、屋敷に戻って持ってきたものだ。ダンには虫取りに行って来る、と言ってある。嘘ではない。

「光虫を取ります」

「魔物素材としての価値もないし、遺跡から出たら死ぬぞ？」

「図鑑で見たので、観察してみたかったんです。光虫なら攻撃もしてこないし安全でしょう？」

危ね。どこで光虫を見たんだって話になるところだった。前回はステータスをチェックできなかったので、今回は虫取り網を片手にチャレンジだ。

俺は適当に、茂みっぽいところを虫取り網で叩いてみる。パッと光が散って、光虫はどこかに飛んでいってしまった。でも、網の中を確認してみると、二、三匹ほど捕れていた。よしよし、上手くいった。

大きさは小指の尖端ほど。思っていたよりも大きめだ。光っているのは羽の部分で、擦り合わせるようにして発光している。色は黒で、丸っこいフォルムはテントウムシに似ている。無数の複眼がギョロリとこっちを見て……うん。

よし、ステータスチェックだ。

光虫
ＨＰ５　ＭＰ５
属性　水　火　風　土　光１　闇
称号（空欄）
スキル　速度２

備考　※※※の眷属。攻撃力はなく、遺跡の光源のために生み出された。光るだけで普通の虫となにも変わらない。わずかな魔素でも生息できる。すぐに飛んで逃げるので、素手で捕まえるのは難しい。

また〝※※※の眷属〟か。これ、魔物は全部、眷属扱いなのか？　あと、光源のために生み出された、って部分が引っかかる。何者かが光を得るために生み出したってこと？　他の魔物も調べてみたいが、攻撃してくるタイプばっかりだしなぁ。死体ではステータス画面が見られない。

「どうだ？」

「見た目は普通の虫ですね」

俺は網を振って、光虫を逃がした。これからも元気に遺跡内部を照らしてくれ。

それから俺は、転がっている遺物を繁々と観察した。呪われている可能性もあるので、迂闊《うかつ》に触ってはいけない。手に触れなくても鑑定できるようになったらいいのに。レベルが上がればいけるか？

「呪いの遺物も冒険者ギルドで調べられるんですか？」

「ああ。たまに鑑定できない、判別不能品もあるらしいけどな」

「なぜ鑑定できないのでしょう？」

「鑑定スキルのレベルが、そこまで到達していないんだろ。俺のこの片刃剣も、鑑定スキル持ちで高レベルの奴じゃなきゃ判別できなかったくらいだ」

お待ちください。

俺、低レベルなのに普通に鑑定できたんだが。実は高レベルだった？　んな馬鹿な。

一度、王都にある大聖堂に行ってみようかな。そこには図書館が併設されており、スキルや祝福関係の蔵書が集められている。

それにもしかしたら、補助スキルの効果もわかるかも。これ、いまいちどんな効果があるのかはっきりしないんだよね。スキルの解説もついていたらよかったんだけど。タッチパネル形式の可能性も……と、目の前に浮かんだ文字に触れようとしたが、普通に通過するだけで終わった。そこまでハイテクではなかった。

「もっと奥に行ってみてもいいですか？」

「だーめ」

あくまでも移動用ポートの近く限定ってことか。ここだけでも充分に楽しいんだけどね。内部の建築様式なんかも見てて飽きないし。植物も地上のものとはだいぶ系統が違う。光合成の必要はないのかな。魔素がその代わりになってる？

「ところで、アルヴィ」

「はい？」

「お前に訊きたいことがある」

今になって気付いたのだが、ここは遺跡の内部。俺とレオン以外に誰もいない。……ヤバくね？　叫んでも誰も助けに来られない状況に、俺は愕然とした。

あれか。訊きたいことって、俺が〝アル〟かどうかとか、そういうこと？　正直に話すまで、お外に出してもらえない感じ？

「なんでしょう？」

平静を装って聞き返す。レオンは俺の前に、目線を合わせるように膝をついた。赤銅色の瞳が真っ直ぐに俺を見る。血の色みたいだな、と場違いにも思った。

「父親のことだ。俺を恨んでるか？」

一瞬、息が止まった。レオンの瞳に映る俺は、驚愕に目を見開いている。

「俺の正体について聞いてるんだろ？」

「それは……」

いいえ、と否定することもできた。実際に、俺は誰かからそれを聞いたわけじゃない。デニスは答えを言っていたようなものだったが。でも、聞いていないと言ったところで、レオンがここで正体を明かしてしまえば同じことである。俺は肯定するように小さく頷いた。デニスから聞いたことにしてしまおう。

「……そんな簡単に正体を明かしてもいいんですか？」

「問題ない。研究所の奴らも、あの若いの以外は知ってる。冒険者パーティーの奴らは知らないから内緒な」

いや、そんな重要なことをサラッとバラさないでくれませんかね。

「どんな理由があれ、俺がお前の父親を死地に向かわせた。死ねと命じたようなものだ」

レオンの声が遺跡内に響く。魔物かなにかの鳴き声が遠くから聞こえた。

「アルヴィ。お前は俺を恨むか？」

恨んでいる、と言えばこの人はどうするのだろう。

二度と俺の前にあらわれないつもりなのだろうか。俺は一度、瞼を閉じた。脳裏を過るのは、父の姿。そして、耳に残る父の声。あとどれくらい、父の姿と声を覚えていられるだろうか。

「父は、騎士は三度、国に命を捧げると誓うのだと言っていました。一度目は学園の騎士科を卒業した時。二度目は騎士見習いになった時。そして、三度目が騎士と認められ、国王陛下の前で叙勲《じょくん》を受ける時――。己の命は、国に捧げる、と」

「……そうだな」

「父は言いました。国とは〝民《たみ》〟だと。民がいなければ、それは国ではないと。騎士は民を守るものであると。だから、だから――」

ぽたり、と頬を涙が伝う感覚があった。

「自分が、そして、これから騎士となる兄が、騎士としての職務をまっとうしたのであれば、誰も、なにも、恨むな、と」

どれほど、辛く、苦しく、悲しくても、その感情を誰かに向けてはならない、と。奇《く》しくも、援軍を率いて北の砦へと向かう少し前のことである。

「だから、僕は、誰も、なにも恨みません」

涙に濡れた目で、真っ直ぐにレオンを見る。レオンは目を細め、俺を抱き寄せた。頭を大きな手が撫でる。その手付きは、かつて頭を撫でてくれた父に似ているような気がした。

「あの……」

「なんだ？」

「もしも、兄上に父上のことを訊かれたら、ちゃんと答えてあげてください。レナード殿下の本心を」

「殿下はいらねぇ」

「レナード様？」

「それはそれでいいな」

真顔でなに言ってんの。くしゃりと笑ったレオンは、

「わかった」とだけ頷いた。そして、なぜか俺をひょいと抱え上げると、その場からものすごいスピードで飛び退《の》く。俺達がいた場所には、太い棒がめり込んでいた。なんで？　ねぇ、なんで？

その先を辿っていくと、ミノタウルスみたいな魔物がいた。ギョロッとした目玉がこちらを捕らえ、牛のような歯列を威嚇《いかく》するようにガチガチと鳴らす。それに俺はガタガタと震えた。なんで。ここは移動用ポートの近くだから、魔物が近寄って来られないんじゃなかったの⁉

「このポート、ちょっと古くなってるみたいだな。移動は問題なかったから、魔物避けのとこが壊れてんのかも」

「はぁぁああああ⁉」

「調査団も予算が厳しいんだよ」

「ぎゃあああああ⁉」

また攻撃して来たんですけど！　ねぇ、ものすごいシリアスな話をしてたんだから、魔物さんも空気読んで。ここはしんみりしながら帰るとこだったでしょ！

「もう一体、来た」

「いやあああ⁉」

今度は馬面《うまづら》だった。バリエーションに富んでいらっしゃる。ねぇ、十階層ってこんなのが普通にいるの？　上背《うわぜい》も二、三メートルくらいあるんですけど。角の生えた足長ウサギさんはどこいった。

あわわわ、ステータス画面をチェックするチャンスどころじゃねぇ。

「こいつらがいるってことは、二等級ではなさそうだな。一等級か、それとも三等級か」

「なんで⁉」

「一等級は魔素が濃いから、十階層でもこういうのが普通にいる。三等級は階層が少ないから、この辺りでも充分に魔素が濃い。前者だといいな」

「冷静ですね⁉」

「そりゃ、俺は一級冒険者だぞ。この程度でビビるわけねぇだろ」

「二等級と四等級じゃない理由は⁉」

「二等級の場合は、十五階層よりも下に生息してる類《たぐ》いの魔物だ。十階にはいねぇの。四等級は魔素自体がそこまで濃くないから、最下層付近——あ、また増えた」

「おぎゃあああ⁉」

パトラッシュ、僕はもう疲れたよ……。レオンは俺を抱えながら、危なげなく攻撃を避けていく。俺は振り落とされまいと、レオンの首筋にしっかりとしがみついた。落ちたら死ぬ。落ちたら絶対にあの棒で粉砕《ふんさい》される。

「動きは単調だな」

「そうかなぁ⁉」

俺にしてみれば、どの攻撃も回避不能なんですけど。でも、十階層でぎゃあぎゃあ言ってたら、一級冒険者なんて名乗れないよね。二等級遺跡を単独で踏破したんですもんね。こんなの赤子がオモチャを振り回しているレベルなのかもしれない。ずいぶんと凶悪な赤子だが。

「アルヴィが恐がるから、さっさと倒すか」

腰の片刃剣を引き抜いたレオンは、その切《き》っ先《さき》を魔物達に向けた。あっという間に刀身が真っ赤に染まって、熱いくらいの熱気が押し寄せる。

「ちょっと我慢な」

レオンは俺を抱えたまま、ものすごいスピードで魔物達の間を駆け抜ける。いつ攻撃したのかわからない。三体の魔物は床に倒れたと思うと、真っ赤な炎に包まれた。そして、瞬く間に燃え尽きてしまう。

「あ、やり過ぎた」

「え？」

「死体を調べたいから、燃やすなって言われてるんだよ。ま、そのうちまた湧くだろ」

調査団って、なんでもかんでも調べるんだね……。それより、また魔物が来る前に移動用ポートで帰ろう。早く遺跡を出よう。やっぱり、遺跡はまだ俺には早かったんだ。

「なぁ、アルヴィ」

「はい？」

「俺が恐いか？」

お前、よくそれを訊くよね。なんかトラウマでもあんのかな……あるんだろうなぁ。俺は溜息を堪えて、返事の代わりに首筋に回した腕にぎゅっと力を込めた。

これが〝アル〟だったら、もっとしっかりと抱き締めてやれるんだけど、この手はあまりにも小さくて……って、いや、そんな必要なくね？　今のなし。なしなし。

「帰るか」

移動用ポートを使って地上に戻ったところ、遺跡の出入り口には、顔は笑っているけど目がまったく笑っていないヒスペルトと、額に青筋を立てた兄上が立っていたのでした。

ダンめ、裏切ったな。

第六章　背負うもの

　尻が痛い。まさか、この歳になって尻を叩かれることになろうとは。手加減されているとはいえ、あんな怪力ゴリラに何度も叩かれたら、俺のか弱いお尻なんてなくなっちゃうんじゃない？　大丈夫？　ちゃんと二つに割れてる？

　ちなみにレオンは、俺に対する接近禁止令を出された。本人は、「傷ひとつ、つけるつもりはなかった」と証言しているが、そもそも調査中の遺跡に一般人を連れてったら駄目だよねって話である。

　レオンは誰にも邪魔されず俺と話がしたかったみたいだけど、場所がねぇ。そこで、じゃ遺跡に行こってなる思考がわからんわ。誰もいないんだから、畑の隅っこでいいだろ。

　本日は生憎《あいにく》の雨ということもあって、畑のモコモコはお休み。水路の様子が気になるなと、ソワソワしていたらクリストフに睨まれた。み、見に行ったりしねーし。

「しかし、一等級か三等級ね」

　俺は寝台に寝転がりながら、レオンに言われたことを反芻《はんすう》する。一瞬、トラウマもののミノタウルスみたいな魔物まで思い出してしまったけど、違うのでお帰りください。もちろん、一等級なら申し分ない。出資者さえ集められたなら、ミュラー男爵領は好景気に沸くだろう。

　でも、権力にモノを言わせ遺跡を寄越せって迫ってくる高位貴族がいないとも限らないんだよなぁ。そういうのは駄目だよ、って法律で禁止されているけど、抜け道はどこにでもある。

　例えば、婚姻による乗っ取りとかね。兄上は未婚だし、娘もしくは息子を結婚させておいて、息のかかった者を使用人として屋敷に送り込み、内側から支配しちゃう的な。

　あとは俺を懐柔し、やっぱり娘か息子と婚約させて兄上を蹴落とす。俺が若いという理由で、自分が後見人として采配を振る、と。もちろん、そんなことはさせないが、あの手この手で狙われるだろう。一等級遺跡にはそれだけの価値があるのだ。

そう考えると無難に三等級であってほしい。本当は二等級がよかったけど、一等級の煩《わずら》わしさを思えば三等級で充分だ。

「……暇だ」

あれこれ考えるのも飽きたな。畑仕事がないと本当に暇なんだよな。

「よし。暇潰しを探しに行こう」

俺は寝台から降りて、部屋のドアを開けた。二階でいったん足を止め、一階の様子を窺う。兄上にバレると、今度はなにをやらかすつもりだと疑いの目で見られちゃうからね。

母上はデニスを連れ、赤ちゃんが生まれたばかりのお宅に伺うと言っていた。兄上は山へシシー狩りに。肉のストックがなくなりそうなんだとか。だから兄上は猟師じゃねぇんだよ。

ダンは小屋で農具の修理をするって言ってたし、クリストフは帳簿の整理をしているはず。それ以外の使用人達も不在のようだ。もしくは、部屋で休んでいるか。

「……誰もいないな」

なんだろう、人気のない屋敷って冒険みたいでちょっとワクワクする。鼻歌を歌いながら一階に降りようとした時だった。

カタリ、と音がして玄関の大扉が開いた。俺はとっさに身を隠す。姿をあらわしたのは調査団のジャックである。周囲をキョロキョロと窺って、「すみませーん。……お邪魔しますよー」と後ろ手に扉を閉める。

ふぅん。うちには金目の物なんてないからな。目的はクリストフ？　それとも、兄上？　普通に考えるなら前者だろう。奴隷商の店員さんに、奴隷と見るとなにをしてもいいと考える馬鹿がいるので気をつけてくださいね、と忠告を受けている。特にクリストフは見た目もいい。

俺はこっそり、でも迅速に自室へ戻り、対シシー用に作った木の棒・改を手にした。もちろん、俺の腕では仕留めるなんて不可能なので、あくまでも追い払うためのものである。尖端に石を取りつけ、岩や木を叩いてシシーをビビらせるのだ。振り回すのは危ないので禁止されている。

鑑定結果はこれ。

◇木の棒・改　レベル1
木の枝を削ってグリップに布を巻いてある。尖端に石が取りつけられている。武器に分類すればいいのか、玩具《がんぐ》に分類すればいいのか迷う、とても手作り感あふれる作品。製作者・アルヴィクトール・エル・ミュラー。

迷わせちゃってすみませんねぇ。玩具って子供がごっこ遊びに使う木の枝的なあれ？　これでもなかなかの出来だと思ったのに。それはどうでもいい。俺は木の棒・改を片手に握り締め一階へ急いだ。

案の定、クリストフが仕事場としている執務室の扉が半開きになっている。俺はこっそりと室内の様子を窺った。よく見れば、クリストフがジャックによって壁際に追い詰められているではないか。俺は木の棒・改を持つ手に力を込めた。

「食らえ！」

ノーコンな俺だったが、この時ばかりは神がかっていたとしかいいようがない。尻を狙った容赦のない一撃は、たまたまタイミングよく振り返ったジャックの股間にクリーンヒットした。

ジャックは死んだ。

悲鳴ひとつあげずに、その場に崩れ落ちた。ふっ、つまらぬものを斬ってしまった。斬ってないけど。あとはロープで縛り上げ、ヒスペルトに引き渡せば完了である。こいつは兄上のことも狙っているのだ。王都に送り返せ。研究所から叩き出せ。

「無事だったか、クリストフ！」

「……アルヴィ様」

「なんだ？」

「非常に言いづらいのですが、彼は学園時代の後輩です」

うん？

□□□

結論。俺の勘違いでした。

「ごめんなさい……」

俺はちゃんと謝れる子なのだ。ちょっとブスッとした顔をしてるけど。だって、こいつクリストフのこと口説いてたじゃん。兄上のこと視姦《しかん》してたじゃん。有罪じゃね？　有罪でよくね？

「意識が飛ぶかと思いました」

あはは、と執務室のソファーに座ったジャックが気にした様子もなく笑う。本人はケロリとした顔で、

「いや、俺も悪いんで」と言った。ここは仮にも貴族屋敷だからね。不審者としてバッサリされてもおかしくないんだぞ。

「後輩ってどういうことだ？」

「あー、言っちゃっていいんすか？」

ジャックが困ったように頭を掻きながら、クリストフを見る。

「アルヴィ様は私が元貴族だと知っている」

奴隷商の奴隷にかんする情報の中に、元貴族ってあったしね。ただし、どこの貴族かまでは書かれていなかった。俺はステータス画面さんに教えてもらったから地獄も含めて知ってるけど。

「ええとですね、先輩には学園でお世話になっていたんです。俺、入学当初から推薦で二年ほど飛び級してるんですけど、平民だし、やっかみを受けちゃって。逃げ回っていた時に、先輩に匿《かくま》ってもらったのがきっかけです。それから、逃げ場にさせてもらってました。先輩は最終学年だったので、一年もいなかったんですけどねー」

「お前が勝手に押しかけて来ただけだ」

「代わりに課題を手伝ってあげたじゃないですかー」

めっちゃ仲良しじゃん。よく考えたら、〝王立〟を冠する場所への就職は難関とされている。いくつかの専門的な資格も必要になるし、試験に面接と何度もふるいにかけられる。エリート中のエリートだ。ジャックも当然、学歴が高い。

「じゃあ、なんで初対面みたいなふりをしたんだ？」

「余計なことは言うな、って目で牽制《けんせい》されました。口説いてるふりをすれば、近付いても不審に思われないじゃないっすか」

「俺も軟派野郎だと思って疑わなかった」

しかし、クリストフの件は冤罪だったものの、兄上への疑惑がまだ残っている。

「なら、どうして兄上のことまで見てたんだ？」

「うっ」

ジャックは言葉に詰まった様子で、視線をさ迷わせた。なんだ、答えられないようなことなのか。正直に話さないと、見るぞ。お前のステータス画面を見るぞ。

しばらく逡巡《しゅんじゅん》したあと、ジャックは観念したように肩を落とした。しょんぼり具合が叱られた犬に見える。

「……俺、調査で北の砦にいたんです。それも、魔物暴走が起こる直前まで。王都に戻ってすぐにそれを知って、愕然としました。……あ、すんません。アルヴィクトール様のお父上も、その……」

「大丈夫だ。気にせず続けてくれ」

「大人っすねぇ。え、十歳でしたっけ？」

あ、そういえば敬語忘れてたわ。まあいいか。

「それで、調査でミュラー男爵領に来た時に、ディートリヒ様を見て、北の砦にいた騎士見習いだと気付いたんです。他の見習いと一緒にいつも先輩達にしごかれて、隅っこで吐いてる時もあれば転がってる時もあって。それでもみんなで楽しそうに笑っている姿が印象的でした。……あとになって、騎士見習いは一人を除いて全員亡くなったと聞いたんです。砦の外で演習を行っている時、魔物に襲われたと」

あのさ、誰がこんな地獄を予想した？　俺の予想と次元がまったく違うんだけど。やめて。もうそれ以上、なにも言わないで。兄上がよく、「アルヴィは温かいなぁ」っていうんだけど、それってもしかして、みんなの体は冷たかったからってこと？　闇が、闇が深い……。今日は兄上と一緒に寝よ……。

「なにか言葉をかけなきゃって、思っていたんです。あなただけでも助かってよかった、とか、なんか、そんな言葉を。そう、思ったんですけど――」

不意に、ぼたぼたと、ジャックの目から涙があふれた。鼻水をすする音も響く。

「本人を前にしたら、おれぇ、なにも言えなぐでぇ……！」

子供みたいに泣く奴だな、と思った。ジャックは話しかけたいけど、そもそもどう慰《なぐさ》めの言葉をかけていいのかわからず、チラチラと不審者のごとく眺めていたらしい。紛らわしいわ！　でも、兄上を心配してくれてありがとう！

「ジャック」

「はひ」

「兄上は少しずつ立ち直ってきているところだから、できれば本人が言い出さない限り、北の砦のことは話さないでおいてほしい。でも、話しかけるぶんには問題はない。挨拶でも、なんでもいい。これから年単位でここに逗留するんだろ。いつか昔のことを話す機会はある。その時にでも、自分の気持ちを素直に言葉にすればいいさ」

鳩が豆鉄砲を食ったような顔をしたあと、ジャックはへにゃりと笑った。

「アルヴィクトール様って、本当に十歳ですか？」

「十歳だよ」

肉体的にはね。しかし、兄上とのことは勘違いだったうえに、とんでもねぇ地獄を聞いてしまった。俺のライフはもうゼロだよ。

「勘違いして悪かったな。クリストフだけに留まらず、兄上のことも狙っている不届き者だとばかり思っていた」

「でも、物思いに耽《ふけ》るディートリヒ様の姿は、ちょっと色っぽいなーと思ってました」

ケロッとした顔で、ジャックは言った。

「それと、気付いちゃったんですけど、クリストフ先輩って分割購入ですよね？　じゃあ、残りを俺が買ったら、先輩が俺の奴隷に――」

「クリストフ」

「はい」

「裏の畑に吊《つ》るしておけ。シシー避けくらいにはなるだろ」

「かしこまりました」

水路の完成に伴い畑はむりだと諦めた奴らは、個人宅の家庭菜園を狙うようになったのだ。ジャックならとてもよいシシー避けになってくれることだろう。ジャックは「じょ、冗談ですってー」と慌てて否定した。大丈夫だとは思うが、念のためにステータス画面を確認しとこうかな。クリストフがうっかり絆《ほだ》されて押し倒されちゃったら大変だし。

ジャック・ノルマン　20歳
王立古代遺跡研究所研究員
HP800　MP500
適性魔法　水　火　風4　土1　光　闇
称号　記憶神《メモリー》の祝福
スキル　思考処理10
備考　学園はじまって以来の天才。貴族の出だったら宰相位《さいしょうい》も夢ではなかった。見た光景をすべて記憶してしまう祝福を持っている。忘れることができない。幼少期は目隠しをして、あまり人に会わずに過ごす。行方不明になっていたクリストフを捜していた。ミュラー男爵領は自然が多く人も少ないので、精神的にとっても落ち着く。大好きなクリストフ先輩もいるし、野菜も美味しいし、ここで遺跡の研究をしながらのんびり暮らせたらいいのになぁ。童貞処女。

ジャック、お前もか……！

すっかり油断していた。地獄というものは、こちらが気を抜いた隙を狙ってぶち込まれてくるものだということを。目で見た光景を忘れられない――それは、北の砦にいた者達のこともずっと記憶しているということだ。そこで亡くなった多くの者達のことを。

あと、童貞処女だったんだな。警戒して損したわ。

「ジャックは白、と」

「下着の色なら黒っすけど？」

「誰も訊いてねぇよ」

□□□

ジャックは白だった。下着の色はどうでもいい。あとはクラリッサとアウグストの二人だな、と思っていると、執務室の扉がノックされる。入って来たのは、ビクターとクラリッサの二人だった。不思議な組み合わせだ。

「お嬢さんから先にどうぞ」

「ありがとうございます。私はクリストフさんに用事がありまして。移動用ポートの見積もりなのですが――」

「そのお話ですね。こちらにお掛けください」

クリストフは丁寧な所作でクラリッサにソファーを勧める。

今回、調査団が持参してきた移動用ポートの一部に劣化が発覚し、新品を購入することになった。そのため、今なら一緒に注文すると運搬費がタダですよ、とクラリッサが教えてくれたのだ。

王都からミュラー男爵領までけっこうな距離があるため、運搬料も高い。そんなにかかるの？　ぼったくりじゃなくて？　ってレベルで高い。それがタダ。俺とクリストフの目は輝いた。

もちろん、移動用ポートはとってもお高いので、一度に数個も買えるものではない。とりあえず見積もりを出してもらって、それから購入個数を決めようとなったのである。

ジャックはクリストフのとなりに座って、一緒に話を聞いている。おい、クラリッサが訝しげな顔を向けてるぞ。

「私はアルヴィクトール様にお話がありまして。実は、春の祈願祭を行いたいのです」

「祈願祭？」

「はい。ここ数年……いや、十年……もっと前でしたでしょうか？　そんな余裕もなかったので、長らく忘れ去られていた行事です。私の若かりし頃は、毎年、盛大に開かれたものでして。それを、森の妖精達が覗きに来て、畑に祝福を撒いていくと言われています」

「待て。祝福ってなんだ？　どんな祝福だ？」

祝福には過敏になってるんだよ。ビクターは不思議そうな顔をしつつ、「豊作になるように、という内容だったと思いますが。まぁ、古い言い伝えのようなものです」と言った。

「秋にはその妖精達に感謝して、豊穣祭が行われていました。ですが、我々が感謝すべきはアルヴィクトール様です。特に秋は豊穣祭ではなく、アルヴィクトール様に感謝を捧げる祭と命名し――」

「やめて」

「お気に召しませんか。では、ミュラー男爵御一家に感謝を捧げる――」

「今までのままでいい。絶対に変な名前はつけないように」

でも、祈願祭か。そういう楽しみも大事だよな。幸い、冬野菜の残りはまだあるし、肉の調達は兄上に頼めばいい。

「わかった。開催日や段取りは頼んでもいいか？」

「お任せください。盛大な感謝祭を催《もよお》してみせます！」

「祈願祭な」

ビクターは決意を滲ませた顔で退出した。続いて、移動用ポートの話を終えたクラリッサも必要書類を手に戻って行く。ジャックは今日は非番のようで、まだ居座るつもりらしい。

「お祭りやるんすか？」

「みたいだな」

「やったぁ。王都の祭りは人がいっぱいだから、行きたくても行けなかったんですよねぇ。俺、人混みが苦手なんで」

やめて。さりげなく地獄をぶち込まないで。うちは全領民を集めても王都の一区画よりも少ないから、安心して祭りを楽しむといいよ。その時は、クリストフの傍にいてもいいからね。ただし、童貞は卒業すんなよ。

「おや、書類を一枚、忘れていますね。クラリッサ様に届けて来ます」

「それなら、俺が帰りがてらに持って行きますよ」

「いえ。重要な書類ですから」

ギロリ、とクリストフはジャックを睨んで、執務室を出て行った。それを見送り、ジャックが盛大な溜息をつく。

「……昔、レポートを紛失したこと、根に持ってんのかなぁ」

「ふぅん」

「あ、興味ない感じっすね。先輩の部屋で、翌日が提出期限のレポートを見つけたんで、俺が代わりに提出してあげようと思ったんですよ。でも、古代遺跡について考えてたら、すっかり忘れちゃって。あれ、どこで落としちゃったんだろうなぁ。先輩が徹夜でしあげたレポートだったのに」

「そりゃ、一生恨むわ」

こいつに重要な書類は渡さないようにしよう。俺が胡乱げな眼差しで見ていると、ジャックはへにゃりと笑った。

「疑問なんすけど、アルヴィクトール様ってレナード殿下と、どんな関係なんですか？」

「おい」

「どうせ、知ってるんでしょ？」

いきなりぶっ込んでくんな。ジャックはたぶん、思考回路の切り替えがものすごく早い。あと知的好奇心が旺盛《おうせい》。きっと子供の頃から、こんな感じだったんだろうな。というか、こいつはレオンの正体を知ってたんだな。じゃあ、知らないのはクラリッサか。

「どんなって言われてもな。赤の他人って以外に言いようがない」

「レナード殿下——あ、今はレオンさんって呼んだほうがいいのか。レオンさんて、飄々《ひょうひょう》としてなにかに執着するってことがないじゃないですか。それなのに、アルヴィクトール様にはぐいぐい行くなぁって思ってたんすよ。少なくとも、赤の他人の距離ではないですね」

「んなの、俺が知りたいよ」

「少年趣味にしては、好みが独特ですもんねぇ」

「どういう意味だ」

「うーん。可愛いと言われれば可愛い気もしますが、やっぱり平凡っすよね」

そういやこいつ、初対面で「弟は平凡だな」って言いやがったんだ。別に気にはしていないが、面と向かって言われるとムカつく。この童貞処女め。

「そういうジャックは、恋人はいないのか？」

「今はいないっすねぇ」

「ふぅん。じゃあ、付き合ったことはあるんだな」

「と、当然っすよ！」

「なるほど、なるほど。恋多き男だったわけだ。もちろん、童貞じゃないよな？」

「当たり前じゃないっすか――」

ガチャ、と音がして、執務室の扉を見れば、そこには冷ややかな目をしたクリストフの姿があった。ジャックは顔を真っ青にし、必死に叫ぶ。

「嘘です、嘘！　全部、嘘！　右手が恋人でした！　クリストフ先輩をずっとオカズにしてました！」

「ジャック」

「俺は立派な童貞です!!」

クリストフが額を押さえ、盛大な溜息をつく。その後ろには、困った顔の兄上とヒスペルト、それに顔を強張《こわば》らせるクラリッサの姿があった。

なんという、バッド・タイミング。これには、さすがの俺も同情した。

「ええと、ジャック。アルヴィクトール君の前ということもあるけれど、そういうことは、あまり大声で言わないほうがいいね」

ヒスペルトの優しさに、ジャックは泣いた。

□　□　□

そんなわけで、祈願祭当日。

領民達は久し振りのお祭りだということで、ビクターの指示の下、あっという間に準備を整えてしまった。あれからたった二日だぞ。早くない？　本当は作付け前にやる祭りだから急いだ？　あ、そうなんだ。

朝から準備をして、お昼から食べて飲んでの大騒ぎ。なぜ夜じゃなくて昼間にやるのかというと、篝火《かがりび》に虫が寄ってくるからだ。実に単純な理由である。

そのため祭りは夕方には終了。ビクター曰く、夜は妖精達が畑に祝福を撒きにくるので、静かにしていないと駄目なんだとか。ねぇ、それって本当に言い伝えってだけなんだよね？　変な祝福を置いてったりしないよね？

場所は屋敷近くの広場だ。領内でも一番と言われる巨木がシンボルとなっている。一時期、リクハルドが勇者の剣を引き抜くような眼差しで見詰めていた木だ。やめて、これは抜かないで。その木を中心として、即席で作ったテーブルには各家庭から持ち寄られた料理がずらりと並んでいる。一番のメインはシシーの丸焼きだ。

「――楽しんでいますか？」

俺は丸太の椅子に腰掛けるクラリッサに声をかけた。手には、まだほとんど手をつけていない野菜や肉が載った皿がある。ナイフとフォークも綺麗なままだ。ぼんやりと、心ここにあらずといった様子だったクラリッサは、ハッとして笑みを浮かべた。

「え、ええ。いつも研究室に閉じ籠もってばかりでしたから、こんな大勢が集まる場所なんて久し振りで。とても楽しいです」

「ありがとうございます。王都の祭りに比べると、見劣りしてしまうでしょうが」

「そんなことありません。それに私、開催日は覚えているのですが、気付くといつも終わってしまっていて。だから、王都で暮らしているのに、あまりお祭りに参加したことないんです」

クラリッサは油断すると寝食を忘れるタイプだな。俺もとなりにあった丸太の椅子に座った。とある方向から視線を感じるが、無視だ無視。こっち見んな。あなたは接近禁止令が出てるでしょ。

「ふふっ」

不意に、クラリッサが小さく笑みを零した。

「ごめんなさい。いつもお兄様をジロジロと見てしまって。気になってしまいますよね？」

おっと。俺の目的に気付いたのか。クラリッサがどういう意味で兄上を見ていたのか、ちょっと真意を知りたかったのだ。

「弟のことを思い出していたんです」

「弟さんがいらっしゃるんですか？」

「はい。上に姉が二人と、弟が一人。姉達とは歳が離れていたこともあって、私の遊び相手は歳の近い弟だけでした。弟は光魔法が得意だったから、騎士団の衛生兵になったんです。それでつい、ディートリヒ様を目で追ってしまいました」

「そうだったんですね。僕はてっきり、兄上に春がきたものだとばかり」

「ええっ。そ、そんな、私のような取り柄のない者に、ディートリヒ様はもったいなさ過ぎます！」

いや、王立古代遺跡研究所で働いているだけでも、充分、自慢になると思うが。ちなみに俺の取り柄は、畑の高速モコモコです。ジャックに披露してやったところ、「すげぇ。俺もやってみたい！」と言って、俺がせっかく整えた畑をぐちゃぐちゃにしてくれた。許さない。

「私は一度、気になってしまうと無遠慮に見てしまう癖があって――。やだ、ディートリヒ様にも勘違いされていたらどうしよう」

「兄は鈍感《どんかん》なので、大丈夫です」

殺気には敏感だけどね。人からの好意には、ものすごく疎《うと》いのだ。視線に気付いたところで、なんか見られてるな？　あ、寝癖か！　みたいな感じで、スルーしてしまうのである。

しかし、クラリッサの様子を見ていると、カッコいいなとは思っていても、恋愛対象として捉えているわけではなさそうだ。

「クラリッサも白、と」

「ど、どうして私の下着の色を知ってるんですか⁉」

「違います冤罪です」

研究員ってこんなのしかいないの？　しかし、これでクラリッサがなぜ兄上を見詰めていたのか理由はわかった。残るはアウグストだけだが、接点がないのでどう話しかけていいかわかんないんだよな。

しかし、レオンはさっきから俺を見過ぎ。クラリッサも気付いたみたいで、困ったように俺と交互に見比べている。俺は気にせず、クラリッサに話しかけた。

「そういえば、遺跡の調査はどこまで進んでいるんですか？」

「十階で停滞中です。部屋が複数あって、冒険者の方々が慎重に下に降りる階段を探してくれているところですね。その間は遺跡の外側を調べています」

「床に穴を開けたら駄目なのでしょうか？」

フィアラスの遺跡もそうだが、階段が見つからずそれ以上進めないといったところもある。卑怯かもしれないが、下の階層までぶち抜いたら駄目なのかな、と思ってしまうのだ。

「そう思いますよね。でも、不可能なんです。遺跡の壁や床自体がよくわからない未知の物質で作られていて、壊すことができません。おそらく、古代の高度な技術によって作られたものなのでしょう」

壁を壊せないのか。今回のようにたまたま入り口が見つかればいいが、そうでなければ、いつまで経っても遺跡の中に入れないのではないだろうか。その辺りをクラリッサに訊ねると、げんなりとした表情で答えが返ってきた。

「おっしゃる通り、遺跡の入り口を見つけることが第一関門となります。今回は幸い、すぐに発見できましたが、どれだけ探しても入り口が見つからず、調査開始まで十年もかかった遺跡もあったほどで……」

「そ、それはすごいですね」

「切り立った崖沿いだったこともあり、そこに辿り着くのも大変だったみたいです。今はだいぶ道も整備されたと聞いていますが」

たぶんその領主は、俺以上に見なかったことにしたかったんじゃないかな。

「あ」

不意にクラリッサが声をあげた。視線の先には、レオンに話しかける兄上の姿が見えた。二人は、二言三言話したあと、連れ立ってどこかへと歩いて行く。

クラリッサがゴクリ、と生唾を呑み込んだ。

「こ、告白でしょうか？」

「違う」

絶対に違う。

□□□

兄上達が向かったのは、屋敷の裏手だった。ダンの作業スペースの他に、小さめの畑がある。屋敷の者達は祭りに参加しているため、周囲には誰もいない。俺とクラリッサは、近くの茂みに身を潜めていた。こんな形での盗み聞きは気が進まないが、どうしても二人の会話を聞く必要があったのだ。

「……あ、あの」

「静かに」

クラリッサが動いて音を立てないように、その左手を握る。緊張のせいか軽く汗ばんでいた。兄上はレオンの前に立ち、決意を滲ませるような表情を浮かべている。

「単刀直入にお訊きします。魔物暴走の折、なぜ父に——王都からの援軍に殿を命じたのですか？」

やっぱりそのことか、と俺は嘆息した。

薬院で囁かれていたという噂。北の砦を預かる北方騎士団の副団長が公爵家の次男だったことから、全権を託されたレナード殿下が配慮したのではないか、という疑惑だ。レオンの性格を知っている者であれば、あり得ないと断言できるが、そうでなければ疑う者もいるだろう。

「本来であれば、北方騎士団の副団長に命じるのが筋というもの。ですが、殿下はそうなさらなかった」

こちらからは、レオンの表情は見えない。いったいどんな顔をしているのか。知りたいような、知るのが恐いような、複雑な気持ちだ。

「……キスリングは俺の剣技の師だった。剣だけじゃない。俺は生き方そのものを、あいつから教わった」

兄上も初耳だったようで、その告白に驚いた表情を浮かべている。

「正しいと思ったことをしろと、キスリングは言っていた。他人が正しいと言うことではなく、自分が正しいと判断したことをしろ、と」

静かな声だった。静かで、力強い声だった。

「誰もが、北の砦が魔の森に呑み込まれるとは思っていなかった。……いや、研究者の中にはそれを主張する者もいたが、余裕がなかった。騎士達は砦に押し寄せる魔物への対処で精一杯だった」

本来ならば、魔物暴走が起こっても北の砦があれば充分に食い止められるはずだった。そのためにわざわざ辺境の地に、堅牢な砦を築いたのだ。

魔物暴走は発生から七日以内に収束すると言われている。期間はその時々で違い、たった二日で終わることもあった。今回の魔物暴走は五日間。援軍は馬を替えながら昼夜を問わずに街道を駆け続け、三日目にようやく辿り着いた。

「援軍が来るまで持ち堪《こた》えれば勝ちだ。誰もがそう思っていた。――だが、気付いた時には砦内部に光虫が湧いていた。魔の森に呑まれる兆候だ」

砦には多くの負傷者と、そこで働いていた民間人がいた。騎士団の立て直しと、負傷者や民間人を無事に逃がす。それだけの猶予《ゆうよ》を稼ぐのは至難の業《わざ》だ。かといって、殿に必要以上の人数は割けない。

「北の砦は放棄する以外になかった。躊躇《ためら》っていたらすぐに魔物が湧く。かといって、ただ撤退するだけでは、背後から魔物に襲われることになる。誰かが砦に残り、魔物を引きつけておく必要があった。俺は北方騎士団の副団長とその配下の騎士達では、殿を務めることは不可能だと判断した」

兄上が息を呑む気配があった。

「隊長に対する絶対的な信頼があれば、部隊は最後の一人まで崩れない。隊長が逃げずに体を張り続ける限り、果敢に戦う。あの場において、俺がもっとも信頼する騎士が、キスリングだった」

父は臆《おく》することなく戦ったことだろう。死地において部下を鼓舞《こぶ》し、自らも持てる力の限りを尽くして剣を振るったに違いない。

レオンが反撃の準備を整え、魔物暴走を鎮圧することを信じて。騎士として、三度の誓いをまっとうしたのだ。

「誰に誹《そし》られようが、あの時の判断は正しかった。下を向くことなく胸を張ることが、死んでいった者達への手向《たむ》けだと思っている」

これ以上は、もういいだろう。俺は呆然とするクラリッサの手を引いて、茂みを離れた。広場には戻らず、調査団が寝泊まりしている民家の近くまで歩く。足を止めた俺は、大人しく着いてきたクラリッサを振り返った。

「右手に持っているものを、渡してもらえますか?」

「……これは」

クラリッサの右手には、食事で使っていたナイフが握られていた。それを強引に奪い取る。


「間違って持ってきてしまったんですよね。僕が返しておきます」

「あっ」

クラリッサの顔は真っ青だった。目の下にもクマが浮き出て、視線も定まっていない。執務室で俺とジャックの会話を盗み聞きしてから、ずっと眠れていなかったのだろう。明らかにおかしな様子から、クラリッサに話しかけた時にステータス画面を見たのだ。

クラリッサ・エル・シャイン　25歳
王立古代遺跡研究所研究員
HP600　MP350
適性魔法　水3　火　風2　土　光1　闇
称号（空欄）
スキル　集中8
備考　シャイン男爵家の三女。下に弟が一人いる。実家とは折り合いが悪く、唯一の味方が弟だった。中央騎士団第二衛生班に所属していた弟は、北の砦に派

遣された援軍に随行し、負傷者の手当に奔走。凱旋《がいせん》後は騎士団を退団し、心を閉ざした。薬院での噂を知ったクラリッサは、王弟レナードを恨む。書類を取りに戻った際、執務室での会話を聞いて、レオンがその王弟だと知った。

父から聞いたことがある。衛生班は第一、第二、第三があって、第五部隊は第二衛生班と行動をともにすることが多いのだ、と。馴染みのある部隊の壊滅を知り、心を病んでしまったとしてもおかしくはなかった。もしくは、失われていく多くの命を前に、なにかが折れてしまったか。

「クラリッサ」

振り向けば、そこにはヒスペルトとシモンが立っていた。ヒスペルトはクラリッサの肩に手を置いて、「部屋で休みなさい」と言い、シモンに預ける。そのままシモンはなにも言わず、クラリッサの手を引いて調査団が使っている民家へと向かった。

二人の姿が見えなくなってから、俺は口を開く。

「レナード殿下が同行するとわかった段階で、念のためにクラリッサさんを外す等の配慮をすべきだったのではありませんか？」

「申し訳ない。研究所に上がってきた情報は、死亡者リストだけだったんだよ。彼女の弟が騎士団に所属していたのは知っていたが、まさか北の砦に赴いていたとは思ってもみなかった」

「彼女は王都に戻してください」

「もちろんだ。クラリッサを思い留まらせてくれて、ありがとう」

レオンの本心を知れば、噂がデマだということはわかる。だからあえて、俺はクラリッサをあの場に連れ出したのだ。

ヒスペルトもなんとか彼女を説得しようとしたのだろうが、そもそもレオン側の人間の言葉は届きにくかったに違いない。俺がクラリッサと話している間も、ヒスペルトはずっとこちらを気にするように見ていた。

「彼女のためではありません」

自分でも驚くほど低い声が出た。

「失礼します」

俺は一礼すると、そのまま祭りがおこなわれている広場に戻った。

「ダン。これ落ちてたから洗い場に置いといて」

たまたま近くにいたダンに、クラリッサから取りあげたナイフを渡す。それを受け取ったダンは不思議そうに首を傾げた。

「アルヴィ様。なにをそんなに怒っているんですか？」

「……疲れたから、屋敷に戻る」

俺のことを赤子の頃から知っているダンには、お見通しだったらしい。でも、ここにいたら誰かに八つ当たりしてしまいそうで、嫌なのだ。「わかりました。奥様にはそう伝えておきます」と言って、ダンはそれ以上、なにも訊いてはこなかった。

俺は屋敷に戻る振りをして、そのまま森へ向かった。屋敷には祭りが終わる前に帰ればいい。春が来ても〝妖精の小庭〟はなくならず、美しい新緑にあふれている。俺は服が汚れるのもかまわずに、その場にごろりと横になる。枝の隙間から見える空は真っ青で、なぜか余計に泣きたくなった。

少し前に出稼ぎから戻って来た者達は、領地の変わりように驚いていた。畑が広がって、水路の工事もはじまっていた。冬が無事に越せることをとても喜んでくれた。でも、その中の一人が、ぽつりと零したのだ。

以前のほうがよかった、と。

本人も本気で言ったわけではないだろう。急に様変わりした故郷に、驚いただけかもしれない。でも、その何気ない言葉は、思った以上に俺の心に突き刺さった。

ちなみにその発言者は、たまたまそれを耳にした子供達の密告により、奥さんの知るところとなった。袋叩きにされた挙げ句、「ふざけるな。畑に吊るしてシシー避けにするぞ」と脅されたらしい。強い。奥さんには涙ながらに謝罪された。

たくさんの感謝の言葉が色褪《あ》せることはないけれど、

その何気ないひと言は、俺の心に刺さって抜けない棘となった。

だったら、レオンは。

大切な恩師を失って自分だって苦しいのに。俺なんて比べものにならないくらい、心ない言葉を投げかけられたレオンは。

「……あーあ」

そりゃ、クラリッサだって弟が心を閉ざしてしまって、ショックだったに違いない。王弟レナードを恨みたければ、勝手に恨めばいいい。そこは個人の自由だ。でも、それを言葉に、態度に出すことだけは絶対に許せなかった。

これ以上、あの人になにも背負わせないでほしい。

俺が守りたかったのは他の誰でもない。レオンの心だった。

□　□　□

どれだけ経っただろうか。ぼんやりと空を見上げていると、不意に視界を小さな光が横切った。

「？」

ひとつだけではない。幾筋もの光が視界を飛び回る。驚いて飛び起きると、俺はいつの間にか無数の光に囲まれていた。それは光虫よりも大きくて、俺が起き上がっても逃げようとはしない。よく見ると、光からは二枚の透明な羽が生えていた。

「……もしかして、妖精？」

正解、とばかりに、羽の生えた光――妖精達は、俺の周りをくるくると回る。新緑の森を、柔らかな無数の光が漂う光景は、あまりにも幻想的で。俺は時を忘れて魅入りそうになった。

「祈願祭を見に来たのか？」

片手を持ち上げれば、指先に妖精が止まる。ちょっと可愛いんだけど。アニマルセラピーならぬ、妖精セラピー。でも、子供を攫っちゃおうね系だと恐いので、ステータスチェックさせてくれ。

森の妖精
HP100　MP130
適性魔法　水　火　風　土　光2　闇2
称号（空欄）
スキル　速度2　威嚇1
備考　※※※※の残留思念から生まれた。個であると同時に、集団で思考を共有する。永《なが》い時を経て、少しずつ数を減らす。いずれは消えてなくなるのだろう。その姿を目撃した者によって、〝妖精〟と名付けられる。鱗粉《りんぷん》が服につくとキラキラして綺麗だが、洗っても落ちないので気をつけるように。畑に祝福は撒かない。

え、待って。こんなにちっちゃいのに、俺よりＨＰとＭＰが高いのかよ。それに光はわかるけど、闇にも適性あんの？　子供を攫っていくような感じではないので安堵する。あと、祝福は撒かないのか。鱗粉は洗っても落ちない。地味に嫌だ。

そして、またもやお馴染みの伏せ字。遺跡にいた魔物とは違う感じっぽいけど、この伏せ字はなんなんだろうな。古代文明関係だとは思うが。

「お前達は、ここで暮らしてんの？」

指先でつんと突くと、逃げるような素振りを見せるが、すぐにまた指先に戻って来る。頭や肩に止まるものもいて、きっと俺は傍から見ればとってもメルヘンなことになっているだろう。

これが夜だったら、とても幻想的……いや、夜光反射材を大量につけてるようにしか見えないかも。こういうのは、儚《はかな》い美少年だからこそそれっぽく見えるのだ。

「あ、こら。引っ張るな」

妖精達は、つんつん、と毛先を引っ張って遊びだした。引っ張るってことは、手のようなものがあんのかな。それとも口で咥《くわ》えた？　光っているせいで、よくわからないな。でも、その光はけっして眩しいものではなく、直視してもまったく平気だった。目に優しい淡い光とでも言えばいいだろうか。

「ふっ、ふふ、ははっ」

首筋あたりで羽ばたかれるとくすぐったい。鱗粉がついてそうだけど、別にいいや。バレないようにこっそり洗おう。

くすぐったさに笑っていると、視界にはらりと白い花びらが舞った。それを皮切りに、小さな花や鮮やかな色の花びらが降ってくる。どうやら、妖精達が摘んできてくれたらしい。俺はあっという間に花塗《まみ》れになってしまった。

「慰めてくれんの？」

返事の代わりとばかりに、指先に止まっていた妖精がくるりと一回転する。

「ありがとう。元気が出た」

もうちょっとしたら、屋敷に戻ろう。きっとダンはなにかあったのかと心配しているだろうし、なにより一人で森に入ったことが兄上達にバレたらヤバい。とってもヤバい。

そんなことを考えていた時だった。

妖精達が一斉に動きを止め、妖精の小庭の入り口を見詰める。

一糸乱れぬ行動はあまりにも異様で、何事かと俺は体を強張らせた。ブゥン、と威嚇するように妖精達が羽を鳴らす。

なんかヤバいのが近付いてんの？　この辺りでヤバい野生動物といえば、ボスシシーくらいだけど。もしくは、もっと別のなにか。妖精達は逃げることなく、まるで俺を守るかのように羽を鳴らし続ける。

バキッ、と木の枝を踏むような音が響いた。妖精達がそれに反応し、いっせいに赤黒い光を発しはじめる。待って。いきなり邪悪な妖精にジョブチェンジしないで。

森の奥に目を凝らすが、明るい場所にいるせいかなにも見えない。いったいなにが、と思った時。

「――なんだ、この羽虫は？」

闇からあらわれた赤毛の男は、ふてぶてしい態度で妖精達を睥睨《へいげい》する。その瞳が俺を捉えるなり、口元が歪《いびつ》な弧を描いた。

「迎えに来たぞ、アルヴィ」

魔王じゃん。

警戒色マックスの妖精達と、魔王。なんだろう。ちょっと前までは、癒やされる空間だったのに。獰猛に笑うレオンは、今すぐにも妖精達を焼き尽くしてしまいそうなくらい禍々《まがまが》しい。

「レナード様！」

とりあえず、レオンを止めるべきだ。そして、俺は赤黒い光を発している妖精を、手のひらで包むようにして引き寄せる。ビリビリってしないよね、と内心でビビりながら。

「あの人は味方だから、警戒しないでほしい」

妖精達は思考を共有しているということなので、たぶんこれで大丈夫。大丈夫だよー、魔王っぽいけど恐くないよー、と言葉を重ねる。すると、こちらの思いが伝わったのか、やがて警戒色は薄れ、妖精達は森へと姿を消していった。

「あれはなんだ？」

「妖精です」

「お前を守ろうとしていたみたいだな」

どちらかと言えば、不審者に警戒したんじゃね？　どっからどう見ても、邪悪な魔王だったし。魔王が子供を攫いに来たようにしか見えなかったよ。

「燃やしたりしないでくださいね」

「無害だったらな」

レオンは俺のとなりにやって来ると、その場に座った。そして、俺の格好をしげしげと見詰める。

「ずいぶんと可愛いことになってる」

「遊ばれました」

恥ずかしかったので、髪や服についた小花や花びらを払い落とそうとした。しかし、レオンがその手を摑んで止める。

「似合ってるから、このままでいい」

目が腐ってんの？　こいつの趣味がわからない。動いた拍子に、髪に引っかかっていた花びらが目元に落ちた。それをレオンの指が払いのけ、そのまま俺の頬に触れた。

「明日、ここを発つことになった」

「え？」

「王宮から戻って来いと急使が届いた。もともと、予定を踏み倒して来たからな。さすがに無視したら面倒なことになる」

なにやってんの。でも、そもそもレオンはなにをしにミュラー男爵領に来たのだろう。普通は予定があるのに、調査団の護衛なんて引き受けないよな。父上の弟子らしいので、残された家族が心配だから様子を見に来たとか？

「なぁ、アルヴィ」

「はい」

「……傍にいて欲しいと言えば、お前は俺のとなりにいてくれるか？」

寂しがり屋かよ。でも、俺を見詰めるレオンの目に冗談を言っているような気配はなく。本気で俺に傍にいて欲しいと思っていることがわかった。こんな十歳の子供に対して、心の底から希《ねが》うように。

「むりですね」

バッサリ斬ると、レオンはムッとするように眉根を寄せる。

「まず、男爵領の経営があります。兄はあの通り脳みそまで筋肉で、経営能力はからっきし。下手すると結婚相手の実家に乗っ取られる恐れがあります。だから、領地の経営が安定し、兄がしっかりしたお嫁さんかお婿さんをもらうまでは、ここを動くつもりはありません」

学園は別ね。あれは貴族の義務だから。それまでには、粗方《あらかた》の問題が解決しているといいな。

「でも、僕がいなくても大丈夫だと思えるようになって、その時、やっぱり傍にいて欲しいとレナード様が望むのであれば、となりにいることくらいはできますよ」

フィアラスの遺跡街で出会って、ともに過ごしたのはたった二日だけ。もちろん、レオンが王弟レナードだとわかってからは、少しばかり複雑な気持ちを抱いていたのも事実だ。高級宿に連れ込まれた時は、スイムの体液で状態異常に罹《かか》らなかったらヤバかったと思う。うっかり絆されて、処女を失ってしまうところだった。

ミュラー男爵領にやって来てからも、レオンは俺の日常に強引に割り込んできた。となりにいることが当然のような、そんな錯覚《さっかく》さえ覚えてしまうくらい当たり前になってしまった。

傍にいて欲しいと請《こ》われたら、いいよ、と即答してしまうほどには、この男に心を許してしまっている自分がいた。

「俺が望むなら、ね」

「はい」

「お前は、一緒にいたいと思ってはくれないのか？」

や、やめてくれ。そんな捨て犬みたいな目で見ないで。というか、レオンはさっきからなんなんだ。口説いてんのか。俺は見た目は十歳の子供だぞ？

アルだったらまだしも——ではなく。そう言えば、こいつとはキスしてるんだよな。しかも、ディープなやつを。舌先を吸われるの気持ちよか——ではなく。なくなく。

「では、僕が王都には戻らないでとお願いしたら、傍にいてくれるのですか？」

「……それは、確かに困るな」

顔を顰めたレオンは、葛藤するように唸る。しかし、すぐに解決策を閃《ひらめ》いたような顔になった。

「もし、アルヴィが本気でそう思ってくれるなら、身辺を整理する時間をくれ」

「言ってみただけなんで、大丈夫です」

身辺整理ってなに？　王族の身分を返上しちゃうとか、そんな激ヤバ案件なんでしょ？　これは冗談でも迂闊なことを言えなくなった。すると、レオンはなにかを思い出したように俺を見る。

「そういえば、お前に渡したいものがあったんだ」

居場所を把握するだけじゃ物足りなくなって、盗聴器を仕込んだ魔導具を渡されたらどうしよう。さすがにそれはちょっと……。

しかし、俺の心配を余所に、レオンが懐から取り出したのは見覚えのある首飾りだった。赤い宝石がついた、可愛らしいデザイン。それは俺がフィアラスの遺跡街で手放した――。

「大事なものだったんだろ」

レオンの手によって首にかけられたそれを、俺は呆然と見下ろす。

「なぁ、アル？」
バ、バレてらっしゃる⁉ なんでバレた？ そりゃ同一人物だけどさ、普通は気付かないだろ。フィアラスの遺跡街にある領主館で会った時には気付かれていた？ というか、首飾りを買い戻してくれてありがとう！
パニックのあまり脳内はうるさいが、硬直している俺を見てレオンは肩をすくめてみせた。

「事情があるんだろ。だから、今はなにも訊かねぇよ」

「……どうして、気付いたんだ」

敬語を取れば、ようやく観念したなと言わんばかりにレオンが得意げに笑う。

「俺が〝運命〟を見間違えるわけないだろ」

「運命？」

「ああ」

そう言えば、こいつのステータス画面の備考欄に、そんな一文があったような気がする。〝己の運命を探している〟と。

「お前だ」

伸ばされた腕に抱き寄せるよう搦《から》め捕られる。髪に引っかかっていた小花や花びらが、はらはらと視界を零れ落ちた。相変わらずこいつは温かい。その温もりに安心しながらも、妙に顔が熱い。心臓がうるさいくらい脈打っている。

「アルヴィクトール。俺はお前を見付けるためだけに生きてきた」

だから、逃がしてはやれないのだと、レオンは甘く囁く。俺は、目の前にあったレオンの服を握った。

……重くね？

ステータス画面に書いてあったじゃん。幼少期から石牢で過ごすって。運命を信じて、運命だけを心の支えに生きてきたってことだろ。そんなもの、本当にいるかどうかわからないのに。

そんな〝運命〟とやらが、こんな弱っちい十歳の子供なんですが。特段、美形というわけでもなく、前世の記憶がある以外、これといった特技も……いや、畑作りでは右に出る者はいないと自負しているが。なんか、ごめん。せめて兄上くらいイケメンだったらよかったのに。

「俺、まだ十歳だぞ？」

「あと八年くらい待ってやる」

そうだね。エルバルド王国の結婚可能年齢は十八歳からだもんね。十八になったその日に婚姻届けを教会に提出されそうなんですが。

「ただし、十六になったら抱く」

どんな宣言だ。十六っていうのは、アレかな。貴族には十五、六歳くらいになると閨《ねや》教育があり、まあ、ごにょごにょ的なレッスンを受けるらしい。もちろん、講義だけを受けて、実地の拒否はできるけど。恋人がいるからと、断る場合も珍しくはないようだ。

「俺の意思は？」

「……アルヴィに泣かれると辛い。だから、俺を選んでくれ」

「好きになってくれ、じゃなくて？」

「傍にいてくれるだけでいい」

強引なのか控えめなのか微妙。もうこれ、逃げられないじゃん。なんつー俺様だよと思うが、チラリと頭上を見上げると、捨てられた仔犬みたいな眼差しを向けられる。やめろ、そんな目でこっちを見るな。

俺は観念するように内心で溜息をついて、悪足掻きのような言葉を口にした。

「前向きに検討させていただきます」

レオンはそれに噴き出すように笑って、俺の頭にアゴを乗せた。重い。

「今はそれでいい」

「接近禁止令が出てるんじゃなかったのか？」

「祈願祭だ、大目に見てくれ」

俺じゃなくて兄上に言ってよ。また尻を叩かれちゃたまったもんじゃない。今度こそ俺の尻は四つに割れてしまう。

「用事を済ま[illegible]ら[illegible]って来る」

「王弟ってことは、色々と仕事があるだろ」

「兄姉含めて五番目ともなると、重要な役職は回ってこねぇんだよ。二番目は文官のお偉いさんだし、三番目は中央騎士団の団長。さらに姉は南方騎士団の団長ときたもんだ。俺まで騎士団の要職にかかわると、貴族どもがいい顔をしねぇ。政略結婚も事情があってむり。冒険者をやりつつ、各地の情報を収集して報告する程度でいいんだよ」

確かに、王族が騎士団で幅を利かせていると、危機感を訴える貴族が多そう。王族による騎士団の私物化だとか言って。というか、お姉さんまで南方騎士団の団長なのか。

政略結婚がむりってあたりは、祝福が関係してるんだろうな。

「ミュラー男爵領は古代遺跡が発見されたこともあって、王宮の関心も高い。俺が身分を偽って逗留しても、おかしくはないだろ？」

「おい」

「それに、ヒスペルトが現地指揮を執《と》るから、少し心配してたんだよ。あいつは平民だが、先王の弟が侍女に手を出して産ませた私生児だ。俺の従兄《いとこ》になる」

「おい」

「母上が不憫に思って、親子ともども引き取った。あいつ自身そのことを知っているが、気にすることもなく遺跡の研究に没頭してるよ。正式に公表されてるわけじゃないから内緒な」

ステータス画面を見なかったのに、横合いから地獄を差し込まれた気分だ。

「心配って、なにかあるのか？」

「王族の血が流れてるってだけで、面倒事に巻き込まれやすくなる。ま、ここならそんなことにはならないとは思うが」

「それなら、護衛はいたほうが――」

「シモンが護衛を兼任してる。あいつ、強いぞ」

はぁん。また、とんでもねぇネタバレをぶっ込んで来やがった。そんな重要人物を調査に寄越さないでもらえますかねぇ。

「なにもないとは思うが、念のため頭に入れといてくれ」

あのな、それはフラグって言うんだわ。ヒスペルトは遺跡の調査で二、三年は逗留するだろうし、何事もないといいけど。情報過多で疲れた、と俺はレオンに寄りかかった。

「俺、王族とかかわるとか面倒」

「悪いな」

諦めてくれる気、まったくないじゃん。そりゃこれでも貴族の端くれだけどさぁ。逃げるって言ったって、領地を見捨てるわけにはいかないし、なによりちょっとだけ、ちょっとだけね？　レオンにも情のようなものが生まれている。はたしてこの感情がどう育つのかは不明だが。

「そろそろ戻るか」

レオンは俺を抱えたまま立ち上がった。森の奥へと目をやれば、微かに光が点滅したような気がした。

〝またね〟とでも言うかのように。

レオンに抱えられ祭りが行われている広場に戻ると、血相を変えたダンが走り寄ってきた。


「大変です、アルヴィ様！」

「どうした？」

広場の中心には人集りができていて、そこには兄上とアウグストの姿があった。え、なに。決闘でもはじまんの？

「ディートリヒ、愛している。どうか俺と結婚してくれ」

「お断りします」

「結婚は早かったか？　では、まず恋人から」

「お断りします」

「くっ、わかった。とりあえず入籍してから今後のことを考えよう」

「お断りします」

兄上の目は死んでいた。こんな公衆の面前で公開告白されたら、情緒《じょうちょ》が死ぬよね。よく見れば、アウグストの冒険者パーティーの面々が「あちゃー」と言わんばかりに顔を覆っていた。周囲のテーブルには、大量の酒瓶が転がっている。その大半が空だった。もしかして、酔った勢いで告っちゃった？

「そうとう酔っ払ってるな」

「レオンさんは知ってました？」

「ああ。牽制されたからな。俺はアルヴィ一筋だと言ったら大人しくなったが」

お前、なに言ってんの。そりゃ、兄上はレオンを物言いたげにチラチラ見ていたからね。勘違いしたくもなるだろうさ。

ジャックとクラリッサが誤解だったから、アウグストも勘違いかと思っていたが、こちらはまさかのガチ恋だったとは。

「結婚してくれ！」

「お断りします」

さすがにこれ以上は気の毒だと思ったのか、冒険者パーティーの一人がこっそりと背後に忍び寄り、脳天に強烈な一撃を加えてアウグストの意識を強制的に刈り取ったのだった。

□　□　□

翌日、レオンは王都へ旅立った。俺の胸には、父上が母上に贈った首飾りが揺れる。母上に返そうとしたら、「あなたが持っていなさい」と言われたのだ。

「――というわけですので、ここが新しい街の予定地となります。アルヴィ様はこの荒れ地を整地してください」

枯れ木や草がもっさりと生い茂る光景を前に、俺は呆然とする。そのとなりで、クリストフが淡々と告げる。というわけって、どういうわけだってばよ。

「経費削減です。頑張ってください」

「は、ははは……」

俺のモコモコライフは終わらない。

祝福編

登場人物紹介（祝福編）
Characters 02
レオン
燃えるような赤髪が特徴的な
激つよ冒険者。
その正体は王弟。
運命のアルヴィを溺愛している。
アルヴィ
前世の記憶がある
男爵家次男。
チートとは無縁で体は貧弱。
レオンの熱烈なアプローチに
困惑ぎみ。
フェリクス
アルヴィの友人。
真面目な美少年。

ディートリヒ
アルヴィの兄。
戦いで
大ケガを負い、
現在療養中。
アウグスト
冒険者。
ディートリヒに一目惚れする。
リディアーヌ
フェリクスの姉。
初恋の相手の
ディートリヒに
会いに来る。

ら様でしょうか？

第一章　〝恋敵〟と書いて〝ライバル〟と読む

「アルヴィクトール。僕と決闘しろ！」
「それ、今じゃないと駄目なやつ？」
新しい街の整地で忙しいんだけど。というか、どち

春も終わりに近付き、そろそろ季節は夏へと移り変わろうとしている。ミュラー男爵領がある地域に雨期はないが、夏近くに数日間、まとまった雨が続く時もあるらしい。

古代遺跡については、先日ようやく十階層から下へと続く階段が発見された。なんでも、周囲の壁が広範囲にわたって崩れていたせいで、見つけるまでに時間がかかったのだとか。今のところは十二階層まで進んでいるようだ。一等級かそれとも三等級かまでは、まだわかっていない。調査も階層が進むにつれ魔物も強さを増すため、より慎重さが求められる。

領地でも畑の開墾があらかた終わり、新しい水路も完成した。これで俺のモコモコライフも終わりかと思いきや、そうは問屋が卸《おろ》さない。

「新しい街の予定地の整地をお願いします」と、クリストフは告げた。枯れ木や俺の背丈ほどある草が生い茂る荒地を前にして。こんなに途方もないスペースを俺一人でモコモコすんの？　鬼じゃね？

場所は領民達が暮らしている住居スペースから東側に位置し、馬車であればだいたい十分から十五分の距離にある。正確な数値はわからないが、目算で五キロくらいかな。徒歩であれば一時間ほど。

村よりも古代遺跡に近いが、山道のため徒歩で一時間以上はかかる。しかし、それは現状での計算だ。新しい街から古代遺跡へと続く道を整備できれば馬車を走らせることもできるし、徒歩で赴く場合も時間を大幅に短縮できるだろう。

街の建設については、協議中。下水関係の設備は絶対に欲しい。お金がかかってもいいから、衛生関係は

しっかりとしておきたいのだ。ちなみにうちの領地のトイレは汲《く》み取り式。下水設備が完備されている王都には、魔導器を使った浄化システムがある。そのお陰で悪臭に悩まされることもなければ、衛生環境の悪化による流行病も防がれている。

王城も各領地に設置させようと補助金を出しているのだが、すでに出来上がってしまった街となるとなかなか難しいようだ。

現在、街の構想については、クリストフと暇さえあれば先輩にくっついてくるジャック、有志で参加してくれたヒスペルトとシモンが協力してくれている。街造りに携わる機会なんて滅多にないため、二人とも意外と乗り気だ。特にジャックが博識で、あれこれ教えてくれるためとても助かっている。

兄上？　今日も元気に山へシシー狩りに行ったよ。現役を張っていた猟師のおじさんが引退しちゃったから、助かっている側面もあるが。

領地の運営については本人もやる気はあるし、街造りの協議にも参加はするんだけど、難しい話になるとすぐに寝やがるんだよ。そういえば家庭教師の先生にも「アルヴィ様は居眠りしないので、とても助かります」と褒められたくらいだ。むしろ、マンツーマンの授業で居眠りできる度胸がすごい。

まぁ、あれだ。適材適所というやつである。実際、兄上は若い領民達に剣技の指導をする時はとてもいきいきしてるし、教え方も驚くほど上手い。それに、うちは元々領地なしの男爵家だったので、経営関係の勉強には力を入れて来なかった。

普通は学園に入る前から領地経営の基礎を学ぶ。兄上はその部分からはじめなければならないのだ。そう思わないとブチ切れそう。

「決闘だ、アルヴィクトール！」

「だからなんでだよ」

意味がわからないんですけど。荒れ放題の土地をただひたすらモコモコする俺のとなりで、きゃんきゃんと吠える少年。

癖のある金髪に、意志の強そうな青い瞳。はっきりとわかるくらい整った目鼻立ちは、将来有望な美青年に育つことだろう。身長は俺と同じくらいなので、年齢も十歳ほどだと思われる。

仕立てのよさそうな服装とこちらへの態度を見るに、おそらくはどこかの貴族、もしくは裕福な商家の子弟だろう。

しかたないな、と俺は地面から両手を離して立ち上がった。手を叩いて汚れを落とす前に、クリストフがさっとハンカチを差し出してくれる。

「申し訳ありません、アルヴィ様。ミュラー男爵領の責任者に会わせろと、うるさ……要求されましたので、ご案内いたしました」

クリストフはうんざり気味に告げた。お前、うるさいって言いそうになったよね。それと、ミュラー男爵領の責任者は兄上なんだけど。クリストフはたまにこういう意地悪をするんだよなぁ。兄弟間で争ってほしいわけ？

「僕は、フェリクス・エル・アンデルだ！」

「はぁ」

〝アンデル〟ねぇ。

俺の記憶に間違いがなければ、それは伯爵家の名だ。領地は王都よりも北だったかな。高位貴族は覚えておきましょうね、と家庭教師の先生に暗記させられたのだ。

伯爵家から上はだいたい覚えている。子爵家はちょっと怪しい。男爵家やその下の準男爵ともなると、いっぱいいるからさすがにむり。そちらは有名なとこだけ頭に入れておいた。

でも、王都よりも北となるとかなりの遠方だ。そんなとこの子息が、なぜここに？　両親も一緒なのか？

「はじめてお目にかかります、アルヴィクトール・エル・ミュラーと申します。アンデル伯爵家のご子息が、どのようなご用件でミュラー男爵領を訪れたのでしょう？」

「姉上を誑《たぶら》かした男と決闘しに来た！」

「……は？」

「お前のことだろう！」

「心当たりがありません」

「だが、ミュラー男爵家の嫡男だと聞いている！」

「僕は次男です」

フェリクス少年は俺を指差したままの格好で固まった。え、みたいな感じで、クリストフを見る。

「私は責任者と言われたので、ご案内したままでです」

「ああ、うん……。申し訳ありません。僕は当主代理のような身分で、領地経営に少々携わっております。嫡男は僕の兄です。今は爵位を継いで、ミュラー男爵となっていますが」

「そ、そうだったのか。それはこちらも早とちりをして申し訳なかった。では、改めてミュラー男爵に決闘を……！」

自分の非を認めてちゃんと謝れるのは好感度が高い。伯爵家ってだけで、威張り散らす輩もいるからな。しかし、俺はフェリクスの台詞に首を捻った。

「兄が女性を誑かすとは思えないのですが」

「しかし、将来、結婚してくれると約束したと姉上は言っている。口約束ではあるかもしれないが、姉はそれを信じてここまでやって来たんだ」

「うーん」

そんな女性がいたら、紹介してくれていたと思うけど。なにより相手は伯爵家の息女であれば、口約束だけでなく婚約云々の話があったはずだ。現在、兄上に婚約者はいないし、そんな申し込みもない。

「……でも、よくわからずに頷いちゃった可能性もあるしなぁ」

「なにか言ったか？」

「いいえ。そういうことであれば、屋敷に戻りましょう。兄に本当かどうか、確認しなくては」

ただし、決闘は申し込まないほうがいいと思う。兄上は木の枝を簡単に削っただけの、もはやそれは棒だよね？　というレベルの手槍を投擲し、はるか彼方のシシーを一撃で仕留めるのだ。俺がイメージする猟師じゃない。チート過ぎる。

「ラピス！」

大きな声で呼べば、一頭の馬がこちらに駆け寄ってきた。栗毛色の愛くるしいボディに真っ白な鬣《たてがみ》の小柄な馬である。

移動が大変なので自分用の馬が欲しいと兄上にお願

いしたところ、キャルリーヌ子爵領まで行って探して来てくれたのだ。ちょっと出掛けて来る、と言って三日も帰って来なかった時にはブチ切れたけど。〝ラピス〟は古代語で〝希望〟という意味だ。

俺専用の馬であり、世話もダンに教えてもらいながら自分でやっている。荒れ地の整備中は、適当に草を食《は》んでいたり、虫を追いかけていたりと自由に遊んでいた。しかし、不思議と俺の声が届く範囲にいて、けっしてどこかへ行ってしまうようなことはない。最高に可愛い相棒である。

俺は兄上の指導のもと、なんとか一人でラピスに乗れるまでに上達した。

「今日はいつもより早く帰るぞ。よろしくな」

「ヒン」

鐙《あぶみ》に足をかけて、よっこらしょ、と背中に固定された鞍《くら》に跨《また》がる。すると、フェリクスがじっとこちらを見ていることに気付いた。その視線はラピスに向けられている。

「ラピスがなにか？」

「あ、いや、その……」

フェリクスは自分が乗ってきたアンデル伯爵家の馬車へと向かおうとするが、後ろ髪を引かれるような目でこちらをチラチラと見る。ふむ。

「よかったら、後ろに乗りますか？　大きめの鞍なので、子供二人なら問題ないと思います」

「い、いや。僕まで乗っては重いだろう」

「ラピスは力持ちですよ」

俺の申し出に、フェリクスはパッと笑みを浮かべた。

「本当にいいのか？」

「どうぞ」

鞍の前のほうに移動して後ろのスペースを空けると、フェリクスがひょいと飛び乗ってきた。運動神経いいな。

「腰をしっかり摑んでくださいね」

「あ、ああ」

「ふひっ。そこはくすぐったいので、もうちょっと下で」

「すまない」

脇腹を摑むよりも、後ろから腹に腕を回してもらったほうが楽かもしれない。こっち、と腕を誘導する。ふと視線を感じて顔を上げれば、クリストフが意味ありげな眼差しを向けていた。

「レオン様がいなくてよかったですね」じゃねぇよ。俺十歳。フェリクスもたぶんそのくらい。変な勘繰りはよしてほしい。

「ところで、アルヴィ様。腹痛は大丈夫ですか？」

「問題ない」

「体調を崩していたのか？」

「…………」

クリストフの視線が痛い。俺はここ三日間ほど腹痛で寝込んでいた。理由は簡単。腐葉土・特を食ったからである。いや、腹が減っていたわけでも、寝ぼけていたわけでもない。ちょっと魔が差しただけなのだ。

腐葉土・特で育った野菜は、とても大きく味も最高だった。そこで俺は閃いた。もしかしたら、魔素溜まりで作られる腐葉土・特を食べたら俺もＭＰが増えるんじゃね？　と。言い訳させてもらえれば、街の構想を考えすぎて寝不足気味だった。

そして、俺は出来たてほやほやの腐葉土・特を食った。量的には手のひらにちょっと載るくらい。枯れ葉も混じっていたけれど、つい深く考えずにモグってしまったのだ。

結果、俺は昏倒《こんとう》した。

ＭＰは上がるどころか見る見るうちに底をついて、ついでのようにＨＰも減った。そして、猛烈な腹痛と下痢《げり》に襲われ、のたうち回るハメになったのである。

兄上とクリストフには怒られて、母上とデニスには心配された。俺はもう二度と、腐葉土・特は食べない。ダンには、「赤ちゃんじゃないんですから、目についたものを口に入れないでくださいよ」と呆れられてしまった。

「ラピス。行くぞ」

ポン、と横腹を蹴ると、ラピスが軽快に走り出した。といっても、そんなに速度は出ない。俺が振り落とされない程度に抑えてくれているのだ。俺の愛馬、賢《かしこ》くね？　可愛くね？

これがラピスのステータス。

ラピス　3歳
ミュラー男爵家の家畜
HP200　MP10
適性魔法　水　火　風　土1　光　闇
称号　（空欄）
スキル　筋力3
備考　小柄な品種の馬。性別は雄《おす》。坑道等の狭い場所で重宝されている。劣悪な環境で酷使されていたところを、視察に訪れたキャルリーヌ子爵によって保護された。重い荷車を牽《ひ》いていたので、見た目に反して足腰が強い。野菜が大好きだから、たくさん食べさせてあげてほしい。ご主人様は小さいから、ボクが守ってあげなきゃ。飼い主、アルヴィクトール・エル・ミュラー。

泣いた。お前、それでいつも俺の声が届く範囲にいてくれるの？　野菜もいっぱい食べていいからね。それと、ラピスのステータス画面を見て気付いたんだけど、動物とは違い、魔物には年齢という概念がないらしい。

スイムや光虫を見た時には、年齢表記がなかった。妖精さんもなかったけど、あの伏せ字が関係あんのかな？　もしくは、年齢という概念がないのか。謎だ。

「乗馬はなさらないんですか？」

「十二になったら、馬術の手解きを受ける予定だ」

乗馬は貴族のたしなみのひとつだが、家々によって事情は異なる。騎士を多く輩出している家は、幼い頃から馬術を学ばせるが、文官を多く輩出している家はそこまで重要視しない。うちみたいに個人の意思に任せるところもある。

「それから、ここは王宮でもないのだから、こちらの爵位が上だからといって敬語は必要ない。年齢も同じくらいだろう」

「そう？　じゃ、遠慮なく。俺、今年で十一だけど、フェリクスは？」

「ず、ずいぶんと一気に砕けるな……。僕も同じだ」

じゃあ、学園での学年も一緒だな。初対面では、なんだこの偉そうな奴はと思ったが、会話をしてみるとけっこう普通だ。リクハルド、元気かなぁ。ツルハシをぶん回して鉱夫さん達を怯えさせていなきゃいいけど。

「アルヴィクトールはあんな場所でなにをやっていたんだ？」

「街を造るために整地してた」

「は？」

「土魔法で枯れ木や雑草を根こそぎ掘り起こしてた」

俺が土魔法で掘り起こしたあとは、領民達が枯れ木や雑草をレーキと呼ばれる熊手のような農具で集めてくれる。

魔導具の補助もあるけど、最近、俺の土魔法がレベルアップしたこともあって、細めの枯れ木程度なら根こそぎ掘り起こせるようになったのだ。

これが、現在のステータスね。

アルヴィクトール・エル・ミュラー　10歳
ミュラー男爵の弟
HP99　MP100
適性魔法　水1　火1　風1　土4　光1　闇2
称号　努力の鉄人
スキル　補助2　鑑定1　エコ3

HPとMPが地味に増えて、土魔法のレベルがあがった。でも、HPはあと少しくらいオマケしてくれてもよくね？

「どうして、それをお前がやっているんだ？」

前にも似たような会話をしたことがあるな。フェリクスの口調にはこちらを馬鹿にするようなニュアンスはなく、純粋に疑問に思っているだけのようだ。リクハルドはそんなものかと納得したが、フェリクスはなぜなぜを連発した。疑問は解消したい派のようだ。面倒臭ぇ。

「うちにはうちの事情があんの。あれこれ詮索《せんさく》すんな」

「そ、そうだな。……申し訳なかった」

別に教えてあげるくらいいいけど、初対面の相手にあまり領地の内状を話したくはない。そういう情報漏《ろう》洩《えい》はクリストフがうるさいのだ。俺だって、話していいことと悪いことくらいわかってるのに。

そうこうしている間に、ミュラー男爵家の屋敷が見えてきた。ん？　屋敷の前に人集りができているような……。

中心にいるのは、アウグストと見知らぬ美少女だった。年の頃は十五か十六だろうか。銀色に近い金髪に、青い瞳。顔の特徴はフェリクスとそっくりだ。緑色を基調とした旅装用ドレスは長旅故か、だいぶシワが寄っている。

「私はディートリヒ様と将来を約束したのです」

「子供の頃の口約束など、無効だ」

「ディートリヒ様は、約束をきちんと守ってくださいます」

「確かに、それはディートの美点ではある」

「ですわよね！」

うんうん、と同意するように頷いた二人は、ハッとした顔で再び睨み合った。そのすぐ傍では、山から帰ってきた兄上が、諦観《ていかん》したような顔で空を見上げている。人はそれを現実逃避という。

屋敷の者や、騒ぎを聞きつけて集まってきた領民、それにアウグストの冒険者パーティーの仲間達が、やんややんやと囃し立てた。〝ディート〟は兄上の愛称ね。

「……姉が申し訳ない」

「元気なお姉さんだね」

「そうだな」

一瞬、フェリクスのトーンが低くなったような気がしたが、なにか訊ねる前に、二人のマウント合戦が再開する。

「私はディートリヒ様の腕にあるホクロの位置まで知っています」

「笑止。俺は尻のホクロの数も知っている」

「まさか、すでにそんなご関係――くっ、だからなんだと言うのです。私はディートリヒ様の恋愛歴など気にしません！」

「俺は気になる」

「やめてくれ」

屋敷に戻る前に、兄上はよく川に入って汚れを洗い流しているから、その時にでも目撃されていたんだろう。ストーカーかな？

そんな不毛すぎるマウント合戦を制したのは、母上だった。

「お茶の準備ができたから、早くいらっしゃい。リディアーヌも長旅で疲れたでしょう？」

「ベルナデット様！」

リディアーヌと呼ばれた少女が、パッと頬を赤らめる。やだ、恥ずかしいところを見られちゃった、みたいな感じで恥じらう姿は可憐《かれん》だ。さっきのマウント合戦を見ていなければの話だが。というか、母上の知り合い？

□□□

応接室にいるのは、母上と兄上、俺、それにアンデル姉弟《きょうだい》の五人。アウグストも同席すると粘《ねば》ったが、パーティー仲間に仕事だと引き摺られて行った。他には、アンデル姉弟が連れて来た護衛の男性と、デニスが壁際に並んで待機している。

テーブルには紅茶のカップと、切り分けられた野イチゴのパイが載せられた皿が置いてあった。母上作ではないので安心してほしい。先日、母上が作った野イチゴのパイの野イチゴが生命を得てしまい、兄上に瞬時に摘み取られるという悲劇？　が起こったばかりだ。

「先ほどはお恥ずかしいところを見せてしまい、申し訳ありませんでした。アンデル伯爵家のリディアーヌと申します」

旅装用ドレスの裾をちょっと持ち上げて、軽く屈伸《くっしん》するような動作。それに、頭をほんの少しだけ下げるのが、貴族女性の挨拶である。これが意外と足腰を使う。

「一年――いいえ、もう少し経ったかしら。久し振りねぇ、リディアーヌ」

「はい。私も、またお目にかかれて嬉しいです」

母上とリディアーヌが、ほのぼのとした会話を交わす。兄上はどこか居心地が悪そうだ。フェリクスはかなり緊張しているっぽいな。決闘するとあれほど意気込んでいた癖に。兄上を見て日和《ひよ》った――にしては、ちょっと様子がおかしい。

「リディアーヌとは教会で知り合ったのよ」

貴族女性の嗜《たしな》みである慈善活動ね。じゃあ、兄上とはなんで、と思って視線を向ければ、ゴホン、とわざとらしい咳が返ってきた。

「俺は学生の頃、たまに母上の護衛として教会に通っていた」

「正直に学科の内申点が足りなかったと言いなさい」

「うぐっ」

ああ、うん。兄上は実技は完璧でも、座学がボロボロだったからなぁ。進級に足りない内申点を奉仕活動で補っていたのだろう。それは、実力はあるけど脳筋な生徒に対する救済策みたいなものだ。

「私が十二の頃ですわ。ディートリヒ様に大きくなったら結婚してくださいとお願いしたところ、承諾していただきましたの」

「いや、それは、その……」

兄上は戸惑ったような表情を浮かべはしたが、否定はしなかった。子供のお願いだからと、安請け合いしてしまったのだろうか。というか、伯爵家の令嬢ともなれば婚約者くらいいそうなものだけど。

それに気になることもある。よほどの理由でもない限り、王国では男女にかかわらず長子が爵位を継ぐ。長女であるリディアーヌは他家に嫁《とつ》がず、婿を取る立場だ。すでにミュラー男爵を継いでいる兄上との婚姻は難しい。

さらにリディアーヌの年齢も引っかかっていた。推測にはなるが、十代半ばであれば学園に通っていなければならない。長期休暇は夏と冬のみ。それ以外の長期にわたる欠席は認められない。病気療養等の理由であれば休学扱いになるが……なにか事情がありそうだな。

「姉上。伯爵家の令嬢が、男爵家に嫁ぐことは難しいでしょう。先方も乗り気ではない様子。わがままも大概にしてください。父上が連れ戻しに来る前に帰りますよ」

「お父様には手紙を出しておいたもの。あなただけ帰るといいわ」

「姉上。こんな隻眼《せきがん》で片腕のない男のどこがいいんですか！」

俺はフェリクスの胸倉を摑み上げ——ることはなかった。だって、その発言をした本人が、罪悪感ありありです、って顔をしてるんだよなぁ。ちょっと突いたら泣きそう。失礼なことを言って、姉ともども追い返されることを期待した感じ？　もしかしたら、決闘云々もそれが目的だった？

うぅん、うーん。ステータス画面を見れば一発なんだけど、そこはかとなく地獄の匂いが……。母上や兄上に訊いてもいいんだけど、肝心な部分をはぐらかされるかもしれない。

俺は悩んだ。特にリディアーヌはうら若いお嬢さんである。妙な罪悪感が……。しかし、絶対に見ておいたほうがいいよと、直感が警告する。

どうか地獄ではありませんように。地獄であってもソフトでありますように。そう祈りながら俺はこっそりと、ステータス・オープンと唱えた。

リディアーヌ・エル・アンデル　16歳
アンデル伯爵家長女
HP300　MP5000／3200
適性魔法　水4　火　風1　土　光1　闇
称号　魔力神《マジカル》の祝福
スキル　痛覚耐性3
備考　魔力神の祝福を持って生まれる。容量以上の魔力によって体が蝕《むしば》まれ、いずれ死に至る。魔法を使って魔力を減らそうとしても、コントロールが難しく

暴走する。魔導具で抑えることで延命が可能。それも十六歳が限界とされる。一時期、教会に預けられていた。死ぬ前に、初恋の相手であるディートリヒに会いたかった。余命半節。

　待って待って待って、重い重い重い。なんで余命なんて情報を入れちゃうの。ステータス画面さんは人の心がないの？　あまりの重さに俺の心が瀕死《ひんし》。しかも、痛覚耐性って……涙。ねぇ、こんな祝福っておかしいだろ。呪いじゃん。ぜんぜん祝ってないよね？　祝う気ゼロだよね？

　毒を食らわば皿まで。俺はフェリクスのステータス画面を見た。

フェリクス・エル・アンデル　10歳
アンデル伯爵家長男
HP400　MP350
適性魔法　水5　火　風2　土　光　闇
称号（空欄）
スキル　剣技2　魔法3
備考　責任感が強く、真面目。両親が姉にかかりきりで、寂しい幼少期を送る。一時期、姉を恨んだこともあったが、祝福に苦しむ姿を見て己を恥じ、立派な人間になろうと決意する。姉の気持ちはよくわかるが、ここで最期を迎えさせるわけにはいかない。無理矢理にでも連れ帰ろうと思っている。動物が好き。もう一度、ラピスに乗せて欲しい。

　あぁぁあああ！　泣くわ、こんなん泣くわ！　俺は魔力神への殺意の波動に目覚めた。もう一度と言わずに、何回でもラピスに乗せてやるよ！

　とんでもねぇ地獄を見てしまった。今世紀最大の地獄だ。教会で出会ったって、リディアーヌが祝福関係で預けられてたからってわけね。そこで母上の護衛として訪れた兄上と出会って、恋しちゃったのか。兄上もリディアーヌが祝福持ちで、大人になる前に儚くなってしまうこともわかっていただろう。

そんな少女から、大きくなったら結婚して欲しいと必死にお願いされて、断れる？　兄上じゃなくても、頷いちゃうよ。そして、重くのしかかる余命半節の文字。半節ってことは一ヶ月あるかないかくらいじゃん。学園に通っている余裕なんてないよ。

ぐぁあああああ、と叫び出したい気持ちを押し殺し、俺は必死に平静を装った。嘘、ごめん。ちょっと涙が滲んだ。

「フェリクス!!」

リディアーヌが顔を怒りに染め、ソファーから立ち上がる。それを宥めたのは、母上だった。

「長旅で疲れたでしょう？　部屋の準備もできているから、少し体を休めたほうがいいわ。それにね、私も教会のことで色々と訊きたいことがあるの。神父様達は元気？」

「で、ですが……」

「母上。でしたら、僕はフェリクスに領地を案内してきます」

「あら。もうお友達になったの？」

「はい」

フェリクスがびっくりした顔をするが、もう友達だから。はい、決定。俺はフェリクスの手を取って、応接室を出た。

繋いだ手は冷たく、少しだけ震えていた。

□　□　□

「おいっ。おい、どこに行くんだ！」

「領地を案内してやるよ」

「どこも畑ばかりじゃないか——あ」

失言だった、と言わんばかりの顔でフェリクスは
「……申し訳ない」と謝罪する。事実だし、別にいいんだけど。しかし、うちの領地は畑だけではないのだ。

「ふっ。実はまだ内緒だが、ミュラー男爵領には古代

遺跡がある」

「なっ、こ、古代遺跡だと⁉」

「王都から調査団が来ているんだ。さっきリディアーヌ嬢と言い合っていた男性は、二級冒険者パーティーで護衛のため逗留している」

「調査団！」

フェリクスの目がキラキラと輝いた。古代遺跡に憧れない少年少女などいないのだ。しかも、まだ正式に登録されていない古代遺跡なんて、ロマンがありまくりじゃないか。

「そんな重要なことを僕に教えてもいいのか？」

「フェリクスは友達だしな。特別だ」

「友達、特別……」

「そのために俺は、さっきの場所で街の基礎を造っていたんだ」

「ま、街を⁉」

なんだろう。フェリクスはいちいち驚いてくれるから、とっても新鮮だ。リクハルドはのほほんとしているから、俺が街を造ると言っても「そうなんだ。僕も手伝うよ。どの木を引き抜けばいいの？」で終わる。

「すごい。それは途方もないな。……でも、先ほども思ったが、基礎なら業者を頼めばいいだろう。なぜ、お前がやっているんだ？」

「金がない」

え、お金ないの？　とフェリクスは困惑するような目で俺を見た。当てもなく適当に歩きながら、俺は重々しく頷く。

「そもそもうちは、領地を下賜されたばかりの男爵家だぞ。そんな金あるか」

「じゃあ、出資者を募るのか？」

「借金は嫌だから、そうなるな」

バルテン子爵とキャルリーヌ子爵からは出資してもいいよ、と色よい声をもらっている。レオンは頼まなくても出資してくれるだろう。できれば、母上の実家である子爵家にもお願いしたいところなんだけど、まだ誰が爵位を継ぐかでドタバタしてるっぽいしなぁ。下手に近付いて巻き込まれたくない。

「あとで古代遺跡が発見された現場に、連れて行ってやろうか？」

「い、いや、興味はあるが、僕には姉上を連れて帰るという使命が――」

「途中までラピスに乗って行くけど？」

「行く」

即答である。ラピスの魅力にあらがえる人間などいないのだ。あのクリストフでさえ、こっそり野菜クズを与えているくらいだ。

「じゃ、明日な。明後日からは業者が計測しに来るから忙しくなるんだよ」

「業者？」

「下水設備関係の、な。事前に場所の計測をして、諸々の見積もりを出してもらうんだ」

掘削《くっさく》は俺がやるとしても、それ以外の専門的な部分は専門家にお願いするしかない。

業者にかんしては工業者ギルドを通しつつ、バルテン子爵に紹介してもらった土木工房に依頼してある。ギルドは組合みたいなものなので、大規模な工事の場合はちゃんと話を通しておいたほうがいいそうだ。お家の屋根を直してほしいんだけど、という簡単な依頼はギルドを通さなくても問題なし。

「色々と大変なんだな」

「まったくだよ。あ、ヒスペルトさんこんにちは」

緩やかな下り坂を登ってきたのは、ヒスペルトとシモンだった。二人とも泥塗れのボロボロで、いたるところに擦り傷を作っている。

「どうしたんですか、それ？」

「実は遺跡内部で滑落してしまってね。まさか、あんな場所に罠が仕掛けられているとは思わなかったよ！」

「そんな嬉しそうに言われましても」

おそらく、一緒に巻き込まれた――もしくは、ヒスペルトを助けようとした――シモンはうんざり気味に溜息をつく。気の毒に。

最初は前髪で顔が隠れていて表情がよく見えなかったが、最近では身振り手振りや些細な動作で感情がわかるようになってきた。

「ジャックさんとレベッカさんは遺跡ですか？」

「滑落したのは、私とシモンだけだったからね。他のみんなは調査を続けているよ」

レベッカというのは、王都に戻ったクラリッサの代わりにやって来た研究員だ。二十代半ばの女性で、騎士団に所属したものの、どうしても夢が諦めきれずに退団。猛勉強したのちに王立古代遺跡研究所に入ったらしい。

「ところで、そちらの少年は？」

「アンデル伯爵家のフェリクスと申します」

「私は古代遺跡研究所の所長で、ルシオ・ヒスペルト。こちらは所員のシモン・エル・オルソンだよ。そういえば、オルソン伯爵家とアンデル伯爵家は縁戚じゃなかったかな？」

「…………祖父……が…………した」

「ああ、おじいさんの従兄弟が、アンデル伯爵の叔父さんと結婚したのか」

ほどよい遠縁だな。貴族間は縁戚関係がこんがらかっているので、実は親戚でしたというパターンが意外と多い。シモンもよく覚えているな。


「そうでしたか！」

「シモンや私は家系図を調べるのが好きでねぇ。特に王家の縁戚関係を見ると面白いよ」

やめて。ヒスペルトが言うと意味深に聞こえるからやめて。フェリクスもまさか、目の前の髭もじゃが王家の血を引いているなんて思ってもみないだろう。俺だって知りたくなかったよ。すると、シモンがヒスペルトの腕を引いた。

「そうだね。早くお風呂に入らないと。レオンがいてくれたら楽だったのに。私も火魔法は使えるが、火力がいまいちでねぇ」

わかる。火魔法で熱した石を数個、水風呂に入れるだけで、あっという間にホカホカのお風呂になるもんな。消費するのは魔力だけなのでとってもエコ。レオンが戻って来たら、俺もお願いしよう。

「あ、そうだ。明日、フェリクスと一緒に遺跡の場所を見学しに行ってもいいですか？」

「いいよ。でも、前みたいに内部には入らないようにね」

レオンがいないから入らないし。ミノタウルスみたいな魔物はトラウマなのだ。フェリクスが、お前、無断で入ったのか的な目で見てくるけど、知らん振りしておいた。

ヒスペルト達を見送って、俺達はまた当てもなく歩き出す。遺跡は明日案内するとして、あとはどこに行こう。妖精の小庭には、一人で行ったら駄目だって言われてるし……いや、フェリクスが一緒だから一人じゃなくね？

「よし、森に行こう」

「いいのか？」

「一人じゃ駄目だって言われているけど、フェリクスがいるから問題なし！」

「それは本当にいいのか？」

ラピスも連れて行こう。行きは歩いて、帰りに乗せてもらうのだ。それに、フェリクスが時折、思い詰めたような顔をするのも気にかかる。

姉の好きにさせてあげたいと思う反面、ミュラー男爵家に迷惑をかける前に連れて帰らなければという葛藤に苛まれているのだろう。だからせめて、気晴らしくらいはさせてあげたかった。

「運がよければ、妖精に会えるぞ」

「妖精！」

ただし、場合によっては邪悪な妖精にジョブチェンジするが。魔王様が不在だから大丈夫だろ。

□□□

二日後。俺はラピスに乗って、新しい街の建設予定地へと向かった。本日はデニスの護衛付き。下水関係の工事を発注した先の業者さんがやって来るからである。

もちろん、すぐに着工するわけではなく、建設計画に沿ってどういう感じに下水設備を敷いていくかの協議をおこない、必要な資材量を算出。それをどこで買いつけて領地まで運んでくるか、といった諸々の手配もある。クリストフがいくら優秀でも、そのすべてを任せることはできない。

　実際の着工は、早くても今年の秋頃だろう。工事期間はそこから数えて約二年。街から少し離れた川沿いに下水処理施設も建設するので、むしろ二年で終わるかどうか不安なところがある。冬場は天候にも左右されるので、もう少し長く見積もったほうがいいかもしれない。

　下水関係の工事が終わったら今度は地上部分の建設もはじめなければならないし、鍛冶工房や魔導石工房等の誘致も大々的に行う必要がある。それを俺が学園に入学するまでに、なんとか終わらせなければならないのだ。自分の分身が欲しい。もしくは分裂したい。

「はじめまして。当主代理のアルヴィクトール・エル・ミュラーです」

　俺の目の前には、バッシュ土木工房の職人がずらりと並んでいる。まだ二十歳前後の青年から壮年の男性まで年齢はバラバラだ。工房側は全員で四人。下見や地質調査、計測が主なのでそんなに人数はいらないのだろう。

　案の定、全員が俺を見て戸惑った表情を浮かべている。こんなガキの話なんか聞いてられるかと匙《さじ》を投げないのは、俺が貴族の子弟だからだろう。大丈夫、うちの領民達もみんな通ってきた道だ。数節後には年齢なんて気にならなくなるから。

「今後、工事には僕も参加することになりますので、よろしくお願いします」

「代表のローマン・バッシュだ。ミュラー男爵家から関係者が参加するとは聞いているが……その、だな。まさかこんな子供とは。……冗談じゃねぇよな？」

　ザ・職人という出で立ちのバッシュ親方は、五十代前半の男性だった。がっしりとした体格に、頑固そうな顔つき。眉間のシワが気難しげな性格を物語っているようだ。白髪《しらが》交じりのブラウンの髪に、くすんだ青い瞳。それが戸惑ったように俺を見下ろす。

「論より証拠。まずは僕の土魔法を見てください」

　水路造りにおいて、除雪機の要領で土をモコモコして飛ばし続けた結果、俺の土魔法は大きく進化したのだ。そう、家庭用除雪機から公道用除雪機へと！　馬力が違う！　最新式魔導具とランクの高い魔導石のお陰！　ありがとうレオン！

試しに近くの地面を掘削して見せたところ、バッシュ親方が瞬時に目の色を変えた。

「どれくらい保《も》つんだ？」

「この程度の出力ですと、昼頃まででですね。深めに掘るとなると、そのぶん魔力の消費もあがりますが。魔力の回復速度は人よりも遅いので、午後は休憩後に様子を見て、となります」

「魔導石の交換頻度は？」

「丸一日かかりきりになるのであれば、三日ごとに赤ランクをひとつ」

「うちの工房に就職しねぇか？」

「将来の選択肢のひとつとして、考えさせてください」

人生なにがあるかわからないので、就職先をキープしておくことも大事。

しかし、バッシュ親方の反応を見る限りでは、工事に子供は参加させられないということはなさそうだ。

頭の固い職人だと、実力を示したところで断られてしまう可能性もあった。

「工期は短縮できそうですか？」

「ああ。なんと言っても、掘削でかなりの日数を取られるからな。それを坊ちゃんが請け負ってくれるんなら、かなり前倒しできるはずだ」

工期の短縮イコール工事費の減額にも繋がるので、俺としても願ったり叶《かな》ったりである。

「街の建設計画についてでは図面に起こしてありますが、ご覧の通りなにもない状態です。最大の問題である地下水についても、設置場所の大幅な変更が可能ですのでなにかあれば相談してください」

「おおっ。そりゃ、ありがてぇ！」

バッシュ親方の目が輝いた。地下に下水設備を埋め込む場合、ネックになるのが地下水の存在だ。それなりの深さが必要となるので、掘削している時に水脈にぶち当たって水抜きに時間を取られたり、その地下水を抜いたことで地盤沈下が起こったりと、下手すれば工事自体が中止に追い込まれることもある。

王都なんかは、もともとあった大都市の下に下水設備を埋め込んだため、完成までに二十年もかかったそうだ。その時も地下水には苦しめられたようで、取り寄せた専門書には、なぜか恨み辛みまで書かれてあった。本当に大変だったんだな……。

「衛生関係には力を入れたいので、よろしくお願いします」

「おう。その辺りは、坊ちゃんが思ってるよりも重要だぞ。同じ等級だったら、逗留する街の設備――つまり、快適さだな。それも重要になってくる」

ですよね。その辺りは予算が厳しくても、妥協しないようにとクリストフには言ってある。下水設備だけでなく、生活用水関係も充実させたい。やっぱり、早急に出資者を集めなきゃだなぁ。

「当主である兄は領地の経営がありますので、新しい街関係は僕が担当となります。ご要望などは遠慮なくおっしゃってください」

「こんなに小せぇのに、しっかりしてんなぁ。おっと、失礼しました」

「いいえ。僕が若輩者なのは事実ですから。むりに敬語を使う必要もありません」

「いや、本当に十歳か？」

外見はね。そんなわけで、バッシュ工房の面々が土壌の調査やらなんやらをおこなう傍らで、俺は荒れ地の整備を続ける。

それを見た親方達が、ものすごい顔をしていた。土魔法って土木関係に重宝されると思うんだが、そこまで魔法が得意だと、騎士団や他の職種に取られちゃうんだよな。なにより俺の土魔法は特殊すぎて、なかなか真似は難しい。俺だってここまで上達するのに一年半もかかっているのだ。その間、毎日のようにモコモコだぞ。朝から晩までモコモコだぞ。

下水設備の工事には総勢で二十人ほどが携わるため、彼らの宿泊設備の準備も必要だ。空き家が何軒かあるから、そこを改装して使ってもらおう。移動のための馬車は自前のものがあるそうなので、こちらで準備する必要はない。食事も自分達でやるそうだ。新鮮な野菜はいつでも買えるよとアピールしておく。

デニスは護衛だけど、俺がモコモコして出た枯れ木や草などをせっせと集めてくれた。「魔法がお上手になりましたね」と褒めてくれる。嬉しい。

「アルヴィ！」

作業する手を止めて顔を上げると、馬車から手を振るフェリクスの姿があった。大きなバスケットを抱えた彼は、少しよたよたしながらこちらに歩いてくる。その後ろから、道案内のために同乗してきたダンとリディアーヌ、アンデル家の護衛が続く。

「昼食を持ってきた」

いつもはダンが持ってきてくれるのだが、フェリクス達が同行したいと言い出したのだろう。でも、フェリクスはわかるが、なぜリディアーヌまで？　と、俺は首を傾げた。

「実は、本日の昼食は私が料理長と一緒に作りましたの」

「なら、兄上のところに持って行ったほうが――って、また山ですか」

「で、ですが、午前中はとても真面目に書類仕事をしていらっしゃいましたわ！」

リディアーヌが必死にフォローする。まあ、それでも以前よりは山に行く頻度は減ったし、領主としての仕事もなんとか頑張っているのでよしとしよう。時には気分転換も大事だ。

「本当は僕だけの予定だったんだが、新しい街のことを聞いた姉上が、自分も見てみたいと言ってな」

「とても興味があります」

「まだ整地も終わってない段階なので、ただの野原ですよ？」

「ですが、ここから少しずつ街が造られていくのでしょう？　素敵ですわ」

見晴らしのいい野原にダンが持ってきた麻の敷物を敷いて、そこに靴を脱いで座る。バッシュ親方達は昼食は取らず、夕食を少し早めることで調節するらしい。冬場なんかは日が落ちるのも早いので、そのほうがいいのだろう。

リディアーヌが作ってきたのは、正しくサンドイッチだった。よかった。母上の関与はなかった。新鮮な春野菜と魚のフライが挟まったそれに、俺はさっそくかぶりつく。酸味のあるソースがマッチしていて、とても美味しい。端っこのカリカリ部分の食感も好きだ。なにより労働のあとのご飯は美味い。

「料理をするのは、はじめてなので……その、いかがでしょう？」

「すごく美味しいですよ」

「フライを少し焦がしてしまって。川魚は特にしっかりと火を通すようにと、料理本にも書かれていたものですから」

川魚は寄生虫が多いので、生食は禁止されている。それはこっちの世界でも共通の認識だ。川魚のソテーは食卓にも出るけど、いつも臭み消しにハーブが使われているせいで俺はちょっと苦手。食べるならフライがいい。

「兄上も川魚のフライが好きなので、きっと喜びますよ」

「本当ですか？」

リディアーヌの顔がパッと華やいだ。ソースも兄上好みなので、料理長が気を利かせてくれたのだろう。

しかし、料理長が監修しているとはいえ、はじめてでこの出来はすごいと思う。見た目も問題ないし、味も美味しい。

「お料理の本を読むのと、実際に作るのではまったく違っていて、とても楽しかったです」

「それはよかった。リディアーヌ様は料理本以外にもなにか読まれますか？」

「はい。読書は好きです。病弱で屋敷から出られなかったものですから」

ああ、うん。そっかぁ……。ねぇ、神様ってどこにいんの？　俺、魔力神をボコボコにしたいんだけど。あと、筋肉神と火蜥蜴と記憶神も。とりあえず、神に分類される存在は、もれなく全員ボコりたい。

「ですから、街をはじめから造るということに、とても興味があります」

目をキラキラと輝かせるリディアーヌに、邪魔だから帰れなんて言える？　見渡す限りの荒れ地だけど、好きなだけ見てってって。

「あの方々は、なにをされているのでしょう？」

「彼らはバッシュ土木工房の職人達です。今は下水設備の建設のために土壌を調べているところですね。数日間ほど滞在し、測量なども行う予定です。その上で、どれだけの資材が必要になるのかを算出します」

「確かに衛生問題は大事ですわ。具体的に、どのような規模で設置しますの？」

「できれば雨水等も流してしまいたいので、大路には下水設備と繋がる排水溝を設けるつもりです。浄水設備は川の下流に置きたいのですが、防犯もかねて設備を頑丈なものにする予定です」

「では、生活用水はどのように確保なさるおつもりなのでしょう？」

「それは――」

リディアーヌは思っていた以上に博識だった。説明すればすぐに理解し、さらなる疑問を口にする。知識量だけならば、おそらく俺よりも上だ。その応用という部分はまだまだ経験が足りないが、頭の回転も速く、学園に通っていたら優秀な成績を修めていたに違いない。

ジャックやヒスペルトあたりと話が合いそう。専門分野のことになると、とっても話が長い二人にも嫌な顔ひとつせず付き合ってくれることだろう。

祝福なんてクソみたいなものがなかったら、ぜひ兄上のお嫁さんになってくださいと土下座でお願いしたいレベル。リディアーヌが兄上を支えてくれるなら、俺は後顧《こうこ》の憂いなく出資者を探しに王都へ旅立てるのに。

「あ、ごめんなさい。私ったら、すっかりお仕事の邪魔をしてしまって」

「気にしないでください。昼は魔力の回復もあるので、いつも長めに休憩を取っているんです」

草むらに寝っ転がって、ぼーっとしながらMPの回復を待っているだけだからな。たまにラピスがやって来て腹に顔を擦りつけて行く。それを見たダンは「ちゃんと生きてるか確認してるんだと思います」と言っていた。ラピスの優しさに感涙すればいいのか、俺はそこまで弱っちくないと主張するべきか、悩むところである。

フェリクスは俺とリディアーヌの会話から早々に脱落し、ラピスと一緒に遊んでいた。

「街をなにもないところから造るというのは、とても大変なことなのですね。私達が暮らしている街や王都も、もとはなにもなかった……ふふっ。想像できません」

普通は大人達が集まって、あーでもない、こーでもないと議論して造るんだけどね。もちろん、少人数ならではの利点もあるけどさ。無駄な議論を重ねなくて済むし、足を引っ張るろくでもない輩に時間を取られることもない。ポジティブに考えよう、ポジティブに。

「今でこそなにもありませんが、着手すればきっとあっという間に景色も変わりますよ」

「楽しみです。きっと立派な街ができるのでしょうね」

ごめん、泣きそう。泣き喚きそう。リディアーヌの笑顔が辛い。俺は内心を顔に出さないよう、必死に平静を取り繕《つくろ》った。

「……もう少し経ったら、領地に戻ります」

「え？」

「わかっているんです。ディートリヒ様と結婚できないことくらい。本当はお顔を見るだけで充分だったのですが、その、アウグスト様との口論が盛り上がってしまい……つい」

まさかのライバルの登場にヒートアップしてしまったのね。リディアーヌは恥じらうように頬を染めた。

それから、ふと、なにかを思い出すように遠くを見詰めた。

「アンデル伯爵領は、北の砦から馬車で二日ほどの距離にあります」

「はい」

「魔物暴走が起こった際には、私はフェリクスや母と一緒に王都へと避難し、領地には父が残りました。王都での暮らしは平穏そのもので、魔物暴走が鎮圧されたと聞いた時も、領地に被害がでなかったことに安堵しました」

風が吹いて、リディアーヌの髪が乱れる。その目はやはり、ここではないどこか遠くを見ているかのようだった。

「私は本当になにも知らなかった。彼の地で、たくさんの騎士が犠牲となったことも。ディートリヒ様がお怪我だけでなく、心に深い傷を負って戻って来られたことも、なにも。知っていたのなら、私はここには来なかった。……きっと、来ようとは思わなかった。これ以上――」

そこでリディアーヌは言葉に詰まったようだった。

その先を、俺は知っている。どう声をかけるべきか迷っていると、フェリクスが満面の笑みを浮かべながら戻って来た。

「見てくれ、アルヴィ、姉上。珍しい植物を見つけた！」

「待て。それは植物じゃなくて、植物に産みつけられた虫の卵だ」

あれね。カマキリの卵みたいなやつね。子供が家に持って帰って、机の引き出しに入れっぱなしにして悲劇が起こるやつ。

「違うのか。でも、屋敷の中にもあったぞ」

「え、嘘でしょ。どこ？　どこにあったの⁉」

「ええと……」

「お願い思い出して！」

「あ、花瓶に生けられていた」

「母上ぇぇええ‼」

さてはフェリクスと同じで、植物だと勘違いして摘んできたな。ヤバい。うっかり孵化《ふか》しちゃったらめっちゃヤバい。せっかく卵が産みつけられていた家具をすべて処分したっていうのに。俺は大急ぎでラピスを呼んだ。

「フェリクス、どこの花瓶だ⁉」

「三階の階段付近だったような……いや、二階か？」

「よし、お前も来い」

孵化してたら、捕まえて外に逃がすの手伝ってね。

リディアーヌはフェリクスから受け取った虫の卵を繁々と観察しながら、「私はゆっくりと帰ります」と言って手を振る。それは持って来ないでくれ。

馬車のところで護衛さんと三人、のほほんと世間話に興じているデニスとダンにもこの恐怖をお裾分けして、俺はラピスを走らせた。滅多にない速度での移動に、後ろに乗っているフェリクスが楽しげな声をあげる。頑張ってくれ、ラピス。

いつもの半分の移動時間で屋敷に辿り着いた俺達は、ラピスから降りた。すると、屋敷の前に立派な馬車が停まっていることに気付く。なんか見覚えがあるような。

「お客様か？」

「え、あ、うん」

バタン、と馬車のドアが開いて、ブラウンの髪の少年が飛び出してきた。

久し振りに見る彼――リクハルドは、以前よりも痩せた印象はなく、少し身長が伸びたような気がする。

俺を見て嬉しそうに細められた目が、となりに並ぶフェリクスを捉えた瞬間、カッと見開かれた。

「その子は誰……？」

「僕はアルヴィの親友だ！」

ちょっと待って。いつの間に親友に格上げされたんだ。リクハルドはじっとりとした目で、フェリクスを見る。

「親友？　アルヴィの親友は僕だけど」

「僕は毎日のように、ラピスにアルヴィと二人で乗っている」

「ふーん。その馬は僕の領地からもらわれていった子だよ」

「なっ、ぼ、僕はさっき、アルヴィと一緒に野原で昼食を取ったぞ。となりに並んで座ったんだ！」

なんだろう。つい先日も、似たようなやり取りを見たばっかりなんだけど。

通りすがりのビクターがそれを見て、「ディートリヒ様だけでなく、アルヴィクトール様もモテモテですな」と感心するように言った。違うから。レオンの耳に入ったら、監禁待ったなしだから冗談でもやめて。

リクハルドとの再会は嬉しい。嬉しいんだけど、俺にはもっと優先すべきことがあるのだ。だから左右から腕を掴んで引っ張らないでほしい。

「ねぇ、これって今じゃないと駄目なやつ!?」

早く花瓶に生けられた、とんでもない時限爆弾を処理したいんですけど。

□□□

「僕はアルヴィの好きな食べ物を知ってる」

「シシーの肉だろう」

「肉だなんて安直だね。親友なら、ミュラー男爵領の特産でもある野菜の中から、あげるべきなんじゃない？」

「くっ、なんたる不覚……！」

お前ら、一周回って楽しそうだね。

現在、俺達は古代遺跡がある山道を登っているところだった。足下がデコボコしているので、ラピスには乗らずにとなりを歩いている。

その代わり、ラピスの背中には大きめのバスケットや麻の敷物が括りつけてあった。俺達の昼食と、調査班への差し入れである。今日は外壁の調査をすると言っていたので、内部には入っていないだろう。

それともうひとつ。腐葉土の見回りだ。遺跡の近くならばより魔素溜まりが多いのでは、と考えた俺は、ヒスペルトの許可を得て遺跡の周辺でも腐葉土作りをはじめた。畑近くの腐葉土は領地の子供達が管理を申し出てくれたので、巡回の手間がなくなったことも大きい。

「う〜ん。やっぱり、腐葉土・特はできてないな」

遺跡の周囲に作っておいた腐葉土を確認して回ったが、発酵の進み具合はほぼ同じ。この分では、腐葉土・特にはならないだろう。

「駄目だったの？」

ラピスを撫でていたリクハルドの声に、俺は頷く。

「四十ケ所ほど穴を掘って落ち葉を突っ込んでおいたが、全部普通の腐葉土だった」

「多いな!?」

負けじとラピスを撫でていたフェリクスが、驚いたような声をあげる。いや、多くはない。俺はこの倍の数を作りたかった。でも、斜面が多く、四十ケ所が限界だったのだ。

「遺跡が鍵だと思ったんだけどな。他に条件でもあるのか……」

実際に、腐葉土・特は遺跡がある方向ほど当たりが多い。比較のために、同数の腐葉土を作っているので間違いはない。

でも今回、遺跡の周囲では腐葉土・特はできなかった。たまたまという可能性もあるが。

それに先日、バルテン子爵からフィアラスの古代遺跡周辺で作られた腐葉土が届いた。質のよい腐葉土だったが、発酵速度は他の腐葉土とほぼ同じ。マルハで作られた腐葉土も届いたが、そちらもやはり普通の腐葉土だった。

フィアラスの場合は遺跡周辺の人口密度が半端ないので、うちの古代遺跡とは条件が異なる。それに地形や風向きも関係しているのかもしれない。他の遺跡でも実験してみないことには、なんともいえないが。

ちなみに遺跡の内部で腐葉土を作れないかと思ったが、遺跡の外部から持ち込まれたものを長時間置いておくと、スイムに掃除されてしまうのだそうだ。冒険者の遺体なんかも……おっと。それ以上、考えてはいけない。

「もうちょっと離れた場所にも作ってみるか」

「落ち葉集めなら僕も手伝うよ」

ニコッと笑うリクハルドは、相変わらずぽややんとしている。でも、ちょっと見ない間に身長は伸びたし、体つきも以前とは比べものにならないくらいしっかりとした。前は痩せ気味だったもんな。毎日のように鉱山でツルハシを振るっていたお陰で筋力がついたのだろう。

制御スキルを確認したかったので、こっそりと見せてもらったステータス画面がこちら。

リクハルド・エル・キャルリーヌ　11歳
キャルリーヌ子爵家長男
HP500　MP220
適性魔法　水　火6　風3　土　光　闇

称号　筋肉神の祝福
スキル　筋力18　制御10
備考　生まれながらにして筋肉神の祝福を得る。母親並びに乳母に重傷を負わせ、屈強な護衛騎士に育てられる。魔導具がなくてもそこそこ制御できるようになってきている。祝福を克服するため鉱山で鍛錬するようになった。鉱夫達からは、初恋の子を怪我させてしまい、もう二度と過《あやま》ちを起こさないために鍛錬しているのでは、と思われている。アルヴィ大好き（あくまでも友情）。ライバル出現に闘志を燃やす。弟が生まれた。

ちょっとごめんよ。色々とツッコミたいけど、ＨＰとＭＰの伸び率がいいね。制御スキルも順調というか、飛躍的に向上してるし。スキルって短期間でそんなに伸びるもんなの？　というか、初恋の子ってなに？　どう考えても俺だよね？　リクハルドもきっと、鉱夫さん達に誤解されるような言い回しをしたんだろうな……。


「リクハルド。誕生日、おめでとう」

「へへっ。先に十一歳になっちゃった」

リクハルドにはあとでプレゼントを渡そう。屋敷の小屋でボロボロだが質のいいツルハシを見つけたので、ダンと一緒に修理しておいたのだ。手紙を添えて送ろうと思っていたのだが、本人に渡したほうが喜ぶだろう。

「僕も来節には十一になる！」

「張り合うな」

普通に仲良くしてください。剣呑《けんのん》というほどではなく、微笑ましいレベルの競い合いだからいいんだけどさ。

腐葉土を見て回ったから遺跡へ向かえば、邪魔な土砂を取り除き、剝《む》き出しとなった遺跡の壁に張りついているヒスペルト達がいた。壁の模様を調べているらしい。命綱はつけているけど、冒険者パーティーの面々はハラハラした様子でそれを見ている。

「昼食を持ってきたんで、休憩にしませんかー」

斜面を覗き込むようにして声をかければ、ヒスペルトが片手を上げた。しばらく待っていると、斜面をぞろぞろと登ってくる。わかってはいたが、みんなホコリ塗れだな。タオルを持ってきて正解だった。水筒も多めに持ってきたので、水で濡らしたタオルを渡して顔と手を拭いてもらう。

本日の昼食はリディアーヌ作、シシーの燻製ハムと葉物野菜のサンドイッチだ。燻製ハムは塩気が強いので、ソースはなし。肉好きの俺としては、川魚のフライよりもこっちのほうが好きだ。塩と燻製のお陰で、獣臭さも気にならない。

リディアーヌの凄いところは自分でもハムを作ってみたいと、シシーの解体から参加しているところだ。これには兄上もびっくりしていた。

「いやぁ。今日は昼食抜きを覚悟していたからありがたい」

ヒスペルトの言葉に、調査団の面々が頷く。この季節、お弁当は傷《いた》んでしまうし、それならバッシュ親方達みたいに、昼食は取らずに早めの夕食にしたほうが効率的なのだろう。もしくは、携帯食で凌ぐか。

一日三食の文化が根付いてはいるが、職業によっては時間帯をずらしての一日二食は珍しいことではない。しかし、腹が減るものは減る。

「一度、昼に遺跡の外へ出て来られるのであれば、屋敷の者に昼食を運ばせますが」

「むりですね」

即答したのは、クラリッサの代わりにやって来た、レベッカ・メンデスである。年齢は二十五歳。

オレンジ色に近い明るい髪色にくすんだグレーの瞳。凛々《りり》しい顔立ちは、ショートにカットされた髪型や女性にしては高めの身長と相まって、どこぞの王子様のような印象を受ける。口の端っこにパンクズがついてるけど。

メンデス準男爵の次女で、二十一歳まで騎士団に在籍していたが、古代遺跡への夢を諦めきれずに退団。二年間の猛勉強ののち、王立古代遺跡研究所に合格した才女である。

準男爵は一代限りの爵位なので、子供達は貴族を名乗ることはできない。父親は貴族だが、レベッカは平民という立ち位置だ。

「正直言って、そのまま遺跡で寝泊まりしたいところを、泣く泣く宿泊所に帰っている状態です。昼食にこのような、とても美味しい食事がいただけたとしても……いただけたとしてもっ……くうっ、むり、です……っ！」

ずいぶんと葛藤してんじゃん。うちの領地で採れた葉物野菜とハムの組み合わせは最高だもんな。ジャックなんて、昨晩からなにも食べていませんという飢えた顔でむさぼり食ってるよ。喉につっかえるぞ。

「その気持ちもわかるけどさぁ。あたしとしては、携帯食よりこっちのほうが魅力的だよ」

大きめの岩に座ってサンドイッチにかぶりついているのは、冒険者パーティーのイルザ・ノイラートだった。

年齢は二十四歳。癖のあるブラウンの髪はレベッカと同じように短く、猫のようにキュッと上がった目尻がボーイッシュな雰囲気を醸《かも》し出している。冒険者パーティーの紅一点であり、ムードメーカー的な人物だ。

「こないだ食べた川魚のフライ。あれのためなら、あんたらのケツを蹴り上げてでも地上に戻りたいね！」

「くっ、確かに、あのフライも美味でしたが……！」

なんでも美味いんじゃねーか。ケラケラと笑ったイルザは、つけあわせの根菜のフライを摘まんだ。そして、急に真顔になって、「やっぱり、引き摺ってでも戻るわ」と呟く。それは岩のような見た目の芋《いも》をザク切りにして、小麦粉をまぶし油でカラッと揚げ塩を振った、いわゆるフライドポテトみたいな料理だ。

ナモ芋という、南部のごく一部で栽培されていた品種で、寒さや暑さに強くかなり日持ちもする。しかし、収穫方法がとても面倒臭く、まったく広まらなかったらしい。ナモ芋はかっちんかっちんに固まった土で栽培される。収穫にはツルハシを使わなければならないほど。かなりの重労働故に、農家からは敬遠されていた。

ここで効果を発揮するのが、俺の土魔法である。周囲の土をモコモコすれば、ツルハシなんて振るわなくても簡単に収穫できるのだ。なによりナモ芋は味も濃く、火を通すとホクホクになって色々な料理に合う。揚げてもよし、煮てもよしの万能野菜なのである。ネックは俺がいないと収穫が難しいという点のみ。

イルザは無言でナモ芋のフライをレベッカの口に押し込んだ。カッと目を見開いたレベッカは、やはり無言でナモ芋のフライに手を伸ばす。揚げて塩を振っただけなのに、手が止まらなくなるよな。

「これは美味しいねぇ。満腹なのについつい食べ過ぎちゃうよ」

のんびりとした口調で告げるのは、オルバ・ニッキだった。冒険者パーティーの一員で、ブラウンの髪にヘイゼルの瞳の、見た目は小柄な少年である。しかし、その実は成人済みの二十七歳というから驚きだ。性格ものんびりとしていて、仕事がない日は庭先でボーッとしている。光合成かな？

「腹に入れ過ぎるなよ。動きが鈍る」

そう言いながらも、ものすごい勢いでサンドイッチを平らげているのが、ブラム・スミット。短くカットされたブラウンの髪に緑色の瞳の、とても大柄な青年だ。

年齢はアウグストと同じ二十五歳。盾役ということで、遺跡に潜る時は全身を防具で固めた上に、大盾を装備している。パーティーのお父さん的な感じ、というのが俺の第一印象。

そして、先ほどから無言で食事を取っているアウグストを加えた四人が、冒険者パーティー〝ドラゴンの晴天〟のメンバーである。

ドラゴンの晴天とは、警戒心の強いドラゴンがつい空を飛びたくなるくらい雲ひとつない晴れ渡った空、という意味らしい。ドラゴンなんているの？

食事も終わって、食後の小休憩的な空気が流れる。こういう時にコーヒーがあればいいんだけど、うちの国は紅茶が主流なんだよね。

「アルヴィ君。未発見遺跡の重要性はなんだと思う？」

皮袋タイプの水筒から水を飲みつつ、ヒスペルトがこちらに話を振ってくる。

「盗掘に遭っていないので、古代文明時代の遺物が手つかずで残っていることでしょうか？」

「それも大事だね。でも、我々は深層には潜れないから、そこまで重要視はしていないよ。珍しい遺物は冒険者が持ち帰ってきてくれる。お金はかかるけどね」

未発見の遺跡の重要性ねぇ。ちらりとリクハルドとフェリクスを見れば、難しい顔で悩んでいるところだった。

「でも、そうだね。荒らされていないということはとても重要だ」

「……正確な計測のため、でしょうか？」

俺の答えにヒスペルトは満足そうに頷いた。一方、リクハルドとフェリクスは頭にハテナマークを浮かべたような顔をしている。どれ、説明してやるか。

「例えば、遺跡の床に砂があったとする。それを調査したいが、開放されている遺跡の場合、その砂がどれくらい前のものなのか、それとも冒険者の靴裏につくなりして外部からもたらされたものなのか、判別がつかないんだ。でも、未盗掘の遺跡なら、それが古代文明時代からそこにある砂だと確信が持てる。――そういうことですよね？」

「うんうん。わかりやすい解説だ。我々は遺跡内部の建築様式や植物、まさにアルヴィ君が言ったような床に積もった砂やホコリなんかを調査して、遺跡が造られた年代や文化等を調べている。といっても、わからないことばかりだけどね。私は――私達はいつか解明したいんだ。高度な文明がなぜ、一夜にして滅んでしまったのかを」

だから、勝手に入るんじゃねぇぞコラ、ということですね。その節は大変申し訳ありませんでした。いや、レオンもちゃんと調査が済んだ場所を選んでたと思うよ。

俺は神妙に頷いたあと、ふと思ったことを口にした。

「ですが、今回は誰かが先に入っていた形跡があるんですよね？　調査に影響はないのでしょうか？」

「十階層までは、ね。下へと続く階段の周囲の壁が崩れたのはかなり昔――少なくとも百年、二百年前だと見て間違いはない。残されていた焚き火の痕《あと》はそれに比べると真新しいものだった。実際、十一階層には誰かが入ったような形跡はなかったしね。おそらく、その人物も下へと続く階段が見つけられずに挫折したんじゃないかな」

たぶん、その侵入者はアイロック少年で間違いはないだろう。なんたって、遺跡内部の植物を持ち出し、品種改良していたわけだから。仲間がいたかどうかは不明だが、埋もれた階段を発見するのは容易なことではない。それになにより、アイロック少年は若くして儚くなってしまった。

あの日記を見たらなにかわかるかもしれないけど、鑑定スキルさんが地獄というレベルだからな。それ相応の覚悟がなければ、俺の心が死ぬ。ミュラー男爵領に来てからというもの、何度俺の心が死んだことか。墓標だらけだよ。

「かく言う私も若かりし頃、我慢がならずに一等級遺跡に忍び込んで、九死に一生得た経験があってねぇ。あの時、レオンに出くわさなかったら死んでたよ。あははは」

なにやってんの。さすがの俺も一人で入ろうなんて思ったりしないし。でも、なんでそんな話をすんのかな、とヒスペルトを見ると、彼は目を細めた。

「アルヴィ君は遺跡と縁があるようだからね。調査の重要性について、理解しておいてほしいんだ」

「縁、ですか?」

「勘みたいなものかな。学園に入学したら、ぜひ専攻学科で古代遺跡関係を選んでほしいね。アルヴィ君は研究者向きだよ」

「うちは給料もいいよー」

ジャックがついでとばかりに付け足す。

学園では基礎教養の他に、将来の進路を見据えた専攻学科がある。基礎教養はいわゆる五教科みたいなもので、専攻学科は、領地経営科や騎士科、古代遺跡研究科のように複数の学科にわかれている。

卒業後の進路に合わせて選ぶことになるため、どの学科を選ぶのかはけっこう重要だ。一年目と二年目は基礎教養のほうが多いが、三年、四年ともなると専攻学科の割合が増える。

でも、将来の職業かぁ。やんなきゃいけないことはたくさんあるけど、学園に入学する時までには方向性くらい決めておいたほうがいいだろうな。

「選択肢のひとつとして考えておきますね」

選択肢はいくつあっても困るものではない。ただ、王立系は倍率が凄いので、そう簡単ではないが。

「さて。もう少し休んだら調査を再開しようか」

調査の邪魔をしてはいけないので、俺も荷物をまとめて帰ろうかと思ったが、先ほどからずっと無言のアウグストが気になった。心ここにあらず、といった様子に内心で首を捻る。……なんとなく心当たりはあるんだけどさ。

□□□

そもそもアウグストとは、あまり話したことがないんだよな。研究所の面々とはわりと打ち解けられたと思うが、ドラゴンの晴天パーティーとは会話する機会がなかなか巡ってこなかった。というか、俺も含め日中はそれぞれ仕事があるし、たまに開かれる夕食会ではもっぱら聞き手に専念している。

なんとなく、その表情が気になって、俺は少し離れた場所でたたずむアウグストのところへと向かった。リクハルドとフェリクスは、また微笑ましげな言い争いをしているので放置でいいだろう。

「アウグストさん、となりに座ってもいいですか？」

「……ああ」

手頃な岩に座るアウグストのとなりに俺も腰を下ろす。しかし、話題がない。なにを話せばいいんだ？兄上のネタなら色々あるけど。少年時代はとってもやんちゃで、よく父上にお尻を叩かれていたとか？ 俺は叩かれたことはない。

兄上のこと以外で共通の話題なんてないしなぁ。そんな沈黙をどう受け取ったのか、アウグストのほうから話しかけてきた。

「すまない。俺はあいつらと比べると、少し口下手でな」

「あ、いえ。無口なのもカッコいいと思います」

「気遣いはありがたいが、レオンがいる前では絶対にやめてくれ。命がいくつあっても足りない」

「レオンさんとは知り合いなんですか？」

「……ああ。遺跡での護衛依頼を引き受けた時、うちに臨時加入したのがきっかけだ」

「遺跡見学ですか？」

「いや。研究員による調査だ。壁に彫られたレリーフや石板は、持っては来られない。危険は承知で、直に見たいと希望する研究者もいる」

その研究者とやらがヒスペルトだったんだろうな。国王の従兄弟のために、王弟が護衛につくってことがいまいち理解しがたいけど。そして、アウグスト達の護衛ぶりが認められ、指名依頼が来たというわけだ。

「正直、意外だった」

「？」

「いつも冷めたような目をしていたあの男が、誰かに執着するようなこともあるのだな、と」

おっふ。そっちに話を持っていきますか。レオンからは〝運命〟だと言われてはいるが、いまいちよくわかんないんだよね。十六になったら問答無用で抱かれて、十八になったら婚姻が待っていることは確定だが。ただ、困ったことに――いや、別に困ってはいないんだけど――それが嫌じゃない自分がいるのだ。レオンに向ける気持ちがどういった類のものなのかはわからないが、今まで誰に対しても抱いたことのない未知の感情だとは思う。それが恋なのかどうかはまだわからない。

「少年趣味だとは思わなかった」

「ぐふっ。そ、それは……」

「冗談だ。あの男にとって、君でなければならない理由があるのだろう」

アウグストも冗談なんて言うんだな。顔の表情筋はピクリとも動いてないけど。

「イルザ達とは、同じ孤児院の出身だ」

いきなりぶっ込んでくるね。なんで急にそんな話を？　と首を傾げつつ、黙って拝聴する。

「孤児院は教会が運営しているところが多い。……だから、祝福についても知っている」

「それは」

「リディアーヌ嬢のこと、気付いているのだろう？」

俺は否定はせず、小さく頷いた。

「貴族の子女があの年齢で学園に通っていないのはおかしい。なにより、腕に嵌められた魔導具は特殊なものだ。魔導石の色も〝青〟。なんの理由もなくそれを身につけているとは思えない――ということを、ディートに問い詰めたら、根負けして教えてくれたよ」

アウグストは感情の籠もらない声で、淡々と告げる。

「ディートのことを思えば、さっさと故郷へ帰ってもらいたいが、リディアーヌ嬢の心情を思えば、気が済むまで愛する者の傍にいさせてやりたい。……我ながら、矛盾しているな」

自嘲《じちょう》するように笑うアウグストを、俺は見上げた。

ただのストーカーだと思ってごめん。他人を慮《おもんぱか》れるストーカーだったんだな。

でも、これでなぜアウグストが物思いに耽っていたのか、理由がわかった。そう言われてみると、アウグストは最初こそ、リディアーヌと兄上を巡って言い争いをしていたが、最近は二人の邪魔をするようなことはなかった。リディアーヌの祝福を知って、遠慮していたのだろう。残された時間が少ないとわかっているから。

「矛盾はしていませんよ」

「なぜだ？」

「どちらも、当然の感情です。僕もまったく同じことを考えていました」

これ以上、リディアーヌと親しくなれば、いずれ訪れる永遠の別れが兄上の心にまた傷を負わせるだろう。だから、そうなる前に故郷へ帰って欲しいと思わなかったと言えば嘘になる。俺にとって大切なのは兄上のほうだから。

でも、リディアーヌのことを知れば知るほど、彼女の願いを叶えたいと思ってしまう自分もいるのだ。今まで祝福に苦しみ続けてきた彼女の、最後の望みを。

「リディアーヌ様は、近いうちにアンデル伯爵領に戻ると言っていました」

「……そうか」

アウグストはそれ以上なにも言わずに目を伏せた。

やがてヒスペルトの号令で、調査団の面々が休憩を終えて動き出す。俺はリクハルド達のところに戻り、まとめた荷物をラピスの背に括りつけた。

調査団のみんなに別れを告げ、山道を下る。その道すがら、フェリクスが話しかけてくる。

「これからなにをするんだ？」

「んー、畑仕事かな。街のほうは今から行っても、そんなに作業はできないし。ラピスに乗って見て回るから、フェリクス達は先に帰っててくれ。ただし、喧嘩すんなよ」

「いちいち言われなくてもわかっている」

「じゃあ、ラピスの荷物は僕が持っていくよ」

「助かる」

「僕も持つ！」

張り合ってるなぁ。でも、リクハルドのお陰でフェリクスが暗い顔をする回数が減ったのも事実。喧嘩ばかりじゃなく普通に笑い合うこともあるので、仲が悪いというわけではないようだ。

屋敷へと戻っていく二人を見送って、俺はラピスの背に乗った。

「さて。ちょっくら実験でもしますかね」

「ヒン？」

畑に着いた俺は、その隅っこで作っている腐葉土・特の穴を確認した。

腐葉土・特ができた場合は、目印としてそこに赤い旗を立てておくようにしている。ラピスから降りた俺は、周囲に誰もいないことを確認した。そして、腐葉土・特を鑑定する。解説欄はいつもと同じ。

俺はそれを少量、手のひらに載せる。

「……ううっ。気が進まない」

以前、腐葉土・特を口に入れた瞬間、大量の魔力を消費したような感覚に襲われた。

実際、ステータス画面を確認したところ、ＭＰが底をついていた。なかなか回復せず、俺はこのままＭＰが枯渇するのではないかと戦々恐々としたものだ。数日後には戻ったが。その間、体調の問題もあったが、畑仕事はできなかった。

もしかしたら、腐葉土・特にはＭＰを限定的に減らす効果があるのではないか、と俺は考えた。しかし、それならそうと鑑定スキルさんが教えてくれそうなものである。さすがに食いはしないだろうと、注意喚起しなかった可能性もあるが。

なので、もう一度、確認しようと思ったのだが……。

もちろん、飲み込むことはせず、口に含んだらペッとするつもりではある。しかし、原材料は落ち葉と土といえど、苦みとえぐみと発酵したことによる臭いと、色々なものがとにかくすごいのだ。

あの時の俺は、よくこれを食おうと思ったものだ。きっと疲れていたんだな。

「水もある。口に入れたら、耐えられるだけ耐えてペッするだけ。母上作のクリーチャーよりはマシ。よし、行ける。頑張れ、俺」

「――やっぱり、なにか企《たくら》んでいたな」

「ぎゃあ⁉」

背後からかけられた声に俺は飛び上がった。慌てて振り向くと、そこには不満げにこちらを見るフェリクスとリクハルドの姿があった。

「な、なんで……」

「あとをつけて来たに決まっているだろう。顔になにか企んでいます、と書かれてあったぞ」

「え、嘘っ」

「もちろん嘘だが、帰り道でずっと考え込んでいただろう」

「アルヴィは考えごとをしている時、足下が疎《おろそ》かになるんだよ。何回か転びかけてたよね」

よくわかってらっしゃる。あと、別に企んでいるわけじゃないから。誤魔化されないぞ、という二人の視線を前に、俺は溜息をついた。

「わかった。素直に話す」

「当然だ」

「前に腐葉土・特を食ったことがあったんだけど――」

「待て。なぜ、そんなものを食った⁉」

「お腹が減ってたの？」

「違う」

俺が腐葉土・特を食った経緯はどうでもいい。重要なのはそこではないのだ。盛大に腹を壊して寝込んだことも些事《さじ》である。

「魔力が急激に減ったんだよ」

「どういうことだ？」

「ついでに体力も減った」

こちらは麻痺と同じで、肉体にダメージを受けたから減ったと考えるべきだろう。しかし、俺はＭＰを使っていないにもかかわらず、ステータス画面の数値はゼロになっていた。

「たまたまだったのか、それとも腐葉土・特に魔力を減らす効果があるのか、確認してみたかったんだ。あ、別に飲み込むわけじゃないぞ。口に入れて、ちょっとしてから吐きだすだけだ」

それにフェリクスが驚いたような顔をした。さすがにここまで話せば気付くだろうな、と俺は嘆息する。あくまでも可能性の話であり、本当に魔力が減るのかどうか不確かな部分が多かった。だから、フェリクスにこの話をして、ぬか喜びさせたくなかったのだ。

「もしかして、アルヴィは姉上のことを知っているのか？」

「あー、うん。ごめんな」

「いや。……僕も黙っていてすまない」

リクハルドにも説明すべきかと思ったが、当の本人が「知ってるよ」と告げた。

「僕も祝福持ちだから、定期的に王都の教会に行ってるんだ。その時にリディアーヌ様をお見掛けしてね。同じ魔導具をつけていたから、父上に訊ねてみた覚えがあった。父上はリディアーヌ様が魔力神の祝福を持っていることを知っていたよ」

「そうだったのか……。その、お前の祝福は大丈夫なのか？」

「僕は筋肉神の祝福だから、自分がっていうよりも周りの人達のほうが大変かな。でも、鉱山で鍛錬しているお陰で、少しずつ制御できるようになってきてるんだ」

「こ、鉱山で!?」

「うん。誰の迷惑にもならないし、大きな岩も一撃で壊せるから喜ばれてる」

「そ、そうか」

フェリクスは顔を引き攣らせながら頷いた。その前は、うちの領地で木を引っこ抜いてたよ。リクハルドのお陰で、今年の冬も薪には困らない。

「期待させておいて、駄目だったら嫌だろ。それに、祝福関係は教会が中心になって、ずっと昔から研究が進められてきたんだ。そんな簡単に解決の糸口が見つかるとは思えない」

魔導具による祝福の緩和に成功したのも、教会が運営する研究機関の功績だ。

祝福を理由に命を絶つことは、神に対する冒瀆《ぼうとく》と見なされるが、祝福の緩和や克服については規制されていない。むしろ、積極的に研究されていると言えよう。

〝神様〟という人知を超えた存在に対する、せめてもの抵抗のように。

「もしかしたら、無意味なことかもしれないが、それでも、足掻くことを止めたくはないんだ」

これは俺のエゴのようなものだ。そう遠くない未来、リディアーヌは祝福によって命を終えるだろう。どれほど足掻いても結果は変わらないかもしれないが、なにもせずに傍観するよりも、わずかな可能性に希望を託したいと思わずにはいられない。

「……わかった」

「フェリクス？」

「これを口に含めばいいんだな？」

「え、ちょ――」

腐葉土・特を鷲掴みにしたフェリクスは、それを口に押し込んだ。ちょっと待て。いくらなんでもその量は――。

結果、フェリクスは撃沈した。顔を真っ青にしたかと思うと、水路に身を乗り出して盛大にリバースした。だから少量でいいって言ったのに、無茶しやがって。それを見ていたリクハルドは、ごく少量を口に含んで、少し間を置いてからペッと吐き出した。

俺はすかさず二人のステータス画面を確認する。しかし、MPに変化はない。フェリクスのHPがちょびっとだけ減っていたけど。おかしいな、と思いながら、俺も腐葉土・特を口に含む。

母上作のクリーチャーよりマシ、母上作のクリーチャーよりマシ、と呪文のように唱えて吐き出す。ステータス画面を確認するが、やはり変化はない。

「うーん。魔力が抜けた気はしないな。前に食った腐葉土・特って、どこで作ってたっけ？」

「まだ確認する気なのか⁉」

「当たり前だろ」

俺が食った腐葉土・特は、すでに畑に撒いてしまっている。あれからだいぶ経ったが、もしかしたら二回目の腐葉土・特が完成しているかもしれない。そもそも俺は、現在確認されている腐葉土・特をすべてチェックするつもりだったのだ。

「腐葉土・特が終われば、普通の腐葉土でも確認する。なにが原因かをはっきりさせるためには、それくらい当然だろ」

「……お前は研究者向きだ。確信が持てた」

フェリクスがげんなりした表情で呟いた。いや、この程度で研究者向きだと言ったら、ヒスペルトやジャック達に失礼だと思う。あいつらの調査は本当に細かい。それを二、三年にわたって延々と続けるのだ。

「よし、夕刻までに回れるだけ回るぞ！」

「おー」

「……くっ、おっ、おー!!」

フェリクスはヤケクソ気味に叫んだ。それでも、ちゃんと付き合ってくれる辺りが真面目だよなぁ。

□　□　□

夕日が沈みはじめる頃。俺達はボロボロになりながら屋敷へと続く坂を登っていた。連続、腐葉土・特はさすがにキツかった。これ、絶対に口がおかしくなってるやつ。水ですすいだが、まだ口からあの独特の苦みとえぐみが取れない気がする。オエッ。

「でも、魔力は減んなかったんだよな……」

ＨＰはちょびっと減ったけど。精神もゴリゴリと減ったけど。あの腐葉土・特が特別だったのか、それとも他に要因があったのか。ううむ、と悩みながら坂を登っていると、ちょうど調査団の一行も戻って来るところだった。

先頭を歩くアウグストが、不意になにかに気付いたように顔を上げた。その視線の先には、屋敷の前を歩く兄上とリディアーヌの姿がある。二人をじっと見詰めたアウグストは、ふっと視線を逸らして止めかけた歩みを再開した。きっと邪魔をしてはいけないと思ったのだろう。しかし、そのアウグストを呼び止める声があった。

他ならぬ、リディアーヌである。

「ロッソ様！」

「……なんだろうか」

スカートの裾をたくし上げて、猛然と走り寄ったリディアーヌは、怒りを含んだような目でアウグストを見上げる。

「そのように遠慮されても、私は少しも嬉しくありませんわ！」

「…………」

「恋敵であるのなら、正々堂々競い合うべきです。もちろん、私はディートリヒ様を譲るつもりはございません」

宣言するようなリディアーヌの声は、夕暮れの空にとてもよく響いた。アウグストは驚いたように目を瞠って、自分よりも小さな少女を見下ろす。

「それに、私は恋敵と切磋琢磨《せっさたくま》することに憧れていたのです。同情で譲られては、業腹《ごうはら》というもの。私のことを思ってくださるのであれば、遠慮する必要はございません」

「……ふっ。それはすまなかったな、リディアーヌ嬢」

アウグストは、口角をほんの少しだけ持ち上げるようにして笑った。それを遠巻きに見ていたドラゴンの晴天パーティーの面々が、「あのアウグストが笑った……！」と戦《おのの》く。

「どうぞ、リディアと呼んでください」

「では、俺のこともアスト、と」

「はい――きゃあ⁉」

満面の笑みを浮かべるリディアーヌを、アウグストはおもむろに横抱きにした。いわゆるお姫様抱っこというやつだ。

「顔色がよくない。部屋まで運んでやる」

「高いっ、高いですわ、アスト⁉」

「しっかりと摑まっていろ」

くすくす、とアウグストが楽しげに笑う。ええと、二人は恋敵なんだよね？　喧嘩ップルってわけじゃないよね？

二人が世界を作っている背後で、兄上が一人、取り残されたような顔で所在なげに立ってるんですけど。ねぇ、誰か気付いてあげて。

□　□　□

澄み渡った空。

畑の隅っこに突っ伏す俺達。腐葉土・特の可能性を調査して、はや三日。味覚は死滅しつつある。今なら母上作のクリーチャーだって食せるかもしれない。

「おえっ。口の中がジャリジャリする」

「僕、夢の中でも腐葉土を食べてた……」

フェリクスとリクハルドも重傷である。主に精神が。

俺は草むらで大の字に寝転がりながら、澄み渡った空を見上げた。

結果として、腐葉土・特にはMPを減らせるような効果は見られなかった。あの時、なぜMPが底をついたのか、原因は依然として不明である。しかし、腐葉土・特を口にした瞬間、確かにMPが減ったのだ。それは何度もステータス画面を確認したので、間違いない。

「次はなにをするんだ？」

「しばらく休憩」

ラピスが近寄ってきて、俺達の腹部を鼻先で交互に押していく。生存確認はありがたいけど、今はお腹を押さないで欲しい。

あの時の腐葉土・特だけが特別だとは思えない。俺はいつも、それがちゃんと特別な腐葉土だと確認するために鑑定スキルを使っているのだ。

レベルも説明欄も大きな違いはなかった。でも、他に違いがあったはずなのだ。そうでなければあの腐葉土・特だけ魔力が減るなんてことはあり得ない。なにか、決定的な違いが。思い出せ。よく考えろ。俺はなにかを見落としているのでは――。

「――アルヴィ？」

視界にフェリクスの顔が入り込む。

「そろそろ昼食の時間だ。屋敷に戻ろう」

「……そーだな」

一瞬、なにかが閃きそうだったのだが、それを掴む前に名前を呼ばれ集中が途切れてしまった。溜《た》息をついて、起き上がると、リクハルドはすでにラピスの手綱《づな》を握り締め帰る準備に取りかかっていた。お前ら、回復すんの早いね。

「帰りは僕がラピスの手綱を握る約束だろう！」

「はいはい」

なんだかんだで、二人とも最後まで俺の馬鹿げた発案に付き合ってくれたんだよな。こんなことをしても無意味だと、匙を投げることもせず。むず痒さに頬が緩みそうになりつつ、俺は立ち上がった。そのままフェリクス達に走り寄って、背後から抱きつこうとした――が。

「え？」

足下の大地がなくなって、突然の浮遊感が襲う。背中に熱いくらいの体温を感じた瞬間、耳元で囁く懐かしい声があった。

「アルヴィ」

砂糖菓子よりも、甘い、甘い、響き。振り返れば、間近に赤銅色の瞳があった。俺は頭で考えるよりも先に、その首筋に縋《すが》りつく。

「お帰り、レオン」

「ああ」

込み上げてくる感情を、くっと奥歯を噛み締めて堪えた。じわりと涙が滲みそうになって、レオンの肩口に顔を押しつける。微かな汗の匂い。それに安堵を覚える自分がいた。

駄目だな。レオンの前だと、どうしても気が緩んでしまいそうになる。堪えていたものが堰《せき》を切ったかのようにあふれてしまいそうだ。レオンは俺の頭に頬ずりしてから、背中をあやすようにポンポンと叩いた。やめて。泣きそ――、

「で、あのガキどもはなんだ？」

地の底を這うような声に、涙が引っ込んだ。

□　□　□

リクハルドとフェリクスは友達なんです。親友なんです。それ以上でも以下でもありません、ということを俺は延々と説明した。もはや尋問である。俺は取調室でカツ丼を食べる幻影を見た。カツ丼食いたい。

問題はリクハルド達への説明である。

レオンのことを、どう説明すればいいの？　婚約者？　十八歳も年上の？　兄上は婚約について、「アルヴィにはまだ早い」と言っていた。

それに対するレオンは、「じゃ、こいつに婚約の申

し込みがきても断っとけよ。受けてもいいが、相手が不慮《ふりょ》の事故で死ぬだけだ。それは気の毒だろう？」と物騒な台詞を口にしていた。ひぃん。

しかし、正直に俺がレオンの運命なんだってー、と言うわけにもいかない。悩みに悩んだ末に、「こちらは一級冒険者のレオンさん。父上の知り合いで、色々と世話になっている人だ。ちょっと距離が近くて、スキンシップが激しいけど俺限定だから。とてもいい人だよ」と説明した。これ以上、どう言えっていうんだ。

二人は一級冒険者という部分に食いつき、目をキラキラさせていた。少年達の憧れだもんな。

「疲れた……」

昼食をとって、午後は休みと宣言した俺は、早々に部屋へと籠もった。寝台に突っ伏して、溜息をつく。

「俺が不在の間に、色々あったみたいだな」

なんで、当然みたいな顔で俺の部屋にいるんだろうな、こいつは。自分で沸かした風呂に入ったレオンは、こざっぱりとした服装で寝台に腰掛けている。

「そっちこそ、王都でちゃんとお勤めしてきたわけ？」

「まーな。ついでに遺跡にも潜ってきた」

王都にある遺跡というと、王族が管理する一等級遺跡しかないんですが。ちょっと買い物行って来るね、という軽いノリで潜るような場所ではない。

「土産」

目の前に落とされたのは、青色の魔導石だった。天然モノじゃーん。

「遺跡でもたまに見つかる。古代人も使ってたみたいだな」

「ふぇええ」

「魔導具に合うように加工してあるから、すぐに使えるぞ」

「そういう問題じゃない」

「じゃあ、滞在費として受け取ってくれ」

「何年いるつもりだよ」

「アルヴィがいる限りは、ずっとだな」

大きな手のひらが、俺の髪をくしゃくしゃにするように撫でる。

なんだろう。レオンが不在の時は寂しいだなんて思わなかった。でも、こうして顔を合わせた今、無性にレオンに触れたくてしかたない。ただ、素直に甘えるのは、少しばかり気恥ずかしいというか。あと、絵面的な問題ね。俺、十歳。レオン、二十八歳。傍から見れば犯罪である。

「あ」

寝台から起き上がった俺は、勉強机の引き出し——その奥にしまっておいた魔導具を取り出した。そう、禁術で作られた例のアレだ。

「魔導具か？」

「うん。〝アル〟について、説明しようと思って」

俺とアルが同一人物なのはバレている。知られていないのは、アルになる方法だけ。禁術で作られたという部分は申し訳ないが、内緒にさせてほしい。そうなってくると俺の鑑定スキルのことも話さなきゃいけなくなるし。

「この屋敷で見つけたんだ。魔導石を嵌めた状態で身につけると、外見が十年ほど成長する」

「……そんな魔導具、聞いたことねぇぞ」

「やっぱり？　でも、変わるのは外見だけなんだ。魔力量に変化はなかった。あと、変身する時の筋肉痛が地味に痛い」

「あのなぁ。そんなもん、ホイホイ身につけんな！」

「だって、古いだけで普通の魔導具だと思うじゃん」

鑑定スキルがなかったら、ちゃんと使えるかどうか実際に魔導石を嵌めて試しただろうし。レオンは額を押さえて呻《うめ》いた。

「魔導具に副作用があるって話は聞いたことねぇが……。一度、ヒスペルトに鑑定してもらうか」

「鑑定スキル持ちなのか？」

「ああ。レベルは６。いまのところ、国内における最上位だ」

「うーん。バラバラに解体しないなら、いいけど……」

「するだろうな」

「じゃ、却下」

あっぶねぇ。心臓がバクバクいってヤバい。ヒスペルトって鑑定スキル持ちなのかよ。レベル６で最上位か……。レベル１なのにちょっとおかしな解説つきの俺は、本当になんなんだろうな。

「信じないわけじゃねぇが……よし、実際に〝アル〟になってみろ」

「ええー」

地味に痛いんだけど。しかし、自分の目で見てみたいというレオンの気持ちもわかる。

悩んだ末に、俺は実演してみせることにした。やましいことをするわけじゃないけど、念のために部屋に鍵をかけておく。兄上が来た場合は、レオンには窓から飛び降りてもらおう。三階だけどいけるだろ。

「着替えるからあっち向いて」

「なんで着替える――ああ、肉体だけが成長するからか」

「そういうこと」

「別に見てもよくないか？」

「よくないね」

もう面倒なので、俺はクローゼットから兄上の昔の服を取り出すと、シーツを頭から被った。その中でもそもそと着替える。そして、首だけを出し、成長の魔導具を腕に嵌めた。

身構えていたお陰か、筋肉痛は初回よりもだいぶマシだった。あだだだだ、と呻いていると、だぶだぶだった服がぴったりのサイズになる。レオンは呆然とした声で告げた。

「……アル、だな」

信じていなかったわけではないだろうが、実際に見るとさすがに驚かずにはいられなかったようだ。

「だいたい二十歳くらいってとこか？」

年齢的には兄上と同じなんだよな。でも、貫禄が違うというか、俺はどうしてもいいところのお坊ちゃん感が抜けない。今からでも体を鍛えるべきだろうか。

「魔導具が本物だってことはわかった。だが、疑問はもうひとつある」

「え、なんかあったっけ？」

レオンは真面目な顔で俺を見詰めた。

「お前の精神年齢の高さだ」

「ひょえ」

えっ、マジで？　そこ、疑問に思っちゃう？　気付いちゃう？　俺がなにも言えずにいると、レオンが溜息をついた。

「フィアラスで出会った時、アルと話していてまったく違和感がなかった。いくら早熟でも、十歳じゃあり得ない。それは、話してくれないのか!?」

くっ、そんな捨て犬みたいな眼差しは卑怯だ。別に前世の記憶があるとバラしてもいいんだけど、この魔導具みたいに証拠があるわけじゃないので信じてもらえるかどうか。

うんうんと悩む俺を、レオンは辛抱強く待ち続けた。観念したのは――俺である。

「成長の魔導具よりも、突拍子もない話だぞ？」

「ああ」

「……俺には、前世の記憶がある」

覚悟を決めて告げれば、レオンはわずかに目を瞠った。

「ところどころ朧気《おぼろげ》で名前も覚えてないが、成人男性で、家族もいた」

両親は健在で、実家では白い犬を飼っていた。兄弟はいなかったので、一人っ子だったのだろう。大学を卒業した俺は、たぶんどっかの会社に就職したような気がする。

でも、前世の記憶は本当に途切れ途切れで、顔はなんとなくわかるのに、親しかった友達の名前でさえ思い出すことはできなかった。その反面、バイト先のおっちゃんの愚痴《ぐち》は一言一句覚えているというチグハグさ。違う世界に転生したせいなのか、判断はつかない。

「証明はできないけどな」

「……どの国の生まれだったんだ？」

「レオンの知らない場所だよ。ここからずっと遠く。どれだけ頑張っても、絶対に辿り着けないまったく別の世界」

「断言できる根拠は？」

「魔法がなかった。代わりに科学って便利なものが発展して、もっとたくさんの国が存在した。違いを挙げればきりがない」

郷愁《きょうしゅう》の念があるかと問われれば、微妙なところだ。まったくないとは言い切れないが、前世のことを懐かしめる程の記憶はない。なにより、今世の俺は家族に恵まれていた。戻りたいだなんて思わないくらい。

「そっちの国の成人は何歳なんだ？」

「ええと、二十だったけど、途中で十八に変わったような……。いや、飲酒できる年齢はそのままだったか？」

「じゃ、問題ねぇな」

とんっ、と体を押されて寝台に転がる。そこに覆い被さるレオンに、俺はもしかしなくてもカモネギ再来を悟った。肉体も精神も成人済みって、美味しくいただかれる未来しか見えないんだが。

「お待ちください！」

「待たねぇよ」

「むり！　母上や兄上が来たらどうすんの!?」

「気にすんのはそこか」

いや、大事だろうよ。ひとつ屋根の下に家族がいるのに、そういうことできる？　ここは、クソ広い王宮じゃねぇんだよ。レオンはなぜか機嫌よさそうに笑った。

「ベルナデットは畑で野菜の収穫をすると言ってたし、ディートリヒは猟に行って不在だ。問題ねぇな」

兄上め、また山に行ったのかよ。リディアーヌがハム作りを学んでいるからといって、次々と獲物を狩ってくるんじゃないよ。

あと母上が畑にいると聞くと、不穏でしかないんだが。ダンは？　ダンは近くにいるよね？　クリーチャーが爆誕してたりしないよね？

「なんの準備もなしに、最後まではしねぇよ。それに、十六までは待つって言ったしな」

「じゃあ――」

「だが、この姿で精神年齢が上だっていうんなら、少しくらい手を出してもいいだろ？」

一応、中身の年齢も気にしていてくれたのね――ではなく。

「待て。そもそも、前世云々っていう話を信じんのかよ！」

「お前が俺に嘘をつくわけねぇだろ」

絶句。あまりにもあっさりと告げられた言葉に、俺はなにも返せずポカンとする。その信頼は、いったいどこから湧いてくるのか。

するとニヤリと笑ったレオンは、「黙ってることは、まだあるんだろうがな」と告げた。お前、人の心が読めんの？

「もう、いいな？」と言ったレオンは、ゆっくりと唇を合わせてきた。熱が籠もったような舌先で唇を舐められ、思わず吐息が漏れる。間近に迫る赤銅色の瞳を見詰めていられなくて、ぎゅっと目を瞑《つむ》れば、口付けはより深さを増した。

口内に入り込んだ舌が、敏感な部分をざらりざらりと愛撫する。その気持ちよさに、俺も舌を擦りつけるようにして応じた。

おずおずと背中に腕を回せば、胸板がぴったりと密着する。大きな手で後頭部を固定され、キスの合間になんとか呼吸を繰り返す。もうどちらの唾液かわからないくらい混じり合ったものが、口の端から零れた。

「んっ……んんっ」

気持ちいい。頭がふわふわする。キスだけでこんな風になるなんて、この先に進んだらどうなってしまうのか。想像してしまったせいで、腰の奥がずくりと疼《うず》いたような気がした。

顔が離れて行ったので目を開ければ、ギラギラした眼差しをこちらに向けたレオンが、真っ赤な舌で自分の唇を舐める。その壮絶な色気に、こいつの顔面に十八禁と落書きしてやりたくなった。赤の油性マジックで目立つ感じに。

「舌、出せ」

「ん」

素直に舌を出すと、尖端を歯で食まれる。その感触に背筋がぞわぞわした。舌先を吸われるのが気持ちいい。

そのまま深く唇を合わせる——と思いきや、レオンの顔が離れて行った。そして、額にちゅっと可愛らしく唇が押しつけられる。

「今日はここまでだ」

レオンの手によって、腕に嵌めていた成長の魔導具が外される。その途端、俺の体は元に戻り、ぴったり

だった服がぶかぶかになった。

なんで？　今にも食らいつかんばかりの顔してたじゃん。すると、レオンが前髪を掻き上げながら困ったように笑った。

「甘くみてた」

「えっ？」

「久し振りに会ったせいか、これ以上やったら我慢できそうにねぇんだよ」
ア、ハイ。

□　□　□

「……坊ちゃん。その背後にいる禍々しい男はなんだ？」

「気にしないでください」

気にしたら負けなんだよ。バッシュ親方は、俺の背後に立つレオンに目を白黒させている。


ヒスペルト達の護衛をしろと言いたいが、生憎、彼らは再びレポート地獄に陥っているので、やることがないらしい。なので、自発的に俺の護衛をしているのだそうだ。

護衛ならデニスがいるので間に合っていますと言いたいところだが、屋敷の家庭菜園にとうとうクリーチャーが生えてしまったので、その駆除で忙しいとのこと。母上は農作業も禁止された。

「それで、お話しとはなんでしょう？」

畑へと向かう途中、俺はバッシュ親方に呼び止められた。本日、ラピスは不在である。ラピスは子供や女性は平気なのだが、大人の男性に人見知りする傾向にあり、レオンにビビって小屋から出て来なかったのだ。二、三日すると慣れるみたいだが、これぱかりは強制するわけにもいかない。

「レンガを焼くための窯《かま》を作りたい」

「ここで作るんですか？」

「ああ。キャルリーヌ子爵領から運ぶって話だったが、予想より量が必要になりそうでなぁ。そうなると、運搬費が嵩んでくる。それでこの辺りの土壌を調べたら、山側にちょうどいい粘土質の土があったんだ。あれを使わせてもらえるなら、運搬費の節約になるぜ」

「ふむ。レンガを作るとなると、必要になるのは窯だけではありませんよね？」

「まあな。レンガの形を作る成形機や、材料を混ぜ合わせる攪拌機《かくはん》はうちの倉庫にあるから、それを持って来させる。あとは雨風が凌げる掘っ立て小屋でもあれば充分だ」

運搬費はほんと頭が痛いんだよな。前世の宅配便がいかに格安だったのかがわかる。確かに量が必要になってくるなら、レンガ専用の窯を作ってしまったほうが早いかもしれない。それに、レンガは下水設備だけでなく、ありとあらゆる場所に多用する。

「わかりました。成形機や攪拌機は、長期利用を見据えて購入することにします。人力のものよりは、魔導器型のほうがいいですよね。窯や小屋の建設は、バッシュ土木工房で請け負ってもらえるのでしょうか？」

「かまわねぇよ。攪拌機は特に魔導器型だとありがたい。ただし、レンガ作りは専門の職人が必要だ。素人じゃ、成形機を使ってもバラツキがでる。うちの下請けに声をかけるが、いいかい？」

「はい。お願いします」

別途お金がかかるよ、ということだが、職人を数名雇うのと運搬費とでは前者のほうが安いだろう。

レンガのように重量があるものだと、一度に積載できる量は決まっているし、それを引く馬だって一頭や二頭ではすまない。クリストフも、「運搬費が……運搬費が……」と虚《うつ》ろな目で呟いていた。領地内で賄《まかな》えるなら、それに越したことはない。

魔導器タイプの攪拌機は、必要経費ってことでクリストフも納得してくれるだろう。

「具体的な見積もりを知りたいので、書面にまとめてください。窯の設置場所は、街の建設予定地の近くがいいですよね？」

「ああ。川の近くで、ある程度の広さがあればいい。それと、後付けで悪いんだが、出来上がったレンガを保管する場所も必要になる」

「わかりました」

「大量の薪も必要だ」

「それはたくさんあるので大丈夫です」

うひぃ。どんどん経費が膨らんでいく。でも、運搬費の節約と思えば安いもの。バッシュ親方は建設予定地へと向かうようで、またあとでな、と言い残し去って行った。

「どう見ても十歳じゃねぇだろ」

「うっせぇ」

「もっと出資してやろうか?」

「怪しまれるんで止めてください」

ちょっとだけならいいよ。父上はレオンの剣術の師だったというし。でも、過度の出資は人の猜疑《さいぎ》心を煽《あお》る結果になりかねない。冒険者レオンだったら問題なくても、王弟レナードだと問題大ありなんだよなぁ。

俺は溜息を堪えつつ、畑に向かった。

「まだ畑を増やしてんのか?」

「出稼ぎ組が戻ってきたからな」

領主代理なので、出稼ぎはやめて畑をやれと命じることもできた。でも、それは軋轢《あつれき》の原因ともなるので、俺は出稼ぎを続けてもいいし、好きなほうでいいよ、と言った。

その結果、大半の者が領地に残ることになった。

畑仕事なんて嫌だと言うかと思いきや、むしろ生き生きと農作業に励んでいる。出稼ぎといっても、誰もやりたがらないようなキツい肉体労働系しかなく、それならばこっちのほうが何倍もマシらしい。上役によるピンハネもあったのだとか。

ただ一名ほど、出稼ぎ先で惚れた相手がいるとかで、口説き落として連れて来る、と宣言し領地を出て行った強者《つわもの》もいたが。健闘を祈る。

「それに、ナモ芋がけっこう人気でさ。水田でも作ってみることにしたんだ」

普通の畑でも育つのだが、ナモ芋は土壌が硬ければ硬いほど味も深みを増す。鑑定スキルさんが教えてくれた。そこで俺は、試しに水田に植えてみることにした。ゆるゆるじゃないかと思うだろうが、水が抜けて固まった泥の硬度はヤバい。さらにガッチガチにするため、粘土質の土を水田に混ぜる予定だ。

あとは頃合いを見計らって、水を入れずにただひたすら乾燥させる。夏場ならあっという間だ。難敵は雨だが、そこは排水をしっかりするしかない。駄目そうなら別の野菜を育てればいい。

「本日はこちらの水田をモコモコしたいと思います」

鼻歌を歌いながら、俺はモコモコ作業を進めていく。地中深くまで魔力を行き渡らせて、土魔法でモコモコと攪拌。

まだ幼い頃、魔法を使ってみたくて、屋敷の畑を耕作したのがきっかけだった。正直、ダンに鍬を持たせたほうがよっぽど早かったが、今はもう業務用耕運機レベルである。MPはみみっちいが、俺の土魔法は本当に成長したよ。半分以上は最新式の魔導具と魔導石のお陰だが。

「しかし、お前は本当に器用だよな」

「なにが？」

俺の高速モコモコを眺めながら、レオンが感心したように告げた。

「魔力を均一に流して、自分の想像するように動かしているんだろうが、それを一定の幅、深さでやり続けるなんて、普通じゃねぇんだよ」

それはね、耕作機を想像しているからなんだよ。どんなに硬い土だって、あっという間に掘り起こせるすごいやつ。理想は寝転がってても魔法を発動できることなんだけど、目視してないとやっぱり駄目なんだよなぁ。あと地面に手をついたほうがやりやすい。

ちなみに俺がやっている一連の作業は、土魔法に適性がないとむり。いくら魔力を流したところで、ぴくりとも動かない。それは他の属性にも言えることだ。

一応、俺って全属性に適性があるんだけど、有効利用できているのは土魔法だけなんだよな。というか、土魔法の使用頻度が高すぎて、他を鍛錬する余裕がない。俺だってかっこよく火魔法を使ってみたいのに。

「しかも、広範囲ってなんだ。普通はそこまで魔力が届かねぇよ」

「そうなのか？」

「スイムの麻痺毒にやられる癖に、妙なとこで規格外だよな」

「うるせぇ」

俺のステータス画面を見たら、あまりの弱さに恐れ戦くぞ。監禁されたら嫌なので言わないけど。すると、レオンは思い出したように告げた。

「そういや、リディアーヌだったか。あの女の祝福について、知ってんのか？」

「……ああ」

「よりによって魔力神の祝福とはな」

「それって、リドみたいに制御系のスキルを身につけることで、なんとかできないのか？」

「数ある祝福の中でも、魔力神の祝福だけはどうしようもない。制御系のスキルが発生したところで無意味だ。……一人だけ魔力神の祝福を克服したと言われている奴はいるが」

「えっ」

俺は思わず手を止めて、レオンを見上げた。しかし、なぜかその表情は苦々しげで、今までにないくらい不機嫌なものだった。

「〝狂乱の魔導師〟と呼ばれる男だ。七人の研究者を殺害した罪をはじめとして、様々な罪状を持つ一級犯罪者。見つけ次第、その場での殺害が許可されている。そのせいもあって、どういう手段で祝福を克服したのかは、わからずじまいだ」

克服しちゃいけない奴が克服しちゃったパターンじゃん。なにその〝狂乱〟って。文字通りめっちゃ狂ってんの？

一級犯罪者は、犯罪奴隷にもなれない、死刑一択の存在だ。よっぽど凶悪な事件を起こさない限り、一級犯罪者の烙印《らくいん》を捺されることはないんだけど……恐っ。

「あいつとは何度か殺《や》りあったが、相性が悪い。魔力も無尽蔵《むじんぞう》に湧いてくるんじゃないかってくらいだ」

「ってことは、水系？」

「ああ。それに色々と厄介なのを引き連れてる」

だからそんなに機嫌が悪いのね。でも、狂乱の魔導師か。レオンとは因縁の相手っぽいけど、見かけても絶対に近寄らないでおこう。

なんたって俺は、スイムの麻痺毒でも動けなくなるレベルだ。そんな物騒な二つ名持ちに目をつけられたら、瞬殺である。

「そういや、出資者を集めに王都に行く時には、前もって言えよ」

「なんで？」

「遺跡調査で俺の代わりを手配する時間が欲しい。三等級ならあいつらでも問題ないが、一等級だと少し厳しいからな」

「ふぅん」

わかっていたけど、当然のようについて来るのね。

下水設備の着工が秋口予定だから、王都に向かうなら冬が来る前だな。冬場は雪のせいでモコモコ作業もできないし。

「それに、上の兄貴達がお前に会いたいってよ」

「お待ちください」

レオンはさらっと言ったけど、こいつの兄貴ってあれだよね？　国王陛下じゃないの？　さらにクリストフ情報だと、次男は宰相を務めているらしい。三男が中央騎士団の団長で、長女が南方騎士団の団長なんだろ？　上のってことは、国王陛下と宰相閣下？　やだぁ……。

「ようやく見つけた〝運命〟が十歳のガキだと言ったら、揃って頭を抱えてたぞ」

「普通はそうなる」

せめて、アルくらいの外見と年齢だったら、釣り合いが取れていたのだろうが。でも、生まれたばかりの赤子、もしくはご老人だった可能性もあるわけだから、むしろ十歳でよかったんじゃね？　婚約者や恋人もできる前だったし。

「王都に行くにしても、秋が終わってからだ」

「わかった」

できれば、王都で使用人の募集もしたいなぁ。あと人気のある野菜のリサーチも。旅費に余裕があれば、古書店にも行きたい。やりたいことが多すぎる。

「よし、頑張るぞ！」

「ほどほどにな」

□　□　□

畑のモコモコを終えて、俺は屋敷へと戻って来た。時刻はまだ夕方前なのだが、レオンにストップをかけられてしまったのだ。

俺としては、まだMPの余力もあるし、日暮れ間近まで頑張りたかったのに。「ある意味、ヒスペルト達と同類だな」と呆れられてしまった。いや、俺はちゃんと自発的に休憩は取っている。一緒にしないでほしい。

レオンは屋敷の前にいたヒスペルトに捕まって、あれこれと話しかけられていた。俺はその間に馬小屋へ向かう。

「ラピスー」

名前を呼べば、奥からぴょこっと顔が突き出てきた。周囲をきょろきょろと見回し、俺以外に誰もいないと知ると、安心したようにすり寄ってくる。やっぱり、一日じゃレオンには慣れないか。

「ヒンヒン」

「はいはい。撫でますよ」

差し出された鼻先を、ポンポンと軽いタッチで叩くように撫でる。

「畑の移動はいいんだけど、新しい街の予定地に行くにはお前が必要なんだよ。俺が他の馬に乗ると、焼き餅を焼くだろ？」

兄上の愛馬に同乗したものなら、浮気者！　浮気者！　とでも言うように、蹄《ひづめ》をカッカッと鳴らし、猛抗議するのだ。

「レオンは恐いけど、恐くないから。明日は一緒に畑に行こうな」

「ヒン」

ラピスは機嫌良く鳴く。こいつ、まったく理解してないな。明日になったら、ちょっとは大丈夫になっているといいなと思いながら、馬小屋の脇に積んであった野菜を食べさせる。

小振りで売り物にならなかったものや、試しに植えた試作品段階の野菜が、ラピス達のおやつだ。たまに俺も一緒にポリポリ食べてる。

最後にラピスの首筋を撫でて、俺は馬小屋をあとにした。今日はバスタブに水を張って、レオンに沸かしてもらおう。俺はもう、レオンなしではいられない体になってしまった。熱いお風呂、めっちゃ気持ちいい。

屋敷の前に戻ると、レオンはなぜかレベッカとイルザに捕まっていた。女子二人は頬を上気させるようにして、レオンに話しかけている。そりゃ、レオンは顔もいいし、一級冒険者だし、モテないほうがおかしいんだけど……なんだろう。モヤッとする。

「嫉妬ですわね」

「うひぃ」

背後からかけられた声に、つい悲鳴をあげてしまった。振り返れば、目をキラキラとさせたリディアーヌが立っている。

「リディアーヌ様？」

「あら。リディアと呼んでくださらないのですか？」

「……リディアさん」

さすがにね、年上の女性を呼び捨てにはできないって。そう呼べば、リディアーヌは満足げに頷いて、ふふっと笑った。

「一度、誰かと恋愛についてお話ししてみたかったのです！」

「十歳の子供としても、楽しくないですよ」

「そんなことはありませんわ。アストとも九歳ほど離れていますが、ディートリヒ様のお話でよく盛り上がります」

君達、仲いいね。あれからアウグストは、山で見つけた綺麗な花や、香りのよい花を土産に持ち帰って来るようになった。

贈る相手は兄上ではなく、リディアーヌである。君達、恋敵なんじゃないの？　と俺は何度も首を捻りたくなった。兄上はもう慣れたのか、仲がいいなぁとニコニコしている。

「レオン様のどこがお好きなのですか？」

「直球」

「貴族男性にはない、野性的な部分に惹かれたのでしょうか？」

王族だけどな。あと、なんで俺がレオンのことを好きな前提で話してんの。しかし、恋バナか。俺は以前から気になっていたことを、この機会に訊いてみることにした。

「リディアさんは、どうして兄上を好きになったんですか？」

「わ、私ですか？」

「恋愛話がしたいのでしょう？」

「えっ、ええと、その……笑顔が。笑った時の顔が、太陽のようで」

頬を染めたリディアーヌは、恥ずかしげに視線をさ迷わせながら告げた。

「ずっと日陰にいた私を、日の当たる場所に引っ張り出してくれて。色々なことに興味を持つことは、無駄ではないと。諦める必要はないのだと、教えてくださったのです。それで、その……気付けば、好きになっていました」

誰もが限りある命を生きている。でも、祝福を持つリディアーヌは十六歳まで、と区切られていた。どうせ死ぬのだからと、すべてが無意味に思えたこともあっただろう。

死への恐怖も、絶望も。そんな中にあって、無意味なことなどないのだと、そう言って引っ張り出してくれた——そんな人がいたら、そりゃ惚れるよね。

ふと、リディアーヌの視線が遠くを見た。その先には、坂を登ってくる兄上とアウグストの姿がある。駆け寄るかと思いきや、リディアーヌは二人を見詰めるだけだった。

「……父から手紙が届きました。そろそろ戻るように、と。明日、迎えの馬車が来ます」

「えっ」

「フェリクスも一度、帰ることになりますが、これからもよろしくお願いしますね。あの子には昔から我慢ばかりさせてしまって……。心配もたくさんかけました。きっとこの先も、とても辛い思いをさせてしまう。こんなことをお願いしていいのかはわかりませんが、どうかフェリクスの支えとなってほしいのです」

強い眼差しだった。ああ、すでに彼女は覚悟しているのだ。そして、その上で残していく者達のことを案じている。俺は唇を噛み締めた。

「はい。フェリクスのことは任せてください」

泣きそうになる自分を叱咤《しった》して、俺は彼女を安心させるように力強く頷いた。リディアーヌはそれに嬉しそうに微笑む。

こちらに気付いた兄上が、俺とリディアーヌの名前を呼んだ。となりを歩くアウグストの手には、色鮮やかな花が握られている。

「ディートリヒ様、アスト！」

リディアーヌが応じるように大きく手を振った。そして、いつものように二人に駆け寄ろうとする。しかし、その途中。リディアーヌの足が、不自然に止まった。

「リディアさん？」

「あ、大丈夫。なんでもありま――」

最後まで言うことができずに、リディアーヌは両手で口元を覆った。

コンコン、と咳き込んだかと思うと、その指の隙間から、真っ赤な血が零れる。小さく呻いて崩れ落ちた彼女を、俺はとっさに支えた。その体は驚くほど熱く。

俺は知っていたのに。

世界はいつだって、残酷だということを――。


「リディアーヌ!?」

□　□　□

談話室に戻ってきた母上は、疲れた顔をしていた。その左手首には、俺が普段使っている魔導具が嵌められている。

「今は少し落ち着いたわ。でも、長旅は……アンデル伯爵領までは保たないでしょう」

リディアーヌの傍には、兄上とアウグストがついている。母上は光魔法で苦痛を和《やわ》らげていたが、高性能な魔導具をもってしても、限界はある。時折、悲鳴のような声が部屋から漏れ聞こえていた。

母上の言葉を受け、フェリクスがソファーから立ち上がった。真っ青な顔で、その手は微かに震えている。

「明日になれば、迎えの馬車が来ます。これ以上、男爵家のみなさんに迷惑をかけるわけにはいきません」

母上が労《いたわ》るような手つきでフェリクスの背を撫で、そっと抱き寄せた。

「大丈夫よ。先ほど早馬で報《しら》せが届いたの。明日、到着する馬車には、アンデル伯爵と奥様が同乗なさっているわ」

「えっ、父と母が？」

「ふふっ。私とアンデル伯爵は、こまめにやり取りしていたの。リディアーヌのことも、好きにさせてあげてほしいと頼まれていたわ。ここ最近は、リディアーヌの体調もよくて……でも、それはある意味、前兆のようなもの。アンデル伯爵も教会から説明されていたのでしょうね。私の手紙を受け取るなり、急いで領地を出たのだと思うわ」

フェリクスの目から涙があふれる。すべて自分で背負わなければならないという責任感は、想像以上に重たくのしかかっていたのだろう。泣きじゃくるその背を、母上は優しく撫でる。そんなフェリクスにかける言葉が見つからなくて、俺はなにも言わずに自室へと戻った。

「――入るぞ」

寝台に横になっていると、ドアがノックされる。返事をする前に部屋に入ってきたレオンは、軽食が載った皿をテーブルに置いた。

「夕飯、なんも食ってねぇだろ。少しでいい。腹に入れとけ」

「……いらない」

「明日はもっと食えなくなる」

その言葉の意味するところに気付き、俺は唇を噛み締めた。リディアーヌがあと何日生きられるのか、ステータス画面を見れば知ることができた。でも、俺は現実を直視するのが恐くて、ずっと目を背け続けていた。

「俺もこっちに泊まる。なにかあったら起こしてやるから、少し寝ろ。もちろん、飯を食ってな」

「……うん」

皿に載っていたのは、シシーの燻製肉と葉野菜を挟んだサンドイッチだった。それを咀嚼して、むりやり嚥下《えんげ》する。作ったのは料理長だけど、なぜか物足りなさを感じた。ここ最近は、サンドイッチと言えばリディアーヌの手作りだったから。

ぽろぽろと涙が零れて、嗚咽が漏れる。

わかっていた。わかっていたことなのに、悲しくて、悔しくてしかたない。

俺は泣きながらサンドイッチを食べた。そんな俺をレオンが抱き寄せ、背中をあやすようにポンポンと叩く。

もしかしたら、レオンだって制御スキルがなかったらここにいなかったかもしれないのだ。そう思うだけで胸が痛んだ。

「お前はなにも背負わなくていい。……ただ、彼女のことを覚えていてやれ」

「忘れられるわけ、ない」

「そうじゃねーよ。笑った顔とか、声や、仕草。ちょっとした会話でもいい。辛いことは忘れろ。楽しかったことだけ覚えておくんだ」

「……やだ」

「そうだな」

「やだぁ」

「ああ」

嫌だ嫌だと、俺は子供のように泣き喚く。それを宥めるレオンの声は、ずっと穏やかなままだった。温かな体温に包まれて泣いているうちに、俺はいつしか眠りについていた。

しかし、その眠りは夜明け前に破られることになる。階段を駆け上がる大きな音。瞬時に覚醒した俺は、最悪の展開を想像した。

しかし、ドアを蹴破らんばかりの勢いで開けたデニスは、真っ青な顔で叫ぶ。

「大変です。リディアーヌ様がいません！」

俺はレオンに抱えられたまま、階段を一階まで下りる。一階の玄関ホールには、母上や使用人達の姿があるった。寝間着ではなく、普段の服装のまま。もしかしたら、なにが起こっても対処できるように着替えていなかったのかもしれない。

「母上。リディアさんがいなくなったって」

「……ええ。少し目を離した隙に。ディートリヒ達が屋敷の周囲を捜しているわ」

「どうして、そんな」

「迷惑をかけられないと思ったのかもしれない。特に、ディートリヒには……」

「奥様、少しお休みになってください」

　魔力の使いすぎで疲労の色が濃い母上を、デニスが談話室へと連れて行く。

「あの状態で、そう遠くにはいけないだろう。すぐに見つかる」

「うん……」

　すると急に外が騒がしくなった。何事かと外に出れば、アウグストが声を荒らげているところだった。その視線の先には、気まずげに視線を逸らすイルザの姿がある。

　ドラゴンの晴天のメンバーのほかに、兄上やフェリクス、それに騒ぎを聞きつけてやってきたビクターや、ヒスペルト達もいた。

「兄上、なにがあったんですか？」

「イルザが屋敷を抜け出すリディアを見たらしい。ラピスに乗っていたそうだ。馬小屋を確認したら、ラピスだけいなくなっていた」

　それってヤバくないか？　ラピスの足なら、短時間でもかなり遠くまで行けてしまう。ラピスもリディアーヌには懐いていたから、気にすることなく背に乗せてしまったのだろう。

「――だから、本人の好きにさせてやれって言ってるんだ！」

　イルザの声に、ハッとして顔を上げる。

「アストも知ってんだろ。魔力神の祝福がどんなものか。誰にも辛い思いをさせたくないから、一人で死ぬことを選んだんじゃないか。あの子みたいに……」

　涙を零すイルザの肩を、ブラムが労るように抱き寄せる。それはどういう意味なのだろうと疑問に思っていると、教えてくれたのはレオンだった。

「魔力神の祝福は悲惨だ。もがき苦しんで、そして、息絶える。残された遺体は凄惨《せいさん》な有様だという。家族であっても最期に立ち会いたいと望む者は少ない。年嵩の神父や修道女がつきそうが、辛い思いをさせたくないからと一人で終わりを迎える子供もいる。イルザが言っているのは、そういうことだろう」

「そんな……」

以前、アウグストが言っていた。ドラゴンの晴天のメンバーは同じ孤児院の出身なのだ、と。そこは教会が運営する場所で、祝福持ちも集められていた。きっとその中に、親しかった子がいたのかもしれない。

「ディートなら問題ない」

きっぱりとした口調で、アウグストが言った。

「なにがあっても、俺が支える」

すごい自信じゃん。片想いなんだよね？　もしかして、俺が知らない間にデキてたってことはないよね？

「ふっ、ははっ」

大声をあげて笑ったのは、兄上だった。そして、アウグストの背中を強めに叩く。

その顔には、以前のような憔悴《しょうすい》の色はなく。吹っ切れたような表情が浮かべられていた。そして、改めてイルザに向き直る。

「リディアを一人で死なせたくはない。どうか、行き先を教えてもらえないだろうか」

イルザは唇を噛み締め、体を震わせた。やがて、のろのろと右腕を上げ、山の方角を指差す。

「山に。遺跡のほうに行くって……」

「ありがとう」

ああ。まるで、以前の兄上を見ているようだ。それを取り戻してくれたのはアウグストであり、そして、リディアーヌだったのだろう。

「ビクター。すまないが、力を貸してほしい」

「もちろんです。話を聞いた者達が、若いのを叩き起こして回ってますよ。すぐに捜索隊を結成し、山に向かわせます」

「助かる」

捜索隊にはドラゴンの晴天メンバーも加わるようだ。

イルザも泣き腫らした目で、「あたしも行く」と告げる。ヒスペルトは、「遺跡の入り口は施錠してあるから、内部に入ることはできないよ」と言って、それ以外の場所の捜索を提案していた。

「レオン」

「わかってる。お前は大人しく留守番してろよ」

レオンは俺の頭を撫でると、兄上達のほうへと向かっていった。それと入れ替わるようにして、フェリクスがこちらへとやって来る。

「アルヴィ、すまない。ラピスが……」

「大丈夫。領内はラピスの庭みたいなもんだし、どんなに離れても自力で帰ってこられる。リディアさんだって、きっとすぐに見つかるさ」

フェリクスは少しも眠っていないのだろう。泣きすぎたせいで目は腫れ上がり、その下にはクマがくっきりと浮かび上がっている。倒れる前に休ませたほうがいいな。

するとその時、遠くのほうから土煙をあげ、猛然とこちらに向かってくる馬車が見えた。屋敷の前で急停止したかと思うと、ドアが開いてリクハルドが勢いよく飛び降りてくる。

「遅くなってごめんね。うちの薬院から、光魔法が得意な医師を連れて来たよ！」

ちらりと馬車の中を見れば、おそらく医師だと思われる壮年の男性が、白目を剝いて気絶していた。朝日が昇る前にキャルリーヌ子爵領を出て、猛スピードで馬車を走らせて来たのだろう。御者《ぎょしゃ》や馬も汗だくである。

「ありがとう、リクハルド」

「頑張ったね、フェリクス」

ここでリクハルドが光魔法が使える医師を連れて来てくれたことは大きい。母上と交代しながら、リディアーヌの痛みを和らげることができる。

「リド。少しの間、フェリクスのことを頼んでもいいか？」

「うん？」

そこで俺は手早く、リディアーヌがいなくなったことを説明した。

「俺はもう一度、屋敷の周りを見てくる。もしかしたら、ラピスが戻って来ているかもしれない」

「わかった。気をつけてね」

兄上達はすでに遺跡がある山へと向かって出発している。ビクターが集めた捜索隊も、すぐにその後を追うだろう。俺にできることは少ないが、やれることはやっておきたかった。

憔悴しきったフェリクスをリクハルドに託し、俺はまず馬小屋に向かった。

「ラピス！」

できる限り大声を張り上げてみるが、返答はない。ラピスも平地ならいいが、山は少し不慣れなんだよな。迷わなきゃいいけど、と思った時だった。俺はふと、小さな違和感を覚え立ち止まる。

「……わざわざ行き先を言うか？」

いくらラピスに乗っているとはいえ、行き先を告げればいずれ追いつかれてしまう。なにより、山に入って遺跡までは一本道だ。もちろん、そこまで気が回らなかった可能性もある。


しかし、リディアーヌはイルザに対し、〝遺跡〟と具体的な場所を口にした。そこに違和感を覚える。もしかして、わざと言ったのではないだろうか。本来自分が向かう先とは別方向を。捜索隊の目を逸らすために。

ならば、リディアーヌが向かった先は――。

〝森〟だ。

そこなら山道のように起伏もなく、弱り切ったリディアーヌでも歩くことはできる。森については、フェリクスから聞いていたはずだ。

どうする？　捜索隊を二手にわけて片方を森に回すか？　でも、俺の深読みという可能性もある。確固たる証拠がないのに、別の場所に人員を割くことはしたくない……でも。

「怒られるだろうなぁ」

大人しく留守番してろよ、とレオンに念押しされたばかりなのに。

でも、脳裏を過るのはリディアーヌの笑顔。彼女の死が、もはや避けられないものだったとしても。せめて――せめて、愛する者達に囲まれて旅立ってほしかった。一人で死なせたくない、と言った兄上の声が胸裏に響く。

俺はそのまま、屋敷には戻らず坂道を駆け下りた。できればレオンからもらった魔導具を持ってきたかったが、あれは今、母上が使っている。取りに戻ったら、どこに行くのか問い質《ただ》されてしまう。

リクハルドに協力を求めることもできない。そうなったら、絶対にフェリクスも行くと言って聞かないだろう。今にも倒れそうなフェリクスを、連れて行くわけにはいかなかった。

ちょっと捜すだけだから。なんの痕跡もなかったら、すぐに諦めて戻るから――。

様々な言い訳を思い浮かべながら、俺は森に向かってひた走った。

□□□

ぜぇぜぇと、息が切れそうになるくらい走って、走って。最近はラピスに乗ってばかりで、運動不足だったのかもしれない。もうちょっと歩くようにしよ、と反省しつつ、それでも必死に走り続ける。

やがて、道が途切れ、見慣れた森が視界に入った。その森の入り口にラピスの姿を見つけ、最悪の予想が当たってしまったことに舌打ちする。

「ラピス！」

「ヒンッ」

ハッとした様子でこちらに駆けてくるラピスの首筋を、俺は両腕で抱き締めた。見ればその背には、鞍が乱雑に取りつけられている。周囲を見回すが、リディアーヌの姿はない。

「ヒンッ、ヒンッ」

ラピスはなにかを伝えるように、しきりに前脚の蹄で地面を掻く。その視線は森の奥に固定されていた。

もしかしたら、ここで降りたリディアーヌに、自分を置いて屋敷に戻るようにと言われたのかもしれない。でも、様子がおかしいことに気付いていたラピスは、リディアーヌが心配でここから動くに動けなかった。

「いいか、ラピス。屋敷に戻って、このことをリクハルドとフェリクスに伝えてくれ。きっと二人ならお前の言いたいことを理解してくれる」

「……ヒヒン！」

「俺はリディアーヌを追いかける。大丈夫だって。彼女の足じゃ、そんなに奥までは行けない」

ラピスを連れて行きたいところだが、リディアーヌが山に向かっていないことを一刻も早く兄上達に知らせる必要があった。

俺は着ていたベストを脱いで、ラピスの鞍の目立つところに括りつける。気付いてくれよリクハルド、フェリクス、と祈った。

「行け、ラピス！」

「ヒンッ」

脇腹を叩くと、ラピスは猛然と走り出した。お前、そんなに速く走れたの？　というレベルで農道を爆走していく。

「よし、俺も頑張るか」

両手で頬をピシャリと叩いて、俺は森に入る。そう奥までは行けないとわかっていても、広大な森の中を闇雲に捜して歩くのは無謀だ。

俺が向かったのは、妖精の小庭である。消えていてくれるなよ、と祈りながら進んだ先には、花々に彩られた美しい空間があった。それに安堵する。

「妖精さん！」

頼む、と念じながら、もう一度、呼びかけようとした時、目の前を丸い光が横切った。

「早くね？」

いや、嬉しいけど。呼びかけ一回で登場するって、すでにスタンバってた？　一匹が姿をあらわしたことを皮切りに、妖精達が次々に集まってくる。

「協力してほしいことがある。さっき森に入った女の子の居場所を教えてほしい」

妖精達は反応を見せない。しかし、ここで諦めるわけにはいかないと、俺は粘った。

「大切な人なんだ。祝福のせいで、もう長くはないけど、一人で死なせたくない――」

不意に涙が零れた。このままでは、リディアーヌが死んでしまう。たった一人で、誰にも看取られずに。本人がそう望んだとはいえ、それはとても寂しく、悲しいことのように思えた。

目の前にいた妖精が、俺の涙に吸いつく。まるで花の蜜を吸うように。

ふわり、と俺の周囲を舞った妖精は、そのまま森の奥へと向かった。他の妖精達も俺を先導するかのように、次々と移動しはじめる。

これはある意味、賭けだ。妖精達が本当にリディアーヌがいる場所まで案内してくれるという保証はない。

「……無事でいてくれよ」

妖精達はどんどん森の奥へと入っていく。山とは違い平坦な場所だが、生い茂る草木を避けながら進まなくてはならないため体力の消耗が激しい。突き出た木の根に足を取られ、何度も転びながらそれでも必死に妖精達を追う。

くそっ、こんなことなら着替えてから来るんだった。なんで、今日に限ってハーフパンツなんだよ。おかげでむき出しの部分はすでに擦り傷だらけだ。あと、草。お前、草のくせに凶器なん？　ってくらいスパスパ切れるね。長袖じゃなかったら大惨事だったわ。

俺は草を踏んだり、小枝を折り曲げたり、ここを通りましたよという目印を残しながら進む。どうしても森や山に入らなきゃいけない時の豆知識だ。マルコおじいちゃんが言ってた。俺じゃなくて、捜索隊への目印にもなる。

やがて開けた場所に出たと思ったら、ひと際大きな木の根元に倒れるリディアーヌの姿を見つけた。おそらく、ここまで来て力尽きてしまったのだろう。

しかし、俺はそれどころではなかった。リディアーヌに群がる妖精達を見てぎょっとする。なんで、邪悪な妖精さんバージョンになってんの。

「ちょ、駄目、駄目だって！」

俺は両手を振って妖精達を追い払い、リディアーヌを守るように覆い被さる。妖精達は黒と白に点滅するように発光しながら、俺の周囲を不満げにくるくると回る。原因を探ろうと、俺は「ステータス・オープン！」と叫んだ。

森の妖精
HP100　MP130
適性魔法　水　火　風　土　光2　闇2
称号（空欄）
スキル　速度2　威嚇1
備考　※※※※の残留思念から生まれた。個であると同時に、集団で思考を共有する。永い時を経て、少しずつ数を減らす。いずれは消えてなくなるのだろう。その姿を目撃した者によって、〝妖精〟と名付けられる。鱗粉が服につくとキラキラして綺麗だが、洗っても落ちないので気をつけるように。畑に祝福は撒かない。祝福持ちは嫌い。神は滅べ。

いったい過去になにがあったんだ、ってくらい神様に対して殺意マックスじゃん。いや、その気持ちはとてもよくわかるけれども。もしかして、レオンを威嚇していたのも、不審者じゃなくて祝福持ちだったかな？

「リディアーヌは被害者。被害者だから！」

俺は必死で訴えた。すると、妖精さん達は、それはそうかも？　的な感じで、点滅から穏やかな白の光へと落ち着く。危ねぇ。

「う、ううっ……」

リディアーヌの呻き声にハッとして、俺は彼女の容態を確認した。同じように草木を掻き分け、ここまで辿り着いたのだろう。寝間着姿のリディアーヌは、俺よりも傷だらけだった。

いつもは綺麗に整えられている髪もボサボサで。祝福からくる痛みに耐えようとしたのか、両腕や首筋に掻き毟《むし》ったようなミミズ腫れが刻まれていた。

「リディアさん、頑張ってください！」

俺の声に反応するように、リディアーヌの瞼がゆっくりと開かれる。しかし、その目が俺を捉えた瞬間、なにかに怯えるように歪む。

「だめ、お願い……お願い、一人で死なせて……うっ、うう」

痛みに耐えるように、リディアーヌは身を丸めた。しかし、すぐに俺を見上げ、拒絶するように首を振る。

「ごめんなさい、ごめんなさいっ。私は、ここに来るべきじゃなかった。知らなかったの……なにも、知らなかった」

「リディアさん？」

「きょ、教会にディートリヒ様がいらした時、お一人ではなかった。ご学友の方々と一緒に、いつだって楽しそうに、笑って……。でも、みんな北の砦で、死んでしまわれた。ディートリヒ様だけが、生き残った、と」

リディアーヌの目から涙があふれた。

「どれほど、お辛かったことでしょう。心に深い傷を負っているのに、これ以上、私のことまで背負わせるなんて、そんな酷いことはできない。そんな、残酷なこと……!!」

震える手で、リディアーヌは必死に俺の体を押す。

もうそんな力さえ残っていないのだろう。それでも、これから訪れる己の死よりも、愛する者の心を気遣う。

なぜ、彼女が死ななければならないのか。その理不尽さに怒りさえ覚えた。

なにか。リディアーヌのために、なにかできることはないのだろうか。

なにか――。

その時、足下でカサリ、と乾いた音がした。

目を向けると、そこには大量の落ち葉。

腐葉土の文字が頭を過る。以前、なにかを掴みかけた、その時の感覚が近付く。

「落ち葉」

パチン、と脳裏でなにかが弾けた。

「そうだ、材料となる落ち葉の種類が違うんだ」

畑の周囲に生えている木と、遺跡の周辺に生えている木とでは、同じ落葉樹でも種類が異なる。平地と山では自生する木々の種類が違って当然なのだが、そこまで考えが及ばなかった。腐葉土・特が魔素溜まりで作られることはわかっていた。でも、もうひとつ。材料となる落ち葉がキーとなっていたのだ。

どうりで魔素溜まりが多そうな遺跡の周辺では、腐葉土・特ができなかったはずだよ。材料は同じものを揃える——比較実験の基本じゃないか、と俺は頭を抱えたくなった。

「腐葉土・特の材料として多く使われていた落ち葉は——ファランの木」

そうだ。腐葉土・特を鑑定した時も、材料名に記載されていたじゃないか。しかし、同時に疑問も浮かんだ。なぜ、最初に腐葉土・特を食べた時にＭＰが減って、二度目以降は減らなかったのか。二度目以降だって、使われていたのは同じ種類の落ち葉だ。

俺は目を閉じて、必死に考える。はじめて腐葉土・特を食べた時、他になにか変わったことはなかっただろうか。こういう時だけ、記憶神の祝福が羨ましくなる。

「思い出せ。思い出せ、思い出せ！」

無造作に腐葉土・特を掴んで……いや、待てよ。なんか、上に載ってた落ち葉も一緒に食った気がする。もしかして、重要なのは腐葉土・特ではなく、発酵する前の落ち葉のほうだった？　ということは——。

「ファランの木だ！」

周囲を見回すと、針葉樹林が多数を占める中、奇跡的に一本だけ生えているファランの木を見つけた。幹にへばりつくようにして手を伸ばし、なんとか一枚の葉をもぎ取る。

「鑑定！」

◇ファランの葉　レベル４
ファランの木からもぎ取られた若葉。苦み、えぐみともに半端ない。ＭＰを１００減らす効果があるが、何枚摂取したところでＭＰを１００以上は減らない。効果は個人差はあるものの、だいたい三日ほど続く。魔素や

魔力を吸着する性質を持つ。動物達もこの葉だけは絶対に食べない。

だから、俺のＭＰが底をついたのか。でも、それだけじゃ駄目だ。リディアーヌのＭＰの高さからすれば、焼け石に水である。葉が駄目なら、本体はどうだろうか。俺はファランの木を鑑定した。

◇ファランの木　レベル８
アイロック・エル・ローゼによって古代遺跡から持ち出され、改良された品種。種が採取できるのはオリジナルのみ。樹液にはＭＰを３０００減らす効果がある。効果は個人差があるものの、約七日から十日ほど続く。しかし、葉とは違い、空気に触れた瞬間から劣化がはじまるので、採取から一日以内でなければ効果は失われる。周囲の魔素を取り込んで成長するため、育つ場所が限られる。他の樹木と違い、季節を問わずに樹液が採取できる。ミュラー男爵領のみに自生する。

ここでまさかのアイロック少年。

享年十六っていう部分が引っかかっていたけど。たまたまってこともあるじゃん。もしかして、魔力神の祝福持ちだった？

でも、ここまで改良が進んでいたら、と思って俺は唇を噛んだ。樹液を採るためには、ある程度の成木でなければばならない。おそらく、アイロック少年が生きている間には、木の成長が間に合わなかったのだ。

他にも様々な疑問が湧き起こるが、今はそれどころではない。もしかしたら、リディアーヌを救えるかもしれない光明が見えたのだ。

「樹液を採取すれば――」

って、樹液ってすぐに採取できるものじゃなくね？確か、穴を開けて一日程度、待つ必要があったような。しかし、リディアーヌの容態を見れば、そんな悠長なことは言っていられない。それにもしかしたら、樹液がすぐに採取できるように改良された可能性もある。

俺は周囲を見回して、目についた石を手に取った。それを、幹に向かって振り下ろす。それを何度か繰り返すと、ようやく傷がついた。背後では痛みに耐えかねたリディアーヌが悲鳴を漏らす。早く、早く、と急かされるように、幹を削る。

「痛っ」

指先に激しい痛みを感じて、とっさに石を取り落とした。よく見れば、爪の間に木の皮が刺さっている。それを引き抜くと、真っ赤な血が滲んだ。歯を食い縛って、もう一度、石を手に取る。リディアーヌが感じている痛みはこんなものじゃない。

リディアーヌだけではない。魔力神の祝福によって命を奪われた子供達は、もっと、もっと痛かった。苦しかった。寂しくて、本当は誰かに傍にいてほしかった。

血が滲む指で樹皮を剝ぐが、樹液が滴《したた》り落ちるようなことはなく。触れれば、確かに湿った感触はあるのに。おそらく、時間が経てば自然と滲み出してくるのだろうが――。

「なんでだよっ！」

目の前にあるのに。ファランの木の樹液を口にすれば助かるのに。

涙が零れそうになって、奥歯を食い縛った。泣いている暇があるのなら、考えろ。できるだけ早く樹液を集めるためには、どうすればいい？　樹液が駄目なら、木片はどうだろう？　樹皮は？

ほんの少しでも魔力を減らすことができれば、リディアーヌの体にかかる負荷も軽減される。それで樹液が溜まるまで時間を稼げれば。

不意に、目の前を一匹の妖精が通り過ぎた。

樹皮を剝いだ部分にとまって、光を点滅させる。なにをしているのだろう、と思った瞬間、妖精さんがぽろっと落ちた。慌てて両手でキャッチすると、手のひらに透明な液体が吐き出される。

「もしかして、樹液……？」

いや、でも、ＭＰを３０００も減らす効果があるんだが。妖精さん、消滅しちゃうんじゃ、と俺は焦りながらステータス画面を確認した。

森の妖精
HP100　MP90／130
適性魔法　水　火　風　土　光2　闇2
称号　（空欄）
スキル　速度2　威嚇1
備考　※※※※の残留思念から生まれた。個であると同時に、集団で思考を共有する。永い時を経て、少しずつ数を減らす。いずれは消えてなくなるのだろう。その姿を目撃した者によって、〝妖精〟と名付けられる。鱗粉が服につくとキラキラして綺麗だが、洗っても落ちないので気をつけるように。畑に祝福は撒かない。祝福持ちは嫌い。神は滅べ。

減ってるが、底をついているわけではない。ハッとして顔をあげれば、周囲に漂う妖精達が、ボテッ、ボテッ、と地面に落下する。もしかして、共有できるのは思考だけじゃなくて、MPも？　みんなで負荷を分け合った？

「って、リディアーヌ！」

俺は手のひらに溜まった樹液を零さぬように気をつけながら、リディアーヌの元へと急いだ。痛みに耐えるように体を丸め、荒く小刻みに呼吸を繰り返している。口移しで飲ませようにも、含んだ瞬間に俺は昏倒してしまうだろう。

「少しでいい。飲んでくれ」

歯を食い縛っているリディアーヌの口をむりやりこじ開け、俺は隙間に指を突っ込んだ。そこからなんとか樹液を流し込む。

「痛っ⁉」

思い切り指を噛まれたが、俺は引き抜くことはせず必死に耐えた。

「ステータス、オー、プンッ」

リディアーヌのステータス画面が目の前に表示される。そのMP欄を確認すれば、ものすごい速さで減っていた。

やがてそれは、２０００まで落ちたところで止まる。するると、痛みに呻いていたはずのリディアーヌの体から力が抜けた。呼吸も落ち着き、苦悶《くもん》に歪んでいた顔が穏やかなものへと変わる。

「間に合った……」

俺は腰が抜けたように、その場にへたり込んだ。指先がじんじんするが、アドレナリンが出ているのかあまり痛いとは感じない。

傷口から樹液を吸収したら大変なので、俺は水魔法で水を生成し樹液を洗い流した。魔導具がないし水魔法は使い慣れていないので、一度にＭＰが半分ほど減ってしまった。

でも、これでリディアーヌは助かる。定期的に樹液を摂取する必要はあるが、あとは普通に生活することができるのだ。

そうだ、妖精さんは、と周囲を見回せば、いつの間にかその姿は消えていた。リディアーヌが助かったのは、妖精さんのお陰である。今度、お礼に野菜を持ってこよう。野菜、食べるかな。

「ははは。よかった……」

目尻から涙が零れ落ちた時、バキッ、と小枝が折れるような音が響いた。反射的に顔を上げた、その視線の先。

「よぉ、アルヴィ。大人しく留守番してろって言ったよなぁ？」

魔王がいらっしゃった。

しかも、めっちゃブチ切れてらっしゃる。俺は思わず悲鳴を漏らした。

お、俺だって大人しく留守番するつもりだったんだよ。でも、リディアーヌが森に向かったって気付いたんだからしかたなくない？　駄目？　監禁？　監禁待ったなし？

レオンは不機嫌な顔で近付いてくるなり、俺の胸元をとんっと押した。そこには、母上からもらった首飾りがある。

「これにも追跡機能をつけといて正解だったな」

わぁ……。用意周到すぎるね。助かったからいいけど。レオンはぼろぼろになってしまった俺の全身を見て、舌打ちする。

「なんで、お前まで怪我してんだよ」

「そ、そうだ。レオン、教会に連絡して！」

「はぁ？」

「魔力神の祝福を抑える方法がわかった。リディアーヌだけじゃない。みんな助かる。助かるんだ！」

レオンの目が、地面に横たわるリディアーヌに向けられる。顔色は悪いが、呼吸も安定し、痛みに苦しむ様子もない。さすがのレオンも、これには驚いたようだ。

「どういうことだ？」

「俺の功績じゃないんだけど、ええと、なんて説明すればいいんだ？　あ、でも、その前にリディアーヌを屋敷に――」

「待て」

そこでレオンが俺の額に触れた。ひんやりとした手のひらが気持ちいい。……ん？　レオンの手が冷たい？

「レオン、体温がいつもより低くないか？」

「お前が高いんだよ！」

レオンは俺とリディアーヌを抱え上げ、樹木の間を縫うように駆け抜ける。レオンを見て気が抜けたのか、ドッと疲れが押し寄せてきた。ものすごく眠いけど、ファランの木のことを説明しないと、と思いながら必死に意識を繋ぐ。

「――アルヴィ、リディア！」

兄上の声だ。

ここにいるよ、と応えなきゃいけないのに、とても眠い。すごく眠い。駄目だ、その前に伝えなきゃ。寝てる暇なんて。

「ファランの、木の、樹液。透明な、の。魔力を下げる効果、があって、固まったら駄目。祝福持ち、本人を連れてき、て………」

あ、もう限界。


結局、俺は疲労と知恵熱で寝込むことになった。

第三章　それもまた、ひとつの愛の形

俺を診察したお医者さんは言いました。「知恵熱と疲労ですね」と。そうだね。未だかつてないくらい頭も使ったし、体力も削った。

結果、俺は問答無用で寝台に押し込められた。お前は当分、部屋から出さねぇから、とレオンや兄上の目は物語っていた。フェリクスには泣かれ、リクハルドには怒られた。母上や屋敷の使用人達にもだいぶ心配をかけてしまった。

熱にぽやぽやと浮かされる俺は、教会に、祝福が、と言い続け、医師によって鎮静成分のある薬を処方され、強制的に意識を落とされた。ぐっすりと眠っていたのでよく覚えてないけど。

一方、俺が療養している間に、王都にある聖エルバルド教会から、魔力神の祝福を持つ子供達がミュラー男爵領にやって来た。

これは、リディアーヌがファランの木の樹液によって回復したという結果と、王族であるレオンが教会に掛け合ってくれたこと。そして、なにより長年にわたって教会に貢献し続けてきた母上の嘆願が大きかった。

もちろん、副作用等の懸念は払拭《ふっしょく》できていないが、リディアーヌ同様、残された時間が短い子供達やその家族にとっては、それでも、という思いが強かったに違いない。

魔力を大量に失うことでの倦怠感はあるが、全身を蝕む痛みから解放された少年少女は家族と抱き合って喜んでいたそうだ。よかったよかった。

「研究所の新設？」

俺は寝台に横になりながら、クリストフの報告を聞いていた。

あれから十日以上が経ったが、俺は未だに寝台の住人である。熱は三日ほどで引いたのだが、体力が回復するまでに追加で三日。さらに転んだ拍子に足も捻っていたようで、腫れが完全に引くまで部屋から出ることを禁じられてしまった。

手も包帯でぐるぐる巻きにされているため、寝台での書類作業もできない。医師の先生も、もうそろそろ動いてもいいよって言ってくれたのに……。

「はい」

クリストフはいつも通り、感情の読めない顔で頷いた。

「教会より打診――と言うよりは命令に近いものですが、ファランの木を研究するための施設をミュラー男爵領に設置したいそうです」

「ふぅん。いいんじゃない？」

土地はいっぱい余ってるし。なにより、ファランの木はミュラー男爵領にしか生えてないからね。鑑定スキルさんにそう書いてあった。教会の権限を使って、その土地はうちの直轄領にするから別のとこに行ってちょうだい、と言ってこないだけ良心的だろう。

「その諸々の手配を、こちらに任せたいそうです」

「よくないね」

「費用につきましては、全額教会持ちで構わないと。さらに、新しい街に建設予定の教会に関わる費用も、全額補助していただけるようです」

「引き受けよう」

俺は即答した。即答以外の選択肢はない。ある程度の規模の街になると、教会は絶対に必要になってくる。ないとブーイングの嵐なのだ。日本でも、地図を見ればどの町や村にも必ず神社仏閣があった。それと同様で、ないなんてあり得ない。一応、うちの領地にも、教会跡はある。

しかし、そこで問題となってくるのが、建設費と人件費だ。教会側も、求められるままに教会を建てて神父や修道女を派遣していたら、金が続かない。教会の運営費はお布施《ふせ》と直轄領からの収入である。なので、教会の建設を領主が請け負ってくれたら、規模に応じて神父と修道女を派遣するよ、というスタンスを取るようになったらしい。

神父さん達の生活費も教会が支給してるし、大きい街ともなれば孤児院を併設しているところも多い。その運営費は、国からの補助と領主からの寄付もあるが、足りない部分は教会持ちだ。そりゃ、シビアにもなるよね。

「建物の設計図を書く前に、そこで働く研究員らの意見を聞いておく必要があるな」

あとから、ここはもう少し広いほうがいいとか、個人の研究室がもっと欲しいとか、ぐちぐち言われたら俺はブチ切れる自信がある。最初から言えや、と。

だったら事前にある程度、要望をまとめておいたほうがいい。建設費が嵩んでも、お宅の研究員が要望したことでですし？　文句はそちらにどうぞ、と言える。

これ大事。節約するところはするけど。

「かしこまりました。そのように要望書を提出しておきます」

「下水設備は、バッシュ土木工房に追加依頼できるかどうか確認しといてくれ。それと、研究所の建設を、工業者ギルドを通して依頼することになるが――いちいち、バルテン子爵領に行くのも面倒だな。いっそのこと、うちに支店を置いてもらえるように交渉するか」

「今後のことを考えれば、それが最善かと。そして、報告がもうひとつ。空き家が足りません」

「あー」


王都よりやってきた魔力神の祝福を持つ子供は四人。十三歳から十六歳の子供達だ。それより下の子供も十人弱ほどいるらしい。さらにその家族や、手伝いで同行した修道女達を含めれば、かなりの人数になった。

今のところ、急ピッチで改装した何軒かの空き家に分散して暮らしてもらっているが、ゆくゆくは彼らのための住居も整えなければならない。もっとも、教会側から滞在費が支払われるとはいえ、そこまでうちが融通してやる義理はないが――。

「教会に恩を売っておくか」

教会は王家とはまた違う、独自の勢力だ。前世の世界においても、権力と宗教は切っても切り離せない関係にあった。

宗教絡みの戦も、時代を問わず世界各国で起こっていた。仲良くなり過ぎるのも問題だが、ほどほどに良好な関係を築いておいたほうがいいだろう。

「よし、何軒かまとめて家を建てるか。予算は教会の建設費用が浮くから、問題ないだろ」

「かしこまりました」

「あと、そろそろ外に出て仕事を――」

「そちらは私ではなく、ディートリヒ様とベルナデット様、それにレオン様に許可をお取りください」

「多い多い」

兄上と母上はわかるけど、なんでそこにレオンの名前もしれっと入ってるの。

「せ、せめて屋敷の中だけでも……」

「それも許可を得てからです」

クリストフの笑顔が憎い。くそっ、兄上達が背後にいるからって強気になりやがって。すると、勢いよく階段を駆け上ってくる足音が響いた。

何事かと思えば、駆け込んで来たのはデニスである。なんか嫌な既視感。

「た、大変です、アルヴィ様。リディアーヌ様が」

「なにかあったのか!?」

「ディートリヒ様への婚約のお申し込みを撤回する、と」

「はぁ!?」

「それで、ロッソ様と言い争いになっているんです」

「なんで?」

ごめん、色々と意味がわかんない。とりあえず、緊急事態ということで部屋から出てもいいよね？

□□□

一階の談話室にいたのは、リディアーヌとアウグスト両名。さらに、当事者である兄上と、リディアーヌの父親であるアンデル伯爵。奥さんは領地に伯爵家の者が誰もいないのはマズいということで、一足先に馬車で戻ったため不在である。それから、フェリクスと母上の計六名だった。

俺は見つかると部屋に戻れと言われるかもしれないので、階段付近で様子を窺うことにした。扉が開いたままになっているため、室内の様子がよく見える。クリストフとデニスも空気を読んで俺の背後に待機した。

「たくさんの方に迷惑をかけた私は、ディートリヒ様に相応《ふさわ》しくありません。アルヴィ君も私のせいで、酷い怪我を負ってしまって……。新しい街に教会ができたら、そこで修道女となり、神に仕えながら男爵領のために働きます！」

「それも、ディートを思ってのことだ。負担になるまいと、一人で死ぬことを選んだのだろう？　それを責める者はどこにもいない。君がいつまでも己を責めていては、アルヴィクトールも浮かばれないだろう」

待って。俺、生きてるから。部屋から出られないだけで、ちゃんと生きてるからね。リディアーヌが修道女って言った瞬間、アンデル伯爵は顔を真っ青にしていた。

ちなみにアンデル伯爵は、ちょっとばかり小太りで人のよさそうなおっさんだった。年齢は四十三歳とのこと。リディアーヌとフェリクスは母親似らしい。

「私はっ、私はアストのように強くもありません。学園にも通っていなければ、胸を張れるような特技もない。なんの価値もない、タダの子供なんです」

兄上の奥さんになる人のハードルがどんどん上がっていく。でも、リディアーヌは学園に通っていないというだけで、頭の回転は速いし、理解力もずば抜けている。

ヒスペルト達のマニアックな話だって、質問をしつつではあるがついていけるのだ。学園を卒業したはずの兄上なんて、「なにかの呪文かと思った」と真顔で言うくらいなのに。

「そんなことはない。君の欠点は、自己評価が低いところだな」

フッ、と笑ったアウグストは、優しげな手付きでリディアーヌの乱れた髪を直した。

「学がないのであれば、これからいくらでも学べばいい。特技もそのうちに見つかるさ。俺はディートの右腕にはなれるが、右目にはなれない。それは君の役割だ。どうか、一緒にディートを支えてくれ」

「アスト……」

見詰め合う二人と、それを穏やかな顔で見守る兄上。そして、意味がわからず、混乱するアンデル伯爵。

娘よ、その男はいったい誰なんだ。お前とはどういう関係なんだ、と訊きたいけど訊けないといった様子で挙動不審になっている。

「……本当に私でよいのでしょうか」

「自分よりも、愛する男の心を守ろうとした。そんな女性は君しかいない」

「でも、アストは」

「俺はディートを支えられるのであれば、形には拘《こだわ》らない。正妻は、伯爵家の息女であるリディアが相応しい」

「アストも一緒でなければ嫌です！」

「ならば、俺は愛人だな。三人で暮らそう」

ごめん、ちょっとよくわかんない。いや、理解できるけど、頭が追いついていかないと言うか。アンデル伯爵も、愛人!?　婚約前から愛人!?　というか、どっち？　その男は結局、どっちの愛人なの!?　と混乱していらっしゃる。かわいそうだから誰か説明してあげて。

エルバルド王国の法律では、側妃や第二夫が持てるのは国王のみで、それも三人までと決められている。正妃や王配にかかる負担を軽減させるのが目的だ。

そのため貴族が二人以上正式な配偶者を持つことは許されていない。子供ができなかったら、離縁するか養子を取る必要があった。

貴族間の結婚は政略的な意味合いが大きいから、義務は果たすので双方ともに愛人を囲いましょ、と割り切っている夫婦関係も珍しくはない。珍しくはないけど、このパターンはなかなかないと思う。

「ディートリヒ様は、私を妻に、アストを愛人にしてくださいますか？」

俺は確認するようにデニスとクリストフを振り返った。二人とも、ちょっと意味がわからないですね、という顔をしていた。だよね。私を妻にしてください、というのはわかるけど、そのあとになんで愛人をつけ加える。

「本当にいいのか？　二人とも、俺のような男にはもったいないんだがなぁ」

兄上は困ったような、でも、どこか嬉しそうな顔で頭を掻く。

堂々と二股発言をしているのだが、正妻と愛人双方ともに公認という奇妙な関係故に、いまいち緊迫感がない。兄上のとなりでアンデル伯爵が一人百面相をしているせいもある。心中、お察しします。

「まぁ。私は息子と娘が増えるのね。嬉しいわ」

母上がぽやぽやしながら手を叩いた。そっかぁ。俺も義兄と義姉ができるのか。二人とも好人物なだけに、嬉しいと言えば嬉しいんだけど。

「おめでとうございます、姉上。アウグスト様も姉のことをよろしくお願いします」

フェリクスよ。それは兄上に言うべき台詞じゃないか？　俺が、「あの野郎、また山に逃げやがった!!」としょっちゅうブチ切れていたせいで、フェリクスの中では兄上よりもアウグストのほうが頼りになるという認識になっているのかもしれない。否定できない辺りが辛いね。

目に見えないフルコンボアタックを食らい、一人蚊帳《かや》の外にいたアンデル伯爵だったが、このままではいかんと奮い立ったようで、兄上達の間に割って入った。


「リディアーヌ。どういうことか、きちんと説明しなさい。私はお前が余命幾許《いくばく》もないことから、このようなわがままを許したのだ。婚約など……婚約、くっ。まさか、お前の花嫁姿を……嫁、嫁……ふぐうっっっ。愛人ってなんだ！」

あ、感情がごっちゃになってる。そりゃ、失うことを覚悟していた娘が命を長らえ、さらに花嫁姿を見られるなんて感無量だよね。そして、やっぱり気になる愛人問題。

リディアーヌは長女だが、祝福の都合上これからはミュラー男爵領に滞在することになる。さすがにその状態で爵位は継げないので、嫁に行くのが妥当だ。そう思えば、兄上は爵位こそ低いもののぴったりの物件である。なにより、本人がそれを希望しているというところも大きい。

うっかり花嫁姿を想像してしまったアンデル伯爵は、目頭を片手で押さえ、込み上げてくる感情と必死に戦う。頑張れ、頑張れ。

「お父様。私は今まで、たくさんの方々に助けていただきながら、ここまで生きてまいりました。だからこそ、私は恩返しがしたいのです。制約のある身で、なにができるのかはわかりませんが、それでも伯爵家の娘として恥じることなく――お、お父様？」

あ、駄目だ。アンデル伯爵の涙腺が決壊した。リディアーヌを抱き締めたまま、おいおいと泣きはじめた。

でも、これで兄上の伴侶選びは大丈夫そうだな。お嫁さんとお婿さんのどっちもゲットしちゃったけど。リディアーヌやアンデル伯爵を見れば、乗っ取りの心配もなさそうだ。むしろ、これ以上ない良縁である。

「クリストフ。リディアさんの教育を最優先にする。それから、冒険者ギルドの支部を置くにあたって、責任者が必要になってくるだろ。それをいずれアウグストさんに任せたい。いくつか資格も必要になるが、そこは兄上のために頑張ってもらおう」

なにより必要な資格のひとつ。二級冒険者の経験あり、という最難関をクリアしている。これが結構、大変なのよ。バルテン子爵が冒険者ギルドの責任者に自分の夫を据えたように、けっこう大事なポジションなのだ。できるだけ信頼できる人物を据えたい。

「かしこまりました」

「あ、そうだ。お前の年限を追加で二年、買い取りしといたから」

「……ありがとうございます」

「それに、残りも確保契約しておいた」

これには、さすがのクリストフも驚いた様子で目を瞠った。確保契約というのは、お金はまだ準備できないけど、残っている年数も買うから売らないでおいてね、という契約のことだ。

もちろん、いくつか条件もある。そのひとつが、子爵家以上の貴族が保証人になること。俺はその保証人をバルテン子爵にお願いしていた。

俺がもしも契約を反故《ほご》にし、なおかつ違約金の支払いを拒否した場合、保証人であるバルテン子爵に督促《とくそく》が行く。いわゆる連帯保証人のようなものである。

これはちょっと悩んだけど、ミュラー男爵家の内部にかなり食い込んでいるクリストフを、他家に持って行かれるわけにはいかない。なにより、クリストフはレオンの正体を知っている。レオンにお金を借りて、残りを買ったほうがいいんじゃないかとさえ考えたほどだ。

でも、そこまでレオンにおんぶに抱っこもなぁ、と悩んだ俺は奴隷制度の専門書を熟読し、確保契約という方法を見つけたのである。バルテン子爵もそのほうがいいだろうと、快諾してくれた。これにより、ジャックの、憧れの先輩を自分の奴隷に、という邪《よこしま》な野望は潰《つい》えたのである。ざまぁ。

「心より、アルヴィクトール様にお仕えいたします」

それならそろそろ復讐心を捨ててほしいな。健康診断ならぬ、定期的に備考欄チェックをしてるんだけど、なかなか復讐の二文字が消えないんだよなぁ。それさえなければ、平民に戻す手続きをして家令資格を取ってもらうのに。

「あ、そうだ。ちょっと行きたいとこがあるんだけど」

「調子に乗らないでください」

「お前、俺が契約主だからな?」

鬼ならぬ魔王の居ぬ間に、行っておきたいところ――いや、会っておきたい人がいるのだ。

「散歩だよ、散歩。デニスも連れて行くし、途中で逃げたりしないから」

「アルヴィ様がデニスから逃げられるとは思いませんが……。ディートリヒ様に許可をもらってくださいね」

クリストフはこういう時だけ、兄上を当主扱いするよね。

□　□　□

俺は頑張った。頑張って元気アピールをし、兄上から屋敷の周囲でデニスの護衛つきなら、と許可をもぎ取ることに成功する。

ああ、久し振りのシャバの空気は最高だ。屋敷の周囲ってことはさ、屋敷が見えればいいんじゃね？　という理論で、俺は以前、春の祈願祭が行われた広場に足を向けた。デニスは寛容なので、「少しだけですよ」

と言って俺のわがままを許してくれる。

俺は周囲を見回した。最近、日中はこの辺りでのんびり休憩していることが多いんだけど――。

「あ」

その人物は、ベンチ代わりに置かれた丸太に腰掛け、広場のシンボルでもあるファランの大樹を見上げているところだった。俺はデニスに片手を上げて、着いて来るなと指示を出す。

「おや、アルヴィクトール様。お加減はもうよろしいのですかな？」

「ええ。少し、お話を伺っても？」

「こんな老いぼれに話せることなど、なにもありませんよ」

「アイロック・エル・ローゼという人物について、聞かせていただきたいのです――マルコさん」

俺の言葉に、マルコおじいちゃんは目を細め、「懐かしいお名前ですなぁ」と笑った。

ファランの木は〝オリジナル〟と呼ばれる、最初の一本からしか種が採れない。しかし、アイロック少年の命はそれまでもたなかったと推測される。ならば、その種を採取し、植え続けた者が他にいたはずだ。

それはあの森の奥に一本だけ生えていたファランの木を見れば、一目瞭然である。猟師は何人かいたが、森に入るのは彼だけだとビクターが言っていた。森は薄暗く昼間でも迷いやすい。猟師達も避ける、そんな場所である。

「ええ、ええ。とてもよく覚えておりますよ」

「どのようなご関係だったのですか？」

マルコおじいちゃんは兄上の師匠になったので、丁寧な口調を心掛ける。

「お目付役のようなものです。こう見えて、わしは若い頃、騎士として国に仕えておりましてねぇ。幸い、命を落とすことなく退役し、嫁を連れて故郷へと戻って来ることができました。それで、アイロック様を連行してきた役人に、監視を命じられたのです」

「連行してきた？」

不穏な表現に、俺は眉根を寄せた。

「アルヴィクトール様は、〝副王家〟をご存じですか？」

「はい」

エルバルド王国には現在、ノイエンドルフ王家の他にもうひとつ副王家とも呼ばれる、カレンベルク公爵家がある。

はるか昔、初代王家より枝分かれした、いわゆる分家のような存在だ。別名、〝王家の盾〟とも言われる。

王族の血統を保つため何代かに一度、国王の下へ娘を嫁がせ、生まれた子は優先的に王太子となった。

先代王妃――レオンの母親がカレンベルク公爵家の出身である。先王は側妃を娶《めと》らず、生涯にわたって王妃だけを愛したらしい。

「では、副王家は二つ存在した、ということは？」

俺は首を横に振った。家庭教師の先生の授業でも、そんな話は聞いたことがないし、貴族名鑑にも副王家の欄に載っているのはカレンベルク公爵家だけだった。

「公然の秘密です。と言っても、もう三十年以上も前の話ですので、若い方は知らぬでしょう。二つの副王家。そのひとつが、アイロック様のご実家であるローゼ公爵家でした。〝盾のカレンベルク〟〝剣のローゼ〟と並び称された。今は血筋も絶え、その名を口にするのも禁忌《きんき》と言われている家名です。アルヴィクトール様もお気をつけください」

あ、ふんわりと地獄の気配がする。俺は地獄の気配には敏感なんだ。でも、ここまで来たら最後まで聞く以外の選択肢はない。頑張れ、俺。

「ローゼ公爵は大罪《たいざい》を犯し、直系の方々は先王陛下より死を賜りました。例外が〝魔力神の祝福〟を受けたアイロック様と、弟君だったのです」

「ご兄弟がいたのですか？」

「はい。詳しいことは知りませんが、きっと別の場所に送られたのでしょうね。アイロック様からも、祝福を受けた弟がいるとしか聞かされておりませんでした」

大罪ね。もちろん、歴史を紐解けば、当主が罪を犯して御家《おいえ》が断絶したという記録はある。しかし、その記録からも存在を剝奪《はくだつ》されたとなると、相当だ。いったいどれほどの罪を犯したのか。どうりで、〝ローゼ〟という家名に聞き覚えがないわけだ。

しかし、自分の体を蝕む祝福のせいで死刑を免れることになるとは、なんとも皮肉な話である。

「アイロック様がここに連れて来られたのが、十歳になられたばかりの頃でした。危ないからと止めるのも聞かず、野山を駆け巡っておられましてね。未発見の古代遺跡にも、恐れを知らずに侵入を繰り返して。あの方は魔法がとてもお得意で、浅い階層程度の魔物であればおくれを取るようなことはありませんでした」

「マルコさんも古代遺跡に?」

「ええ。さすがにお一人では行かせられませんでしたから。強引に休憩を取らせたりと、なかなか大変でしたよ」

「なぜ、古代遺跡のことを国に報告しなかったのですか?」

「アイロック様にお願いされたのです。報告するのであれば、自分が死んでからにしてほしいと」

マルコおじいちゃんは、少し困ったように目元を緩めた。

「ですが、アイロック様がいなくなった直後、土砂崩れが起きましてねぇ。入り口が完全に埋もれてしまったんです。掘り返すにも正確な場所がわからず、役人様には嘘をつくなと突き放されてしまいました」

「待ってください。いなくなった？　亡くなったのではなく?」

「はい。アイロック様が十五の時のことです。別の場所に行くことになったと告げられました。その時に、ファランの木が育ったら採取した種を植え、できるだけ数を増やしてほしいと頼まれたのです。理由は教えていただけませんでした」

それはきっと、教えたところで、意味がないとわかっていたからだろう。なんの根拠もなく、ファランの木の樹液に魔力神の祝福を抑える効果があるなどと言っても、誰が信じるだろうか。

「別れ際、アイロック様は言っておりました。いつかきっと、自分の意志を継いでくれる者があらわれる。その時のために、〝希望〟を残したいのだ、と」

脳裏を過るのは、隠されていた日記だった。

熱が下がったあと、俺は意を決して隠してあったアイロック少年の日記を手に取った。もちろん、みんなが寝静まってからこっそりと。日記は遺跡から採取した植物の研究でびっしりと埋められてあった。

実家から持ち出した魔導器を使って、何度も改良を重ね、それでどうにか完成させたのがファランの木の元となる、小さな新芽だった。しかし、他の薬草と違って、魔素を糧とするファランの木の生育は難しく、なにより時間がかかった。

アイロック少年も本当に樹液に魔力を減らす効果があるかどうか、半信半疑だったらしい。その魔導器は屋敷を探しても見つからなかったので、破壊されたのか、それとも売られたのか。そこまでは日記に書かれていなかった。

鑑定スキルさんの説明には、覚悟して読むようにとあった。その意味がよくわかる。あの日記は己の死期を悟りつつ書かれたものだった。焦り、苛立ち、失望——それらの感情が、言葉の端々に滲んでいた。

それでも、間に合わないと知りながら、アイロック少年は研究を続けた。日記の最後には、こう綴られて

あった。

『——この日記を見つけた "君" へ。意味がわからなければ、これはそのままにして欲しい。でも、もしも、君が僕の意志を継いでくれるのなら。どうか、この研究を役立てて欲しい。祝福に苦しむ子供達に希望ある "未来" を』

なにかを成し遂げられなかった者達が、己の想いを未来へと託したように。きっと彼は、届くと、そう信じたに違いない。

「もしかして、俺を森に連れて行ったのは——」

「いえいえ。薬草を採取するなら、あそこ以外にはありませんよ。……でも、そうですね。あなた様ならば、と思わなかったと言えば嘘になります。この領地に大きな変化をもたらした、アルヴィクトール様ならば、あの方の想いを継いでくれるのではないか、と」

マルコおじいちゃんは穏やかな表情で、過去を懐古するように広場にあるファランの大樹を見上げた。お

そらく、この大樹がオリジナルなのだろう。

新緑が美しい大樹を見上げる俺の背中は、冷や汗でダラダラだった。しんみりとした雰囲気の中、本当にごめん。だって、この大樹を以前、リクハルドが伝説の剣に挑む勇者のような目で見てたんだよ。シンボルだから引っこ抜かないようにと釘を刺しておいてよかった。マジでよかった。

俺は座っていた丸太から立ち上がり、マルコおじいちゃんの前に膝をついた。そして、節くれ立った手を包み込むように握る。

「アイロック少年の想いを繋いでくれたのは、あなただ。あなたがいなければ、俺がどれだけ奮闘しようとも、リディアーヌ嬢や魔力神の祝福を持つ子供達は助からなかった。ありがとうございます」

するとマルコおじいちゃんは嬉しそうに、「この老体が役に立ったのなら、嬉しい限りです」と言って笑った。

「この歳になって新しい弟子もできました。長生きはしてみるもんですな」

そうだよ、もっと長生きして。百歳まで生きてくれ。俺は立ち上がって、マルコおじいちゃんに目礼しその場を離れた。

しかし、ローゼ公爵家か。アイロック少年の日記を公表するのは、やめておいたほうが賢明だな。どうせ、発表したとしてもすぐ揉み消されるだろうし、俺自身も危ない。

たまたま腐葉土・特を食ったら魔力が減る感覚があって、色々と実験した結果、ファランの木に行き着いた――。

その説明で納得してもらえるかどうか。でも、とんでもない発見だって、ほんのささいなことがきっかけだったりするのだ。それで押し通すしかない。

腐葉土・特については、去年からずっと研究していたので、そこまで怪しまれることはないだろう。それになにより、アイロック少年がこの領地にいたのは、三十年以上も前のことだ。俺と彼を結びつけるものはなにもない。その功績を横取りしてしまうことには、罪悪感を覚えるが。

いつか公表できればいいけど、そもそもローゼ公爵家が犯した大罪ってのがなんなのかわかんないし。まずはそれを調べるのが先決だな。気になるのは、〝成長の魔導具〟である。あれはいったい、なんの意図をもって作られたものだったのか。その辺りは日記でも触れられていなかった。

最後に残る問題は、このことをレオンに話すかどうかである。ローゼ公爵家がかかわっていることを思えば、話しておいたほうが賢明だろう。それに、あとでバレた時が恐い。監禁の二文字が脳裏を過る。だってあいつ、魔導具だけじゃなく父上の形見でもある首飾りにまで、追跡機能を付与してたんですよ。

「アルヴィ様。考えごとをしながらですと、転びますよ」

「じゃあ、おんぶして。疲れた」

肉体的にじゃなくて、精神的に。ん、と言って手を伸ばす。デニスは、「甘やかすとディートリヒ様に怒られるのですが」と言いつつも要望通り背負ってくれた。兄上自身もなんだかんだ言って俺に甘いから。激甘だから。

屋敷へと続く坂を登っていると、ダンによって整えられた花壇の前で談笑するリディアーヌとイルザの姿があった。リディアーヌは俺達に気付くと、なぜか焦った様子でこちらに駆け寄ってくる。

「どうなさったんですか？　どこか、お加減が？」

「少し疲れただけです」

ちょっと恥ずかしい。こんなことなら、自分で歩くんだった。後悔しつつ、そそくさとデニスの背中から降りる。リディアーヌはわりとすぐに回復したので、なかなか寝台から出られなかった俺を心配してくれていたようだ。

「あ、ちょうどよかった。坊ちゃんにも話があったんだよ。少しいいかい？」

「はい」

立ち話もあれなんで、俺達はダンの作業小屋付近に移動した。適当に転がっている丸太を椅子代わりにする。……今度からベンチでも置こうかな。ついでに広場にも。丸太も味があっていいんだけどさ。

「うちのパーティーなんだけど、この護衛依頼が終わったら解散しようってことになったんだ」

「ええっ⁉」

驚きの声を上げたのは、俺ではなくリディアーヌである。

「そ、それは、もしかして、アストがパーティーを抜けるからでしょうか？」

「まあね。でも、あたしらはちゃんと納得してるよ。予定よりは少し早いけど、どっかで区切りをつける必要があったんだ。それにあたしらは、とりあえず金を稼げればよくて、一級冒険者になりたいとか、そういう目標みたいなものは持ってなかった」

イルザはそう言って、あっけらかんと笑った。

「解散したあと、みな様はどうなさるのですか？」

「ブラムは鍛冶師になって、自分の店を持つっていう夢がある。オルバは鑑定スキル持ちだから、就職先には困らない。問題は、あたしだ。これといってやりたいこともないし、でも、金は稼がなきゃなんない。ってなわけで、ミュラー男爵家で使用人でも募集してないかって思ったんだよ」

「ふむ」

使用人として雇用する場合は、しっかりとした研修をクリアしてもらう必要がある。質が悪いと、それはそのまま当主への評価に繋がるからだ。というか、イルザだったら使用人よりも護衛として雇用したい。いずれ男爵夫人となるリディアーヌのために、女性の護衛を雇いたかったんだよな。

「もちろん、雇用することは可能ですが、イルザさんならもっと条件のよい職が見つかるのではありませんか？」

だって、二級冒険者パーティーの一員で、バリバリの前衛だぞ？　さらに女性というのは希少だ。本人が望めば、子爵家や伯爵家の護衛にだってなれるだろう。

「まあね。ギルドのほうにも、引退したら条件のいい職を斡旋《あっせん》できるって言われてる。でも、頑張るあんたらを見てたら、力になりたくなったんだよ」

ニカッ、と笑うイルザは、照れたように頭に手をやった。その話を聞いて、感動したように両手を組んだリディアーヌだったが、なぜかハッとした表情でイルザを見る。

「あの、もしかして、アストのことが好きで、一緒にいたいとか、そういうことは……」

ここの愛人と正妻関係は、本当に意味がわからない。友情？　友情にしては、ちょっと行き過ぎてる気がするんだけど。でも、二人のベクトルは、きちんと兄上に向いてるんだよなぁ。すると、イルザは思いっきり噴き出した。

「ないない。あんな唐変木《とうへんぼく》に好意を寄せるわけないだろ。それに、あたしは結婚して子供もいるよ」

「ええっ!?」

リディアーヌ、本日二度目の驚き。しかし、これには俺もびっくりした。イルザって既婚者だったの？

「お待ちください。以前、屋敷の前でレオン様とお話しされていた時、恋する乙女のように目を輝かせていたのは……」

「ここに来る前、王都の一等級遺跡の深部に潜ったって聞いたからさぁ。どんな魔物がいるのか、気になるだろ。あたしらも、さすがに一等級の深部は未経験なんだよ」

「もしかして、レベッカ様も？」

「あっちは遺跡内の遺物が目当て。色っぽい話じゃなくて悪かったね」

そうだったのか。ちょっとだけホッとしていると、リディアーヌがニコニコしながら俺を見ていたので、ゴホンと空咳をする。こいつ、まだ恋バナを諦めてないな。

「では、ご家族と離れ離れなのですね」

「それなんだけどねぇ。予定では、任務中にこっちに呼び寄せるはずだったんだよ。まさか、ここまでなんにもないとは思ってなくてさ。せめて旦那が働ける場所があったらよかったんだけど」

なんかごめん。それは俺も思ったよ。山と畑しかねぇなって思ったよ。でも、そういうことはもっと早く言って。働き口ならなんとかしたから。俺は頭を抱えつつ、イルザに訊ねた。

「イルザさんの旦那さんは、なにをしている方なんですか？」

「王都の食堂で料理人をやってるよ」

料理人。俺の目がギラッと輝いた。出稼ぎの若者達が戻って来たり、王都から祝福の関係者がやって来たりして、ミュラー男爵領はわりと大所帯となった。

さらには一時的ではあるが、バッシュ土木工房の職人達も滞在している。その結果、食堂が欲しいという声が上がっているのだ。三食すべてを自分達で準備するのって、けっこう大変だもんな。

「よかったら、うちで食堂を開いてみませんか？　ある程度の補助もしますし、融資も可能です」

「そりゃ、いずれどっかに店を持てたらって言ってたから、ありがたいけど……いいのかい？」

「はい。それに、新しい街には学校も置く予定なので、お子さんが大きくなってもここから通えますよ」

学校に通うため、親元を離れることもない。話を聞くと、下宿先が貧しかったり、理不尽な扱いをされたりと大変な子もいた。その場合はうちから金を出して、別の下宿先に移らせたが。近場に学校があったら、祝福持ちの子も通えるしね。

「新しい街では、鍛冶師や冒険者ギルドの職員も募集します。なにより、冒険者ギルドの責任者はアウグストさんにお任せしたいので、職場に気心の知れた相手がいてくれると助かるのではないでしょうか？」

すると、イルザは唖然《あぜん》としたあと、噴き出すように笑って自分の膝を叩いた。

「いいねぇ。この護衛依頼を引き受けて大正解だったよ！」

「と言うと？」

「金払いはいいし、依頼料も高額だ。でも、長期にわたっての縛りはあるし、なにより行き先が田舎ってのが男どもには問題でね。娯楽施設――ぶっちゃければ、娼館がない。依頼としては、不人気なんだ」

あー、それは大事だよね。一節、二節ならまだしも、年単位での拘束だ。みんながみんな娼館を利用するわけじゃないけど、金があったら通いたいって男は多いと思う。一方、そういう話題に免疫のないリディアーヌは、頬を染めて俯いてしまった。

「うちの奴らは、ないならないでかまわないみたいな干涸《ひか》らびた野郎ばっかりだからね。高額依頼に釣られたってわけ」

「アストは干涸らびているのですか⁉」

「ものの例えだって。バリバリの現役だから安心しな――って、なんでリディアーヌ様がアストの心配をしてるんだよ」

まったくだよ。心配するなら兄上……いや、うん。この話はやめよう。兄弟のそういう話は想像したくない。兄上が抱かれる側なんだろうなとか、そういう想像はやめよう。

「でも、娼館ですか。それは重要ですね」

歓楽街については、設置する場所もちゃんと考えないといけないよな。フィアラスの遺跡街あたりを参考にさせてもらうか。

しかし、これはもしかして、美人なお姉さん達にちやほやされるチャンスなのでは？　浮気とかじゃなくてさ。ほら、視察とかって大事じゃん？　ちゃんと職場環境が整っているかどうか、確認するのも責任者の役目――。

「なにが必要だって？」

「なんでもございません」

背後からがっしりと肩を摑まれ、俺は恐怖に戦いた。振り返るまでもない。魔王様はきっと、とても恐ろしい笑顔を浮かべているに違いない。レオンは地を這うような声で言った。

「娼館なんて、アルヴィには必要ねぇよな？」

「もちろんです！」

ああ、美人なお姉さん達よ、永遠にさようなら。なんでだよ。ちやほやされるくらい、いいじゃん。自分は娼館を利用したことがあるくせに。あの濃厚なキスで童貞は絶対にないと断言できる。

「こいつは回収してくぞ。散歩はもう充分だろ？」

「ふぇーい」

俺が外出したのも把握済みなのね。ぼちぼち足首が痛いなぁと思いはじめていたので、運んでもらえるのはありがたい。この体、回復すんの遅くね？

でも、帰る前に念のため、イルザのステータス画面を確認しておこう。プライバシーは大事なんだけど、実は暗殺者でしたってことも考えられるし。離れて暮らす夫と子供を人質に取られて、というパターンを俺は漫画や小説で何度も読んできた。
　ということで、ステータス・オープン。

イルザ・ノイラート　24歳
冒険者パーティー・ドラゴンの晴天所属
HP1600　MP550
適性魔法　水　火2　風6　土　光　闇
称号（空欄）
スキル　剣技6　速度5
備考　幼少期に親と死別し孤児院で育つ。情に深い姉御肌。レイピアを得意とするが、投剣の腕もなかなか。冒険者パーティーでは前衛を担当する。昔、妹のように可愛がっていた少女を、魔力神の祝福で亡くした。なお、夫はその少女の兄。リディアーヌに失った少女の面影《おもかげ》を見ている。あたしにもっと勇気があれば、あの子を一人で死なせたりしなかったのに。三歳になる息子がいる。

アッ、地獄。

□　□　□

アンデル伯爵家長女リディアーヌとミュラー男爵である兄上の婚約は、問題なく結ばれた。リディアーヌが十八歳になるのを待って正式に婚姻ということになる。とはいえ、リディアーヌは祝福のせいでミュラー男爵領から離れられないため、すでに嫁に来たようなものだ。
　特にリディアーヌは祝福の影響が強く、たった五日で樹液の効果が切れることが判明した。バルテン子爵領やキャルリーヌ子爵領等の近隣ならば行き来は可能だが、万が一ということもあるのでよほどのことがない限りはミュラー男爵領から出ないほうがいいだろう。

本人にもやる気があるためミュラー男爵家の経営に携わってもらう予定だが、圧倒的に専門的な知識が足りない。クリストフが家庭教師となって、ビシバシ鍛えている真っ最中である。

弟であるフェリクスは、父親と一緒にアンデル伯爵領へと帰った。通常の学問に加え嫡子としての勉強など、フェリクスも学ぶことが多い。キャルリーヌ子爵領とは違い、アンデル伯爵領は遠方にあるため、ちょくちょく遊びに来られないのが残念だ。リクハルドも寂しそうにしている。

研究所の建設については、教会からそれなりの権限を持つ研究員が送られてくることになった。工業者ギルドを通して、建築関係専門の工房を募集してもらっている。下水設備はバッシュ土木工房に追加依頼。俺のモコモコ掘削技術で工期が大幅に短縮されるため、問題ないとのこと。

工業者ギルドには、新しい住居も何軒か建てたいから、そっちを依頼できる工房の紹介もよろしくね。下水設備が完成する前に新しい街の建築のことも相談したいんだけど、と言ったらさすがに覚悟を決めたのか、ミュラー男爵領にも工業者ギルドの支店を置いてもらえることになった。

支店を置く利点は大きい。電報みたいな通信用魔導器があるそうだ。これは誰でも所有できるものではなく、国の許可が必要となってくる。領主個人では所有は認められない。

あったら便利だが、謀反《むほん》とかさ。そういうのに利用されたら大変なので、所有が認められているのは国内に支店を持つギルド関係がほとんどだ。あとは王城や騎士団とかね。お陰ですぐに返事が届くし、こちらもいちいちバルテン子爵領に行く手間が省ける。

なお、領主やその代理限定ではあるが、緊急時の使用も許可されている。通信内容は筒抜けになってしまうため、漏れても問題ない内容に限られるが。それなら使ってもいいよ、というのが国の方針だ。

他には、ミュラー男爵領に食堂ができることが決まった。イルザの旦那さんもさすがにびっくりしたようだが、無事に引き受けてくれるとのこと。よかったよかった。それに伴って、うちの領地に牧場が爆誕した。もはやシシーや野生動物の肉だけでは賄いきれなくなってきたのである。

もともと各家庭で家畜を飼っていたが、あくまでも自家消費程度。バルテン子爵に相談したら、畜産農家に声をかけてくれたらしい。独立予定の息子や娘さん達が生前分与として数十頭の牛や羊を分けてもらい、遠路はるばるミュラー男爵領までお引っ越しとなった。

もともとミュラー男爵領――王家の直轄領だった時代に数軒ほど牧畜を営んでいたようで、専用の設備がそのまま残されていた。人口減少による廃業。世知辛《せちがら》い。基礎から建てるより楽なので、それらをリフォームし再利用することになった。兄上は、「俺の職が奪われる！」と青ざめていたが、あなたの本職は領主だから。猟師じゃないから。

家畜が増えたことで、その糞を材料に肥料も作れることになり、畑がますます活性化する予感。

「やることもやったし、俺はそろそろ王都に行こうと思う。本気で金が足りない」

季節は秋も半ば。俺は夏の終わりに十一歳になった。ミュラー男爵領に来てから、一年と数節。なかなかに濃い日々だった。その大半は畑やら荒れ地やらをモコモコしていたわけだが。

その結果、俺のステータスも色々と進化した。

アルヴィクトール・エル・ミュラー　11歳
ミュラー男爵の弟
HP110　MP105
適性魔法　水1　火1　風1　土4　光1　闇2
称号　努力の変人
スキル　補助2　鑑定1　エコ3

そう、〝努力の変人〟に。

なんでだよ!?　鉄人の次は変人？　だったら鉄人の

ままでいいわ。鉄人のままでいさせてくれよ。嫌だよ変人なんて。あれか？　腐葉土・特を食ったり、口に含んでペッとしたりしてたから？　それとも色々やらかしたから？　なんで？　ねぇ、なんで⁉

しかし、俺がどんなに暴れ拒否しようとも、称号は消えない。消えたりしない。しかたないので、変態じゃなくてよかったと思うことにした。次なる進化に期待しよう。

称号の変化はショックだったが、嬉しいこともあった。ＨＰがそこそこ伸びたのだ。俺にしてみればかなりの伸び率である。ここでフェリクスとリクハルドのステータス画面を見てはいけない。思い出してもいけない。格差社会に泣きたくなるからだ。絶対、あいつらも成長しているに決まっている。

「よろしいのではないでしょうか」

クリストフのとなりでは、執務机に突っ伏す兄上とリディアーヌがいる。リディアーヌだけにむりはさせられないと兄上も頑張った結果、二人で仲良く撃沈中。ドＳなクリストフは、とっても生き生きとした顔で教《きょう》鞭《べん》を執っている。

「バルテン子爵とキャルリーヌ子爵が知り合いの貴族を紹介してくれるそうだ。あとは母上の実家であるクスター子爵家だな」

その名前を出した瞬間、執務机に突っ伏していた兄上が弾かれたように顔を上げた。

「駄目だ！」

「どうしたんですか？」

「父上の遺言で、アルヴィはクスター子爵家に行ってはいけないと言われている」

「だから何故」

そういえば父上と兄上はいつも、クスター子爵家が絡むとおかしかった。子爵家に挨拶に行くのも、俺だけ留守番だったし。挨拶しなくてもいいのかと、ずっと不思議に思ってたんだよね。

デニスと一緒に紅茶と焼き菓子を運んできた母上が、それらをテーブルに並べながら兄上を見た。

「あなたはまだゲオルクお兄様が苦手なのね」

「うっ」

苦虫を噛み潰したような顔をした兄上が、気まずげに視線を逸らす。のろのろと起き上がったリディアーヌも、不思議そうに小首を傾げる。母上はソファーに座る俺の前に、紅茶のカップを置いた。

「クスター子爵家の当主で、あなたの伯父様よ。アルヴィクトールはお会いしたことがなかったわね」

「はい。一昨年、病に倒れたとだけ聞いています。そう言えば子爵家の後継者問題はどうなりました？」

「私の弟で、あなた達の叔父が継ぐことになったわ」

「叔父上と嫡男殿で揉めていたのですよね？」

「ええ。普通なら当主であるお兄様の子が跡を継ぐのだけれど、弟が名乗りをあげて家督《かとく》争いに発展してしまったのよ。お兄様もそれを囃し立てるように、優秀なほうに爵位を譲ると言い出して。お義姉《ねえ》様や家令達は頭を抱えていらっしゃったわ。こんなところで、クスター家の悪いところが出てしまうなんて」

「どういう意味でしょうか？」

「クスター家の血族は誰よりも情に厚く、誰よりも強《ごう》欲《よく》で傲慢《ごうまん》だ、と言われているの。おまけにとっても執念深い」

ごめん、ちょっと意味がわからない。情に厚いっていうのはいいよ。でも、強欲で傲慢ってなに？　さらに執念深いって、悪役の特性を盛りすぎじゃね？

「片方が追放されるようなことは……」

「それは大丈夫。当主の座を争ってはいるけれど、弟達は仲良しだもの。王都の屋敷で一緒に暮らしているわ」

正々堂々、恨みっこなしの公平な勝負ってことか。話を聞きながら仄暗い笑みを浮かべていたクリストフが、またかよ的な目になった。お前が想像しているようなドロドロの後継者争いとは無縁らしいよ。

「私も、お兄様の病気見舞いに行きたいと思っていたから嬉しいわ」

「では、日程を組みますね――って、どうしたんですか、兄上」

兄上は立ち上がると、ソファーに座っていた俺をいきなり抱き締めた。ちょ、さすがに人前だと恥ずかしい。

「……アルヴィは俺の弟だよな？」

「はい」

「俺だけの弟だよな？」

「はい」

やばい。兄上の目のハイライトが消えてる。過去、クスター子爵家でなにがあったんだ。誰かアウグストを呼んできて。リディアーヌも「兄弟仲がよろしいのですね」じゃなくて、早く兄上の心のケアをして。

「子爵家でなにを言われても、〝アルヴィクトールはディートリヒ兄上の弟です〟って言うんだぞ」

「はい？」

「アルヴィクトールはディートリヒ兄上の弟です」

「……アルヴィクトールはディートリヒ兄上の弟です」

復唱すると、兄上は仄暗い目で頷いた。いったいなにが兄上をここまで駆り立てているのか。ゲオルク伯父上がよっぽどトラウマなのかな？

「そういうわけだから。クリストフ、留守を頼む。ビクターにもなにかあったらクリストフに言うように伝えておくから」

「かしこまりました」

「兄上も山に逃げ込んで、クリストフを困らせないでくださいね」

「……善処する」

クリストフに色々と仕事を押しつけすぎだから、経営に携わってくれる使用人も探すか。リディアーヌが戦力になるには、まだまだかかりそうだし。新しい街が形作られるようになれば、もっとたくさんの人員が必要になってくる。

そんなわけで、数日後。

見送りに集まった領民達に色々と心配されながら、俺は王都へと旅立ったのである。

誰だ、お腹を出して寝ないでくださいね、って叫んだ奴は。

了

四歳児アルヴィの日常

I don't have Cheat SKILLS!!!!!

四歳児の朝は遅い。

ミュラー男爵家の侍女が優しく――いや、わりと業務的にテキパキ起こしてくれる。

寝ぼけ眼《まなこ》のまま容赦なく寝間着を引っぺがされ、のろのろと着替えている間に寝癖でボサボサの頭を水と櫛《くし》で梳《と》かしてくれる。顔は濡れタオルでゴシゴシ。ヨダレの痕がついているかもしれないから口元はしっかり拭いてもらう。俺はピチピチの四歳児なので、自分で洗顔できないのだ。手がちっちゃすぎる。

身だしなみが整うと、三階にある部屋を出て一階のダイニングルームに向かう。最近はわりと転ばずに歩けるようになったので、侍女に抱っこされて移動することもない。階段も手摺りに摑まってゆっくりと下りる。後ろで侍女がハラハラしているが、大丈夫。危ないと思ったら尻をつけばいい。俺は学んだのだ。

途中で休憩を入れつつ、なんとか一階まで下りる。俺の部屋だけ二階に移動できないもんかなぁ。下りる時はまだいいが、帰りが大変なのよ。毎日、登山をしている気分。


「おはようございます」

一階のダイニングルームでは、すでに母上と兄上が席についていた。今年、十三歳になる兄上はいつも早起きし、朝の鍛錬を終えてから席につくのがルーティーンだ。その顔には腹減った、と書かれているようである。

「父上はいらっしゃらないのですか？」

朝食は家族揃って、というのがミュラー男爵家の家訓だ。父上の席には誰の姿もなく、朝食の準備さえされていない。昨夜はちゃんといたよな、と首を傾げた。一緒に寝ようとごねられた覚えがある。もちろん断ったが。

「朝早くにお仕事が入って出掛けられたのよ」

よいしょ、と侍女が引いてくれた椅子に腰掛けると、母上が教えてくれた。父上は中央騎士団の第五部隊副隊長を拝命しているため、なにかあれば騎士団本部から呼び出しがかかる。今日は久し振りの非番だと喜んでいたのに。

「父上に稽古をつけてもらう約束だったのに」

俺のとなりに座る兄上が、ふて腐れたように呟く。仕事なのだからしかたないとわかってはいるが、納得できないようだ。

でも、子煩悩な父上のほうが誰よりも納得できてないと思うよ。呼びに来た部下さんを前に、嫌だ嫌だとごねて困らせたに違いない。

「用件が終われば、すぐにお戻りになりますよ」

母上が優しく宥める。きっと馬をかっ飛ばして帰って来るに違いない。

本日の朝食はクロワッサンのような三日月形のパンと、野菜たっぷりのサラダにスープ、なんかの肉で作った二種類のソーセージ。ふわっふわのオムレツというラインナップだ。俺の皿にはそれがちょっとずつ盛られる。ソーセージは食べやすいように細かくカットされていた。

食事の前に祈りを捧げて、いただきます。祈るのは朝食だけで、昼と夜は普通に食べる。俺はつい手を合わせたくなるけど。

食事が終わると、そこからは別行動。母上は男爵夫人としての仕事がある。領地はないが、屋敷にかかわる業務は母上の担当だ。それに教会での奉仕活動も加わるため、なかなかに忙しい。

来年、学園への入学を控えている兄上は、朝食後はすぐに家庭教師の先生とお勉強だ。今日は父上に稽古をつけてもらうから、先生の授業は休みにしてもらおうと思っていたに違いない。朝食を終えるなり、どんよりとした顔になっていた。

俺はまだ四歳なので、お勉強はなし。自由気ままに遊ぶのが仕事である。

「アルヴィクトールはこれからどうするの？」

「天気がいいので、お庭を散歩しようかと思っています」

「あら、素敵ね」

母上も一緒にいかがですか、と誘いたかったが、背後に控える家令の手には複数の手紙と書類があった。母上とのお散歩デートは難しいようだ。兄上が誘われてもいいぞという顔をしていたが、そっちは無視する。ちゃんとお勉強して。

俺は椅子から降り、庭に向かうべく歩き出す。リーチが短いため目的地に向かうのもひと苦労だ。お世話係りの侍女がついて来ようとしたが、「ダンのところにいるから今日はいいよ」と断ると、一礼して別の仕事に戻っていった。

三歳まではどこに行くにも世話係りがついて来たが、四歳になってからは行き先を告げれば自由に行動できるようになった。もっとも、屋敷の中と庭先限定だが。兄上の場合は屋敷を抜け出すレベルの行動派だったので、七歳まで誰かしらがついていた。俺は庭木や塀をよじ登るようなアグレッシブ幼児ではないため、そんな心配はない。

ダイニングルームから中庭に続く内扉を出て、美しい花々で彩られた小道を行く。庭師であるダンは俺が生まれた時からの付き合いだ。四季を意識して作られた庭園はとても素晴らしく、天気のいい日は散歩が日課になっているほど。毎日のように見てもまったく飽きない。

春から夏に移り変わろうという時期。頬を撫でる風はまだ少しひんやりとしている。それもあと数日で、やんわりと熱気を含んだものとなるのだろう。

俺は上機嫌のまま庭園を散策し——途中でいい感じの小枝も見つけた——屋敷の裏手にあるダンの畑に向かった。

□□□

ミュラー男爵家の屋敷は王都の貴族街と呼ばれる場所にあるが、王城からはかなり遠いところに位置する。王城近くは地価が高いうえ、爵位による序列も関係するそうだ。高位貴族ほど王城に近い場所に居を構えている。

この辺りは地価が安いぶん土地は広い。立派な屋敷だけでなく、充分な庭園スペースも設けられている。お陰で屋敷の裏手にある畑に向かうだけでもひと苦労だ。補助輪がついた子供用自転車が欲しい。

ようやく辿り着いたそこには、こぢんまりとした作業小屋と畑があった。畑には様々な花が植えられている。ここである程度育てたものを、中庭の花壇に植え替えしているらしい。それから厨房で使われているハーブ類が少々。

「ダン！」

大声で名前を呼べば、作業小屋の戸が開いてダンが顔を出した。作業着姿のダンは首にタオルを巻いて、すでにお仕事モードである。

「おはようございます、アルヴィ様」

「おはよう。今日はお昼までここにいる。大人しくしてるから、見ててもいい？」

「どうぞ、どうぞ。今日は新しい花の苗《なえ》を植えるんですよ」

「どんなの？」

「大輪の真っ赤な花です。一昨年の夏にも育ててましたが、アルヴィ様はさすがに覚えてませんよねぇ」

二歳だから、そもそも夏場と冬場は外に出してもらえなかった記憶がある。ちょっとでも暑いとすぐバテるし、ちょっとでも寒いとすぐ熱を出す。幼児もなかなかに大変だ。

「ちょっとだけ覚えてる。窓から見えた庭はいつも綺麗だった」

「ははっ。ありがとうございます」

「本当だぞ？」

俺は庭が見たくて、いつも父上や母上、家庭教師の先生にまで抱っこをせがんで窓から外を眺めていたのだ。

俺はダンが休憩に使っている丸太に座って、作業風景を眺める。実にのどかだ。ハンモック的なものがあれば最高だった。早く文字を覚えて本が読めるようになれば、木陰でのんびり読書タイムができるのに。兄上が来年学園に入学したタイミングで、家庭教師の先生に簡単な勉強を教えてもらえるよう父上に頼もうかな。

「よろしければ、アルヴィ様も花を植えてみませんか？」

そう言って、ダンが作業小屋から別の苗を持ってきた。

「旦那様と奥様の結婚記念日が半節後なので、その贈り物にどうでしょう？」

「おおっ」

「可愛らしい鉢に植え替えれば、長く楽しんでいただけますよ」

「採用！」

素晴らしい提案だ。きっと俺の目はキラキラに輝いているに違いない。精神年齢的にはすでに成人しているが、どうしても幼い肉体に精神が引っ張られてしまうのだ。たまに我に返って羞恥心《しゅうちしん》にのたうち回るまでがセット。

「どこに植えていい？」

「わかりやすいように、端っこにしましょう。この辺りでしたら日当たりもよいので、最適ですよ。ちょっと待ってくださいね。植えやすいように耕してしまいますから」

「あ、待って。自分でやる。魔法を使う！」

土魔法を使うチャーンス。毎日、空になるまで魔法を使い、MPの総量を上げる作戦が発動中なのである。火魔法は危ないので、もっぱら水魔法と風魔法で特訓している。

「鍬《くわ》でやったほうが早いですよ？」

「早いか遅いかの問題じゃないんだ」

「はぁ。むりしないでくださいね」

「ん！」

よし、まずは畑を耕すぜ。俺は先ほど拾ったたいい感じの小枝を脇に置いた。

続いて地面に両手をぺたりとついて、土の感触を楽しむ。このまま土で遊びたい気持ちをぐっと堪えて、魔力を流した。モコモコ……モコモコ……モコ……あ、MPが底をついた。ちょっと早くね？

「休憩」

「お水をどうぞ」

「ありがとう」

水筒から水を補給。魔力を回復している間に、手のひらサイズの石を集める。これで丸く囲って、俺が育てている花を区別するのである。毎日、水魔法で水遣りもしよう。

「復活！」

休憩と復活を繰り返すこと三回。ようやく納得のいく仕上がりとなった。周囲を石で囲って、あとは苗を植えるだけ。俺は立ち上がって、作業小屋の近くにいたダンのところに向かった。

「では、ここから好きな苗を選んでください」

「んーと、これ……いや、こっちだ！」

「何色の花が咲くか楽しみですね」

「ダンもわかんないの？」

「これは土壌の性質によって花びらの色が変わる珍しい品種なんです」

「へー」

紫陽花《あじさい》みたいなもんか。「どうぞ」と言って、苗を渡される。どんな花が咲くのか楽しみだ。ニコニコしながら自分で耕したスペースに戻ろうとしたその時——目の前を兄上が猛然と駆け抜けて行った。遠くから家庭教師の先生の怒声が響く。

「俺がここを通ったことは内緒な！」

兄上の片手には練習用の木剣が握られていた。家庭教師の先生の授業をサボりやがったな。騎士だってある程度の教養が必要なんだと言われても、兄上は学園で勉強するから大丈夫の一点張り。大丈夫じゃねぇんだよ。そもそも基礎知識を身につけておかないと、授業にすらついていけないぞ。

やれやれ、と肩を竦《すく》めた俺は、気を取り直して苗を植えようとした。しかし、目の前に広がる光景に愕然とする。

バラバラに飛び散った石と、踏み荒らされた畑。土魔法でせっせと耕したそこには、兄上の靴痕がくっきりと残っていた。そしてなにより、先ほど拾ったいい感じの小枝が真っ二つに折れているではないか。俺の聖剣が。

「許さない」

こんな蛮行《ばんこう》を許せるだろうか。いや、許せない。鉄槌《てっつい》を。あの腕白《わんぱく》なお子ちゃまに鉄槌をくださねば。俺は復讐に燃えた。背後ではダンが、「あわわわ」とブラック・アルヴィ降臨に震えている。

その時、まるでタイミングを見計らったかのように侍女がやって来た。

「旦那様がお戻りに——アルヴィ様？」

俺は内心でガッツポーズを決めながら、侍女を見上げた。双眸《そうぼう》に零れそうなほどの涙を湛えて。小さな指で、踏み荒らされた畑を指差す。

「ぐすっ。あにうえがやったぁ」

「まぁ」

まずは味方を作ることだ。ぐすっ、ぐすっ、としゃくりあげると、侍女の顔が同情するように曇る。

「旦那様のところに参りますか？」

「ん」

両手を広げれば、侍女が慣れた手付きで俺を抱き上げてくれる。向かう先は当然、父上がいる玄関先だ。侍女には兄上を叱りつける権限はない。

玄関先にいた父上は、騎士の正装をしていた。黒を基調とした騎士服がとっても凛々しい。前髪はオールバックにされ、彫りが深く整った顔立ちが露わとなっていた。これはカッコイイ。母上でなくても惚れる。

父上の傍には、ミュラー男爵家の家令と、部下である騎士の姿があった。三股事件の一人——いや、今はどうでもいい。

「どうした、アルヴィ？」

「ちちうぇー」

俺が泣きながら甘えてくるなんてことは滅多にないため、父上は驚いたように目を瞠った。俺は侍女から父上へと荷物のように受け渡される。父上の首筋に縋りついて、ぐずぐずと鼻を鳴らした。

「うえっ。あ、あにうえが」

「ディートリヒがどうした？」

「ぼくがもちょもちょしたはたけを、ふんで、せっかく、ちちうえとははうえに、おはな……ひっく」

涙声で必死に訴える。本格的に悲しくなってしまった俺は、四歳児の感情に引き摺られるがまま泣いた。泣き続けた。

ダンに耕してもらったほうが早いけど、土魔法も使いたかったし、なにより自分の手でやりたかったのだ。石も上手に配置できたし、あとは苗を植えるだけだったのに。兄上ギルティ。

「そうか。父上と母上のために花を育ててくれようとしたんだな。ありがとう、アルヴィ」

「……ん」

父上は俺の背中をあやすようにポンポンと叩きながら、背後に控える騎士に命じた。

「息子を捕まえてくれるか？」

「はっ」

本来ならば騎士の業務ではなかろうに、なんか悪いね。しかし、俺はただ泣いているだけではない。涙ながらの訴えの裏に隠された事実。父上もすでに気付いていることだろう。

本来ならば、兄上は家庭教師の授業を受けていなければならない時間帯だ。それがなぜ、外に出ているのか。どう考えたってサボったってもろバレだよね。でも、俺は告げ口なんてしていない。頑張ってモコモコした畑を荒らされた、と訴えただけなのだ。

家庭教師の授業をサボったうえに、弟を泣かした兄上は、きっと父上からキツいお叱りを受けることだろう。普段は子煩悩な父上も、怒ると母上以上に恐ろしいのだ。お尻ペンペンされちゃうかもしれないな。ざまぁ。

「さて、もう少しで昼食だな。午後には来客があるから、そのあとで父上と遊ぼうか」

俺は昼食を取ったらお昼寝タイムかな。魔法を使うといつもより疲れるので、仮眠を取らないと夜まで保たないのだ。兄上はきっと、俺がお昼寝している間にこってり叱られることだろう。

「ちちうえ」

「ん？」

「くろいきしふく、かっこいいです」

「だろう？」

途端、デレッとする父上。兄上が捕まるまでは甘えさせてもらおうと、俺は父上に抱きついた。

□　□　□

昼食の席に兄上はいなかった。きっと、捕獲を命じられた騎士と鬼ごっこを繰り広げているか、すでに捕まって自室に軟禁されているかのどちらかだろう。

父上と母上の三人で昼食を取ったあとは、えっちらおっちらと階段を上り、部屋でお昼寝。お客さんが帰ったら起こしてね、と侍女に頼んである。畑仕事をしたので、昼食前に着替え済みだ。なので俺はそのまま寝台に寝転がり、数秒で夢の世界に旅立った――。

覚醒は唐突だった。

パチン、とシャボン玉が弾けるような感覚で意識が浮上する。そのまま天井を見上げてボーッとしたあと、俺は体を起こした。誰も起こしに来ないところをみると、まだお客さんが帰っていないのかもしれない。

寝台から下りた俺は、椅子を持って窓際に移動する。そこに椅子を置いて、よじ登った。三階からだと王都の街がそこそこよく見える。俺の部屋からでは王城が見えないのが残念だ。

「俺も街に行ってみたいなぁ」

兄上はたまに父上や母上と出かけているが、俺はまだ幼児だからと外に連れて行ってもらえない。貴族であればそれが普通らしい。王都の治安って、俺が思っているよりよくないのかも。

だから、俺はまだこの世界がどんなものか詳しいことはなにも知らない。なんたって、この世に誕生してからまだ四年とちょっとだ。言葉を流暢《りゅうちょう》に話せるようになったのも、三歳になってからだし。焦ることはないと思いつつも、好奇心が止まらないんだよなぁ。

「ん？」

俺の部屋からは正面玄関付近がよく見える。そこに父上の姿があった。来客を見送りに出たのだろうか。俺はもっとよく見ようと身を乗り出す。

続いてあらわれたのは、絵本にでてくる冒険者のような風体の男だった。腰に鞘《さや》に入った剣のようなものを佩《は》いている。フードを被っているため顔はよく見えなかった。体格は父上とそう変わらないが、身長は少しだけ低いだろうか。

年齢はなんとなくだが、父上よりも若い気がする。

横付けにされた馬車の前で立ち止まると、父上はお客さんの肩を親しげに叩いた。それを相手は煩わしそうに払い落とす。父上は始終、笑顔のまま。

「誰だろ？」

騎士には見えない。貴族というにも格好が違う。やはり、冒険者というのがしっくりときた。でも、父上に冒険者をやっている知り合いなんていただろうか。父上聞いたことがない。

「冒険者か……」

この世界には〝古代遺跡〟なるものがある。いわゆるダンジョンのようなものだ。そこには魔物が存在していて、冒険者はそれらを狩ることで生計を立てていた。

偶然を装って接触したら、怒られるだろうか。あんなに親しげであれば、下の息子だと紹介してくれそうな気もする。もし本当に冒険者なら、色々と話を聞いてみたい。

迷ったのは一瞬だった。俺は椅子から飛び降りると、急いで室内用の靴を履く。早くしないと冒険者さん（仮）が馬車に乗って帰ってしまう。急げ、急げ、とドアを開けようとした時だった。

ドアノブを摑もうとした瞬間、ガチャリと音がしてドアが開く。そこに立っていたのは母上だった。

「あら、アルヴィクトール。もうお昼寝はいいの？」

「……はい」

俺の目的は瞬時にして潰えた。お昼寝のあとは、いつも母上との触れ合いタイムなのだ。所用で外出していない限り、母上は息子との時間をとっても大切にしてくれる。嬉しいんだけど、嬉しいんだけど……。

母上は俺を抱き上げ、窓辺に立つ。

「お外を見ていたのかしら？」

「はい。父上とお客様が見えました」

正面玄関には、まだ父上と冒険者さん（仮）の姿があった。

「あの方はね、お父様の教え子なのよ」

「父上の？」

「剣の指導をしたと聞いているわ」

「騎士の方ですか？」

「いいえ、冒険者よ。アルヴィクトールはわかるかしら？」

「はい。絵本で読みました」

やっぱり冒険者だったのか。もうちょっと早く起きていたら接触できたのに。フードを被った彼は、父上に向かって挨拶するように片手を上げるとそのまま馬車に乗り込もうとした。不意にその顔がこちらを見上げ――る前に、御者が扉を閉めた。

「お父様はこのあと、お兄様と話があるそうだから。アルヴィクトールはお母様と一緒に絵本を読みましょうね」

「はーい」

兄上の説教タイムはこれからだったようだ。骨は拾ってやる。せっかくなので、絵本は冒険者が主人公として描かれているものにした。

□　□　□

母上に絵本を読んでもらったあと、料理長特製の焼き菓子をおやつタイムにいただく。刻んだドライフルーツが生地に練り込まれていて、ほのかな酸味が甘さを引き立ててくれる一品だ。そこに蜂蜜をたらしたミルクティーを添えれば、最高の組み合わせの完成である。

それを母上と楽しんでいると、お話し合いを終えた父上が姿を見せた。談話室のソファーに座る俺達を見るなり、デレッと相好が崩れる。スマートながらも、ものすごいスピードで母上の横に座ると、当然のように俺を持ち上げ膝に乗せた。

「やっとゆっくりできる。せっかくの休日が、もう半日も経ってしまった」

「あら、まだ半分もあるでしょう？」

「それはそうだが……いっそのこと、溜まりに溜まっている有給を使うか？」

「部下の方々が泣いてしまいますよ」

「泣かせておけばいい」

憤然とする父上を、母上が笑みを浮かべながら宥める。俺もなんだかんだで父上と一緒にいたいので、部下さん達には耐えてもらいたいなぁ。

「父上。お客様はなんのご用だったのですか？」

「うん？」

「お客様が冒険者の方だと知って、アルヴィクトールもお会いしてみたかったのよね？」

「はい！」

母上の補足に、俺は大きく頷いた。すると父上は微妙な顔で俺を見下ろす。

「……もう少し、大きくなってからだな」

「もう少しって、どれくらいですか？」

「ディートリヒくらいだ」

あと九年もあるじゃん。しかし、それでも俺はまだ十三歳。成人が十八歳と考えると、大人への道は果てしなく遠い。

「紹介するだけならよいではありませんか」

「どこからアルヴィの情報が漏れるかわからないんだ。俺では義兄上《あにうえ》に対抗できん。学園に上がってしまえば、少なくとも四年は稼げる」

苦しいくらいの力で抱き締められ、俺は「ぐえっ」と蛙《かえる》が潰れたような声をあげた。慌てた父上がすぐに解放してくれる。

俺の情報がバレたらマズいのか？　よくわからん。

「僕はダンのところに行きます。父上は母上と一緒にいてください」

俺は配慮できる息子なのだ。夫婦水入らずで語らう時間も必要だろう。返事を待たずに膝から飛び降りて走り出す。あ、と思い出して俺は振り返った。

「父上、あのことは内緒ですよ！」

育てた花を母上達にプレゼントするって件ね。父上にはバレてしまったが、母上には結婚記念日当日に渡して驚かせたい。

父上はわかったとばかりに片手を振ってくれた。約束を取りつけた俺は、そのまま中庭に出てダンの作業小屋を目指す。

幼児の体力は無尽蔵だと言われているが、俺の体力は有限だ。兄上は正しく無限だったに違いない。途中でヒラヒラと舞う蝶に気を取られつつ、俺は時間をかけてダンの作業小屋についた。

　よし、もう一度、土魔法で畑を耕すぞ。そして、父上達に贈る花を植えるのだ。

「ダン！」

　名前を呼べば、新しい苗を植えていたダンが顔を上げる。そのすぐ傍には、なぜか兄上の姿もあった。泣き腫らした顔で黙々と草をむしっている。なるほど、罰としてダンを手伝うように命じられたんだな。

　俺に気付いた兄上が、ふて腐れたような顔で畑の一ヶ所を指差した。そこは俺が土魔法で耕していた場所で、兄上が残した靴痕は綺麗に消されていた。土もしっかりと耕されている。蹴散らされた小石もその脇に集められていた。それから新しい小枝も。

「……悪かったよ」

　ぶっきらぼうな謝罪だが、謝ること自体が恥ずかしいお年頃である兄上の精一杯なのだろう。俺は昼寝もしたので、気分はすっきりしている。ブラック・アルヴィ君は消滅した。

「兄上が直してくれたんですか？」

「当たり前だろ」

「ありがとうございます」

　これに懲《こ》りて、家庭教師の先生の授業をサボらなきゃいいけど。来年になったら学園に入学するんだぞ。家庭教師の先生のように理解できるまで教えてくれるわけではないのだ。前期の成績が散々だったら、さすがの兄上も危機感を覚えるか。学園を卒業しないと騎士になれないもんな。

「ダン、お花の苗をちょうだい」

「どうぞ。その前に腕まくりしましょうね」

「終わったら、ダンのお仕事を手伝う」

「じゃあ、一緒にお花の苗を植えましょうか」

　ダンは優しいうえに気配りができる男なので、嫌な顔ひとつせず簡単な仕事を任せてくれるのだ。

「あ、ディートリヒ様。そっちの雑草もお願いします。ちゃんと根っこまで抜いてくださいね」

「俺だけ扱いが違う……」

　だって兄上は、ダンがせっかく耕したところも踏み荒らして行ったからね。自業自得である。

俺は小石を円状に配置して、真ん中に花を植えた。そして、回復した魔力を使って水を与える。どんな花が咲くのかな。半節後が楽しみだ。

了

あとがき

ほのぼの領地経営かと思いきや、かなり過酷な状況からのスタートを切った主人公アルヴィの物語はいかがでしたでしょうか？

本作はＷｅｂ小説「俺、チート持ちなんですけど！」を加筆修正した作品となっております。Ｗｅｂ版を投稿しながらの改稿だったこともあり、十歳のアルヴィがとても幼く、こんな時期もあったよね……と、しんみりすることも。もはや親のような心境です（笑）

本作の軸のひとつとなっているのが、〝祝福〟です。

祝福と聞くと、普通はよい印象がありますが、もしもそれが神様感覚でいきすぎたものだったら、ものすごく迷惑だろうなと考えたことがきっかけでした。実際に書いてみたら、予想以上に大変なものに進化して、神様とは、というレベルにまで仕上がってしまったように思います。

ネーミングは可愛いものからクスッとするものまで色々ですが、祝福のえげつない中身とのギャップを意識しています。このあたりの作り込みはかなり頭を悩ませました。

特に一巻目は物語の基礎となる部分のため、担当様や校正者様など、色々な方々からの改善点の指摘がとてもありがたかったです。自分でどれほど推敲《すいこう》を重ねても気付けない部分や、間違い、見落としなどがたくさんありました。

そして、八美☆わん先生の素敵なイラストもキャラクターに命を吹き込んでくれました。どのイラストも素敵ですが、私は裏表紙のラピスに胸を打たれました。小柄で可愛いお馬さんそのものです。あのラピスが他の馬に乗らないで！　と、嫉妬したり、抵抗するように馬車の前に寝そべってみたりしていると思うと、笑みが止まりません。

最後になりますが、本作を手に取ってくださった読者のみな様に感謝の言葉を。誰かが自分の作品を読んでくれることは、とても大きな支えであり、原動力でもあります。

ここまでお付き合いいただき、ありがとうございました。

久臥

初出一覧

「俺、チート持ちじゃないんですけど！」　※上記の作品は「ムーンライトノベルズ」https://mnlt.syosetu.com/）掲載の「「俺、チート持ちじゃないんですけど！」」を加筆修正したものです。（「ムーンライトノベルズ」は「株式会社ヒナプロジェクト」の登録商標です）

四歳児アルヴィの日常　書き下ろし

弊社ノベルズをお買い上げいただきありがとうございます。
この本を読んでのご意見、ご感想など下記住所「編集部」宛までお寄せください。

リブレ公式サイトで、本書のアンケートを受け付けております。
サイトにアクセスし、TOPページの「アンケート」から
該当アンケートを選択してください。
ご協力お待ちしております。

「リブレ公式サイト」
https://libre-inc.co.jp

「俺、チート持ちじゃないんですけど！」

著者名　久臥

発行日　2025年3月19日　第1刷発行

発行者　是枝由美子

発行所　株式会社リブレ
〒162-0825 東京都新宿区神楽坂6-46
ローベル神楽坂ビル
電話03-3235-7405(営業)　03-3235-0317(編集)
FAX 03-3235-0342(営業)

印刷所　株式会社光邦

装丁・本文デザイン　AFTERGLOW

Printed in Japan
ISBN978-4-7997-7110-5